学习头等事

丁品森 著

华龄出版社
HUALING PRESS

责任编辑：高志红

责任印制：李未圻

图书在版编目（CIP）数据

学习头等事 / 丁品森著 . -- 北京：华龄出版社，
2020.2
ISBN 978-7-5169-1618-6

Ⅰ. ①学… Ⅱ. ①丁… Ⅲ. ①中国文学—当代文学—
作品综合集 Ⅳ. ① I217.2

中国版本图书馆 CIP 数据核字（2020）第 011351 号

书　　名：学习头等事
作　　者：丁品森　著

出 版 人：胡福君
出版发行：华龄出版社
地　　址：北京市东城区安定门外大街甲57号　　**邮　　编**：100011
电　　话：（010）58122246　　**传　　真**：（010）84049572
网　　址：http://www.hualingpress.com

印　　刷：北京市大宝装璜印刷厂
版　　次：2020 年 9 月第 1 版　　2020 年 9 月第 1 次印刷
开　　本：880mm × 1230mm　1/16　　**印　　张**：17.25
字　　数：250 千字
定　　价：40.00 元

序言

最近几天，我一直在有滋有味地阅读《学习头等事》一书的电子稿。读着，读着，我的脑子里就不由成天在盘念这一新作的作者——一个青年时代一直与贫病交迫的困境奋力搏击，壮年时期长久在民办教师的岗位上顽强坚守，知天命之年后又为搦管著述不懈努力的丁品森老师，并情不自禁地从内心深处发出这样的感慨：一个有着如此曲折经历的老师，如今能写出这样一本颇有分量的好书，当真是一件很不容易的事情！

丁品森老师，男，1939年生人，中共党员，原本是江苏省张家港市南沙中学的一名老师，他因此特意为自己起了这样一个别名：南一丁。你可别说，他还确实没有愧对这个别名，他当真成了一位名副其实的好园丁。在风雨杏坛的四十载期间，在离开讲坛后的前十五年中，他一直致力于有关青少年思想道德教育问题的研究，先后在省级以上报刊发表了1600余篇文章，并写作出版了16本专著。他的这些著作不仅内容切合青少年的特点，能够直抵青少年心灵的深处，而且文字规范，洗练畅达，所以问世后不仅颇受广大师生的好评，而且还得到了多位专家和众多媒体的首肯。比如《新教育》报，就在同一期上以五个版面的厚重篇幅，将他向全国教育界人士作了郑重推介，并在《编者按》中写下了这样一段热情洋溢的话语："我们坚信：是金子总会发光的，好文章一定会得到认可。《新教育报》的编辑们没有与丁老师见过一次面，也没有从丁老师那里得到一分钱的好处，但传媒人的良心驱使我们把丁老师这样的典型推出去，让大家学习借鉴。丁品森，没有官职。但中国新教育智库认为，他是名家。为此，中国新教育智库'研读名家'栏目决定，重头刊发他的有关文章。"

党的十八大以来，习总书记治国理政的新思想、新理念，很快就牢牢地吸引着、深深地影响着丁老师，使他从由衷地热爱，到潜心地学习，并进而发展到以非比寻常的勇气，决计转换自己的治学方向，将积极宣传习近平新时代中国特色社会主义思想作为自己新的主攻目标。客观地说，对于长期从事语文教学工作的丁老师来说，要实现这样的转向，难度非常之大，因为他不仅需要对习总书记的新思想、新理念有一个通盘的精深了解，而且还需要对我国的历史有更深入的研究，对当今的国情有更全面的关注。可面对这"雄关漫道真如铁，而今迈步从头越"的严峻考验，丁老师无所畏惧地迎了上去，硬是凭着铁杵成针、滴水穿石的精神，写作出版了《且行且常省》《沐习习春风》这两本好书，现在他又推出了《学习头等事》这本分量更重的新作。前些天，他让河南省教育学会语文教育专业委员会执行理事长吴伟老师将他新作的电子稿发给了我，并附上了一封饱含着浓浓深情的信，在热忱地征求我意见的同时，还诚挚地恳请我为他的新书作序。读着他那让人心头发热的文字，我仿佛看到了他真诚热切的目光，心门禁不住徐徐为他敞开。

打开《学习头等事》的电子稿，我一下子就被吸引住了，因为我深感这当真是丁老师在用工匠精神讲活讲好中国故事、尽心尽力宣传中国精神的一本好书。全书主旋律高昂、正能量满满，充分彰显了习近平新时代中国特色社会主义思想"忽如一夜春风来"，顿使华夏大地"千树万树梨花开"的磅礴伟力。书中所讲的故事，有古代的，有当代的，有国外的，有国内的，而讲古是为了鉴今，说外是为了衬中，目的都是为了使今天的中国故事能愈发产生温暖人心、催人奋进的震撼力，都是为了使民族精神和时代精神交融汇通，让中国精神既具有鲜明的民族性，又洋溢着强烈的时代性，从而使之成为激励我国人民为早日实现中国梦而英勇奋斗的强大精神动力。为更好地达到这样的目的，丁老师对所讲的故事都进行了呕心沥血的精心提炼，讲述时更是不仅融入了个人的感悟，深入地展开了鞭辟入里的理论阐发，而且还倾心地注入了自己爱党爱国爱人民的一片至真情义，可以说几乎是达到了故事、哲思和深情有机融合的理想境界。丁老师何以能抵达这样的境界呢？应该说这绝非是出于所谓的“妙手偶得”，而完全是他多年心血的集中凝聚。从吴伟老师那里得知，丁老师是一个读书和写作都至为勤勉刻苦的人，他每天都孜孜不倦地埋首于读、写之中，中、晚两餐，都得要老伴喊上几次，他才下得楼去。“能到竹林下，自有春水声”，丁老师能有今天的收获，应该说完全是势所必然、情理之中的事情。由此，我不禁想起了毛竹的生长历程：毛竹用了4年时间，仅仅长了3厘米，但从第5年开始，它便以每天30厘米的速度疯狂地生长，仅用6周，它就一下子长到了15米。在前面的4年里，毛竹只长出了几乎可以略而不计的3厘米，乍一看似乎也太差劲了点，殊不知在那4年里，它的根却在土壤里使劲地悄悄延伸了数百平方米，为它5年后的拔地参天积攒了足够的能量。竹子的成长是这样，做人做事其实同样是如此。所以，千万别担心付出得不到回报，要坚信自己的付出都是在深深地扎根，都是在为时机的到来做着充分的准备。“十年磨一剑，霜刃未曾试”，一旦时机成熟了，那就会噌噌直上，登上自己向往已久的巅峰。丁老师深知此中奥秘，故而他一直将“做人在有情可原中自醒，做事在无人监管下自律”这两句话，作为自己的座右铭。

反复揣摩了《学习头等事》的电子稿，我觉得此书主要有这样三个特点：一是精心选题，内容具有强烈的时代感。书中所选的议题，都是既关国家大局，又涉个人痛痒的热点话题，诸如“学习头等事”“人生的意义就在于奋斗”“话说成功”“吃苦是人生的必修课”等，经由丁老师深入透彻地阐发，都集中表达了这样一个中心思想：“只要始终认真学习习近平新时代中国特色社会主义思想，我们就必然能心明眼亮，神清气爽，浑身是劲，脚下生风，使梦寐以求的中国梦早日变为光辉现实。”二是思考精深周严，阐发深入透辟，故而全书新见迭出，亮点纷呈。比如在《学习头等事》一文中，丁老师就巧用双关手法，别出心裁地对“学习”两字作了这样全新的理解：他将“学”解作“学习”，将“习”释为“习近平新时代中国特色社会主义思想”，这就使“学习头等事”一语在其通常意思的层面之外，陡然间增加了更具时代特色的另一层面的全新含义：在当今的形势下，学习习近平新时代中国特色社会主义思想，更是我们每一个人必须努力抓好的头等重要的事情。为使这样的观点能得到鲜明突出的表达，在具体展开论述时，丁老师精心挑选了许多坚挺的理论论据和事实论据，故而道理全都说得通透明白，令人信服，人们读了也就自然会感到印象深刻，获益良多。三是文字方面也颇见功力，全书既具有雄辩的理论色彩，又充盈着力透纸背的浓浓深情。在精心阐发事理的过程中，丁老师还经常有意识地引用一些清新隽永的小故事、精警优美的古诗词、生动活泼的民间俗语，并自然得体地糅合进了一些极富感情浓度和文学色彩的精美语句，这就使全书不仅充分凸显了思辨性和感染力有机交融的鲜明特色，而且还处处给人以格外接地气和特具亲和力的美感。

丁老师虽已年逾八旬，但他仍老而弥坚，用精益求精的工匠精神，热心地争做习近平新时代中国特色社会主义思想宣讲队伍中的勇敢探索者，确实是难能可贵，至为不易。他既敢于探寻新路，独辟蹊径，又特别踏实勤奋，肯下苦功，这样他也就用朴实凝炼和极具温度的文字，为我们开辟出了《学习头等事》这一条河流。这条河流虽不像黄河那样气势雄浑，但它琮琮琤琤的流水声却像激越的鼓点，在不停地敲击我们的心扉，使我们永远都驰而不息地奋力前行。这条河流虽不像长江那样奔腾万里，但它清澈明净的流水却能为我们荡涤头脑中的污垢，使我们永远充满凛然正气和干天豪情。有这样的好书与我们作伴，为我们助阵，我们就一定能在开创大业的康庄大道上阔步向前，中国梦的实现就一定能企踵可待。

“老牛最解韶光贵，自省自勉自奋蹄”，这可以说是丁老师的真实写照。我们欣喜地庆贺他新书的问世，更由衷地期盼已进入耄耋之年的他日益精进，继续为我们奉献更多的精品力作。

是为序。

柳斌

（柳斌，国家教委原副主任、总督学）

目录

学习头等事

“学习头等事”，从字面上来看，是说学习是我们每个人必须抓好的头等重要的事情。这样的理解显然没错，不过在这篇文章中，我们特意赋予了“学习头等事”另一个层面的特定含义：我们将“学”理解为学习，而将“习”理解为“习近平新时代中国特色社会主义思想”，这样，“学习头等事”也就得作这样的理解了：在当今的形势下，“学习习近平新时代中国特色社会主义思想”，是我们每一个人必须努力抓好的头等重要的事情。我们觉得，如果能从这样的特定层面来理解“学习头等事”的含义，无疑会更具有时代意义，更显现出它沉甸甸的厚重分量。

一 先说在通常情况下，学习是我们每个人必须抓好的头等重要的事情。

为什么说在通常情况下，学习是我们每一个人必须抓好的头等重要的事情呢？我们认为，主要有这样几方面的原因：

（一）是学习一直是影响“国运”的隐性杠杆，要想国运兴旺，就必须把学习当作头等大事来抓。“历史和现实都表明，一个抛弃了或者背叛了自己历史文化的民族，不仅不可能发展起来，而且很可能上演一场历史悲剧。”习总书记的这一论述，就极为精辟地阐明了是否重视学习、重视文化，将直接关系到民族兴衰和国家存亡这一重大问题。历史上，一些民族和国家之所以迅速崛起，善于学习释放的正能量，应该说起着至为重要的推动和支撑作用。另有一些民族和国家之所以逐步沉沦乃至消亡，不善学习就是那最触目惊心的惨痛教训。众所周知，世界上曾有四大文明古国，即古巴比伦（位于西亚，今伊拉克）、古埃及（位于北非，今埃及）、古印度（位于南亚，地域范围包括今印度、巴基斯坦等国）和我们中国（位于东亚，今中华人民共和国）。这四大文明古国，现在仅有我们中国仍旧巍然屹立，仅有我们中华文明依然薪火相传。而其他的三个国家，早就因为其他游牧民族的入侵，惨遭灭亡，不复存在：古巴比伦被波斯人所灭，古埃及被古希腊人所灭，古印度被雅利安人所灭。这四大文明古国，因何仅我们中国至今犹存，而其他三国早就消亡了呢？这其中固然有诸多的原因，可其中至关重要的一个原因是：我们中华民族十分重视学习，创建了以儒、道学说为主体的中华文明，并由此确立了坚定的文化自信。正因为此，我们在与其他民族的交往、交流中，就既能“宁可枝头抱香死，何曾吹落北风中”，始终坚持自己的信仰，坚守自己的文明，又能以海纳百川、兼收并蓄的博大胸襟，摒弃自身的一些缺点，接纳外来文化的优点。这样不断吸收新鲜血液，吐故纳新，就使我们民族始终保持了旺盛的生机活力，永不衰败凋落。儒、道文化的这种包容性，是我们中华文明生生不泯的根源，它一直都在与时俱进着，不断地变得越来越坚韧、丰富、多彩。所以，尽管华夏大地也曾被外来民族占领过，也曾经历过多次改朝换代，可外来民族的文化从来都没有在这里占主导地位，而是全都被我国的本土文化所同化，这就使中华文明得以不断更新发展，始终不失其丰富内涵，在润物细无声地传遍八方，并一直传承下去。这就正如习总书记所说：“中华文明植根于和而不同的多民族文化沃土，历史悠久，是世界上唯一没有中断、发展至今的文明。”而其他三大古国的文明，虽然也有流传下来，然而与我国的情况却迥然不同：他们不是在同化外来的文明，而是成了被外来文明撕碎和同化的对象，并由此导致国家的消亡。通过以上一兴三亡的鲜明对比，学习的重要性岂不就不言而喻了吗?

（二）是综览中国共产党的党史，同样也表明了学习的极端重要，这就决定了我们也必须把学习当作头等大事来抓。细研中国共产党的党史，我们即可发现，党的学习确实与党波澜壮阔的历史进程一直同向、同行。在一些关键时期，党的学习对革命、建设和改革都起着至为重要的先导作用。历史地看，党的学习实现了五次重大创新和发展：①建党初期，以“十月革命一声炮响，给我们送来了马克思列宁主义”为标志，党在“向谁学、学什么”的问题上找到了突破口。②延安时期，以毛泽东提出“马克思主义中国化”和发表《改造我们的学习》为标志，在“怎么学”的问题上把学风摆在党的建设的重要位置上。③以中共十一届三中全会做出实行改革开放的重大决策为标志，全党进行了史无前例的全新的学习革命。④以中共十七届四中全会为标志，开启了马克思主义学习型政党的建设，全党的学习由“重视学习”向“学习型”转变。⑤以习近平总书记提出“做一个学习大国”为标志，开启了统筹全党学习和全民学习、统筹学习型政党和学习型国家建设新的历史进程。在以上五个关键时期党在学习方面所做出的决策，每次都使全党统一了对学习的认识，都在全党范围内掀起了学习的热潮，从而进一步推动了革命和建设事业的蓬勃发展。

（三）是面对艰巨繁重的改革大业，面对复杂严峻的外部国际环境，我们也非把学习当作头等大事来抓不可。学习是文明传承之途，是事业发展之需，是政党巩固之基，是国家兴盛之要。当前，我们国家正处于改革的攻坚期、发展的关键期、矛盾的凸显期，任务之艰巨和繁重，可想而知，加之外部国际环境又出现了百年不遇之大变局，形势的复杂严峻可谓前所未见，这无疑就更增加了我们推进改革大业和实现伟大中国梦的难度。面对这一国情、世情的深刻变化，我们要怎样才能经受住这一新的考验，战胜这一新的挑战呢？最好的办法就是：必须重视学习，善于学习，把学习当作头等大事来抓。唯有这样，我们才能丰富自己的知识，增强自己的底气，从而使自己具有更加坚毅的精神和足够强大的本领，去披荆斩棘，劈波斩浪，战胜前进路上的各种艰难险阻，为推进改革开放的宏大事业、为实现伟大的中国梦，奉献我们所能奉献的最大力量。

（四）是前所未有的知识更新速度，催生了许多新知识、新技术、新事物，要适应这一瞬息万变的新情况，我们也同样必须把学习当作头等大事来抓。当今时代，知识更新周期大大缩短，各种新知识、新技术、新情况、新事物层出不穷，难以数计。有人研究过，18 世纪以前，知识更新速度为 90 年左右翻一番；20 世纪 90 年代以来，知识更新加速到 3 至 5 年翻一番；近 50 年来，人类社会创造的知识比过去 3000 年的总和还要多。还有人说，在农耕时代，一个人读几年书，就可以用一辈子；在工业经济时代，一个人读十几年书，才够用一辈子；而到了知识经济时代，一个人必须学习一辈子，才能紧紧跟上时代前进的步伐。面对这知识更新的疾速发展，如果我们不自觉学习各种科学文化知识，不努力提高各方面的知识素养，不主动加快知识更新，不及时优化知识结构，不努力拓宽眼界和视野，那就势必难以增强本领，势必无法赢得主动、赢得优势、赢得未来。快速更新的知识信息，就好比是疾驰飞奔的高速动车，如果我们囿于陈规，不思进取，不通过努力学习紧紧跟上，那就会像老牛破车那样被它远远地甩在后面，成为新时代可怜的弃儿。这就诚如习总书记所说："当今世界，知识信息快速更新，学习稍有懈怠，就会落伍。"

以上所说，都是从理论层面阐述了必须把学习当作头等大事来抓的道理，而在现实生活中，更是有无数事实有力地佐证了这一道理。限于篇幅，在这篇文章中，我想仅举新中国缔造者毛泽东主席为例，作一说明：

毛泽东曾说："我一生最大的爱好是读书。""饭可以一日不吃，觉可以一日不睡，书不可以一日不读。"确实，是书，伴随着毛泽东度过了波澜壮阔的一生。他所到之处，都留下了许多动人的读书故事。

毛泽东少年时自学能力就很强，他读书时不用启蒙先生"点书"，所以同学们便给毛泽东取了一个外号——"省先生"，意思就是毛泽东读书省了先生"点"。每当读书时，他都特别投入，放牛时一看起书来，牛跑去吃了人家菜园里的菜，他都浑然不知。

毛泽东进了湖南第一师范后，天地更为广阔，读书更为认真了。他常云向杨昌济、徐特立等老师请教，并与蔡和森、陈昌等同学组织了课外研究小组，与李立三等结友，经常在一起或谈治学、做人之道，或纵论天下大事，探求救国救民的真理。他们还约定“三不谈”：不谈金钱，不谈男女之间的问题，不谈家庭琐事，而只关心“大事”，即“人的人性，人类社会，中国，世界，宇宙！”1918 年，毛泽东更是与蔡和森等人组建了以“革新学术、砥砺品行、改良人心风俗”为宗旨的新民学会，这标志着毛泽东等一批有志于国家的热血青年，已开始走上救国救民的道路。

从 1920 年开始，毛泽东到北京第一次接触到马克思主义的书刊后，就开始潜心钻研，不断积累这方面的知识，并完成了世界观的转变。

毛泽东投身革命以后，即使是在戎马倥偬的战争年代，也始终不忘认真读书。

在江西瑞金叶坪村生活居住期间，他就经常在那里的一棵千年古樟树下读书看报、与群众交流。直到如今，那里的百姓依然在津津乐道地讲述着当年毛泽东在古樟树下读书的故事。

在井冈山大井毛泽东旧居门前，有一块被人们亲切地称为“读书石”的大石头，当年毛泽东就经常坐在它上面读书、看报、批阅文件、思考中国革命的命运和前程。那时候由于敌人的封锁，井冈山没有书报可看，每当从小商小贩手里弄到一些过期的报纸，毛泽东脸上便会露出喜悦的光彩，急切地接过报纸阅读起来。此后在战争中获得了《两种策略》《“左派”幼稚病》等书，同时他还设法写信给上海中央要求代买书籍，结果又得到了《列宁主义概论》《俄国革命运动史》等书。他把这些书都当作宝贝，爱不释手地瞅空就读。而且，他还随身带着可以装“文房四宝”的土布口袋，每到一处总是先摆好笔、墨、纸、砚，以便随时投入学习、工作和写作。他还十分自信地说：“我要用‘文房四宝’，打败国民党四大家族。”

在艰苦的长征路上，有时因患病躺在担架上，或骑在马背上，他也照样坚持读列宁的《国家与革命》，读恩格斯的《反杜林论》，并常常自嘲地说，自己是“马背上的马列主义”。

1937 年 1 月，长征结束，毛泽东到达延安，在延安住了 10 年。在此期间，他通过各种渠道从国民党统治区购买了各类书籍和报刊。从此，在土窑洞里，在昏暗摇曳的烛光下，他博览群书，认真阅读了马克思、恩格斯、列宁和斯大林的著作，系统地学习和研究了马克思主义哲学，并结合中国革命的实际，撰写了 100 多篇宏文，《实践论》《矛盾论》《论持久战》《论联合政府》《抗日战争胜利后的时局和我们的方针》等许多重要著作，这都是在当时相当艰苦的条件下写成的。后胡宗南调集大批人马进攻延安，毛泽东在战略撤离延安时，许多东西都舍弃了，唯独那些书，特别是他反复阅读、多次批注的书，他都设法带走了，先是带到了西柏坡，后又带进了北京城。他对书的挚爱之情，由此可见一斑。

辽沈、淮海、平津三大战役取得了完全胜利后，毛泽东进入了北京城，从此他就更是嗜书如命，日夜以书为伴了。他那中南海的居地，简直是书天书地，居室的书架上摆满了书，办公桌、饭桌、茶几上到处都是书，床上除躺卧的位置外，也全都被书占领了，连厕所里也摆放着书。经过陆续添置，他渐渐拥有了近 10 万册藏书，可他并不知足，还常到北京图书馆、北师大图书馆等馆借书阅览。据不完全统计，从 1949 年 10 月至 1966 年 9 月，毛泽东曾从北京图书馆等馆借用各种图书 2000 余种，共 5000 余册。此外，在杭州、上海、广州、武汉、成都、庐山等地的图书馆，也都留下了毛泽东借书的记载。毛泽东的读书范围十分广泛，从社会科学到自然科学，从西方社会科学名著到马列著作，从古代作品到近人新作，包括哲学、经济学、政治、军事、文学、历史、宗教、地理、自然科学、科学技术等方面的书籍以及各种报纸杂志，都在毛泽东的涉猎范围之内。为了读书，毛泽东把一切能利用的时间都用上了。在游泳之前活动身体的几分钟里，他有时还要看上几句名人的诗词；游泳之后顾不上休息，就又捧起书本翻阅起来。他还利用上厕所的时间，把宋代淳熙本《昭明文选》等书断断续续地看完了。外出开会或视察工作时，他也总是带着几箱子书。路途中，他不顾列车震荡颠簸，一手拿着放大镜，一手按着书页，读得津津有味。到了目的地，他跟在北京一样，书架上、桌子上、茶几上、床上都摆放着书，一有空闲就读起来。有一次，毛泽东高烧39度多，医生不准他看书，他难过地说："我一辈子爱读书，现在你们不让我看书，叫我躺在这里，整天就是吃饭、睡觉，你们知道我是多么难受啊！"工作人员不得已，只好把拿走的书又放在他身边，毛泽东这才高兴地笑了。步入高龄后，毛泽东体力衰弱、视力减退了，但读书学习的热情丝毫未减。后来由于患白内障，他的视力极其微弱，只能用放大镜一点点地看书，或由工作人员读给他听。1975年，他的眼睛做手术后，视力有所恢复，他又开始了大量阅读，有时竟然一天读上十几个小时，甚至躺在床上量血压时仍手不释卷。直到病重临终之前，毛泽东也未放弃对书本的钟爱。在1976年9月7日至8日下午的弥留之际，他仍在坚持看文件、读书。据医疗护理记录，8日这一天他看文件、看书共11次，长达2小时50分钟。其中有一次，在工作人员的帮助下看了7分钟的书，就又昏过去了。十多个小时后，他便在书香味中安然地离开了人世。

除了痴书如命、持恒不懈这一特点外，毛泽东读书还有以下三个显著特点，特别值得我们重视和学习。

（一）是"三复四温"，精研细读。毛泽东读书是出于真爱，所以对重要的书，他总是"三复四温"地反复阅读。在某种程度上，读书对毛泽东来说，不是一种可有可无的选择，也不只是为了工作的需要或解决什么具体的问题，而是他精神生存和升华的一种方式。毛泽东读书是真读，是发自他内心的对知识、对思考、对思想的一种渴望。因为这种渴望，他才有这种"三复四温"的真读精神。一些重要的马列著作、哲学著作和历史类、文学类的著作，都是他反复研读的对象。《共产党宣言》《国家与革命》《资本论》，以及二十四史中的一些传记，他都反复读过。《共产党宣言》，他看了不下一百遍，其中的许多精辟论断，他几乎能背下来。名著《资本论》，他早在延安时就翻阅过，1954 年再次阅读了它，1956 年、1968 年又先后选读了其中的若干篇章，直到逝世前不久，他还一边读，一边在书上做标记。《联共（布）党史简明教程》、李达的《社会学大纲》，他也都读了十遍以上。毛泽东最喜欢读的是中国历史书，如《史记》《资治通鉴》等，他在青少年时期就多次读过，可他仍常读不厌，晚年还在反复阅读。《昭明文选》，他阅读批注过的版本，存留的就有三种。他青年求学时代就读过此书，20 世纪 50 年代他又读，60 年代再读，70 年代又读了好几遍。对《西游记》《三国演义》《水浒传》《红楼梦》等古典小说，毛泽东几乎是从小读到老。对于这些古典小说，毛泽东同时是把它们当作历史来读的。对于《韩昌黎（韩愈）诗文全集》，除少数篇章外，他都曾一篇篇仔细琢磨，从词汇、章句到全文意义，他都有很深的研究，且对于其中的大部分诗文，都能背诵如流。有些书，他还喜欢找各种版本、各种观点的书对照着读。在读《拿破仑传》时，他就专门找来英国人、苏联人写的不同版本，了解不同国家的学者对拿破仑的看法。他之所以对重要的书都这么“三复四温”地读，是因为他认为只有在一遍又一遍地研读中，才能一次又一次地加深理解，才能读出书中的品味、读出与众不同的心得，才能积累胸中日月，营造人间天地。

（二）是勤动笔墨，以写助读。毛泽东读书时常常笔墨不离手，他有拿笔圈画、批注的习惯。他曾经读过一本仅 10 万字的《伦理学原理》，批注就写了 1.2 万字。毛泽东读过的书页上，到处都有他留下的阅读符号，如竖线、横线、斜线、浪线、三角、方框、圈、点、勾、叉及问号，等等。有些符号还不止圈画一次，而是杠上加杠、圈外画圈。从毛泽东所留下的批注看，它大多写在书页的天头、地脚、页边、中缝或字旁行间。有不少批注呈“密集型”，即密密麻麻写满书页，这样的文字密集型批注多达 100 余页。经统计，在《毛泽东哲学批注集》中，毛泽东留下的总字符数为 27604 个。其中在 10 本书上作的批注为 830 条，总字符数为

22834 个；1 篇读书摘要、1 篇读书日记及 1 封书信的总字符数为 4770 个。1993 年，中央文献出版社出版了收集有毛泽东阅读 40 部文史古籍时所留下的《毛泽东读文史古籍批语集》。这本批语集计有批语 314 处，总共有 6733 个字符。其中对 16 部文学书的批语 75 处，计 2468 个字符；对 24 部史学书的批语 239 处，计 4265 个字符。这些读书批注，是毛泽东读书生活的历史记录，是毛泽东读书时全神贯注、细致入微和善于思索的证明，也是我们研究和学习毛泽东读书方法的珍品。

（三）是联系实际，学以致用。这是毛泽东读书最为重要的一个特点。在读书的过程中，毛泽东善于苦学精思，既结合实践来认识理论、领悟理论，又随时用理论来指导实践、引领实践。这样，他就真正做到了“能够依据马克思列宁主义的立场、观点和方法，正确地解释历史中和革命中所发生的实际问题，能够在中国的经济、政治、军事、文化种种问题上给予科学的解释，给予理论的说明”。这就告诉我们，毛泽东绝不是为读书而读书，他读书为的是用于批判改造旧世界，用于创造新世界。他一生的实践就充分证明，他从书本中学到的知识，都被他创造性地应用到指导中国革命的实践活动中去了。正因为此，他出色地将马克思主义理论跟中国革命实践紧密结合起来，创造性地发展了马克思主义，创立了他自己的思想理论体系——毛泽东思想。正因为此，他总能在某些特定的时刻，石破天惊地提出一些惊世骇俗的宏放之论，诸如“星星之火，可以燎原”“帝国主义和一切反动派都是纸老虎”“俱往矣，数风流人物，还看今朝”“宜将剩勇追穷寇，不可沽名学霸王”，等等。也正因为此，他不仅酷爱读书，而且总能读有所得、得而能用、用能生巧，在他所涉足的领域，都能傲视群雄，卓然成家。他的军事思想学习古人却胜过古人，成为继孙子兵法后中国军事思想史上的一个高峰；他苦钻哲学理论，写出《实践论》《矛盾论》，成为举世闻名的哲学家；他酷爱书法，苦心练就的狂草“毛体”，世上无人能够与他比肩。战争和工作的余暇，他喜欢以诗词来抒发自己的情怀，结果挥写出了许多动人心魄的佳作，其格调均远超同代人及古代人。

毛泽东对历史也有颇深的研究，他历史知识之丰富，连许多历史学家也望尘莫及。总之一句话，重视理论联系实际，精心苦读，学以致用，使他成为了一个在诸多方面都有卓异成就的一代伟人。

毛泽东曾经说过："读书可以使人增长学问，有了学问，好比站在山上，可以看到很远很多的东西。没有学问，如在暗沟里走路，摸索不着，那会苦煞人。"这段点明知识重要性的话语，也许正是毛泽东一生博览群书、吸取新知的动力所在，同时也是毛泽东要求革命者努力学习、认真读书的真谛所在。毛泽东之所以成就为大思想家、大学问家，不仅在于他有远大的眼光、开阔的胸襟，更在于他读书时能广收博览，形成了相对完善的知识结构。正是对痴迷性读书的顶礼，滋育了毛泽东的非凡智慧，正是对创造性读书的膜拜，铸就了毛泽东的卓越才能——而这正是历史选择毛泽东、人民崇敬毛泽东的重要原因之所在。今天，我们要站在时代的高点，以远大的眼光，去实现中华民族伟大复兴的大业，就一定要以毛泽东为榜样，像他那样去刻苦读书、去认真学习、去深入思考、去锐意创造。

二　再说在当今的形势下，"学习习近平新时代中国特色社会主义思想"，是我们每一个人必须努力抓好的头等重要的事情。

在当今的形势下，何以要将学习习近平新时代中国特色社会主义思想作为头等大事来抓呢？这是因为，习近平新时代中国特色社会主义思想是马克思主义中国化的最新成果，是党和人民实践经验和集体智慧的结晶，是全党全国人民为实现中华民族伟大复兴而奋斗的行动指南。

一个时代有一个时代的问题，一代人有一代人的使命。随着历史车轮的滚滚前行，中国特色社会主义迈进了新时代，行进在了历史的交汇点上，国内外形势发生了深刻复杂变化，我们面临的环境转换之快、改革发展任务之重、矛盾风险挑战之多，都是前所未有的。这无疑对我们党治国理政提出了极为严峻的考验：中国从哪里来、中国处于什么历史地位、中国应该往哪里去，这些影响时代发展的历史之问、时代之问、实践之问，都一一扑面而来。习近平总书记以非凡的理论勇气、高超的政治智慧和果政的历史担当，聆听时代声音，回应时代课题，始终与新时代同频共振，创造性地把坚持理论创新与实践探索统一起来，把坚持马克思主义基本原理和中国具体实际与时代特征统一起来，系统回答了新时代坚持和发展什么样的中国特色社会主义、怎样坚持和发展中国特色社会主义这个重大时代课题，回答了新时代坚持和发展中国特色社会主义的总目标、总任务、总体布局、战略布局和发展方向、发展方式、发展动力、战略步骤、政治保证等基本问题，并根据新的实践对经济、政治、法治、科技、文化、教育、民生、民族、宗教、社会、生态文明、国家安全、国防和军队、“一国两制”和祖国统一、外交工作和党的建设等各个方面做出理论分析和政策指导，从而为更好坚持和发展中国特色社会主义提供了思想武器和行动指南，使马克思主义中国化实现了一次新的飞跃、达到了一个新的起点，在马克思主义中国化进程中树起了一座新的里程碑，成为了全党全国人民为实现中华民族伟大复兴而奋斗的领航灯塔。

习近平新时代中国特色社会主义思想，不仅有着至为丰富的内涵，而且还有极为深刻的时代意义、理论意义、实践意义、世界意义。①时代意义：习近平新时代中国特色社会主义思想把马克思主义基本原理同新时代中国具体实际结合起来，不断探索解答时代发展提出的新课题、回应人类社会面临的新挑战，成为当代中国马克思主义、21 世纪马克思主义，为全党全国各族人民吹响了在新时代伟大进军的号角，照耀着迈向民族复兴的伟大征程，凝聚起实现民族复兴的强大精神力量。②理论意义：习近平新时代中国特色社会主义思想既坚持了老祖宗传统中的精华，又提出了一系列具有原创性的新理念、新思想、新战略，书写了马克思主义新的时代篇章，使我们党对共产党执政规律、社会主义建设规律、人类社会发展规律的认识达到了新高度，为全党全国各族人民提供了思想指引和行动指南，为发展马克思主义做出了原创性贡献。③实践意义：习近平新时代中国特色社会主义思想用深邃的历史眼光、宽广的国际视野把握事物发展的本质和内在联系，紧密跟踪亿万人民的创造性实践，不断推进实践基础上的理论创新，不断回答时代和实践提出的新的重大课题。比如，创造性地提出全面从严治党的方针，把党的自我革命推向深入；创造性地提出创新发展理念、推进供给侧结构性改革，推动我国经济在高质量发展上不断迈出新步伐；创造性地提出精准扶贫、精准脱贫，使脱贫攻坚战取得决定性进展；创造性地提出绿水青山就是金山银山理念，生态文明建设取得卓著成效……这就解决了许多长期想解决而没有解决的难题，办成了许多过去想办而没有办成的大事，推动党和国家事业取得了历史性成就、发生了历史性变革。④世界意义：因为习近平新时代中国特色社会主义思想顺应和平、发展、合作、共赢的时代潮流，推动构建新型国际关系和人类命运共同体，这就为世界和平与发展做出了重大贡献。

习总书记不仅是一位思想的巨人，他的人格魅力也同样闪闪放光。他那不忘初心的坚定信念，他那一心为民的公仆情怀，他那实现中国梦的宏图大志，他那和而不同的全球眼光，他那功成有我的责任担当，他那横扫邪恶的无畏精神，他那足智多谋的文韬武略，他那夙夜在公的实干苦干，他那举重若轻的绝顶聪慧，他那谦以待人的儒雅风度，他那面对风云的从容淡定，他那处理危机的果断坚毅，全都充分彰显了我们泱泱大国领袖的卓越风范。我们完全有理由可以说，在当今的世界上，无有能出其右者。

正因为习近平新时代中国特色社会主义思想内涵如此丰富，意义这样深广，正因为习总书记的人格魅力这等非同凡俗，至为诱人，所以中共十八大以来，也就催生了许多新事物、新变化、新成就，使华夏大地“春风回笑语，云气卜丰穰”，呈现出一派从未见过的全新景象，这就使当今的中国，前所未有地靠近世界舞台中心，前所未有地接近实现中华民族伟大复兴的目标。既然习近平新时代中国特色社会主义思想有着如此之大的伟力，产生了如此之大的作用，那么将学习习近平新时代中国特色社会主义思想作为头等大事来抓，岂不也就理所当然地成为我们每个人的不二选择么？

再者，从我们自身的实际情况来看，也同样有将学习习近平新时代中国特色社会主义思想作为头等大事来抓的必要。虽说我们原本也学习了一些知识，具备了一点本领，但世情、国情、党情总是在不断地发展变化，新情况、新问题每时每刻都在出现，各种困难、风险、挑战更是层出不穷，如果我们仅凭原有的那一些知识、那一点本领去应对，就必然会出现捉襟见肘、心有余而力不足的情况。特别是随着形势的不断发展、任务的不断加重，我们能适应新形势的一面势将逐步下降，不适应新形势的一面必将持续上升，如果我们还只是想癞蛤蟆垫台脚——硬撑着去应对，那就必然会愈发感到难上加难，甚至根本就力不从心。所以，我们一定要有知识不足、本领不够的危机感，有加强学习、随时充电的紧迫感。应该明白，我们正在进行的许多工作，大多是前人没有做过的，如果不加强学习，不充分认识规律、摸清门道，那么即使我们花费了大量心血，也会因为像习总书记说的“陷入少知而迷、不知而盲、无知而乱的困境”，从而导致事与愿违的结果，甚至还将濒临“盲人骑瞎马，夜半临深池”的危险境地。美国学者托布斯曾这样说过：“未来的文盲不是不识字的人，而是不会学习的人。一个人的学习力跟不上时代的发展就会被时代所淘汰，一个城市的学习速度跟不上时代的发展就会落后。”所以，处在这样一个新时代，我们一定要认真学习习近平新时代中国特色社会主义思想，永远在学习的道路上疾驰猛进，努力以学固本、以学立德、以学增智、以学兴业，以期时刻都有我们所希冀的斩获，从而出色地完成时代赋予我们的使命，顺畅地抵达人生与事业的“诗和远方”。

复兴伟业已经走过千山万水，而梦想的真正实现仍需要继续跋山涉水。正站在“两个一百年”奋斗目标的历史交汇点上的全党和全国人民，全都清醒地认识到，为了更好地向着民族复兴伟大梦想破浪前行，就必须响应习总书记的号召，“全党来一个大学习”，“深入学、持久学、刻苦学，带着问题学、联系实际学”，“在常学常新中加强理论修养，在真学真信中坚定理想信念”。一致的共识促进了共同的行动，这就在中华大地上掀起了一个全党全民努力学习的新高潮。尤其是在 2019 年 1 月 1 日，“学习强国”这一全新的学习平台正式上线以后，凭借着丰富的学习内容和资源、创新的学习方式和组织形式，就更将全党全民的学习热情进一步点燃了起来。一年来，平台下载量达 7.05 亿，注册用户数超 1.4 亿，每天上线人次近 5 亿，成为了广大干部群众理论学习的“资源库”“掌中宝”，人们参与学习的热烈程度，可以说前所未有。“花时色与香如此，花后娟娟更可人”，放眼顾四野，东西南北中，处处呈现出学习热潮涌动神州大地，思想光芒照亮精神家园的一派动人景象。

而对每一个华夏儿女来说，习近平新时代中国特色社会主义思想也确实在指引着大家前行的方向，成为了激励 14 亿国人不断奋进的不竭动力。“全国优秀县委书记”廖俊波，就是一个认真学习习总书记思想的典型。廖俊波生前是福建省南平市委常委、副市长，武夷新区党工委书记，曾任政和县县委书记，2015 年 6 月被中央组织部授予“全国优秀县委书记”称号，并去人民大会堂聆听了习近平总书记的谆谆教诲。入党 25 年来，廖俊波始终牢记入党誓言，不忘初心，砥砺前行，无论是在乡镇、园区、县委，还是市里，他都牢记党性原则，坚定理想信念，严守政治纪律和政治规矩，在大是大非面前立场坚定、旗帜鲜明，真正做到了“心中有党、心中有民、心中有责、心中有戒”（习总书记语），为党的事业鞠躬尽瘁，为百姓福祉任劳任怨。在担任政和县县委书记期间，面对政和县贫困落后的状况，他立下誓言，迎难而上，他以“樵夫”自命，以“背石头上山”的拼劲韧劲，致力于点绿成金，醉心于强县富民，全身心地带领干部群众开拓进取、苦干实干，使该县连续 3 年进入全省县域经济发展“十佳”，累计减贫 3 万多人，让一个全新的生机勃勃的政和县神速地展现在了众人的面前。廖俊波的工作之所以如此出彩，与他的勤学善思有着密切关系。他注重用习近平新时代中国特色社会主义思想武装自己的头脑，指导自己的行动，他办公室的那盏灯常常是在深夜里亮了一晚又一晚，这是他在潜心学习习总书记的系列讲话和治国理政新理念、新思想、新战略。他苦学深思，力求将习近平新时代中国特色社会主义思想融入到自己的血液中，体现在自己的行动上，以使自己始终与以习总书记为核心的党中央保持高度一致。正因为此，他视野开阔，多谋善断，善于抓核心、抓关键、抓要害，不论在哪个岗位，都能迅速进入角色，很快打开局面，成为了一个有口皆碑的新时代的好干部。2017 年 3 月 18 日，廖俊波在赶往武夷新区主持召开会议途中，不幸发生车祸，因公殉职，使我们党失去了一位“浑身阳光、清澈透亮，满满的都是正能量”（这是群众对他的评价）的优秀好干部，实令我们不由得不为之感到扼腕痛惜。

学习习近平新时代中国特色社会主义思想业已蔚然成风，我自然也就踊跃地汇入了这一浩荡的学习洪流之中，成为了其中一朵小小的浪花。习近平新时代中国特色社会主义思想，就好比一个巨大的磁场，我的心灵一下子就被它强大的磁力牢牢吸引住了，从由衷地喜欢，到潜心地学习它，再到积极地宣传它，还当真是近乎达到了“一日不思量，也攒眉千度”的境地。在风雨杏坛的 40 年间，在退出三尺讲坛的前 16 年中，我一直潜心于有关青少年思想道德教育问题的研究，并取得了一些成果，先后在省级以上报刊发表了千余篇文章，写作出版了十多本专著。可在中共十八大以后，习总书记治国理政的新思想、新理念却很快成为了我关注的热点，我几乎是全身心地扑在了对习总书记著作的学习上。数载的苦读，使我感到愈读愈入迷，愈读愈有味，愈读愈沉醉其间，只觉得自己的眼睛亮了，心胸宽了，双脚稳了，境界高了，于是我决计转换自己治学的主攻方向，将积极宣传习近平新时代中国特色社会主义思想作为自己的主攻目标。我并非科班出身的专业理论工作者，不仅功底浅，而且起步晚，要宣传当代最新最高最活的马克思主义——习近平新时代中国特色社会主义思想，还真有一种老虎吃天——无从下口的感觉。要怎样才能做好这一难度极高的事情呢？开始时，我就像《桃花源记》中的渔夫刚进入“初极狭，才通人”的山口那样，只感到一头雾水，一筹莫展，后经继续前行，大胆探寻，终于见里面竟然“土地平旷，屋舍俨然，有良田美池桑竹之属”，一派大好美景，我不由顿觉豁然开朗，灵光一闪，瞬间想出了这样一个应对难题的巧法子：我可以不从宏观着眼，不从大处入手，不用打阵地战的方式，去研究习近平新时代中国特色社会主义思想的宏大结构和理论体系，而是从微观着眼，从小处入手，采用打游击战的方式，着重去探寻在干某项工作、做某件事情、攻某个难题时，该如何用习近平新时代中国特色社会主义思想中最具针对性的剀切指示，去剖析情况，去研究对策，去发现解决问题的途径，去找到做好工作的方法。这也就是说，我的著述可以不必全面系统地去阐发习近平新时代中国特色社会主义思想的完整体系，而是可以精选习近平时代中国特色社会主义思想中的有关论述，去解决人们所遇到的一个个现实问题，这样在谋篇布局时，我也就不必去考虑各个篇章的纵向推进，横向联系，而只要将每一个独立的篇章，写得主旨鲜明，浑然一体，也就达成了目标。我想，如果这么着另辟蹊径，从特定的角度，以特殊的方式，去宣传习近平新时代中国特色社会主义思想，去帮助人们解决他们迫切需要解决的一些现实问题，或许是更接地气，更具现实针对性，更易于为人们所乐于接受的一种好方法。思路一开通，方法一确定，原先的重重迷障也就顷刻烟消云散，只觉眼前一片天朗日晴，我的决心也就更为坚定，斗志也就益发高昂。

心意既定，说干就干，我就又泰然地端坐案前，一任自己阅读习总书记著作的感悟，随着电脑跃动的键盘肆意流淌，先后写作了《且行且常省》《沐习习春风》这两本宣传习近平新时代中国特色社会主义思想的专著。在写作《沐习习春风》一书时，我一直在琢磨着如何才能让自己的著作更好地起到宣传习近平新时代中国特色社会主义思想的作用，思着，想着，终于福至心灵，想到了《沐习习春风》这么个好书名，并别出心裁地赋予了“沐习习春风”这样的全新含意：只要认真学习习近平新时代中国特色社会主义思想，我们每个人就都会如沐春风一般，心明眼亮，神清气爽，浑身上下充满了使不完的青春活力，在实现中国梦的征程中创造出前所未有的宏伟业绩。如此一来，《沐习习春风》这一看似明白如话的书名，就显得颇富情趣，极具张力，不仅具有摄人眼球的巨大魅力，而且还能给人留下巨大的想象空间。功夫没白花，苦心结甜果，我的这两本专著投向社会以后，反响应该说相当不错，引发了《语文报》《新教育报》《张家港日报》《金港潮》《张家港文学艺术网》《苏州文学艺术网》《江苏作家网》和《河南省语文网》等多家媒体的热切关注，它们或发书讯，或刊书评，都对这两本书做了充分地首肯和热情地推介。所有这些，都使我深深感到，自己的转向之路完全正确，且前景又十分看好，所以今后我必须更振奋精神，沿着这条既定的路坚定不移地走下去。

如果将一个人看作一棵树，学习力就是树的根，也就是人的生命之根。我们评价一个人在本质上是否具有竞争力，不是看这个人在学校时成绩的好坏，也不是看他的学历有多高，而是要看这个人有多强的学习力。学习上的落后，乃是最大的落后、最根本的落后，未来社会唯一可持续的竞争优势就是学习力。学习力并不是娘肚子里带来的，而是在持续不断的学习过程中培育出来的。现代社会对学习的要求，比以往任何时候都更为强烈，每个人都必须不断学习，不断吸纳新的知识，这才能殚见洽闻，腹载五车，以丰富的学识和非凡的能力应对各种新的挑战，出色地完成新时代赋予自己的繁重而光荣的任务。习近平总书记曾说：“中国共产党人依靠学习走到今天，也必然要依靠学习走向未来。我们的干部要上进，我们的党要上进，我们的国家要上进，我们的民族要上进，就必须大兴学习之风，坚持学习、学习、再学习，坚持实践、实践、再实践。”这是习总书记向我们发出的学习动员令，我们必须闻令而动，闻鸡起舞，更好地在神州大地上掀起一个学习的新高潮！

人生的意义就在于奋斗

先请看这样一则耐人寻味的小故事：一个屡屡失意的年轻人千里迢迢来到普济寺，慕名寻找到了释圆和尚，沮丧地对他说："人生总不如意，活着也是苟且，有什么意思呢？"释圆和尚静静地听完年轻人的诉说后，吩咐小和尚去泡一杯温水茶来。稍顷，小和尚送上来一杯温水茶，杯子里冒出微微的水汽，茶叶静静地浮在上面。年轻人喝了一口，不由摇摇头说："怎么一点茶香都没有呢？"释圆和尚说："这可是闽地名茶铁观音啊！"年轻人又端起杯子品了品，随后即肯定地说："真的没有一丝茶香。"释圆和尚就吩咐小和尚去烧一壶沸水送过来。片刻，小和尚便提着一壶冒着浓浓白汽的沸水走进来。释圆和尚重新取过一只杯子，放茶叶，倒沸水，再放到茶几上。年轻人俯身看去，只见茶叶在杯子里上下沉浮，并闻得丝丝清香不绝如缕，便欲去端杯，释圆和尚边示意暂不要喝，边提起水壶又注入一线沸水。茶叶翻腾得更厉害了，一缕更醇厚更醉人的茶香袅袅升腾，在禅房里弥漫开来。释圆和尚如是注了五次水，才让年轻人饮茶。那绿绿的一杯茶水，端在手上清香扑鼻，饮入口中沁人心脾，年轻人不由得连声喊道："好茶，好茶！"释圆和尚这才笑着问："施主可知道，同是铁观音，为什么茶味如此迥异呢？"年轻人回答说："一杯用温水，一杯用沸水，冲沏出来的茶自然不同了。”释圆和尚点点头说：“用水不同，则茶叶的沉浮就不一样，温水沏茶，茶叶轻浮水面，怎么会散发清香呢？沸水沏茶，反复几次，茶叶沉沉浮浮，浮浮沉沉，便释放出四季的风韵：既有春的幽静和夏的炽热，又有秋的丰盈和冬的清冽。世间芸芸众生 ，又何尝不是沉浮的茶叶呢？那些不经风雨的人，就像温水沏的茶叶，只在生活表面飘浮，根本浸泡不出生命的芳香；而那些栉风沐雨的人，如被沸水冲沏的酽茶，在沧桑岁月里几度沉浮，才有那令人心醉的清香啊！”年轻人听了，不禁连连点头称是，脸上也终于露出了释然的表情，淡淡的微笑。

这则小故事，表面看来说的是喝茶的事，而实际上却是巧借喝茶之事，揭示了这样一个深刻的人生哲理：一个人若是慵懒度日，怕经风雨吹打，怕跟艰难搏击，一味贪无为 ，平庸一生，压根儿就享受不到一点儿生命的乐趣；唯有勇迎风雨，敢斗艰困，无畏无惧地在生命之河中起起落落，沉沉浮浮，历经风霜的洗礼，饱受岁月的磨砺，才能真正体味到生命的真谛和人生的意义。简而言之，就是在告诉我们这样一个道理：人生的意义就在于奋斗。奋斗虽要吃苦，虽要受难，但是，唯奋斗方能前进，唯奋斗方能强大，唯有经过顽强不屈的持续奋斗，方能使自己的生命闪耀出绚丽夺目的光彩。

其实，早在西周时期，我们的古人就已明白了人生必须奋斗的道理，《周易》就说：“天行健，君子以自强不息。”这就是先贤留给我们的有关奋斗的名言，此话的意思就是：大自然始终处在不停地运动之中，从来也不会停止，我们人也要向大自然学习，生命不息，奋斗不止。奋斗，可以说是我们中华民族的遗传基因，它已经深深地镌刻在了每个华夏子孙的血脉之中，促使大家勠力同心，用艰苦奋斗创造了举世闻名的中华文明。这就正如习近平总书记所说的那样：“在几千年的历史长河中，中国人民始终心怀梦想、努力奋斗、不懈追求。”即便是在鸦片战争以后，我们中国陷入了统治阶级空前腐朽无能，以及西方列强肆意欺凌的双重困境之中，但我们华夏儿女依然奋斗不止，以英勇不屈的拼死搏击推翻了反动统治，赶走了入侵之敌，不断地开创了一个又一个全新的局面：靠着先烈们“敢教日月换新天”的牺牲奋斗，我们中国人民终于站起来了；靠着改革先锋们“杀出一条血路”的顽强奋斗，我们中国人民终于富起来了；进入社会主义新时代以来，靠着十四亿人民众志成城拼命干的接续奋斗，我们中国人民终于强起来了！

在我们中华民族五千年的历史上，那些肯吃苦奋斗、善吃苦奋斗的杰出人物，可谓是灿若星河，不胜枚举，随手采撷几颗，即可见他们闪耀的夺目光彩。

大禹在父亲鲧治水失败的极端不利的情势下，毅然临危受命，勇敢地挑起了风险极大的治水重任。为不负舜的重托，不负人民的厚望，为彻底扭转他父亲一手造成的败局，他结婚才四天，就毅然跟自己的妻子告别，踏上了治水的征程。他跋山涉水，栉风沐雨，风餐露宿，摩顶放踵，终日与艰苦奋斗为伴，他走遍了当时中原大地的山山水水，穷乡僻壤，即使是那些人迹罕至的地方，也留下了他的足迹。每当水利工程开始的时候，他都和人民在一起劳动，吃在工地，睡在工地，挖山掘石，披星戴月地干。在治水期间，他还留下了三过家门而不入的千古佳话。经他 13 年的精心治理，咆哮的河水失去了往日的凶恶，驯服地向东平缓流去，昔日被水淹没的山陵露出了峥嵘，农田变成了米粮仓，人民又能筑室而居，过上幸福富足的生活。后人感念大禹的功绩，为他修庙筑殿，尊他为“禹神”。

明代的李时珍，因科考一再名落孙山，决计放弃科考做官的打算，专心学医，于是向父亲写诗明志：“身如逆流船，心比铁石坚。望父全儿志，至死不怕难。”父亲不仅认同了他的想法，并给了他这一有益的启示：要学医，“读万卷书”固然重要，但“行万里路”更不可少。从此，李时珍在学医过程中，就总是自找苦吃，不懈奋斗，既“搜罗百氏”，又“采访四方”，深入实际进行调查。他脚穿草鞋，身背药筐，远涉深山旷野，先后到武当山、庐山、茅山、牛首山及湖广、安徽、河南、河北等地，遍访名医宿儒，并拜渔人、樵夫、农民、车夫、药工、捕蛇者为师，采集药物标本，搜求民间验方，并参考历代医药等方面书籍 925 种，考古证今、穷究物理，记录了上千万字札记，弄清了许多疑难问题。正是靠着这“至死不怕难”的奋斗精神，历经 27 个寒暑，三易其稿，李时珍终于在明万历十八年（1590）完成了 192 万字的巨著《本草纲目》。后世人盛赞其功，尊他为“药圣”。

历代肯吃苦奋斗、善吃苦奋斗的人虽然极为众多，难以计数，但我们不能不说，唯有中国共产党人，才可以称得上是最肯吃苦奋斗、最善吃苦奋斗的人。

上世纪初，青年毛泽东在湖南第一师范求学的峥嵘岁月里，就一直坚持吃苦奋斗：烈日炎炎的盛夏，别人待在寝室里摇扇避暑，他却赤裸着上身去室外任凭骄阳暴晒；北风呼啸的寒冬，别人躲在屋里烧火取暖，他却穿着单薄衣衫，行走于山谷之中洗他的“冷风浴”；雷鸣电闪的雨天，别人纷纷进屋避淋，他却光着上身冲入雨中，若无其事地来一个“雨淋浴”。就连读书，他也创造性地以吃苦奋斗的精神和方式来进行，他不是独处安静的书房内埋头苦读，而是别出心裁地去到人声喧哗的城门口，闹中求静，专心致志地潜心苦读，以此来增强自己抵御干扰的定力。青年毛泽东为什么会做出这样一些与世俗迥然不同的举动呢？我们认为，这正是一个具有非常之志的非常之人，所做出的一个令世人惊讶不已的非常之举，其目的就在于要将“艰难困苦，玉汝于成”的古训，切实地化为自己的行动，以期在“与天奋斗，其乐无穷，与地奋斗，其乐无穷，与人奋斗，其乐无穷”的过程中，立宏愿、练体魄、砺胆气、强意志、长才干，为日后投身推翻反动统治的大业，做好思想、精神和体魄等方面的足够准备。而正是这样主动自觉的吃苦奋斗，铸就了他坚定的信念，超凡的意志，强健的体魄，使他后来终于成为举世瞩目、万民称颂的缔造新中国的一代伟人。

习近平总书记 15 岁时到陕西省延川县文安驿公社梁家河大队插队落

户。去到那里后，青年习近平在融入乡亲们生活的过程中，不怕吃苦，乐于吃苦，善于吃苦，快速成长为干农活的一把好手，开荒、种地、铡草、放羊、拉煤、打坝、挑粪……什么脏活累活他都抢着干，从不惜力。打淤地坝时，青年习近平的手掌上磨得全都是水泡，第二天再干活，水泡就磨破了，开始流血。但不管多疼多苦，他都一直拼命干，连村里的乡亲们见了，都不由地感叹："咱一般的老百姓都吃不了这种苦！"青年习近平不仅肯吃苦，用自己的血和汗与乡亲们一起，为改变当时的困苦条件而奋斗，而且还善于吃苦，在埋头苦干的同时，常常仰望星空，在心里谋划着如何带领大家为开创美好的明天而奋斗。在闭塞荒凉的黄土高原上，他从事的是高强度的艰苦劳动，每一天都在吃苦中度过，但即便如此，他也从未忘记学习和思考，从未忘记理想和信仰。他读史书，知古而鉴今；他看洋书，学西而为中用；他熟读马列，自觉修炼政治品格。正因为此，他在梁家河入了团、入了党，并当选为梁家河村大队支部书记。这也就是说，在这 7 年中，他在理想和信仰的烛照下，在常人难以想象的困境中，凭靠着善于吃苦奋斗的精神，完成了人生最重要的蜕变。所以他在《我是黄土地的儿子》一文中这样回忆说："15 岁来到黄土地时，我迷惘、彷徨；22 岁离开黄土地时，我已经有着坚定的人生目标，充满自信。作为一个人民公仆，陕北高原是我的根，因为这里培养出了我不变的信念：要为人民做实事！"正因为青年习近平在吃苦的过程中坚定了这样的信念，明确了奋斗的方向和目标，所以"要为人民做实事"也就成了他一生奋斗的动力源，使他不管遇到什么样的困难事情，不管处于什么样的险急境地，始终都能手挥五弦，目送归鸿，处变不惊，从容应对。一句话，正是这一段敢于吃苦和善于吃苦的艰难岁月，为他积攒了一笔异常宝贵的精神财富，使他加深了对基层生活和底层民众疾苦的了解，锤炼了他高远的眼光，宽阔的胸襟，坚韧的精神，刚强的性格，并造就了他终身为民造福的高尚情怀，从而为他日后的从政之路奠定了坚实牢固的基础。

而踏上从政之路以后，习总书记依然一如既往地发扬在陕西黄土高原上养成的不怕吃苦的奋斗精神，经常不畏艰苦深入农村调查研究，体察民情。从在河北正定当县委书记开始，习总书记就总是不怕艰苦去到那些常人不愿去的犄角旮旯，因为他最想听、最想看的是群众最盼、最急、最忧、最怨的问题。他经常骑着自行车下乡，从滹沱河北岸到滹沱河以南的公社去，每次骑到滹沱河沙滩，他就下车扛着自行车走。他第一次去西兆通大队调研时，就是骑个自行车直接去的，让村民们全都感到特别惊讶，因为他们先前还从未见过骑自行车下乡的县委书记。回忆这段工作，习总书记说："我认为认认真真地当好共产党的'官'是很辛苦的。我也没有听到哪一个称职的领导人说过当官真舒服。"后来他在福建宁德担任地委书记时，又常去被冯梦龙形容为"地僻人难到，山多云易生"的寿宁县，即使是素有寿宁"西伯利亚"之称的最边远的山乡——下党乡，他也去过 3 次。他第一次去下党，乘车 5 个小时，步行 4 个半小时，开会座谈访贫问苦 2 个小时。他曾用"异常艰苦、异常难忘"来形容下党之行。正因为"异常艰苦"，就足见他已把不怕吃苦的奋斗精神完全内化为他的实际行动。正因为"异常难忘 "，所以时隔 30 年后，当获悉下党乡脱贫的喜讯时，已身为总书记的他，专门给乡亲们回了封信，在提及当年"三进下党"的场景时，他依然是记忆犹新，一切都历历在目。习总书记在厦门工作的短短 3 年时间里，那些最偏远、最贫穷的地方他也都去过了，就连只有一条坑坑洼洼的土路的军营村，他也去了 2 次。他之所以能这么做，就是因为他始终认为，当干部就要真干，"不干，半点马克思主义也没有"；当干部就要实干，不能干一年、两年、三年，还是涛声依旧，每年都重复昨天的故事；当干部就要苦干，在领导岗位上只有工作苦些、累些，心里才能感到充实。

综上可见，习总书记走上从政之路后，可以说始终是在吃苦奋斗的路途上一步步走过来的，即使是今天，为了祖国的富强，为了世界的共荣，他依然日夜不停地在祖国各地奔忙，在世界各国穿梭，在继续吃着常人难以想象、难以理解和难以承受的各种各样的苦，在继续发扬着真真正正的艰苦奋斗精神。据统计，党的十八大以来，习近平总书记到基层考察调研50余次、累计160余天，纵横跨越中国版图。据中共中央办公厅权威人士介绍，凡报送给习总书记的请示，不管多晚，即使到了夜里12点，第二天早上都能收到他的批示。习总书记的外交足迹也遍及五大洲的近60个国家以及主要国际和区域组织，里程相当于绕地球14圈。据外交部礼宾官员介绍，习总书记的出访日程总是紧张繁忙，活动环环相扣。在南非主持中非合作论坛约翰内斯堡峰会时，他深夜12点还在参加双边会见；在印度果阿金砖会晤期间，他早晨8点离开酒店，一直工作到午夜快1点才返回。在2019年一年中，习近平总书记就先后11次、31天到基层考察调研，夙夜在公、务实亲民，为党和国家事业竭心尽力。在国际上，他也四处奔忙，先后出访7次共32天，足迹遍布13个国家，对俄罗斯进行国事访问并出席圣彼得堡国际经济论坛，对吉尔吉斯斯坦、塔吉克斯坦进行国事访问并出席上合、亚信“双峰会”，对朝鲜进行国事访问，前往日本大阪参加二十国集团领导人峰会。仅6月份一个月内，他就四赴海外、踏上五国，密集出席约90场双多边活动，连端午佳节和生日也在出访中度过，充分显现了连轴转的“无我”工作状态。同时，他还主持了4次主场外交，让中国的朋友圈更加广阔、坚实，书写了外交新华章，彰显了大国领袖的崇高风范和责任担当。总之一句话，习总书记走上领导岗位后，就始终这样秉持着“我将无我，不负人民”的宏大情怀和使命担当，在驰而不息地吃苦奋斗着。而正是这样一以贯之的吃苦奋斗，有如那永不熄灭的熔炉一般，炼就了习总书记洞察世事的火眼金睛，炼就了习总书记抗击苦难的铁骨铜筋，炼就了习总书记为民谋福的赤胆忠心，使他在吃苦奋斗中励志，在吃苦奋斗中长才，在吃苦奋斗中建功，从而众望所归地成为中国共产党和中国人民的伟大领袖，成为领导全党和全国人民实现伟大民族复兴的坚强核心，并赢得了世界各国人民的爱戴和崇敬，成为了全世界各国人民一致公认的杰出领导人。

凭靠着14亿人的吃苦奋斗，当今中国，虽然已经前所未有地靠近世界舞台中心，前所未有地接近实现中华民族伟大复兴的目标，但我们绝不能因此就陶醉和沉湎其中，而是应该清醒地认识到，目前我们所面临的形势依然十分严峻，这是因为我们国家现在正进入这样一个特殊的发展阶段：改革攻坚遇到了拔寨期，社会矛盾遇到了凸显期，经济发展遇到了瓶颈期，外部环境遇到了风险期——可以毫不夸张地说，在这样一个特殊的发展阶段，许多成长过程中从未遇到的重重困难，无数发展进程中前所未见的层层挑战，都一一叠加地摆放在了我们的面前，向我们提出了极为严峻的挑战。再说，就国际形势来看，目前正出现了百年未遇的大变局，尤其是美国，时时以世界霸主自居，处处在遏制和打压我们中国，其用心之险恶，其手段之毒辣，可以说已到了横行霸道、无所不用其极的疯狂程度，这也就更增加了我们进一步发展的难度。可见，处在这样一种国内、国际双重压力的境况中，我们要想真正成为一个走近世界舞台中心的强国，唯一正确的途径就只能是：自强自立，竭尽己能，永不止息地奋斗，奋斗，再奋斗！

习近平总书记对“奋斗”一词，可谓是特别推崇，“新时代是奋斗者的时代”，就是他提出的英明论断和响亮口号。在纪念五四运动 100 周年大会上的讲话中，他更是 26 次提到了“奋斗”一词。可见，为了挑起新时代赋予我们的重任，为了实现伟大的中国梦，我们就一定要做一个勇敢的奋斗者，在奋斗中历练成长，在奋斗中有所作为，用奋斗的业绩为伟大祖国增光添彩，用奋斗的行动使中国梦得以早日实现。由习总书记稳稳掌握航向的中华民族复兴的航船，正鼓起风帆在破浪前行，我们每一个华夏儿女，都绝不能做坐享其成的看客，更不能做事不关己的旁观者，而一定要使出自己的浑身解数，争先恐后地做一个雄姿英发的划桨者，做一个奋力争先的搏击者。

也许有人会说，我只是一个平凡得不能再平凡的普通人，即便竭尽全力去奋斗了，又能起多大的作用、有多大的意义呢？这样的说法，乍一听似乎也有些道理，可其实却是十分肤浅、极为片面、完全站不住脚的错误认识。这是因为，在这偌大的世界上，虽说每个人都处在不同的位置，扮演着各异的角色，但位高者并不一定就比无权者有更多更大的作为，主角也不一定就比配角有更诱人更出彩的表演。若是尸位素餐，即使位再高，权再重，也将一无所为，甚至还可能做出一些于国于民极有害的事情来；若是总吃老本，即使角色再重要，也不一定能吸引众人的眼球，甚至还可能招来阵阵喝倒彩的声音。唯有勇于奋斗，才能不管处在什么位置，不管做什么工作，都能向人民交出一份令大家满意的答卷来。就算是一个无职无权的平头百姓，只要全力奋斗，也完全可以在极其平凡的岗位上大有作为，干出一番广为众人称道的轰轰烈烈的事业来。

开山岛第五任岛主王继才，就是一个凭靠艰苦奋斗，在平凡的岗位上创造出非凡业绩的典型代表。开山岛面积仅 0.013 平方公里，岛上无人、无电、无淡水，野草丛生，海风呼啸，人迹罕至，条件之艰苦简直令人难以想象，所以前四任岛主在岛上待的时间都不长，最长的不过 13 天，最短的只有 3 天。但是，王继才却在岛上一守就是 32 年，直到他生命的终止。一座让人望而生畏的孤岛，王继才为什么能一守就是几十年呢？这是因为，1939 年日军攻占灌河南岸就是以开山岛作为跳板的历史，使王继才明白了开山岛的地理位置对于海防、国防都极端重要，他从而确立了“家就是岛、岛就是国、守岛就是卫国”的信念，决心自觉扛起“打江山没有我，守江山我必须上”这样的责任担当。就这样，虽说身处改革开放的繁华年代，他却无怨无悔地在这一个“平凡得无聊、艰苦得离谱”的岗位上，挺起了新时代奋斗者的铮铮铁骨。在这无人关注的小岛上，他和他妻子每天都坚持升国旗、巡海岛、观天象、护航标，用一个民的本分，出色地担当了一个兵的责任。有人对此不解，在背后嚼舌根说：“这两口子，守岛就守岛嘛，上面又没要求升旗，天天这么准时升，是想出名吧？”王继才的妻子王仕花听到这话后，气得浑身发抖，可王继才却淡然地说：“他们不懂，升起了国旗，小岛就有了颜色，就代表这里是中国的领土。他说他的，咱升咱的。”他还说：“开山岛虽小，也是祖国的领土，我要让国旗永远在岛上高高飘扬。”他还在极其艰苦的条件下栽种树木，让光秃秃的海岛瓜果飘香，充满了勃勃生机，并在好不容易种活的无花果树上，刻下了对北京奥运会的自豪，刻下了“钓鱼岛是中国的”这一庄严宣告，来表达他对祖国的无限热爱。在几十年的守岛生活中，他经历了常人难以想象的伤痛，经历了亲人的生离死别，也经历了犯罪分子的威逼利诱：蛇头曾给王继才送 10 万元现金，可被他拒绝了；赌徒想开赌场，给他提成 9.3%，也被他拒绝了；娱乐商贩想开歌舞厅，给他提成 11%，同样被他拒绝了。在每一次的威逼利诱面前，王继才都做出了这样掷地有声的响亮回答：“岛不是我家的自留地，家就是岛，岛就是国，守岛就是卫国。”总之一句话，他用自己一生的奋斗，践行了“中国的土地一块不能少”的铮铮誓言。他以岁月为笔，以国家为题，秉承一腔浓烈的爱国奉献情怀，书写了新时代奋斗者的永恒信仰，他的生命也就因此而显得绚烂多彩，因此而变得重如泰山。小岛无言，大海有声，块块礁石见证了守岛人王继才坚如磐石的理想信念，阵阵浪涛诉说着他几十年如一日的动人故事，生动地向我们昭示了这样一个颠扑不破的真理：位卑未敢忘忧国，百姓一样建奇功。王继才虽已作古，但他的精神却永驻人间，如今的开山岛已不仅仅是黄海中的一个地理坐标，更是一座彰显新时代奋斗者价值追求的精神丰碑。

如果你是个学富五车、身怀绝技的人，只要你怀有浓烈的爱国之情，确立高远的报国之志，全身心扑在事业上不懈奋斗，那自然就更能谱写出华美的生命乐章。

近些年来，有两个生命为祖国澎湃的科学家的名字，在神州大地上广为人们传颂，他们就是地球物理学家黄大年和植物学家钟扬。

地球物理学家黄大年，在毅然归国后的 7 年里，全力推动中国深部地球探测技术实现跨代飞跃。2016 年 6 月 28 日，由黄大年作为首席科学家主持的“地球深部探测关键仪器装备项目”通过评审验收，这意味着中国重型探测装备技术研发实现了弯道超车、跨代飞跃！而就在一天前，黄大年突然晕倒在了办公室，这是因为为了准备这次评审，他带着团队熬了将近3个通宵。而他醒来第一句话，却是告诉秘书“不许跟别人说”。许多人对此不理解，可黄大年的挚友、著名科学家施一公理解他：“大年是一个具有强烈的报国理想和报国冲动的人。他深知我们的科研与外界的差距，他惧怕我们的动作稍微慢一点，我们的国家就会赶不上。”

植物学家、复旦大学教授钟扬，在生命的最后16年，扎根青藏高原，带领团队收集4000万颗种子，盘点了世界屋脊的生物“家底”。16年间，他每年在西藏100多天，行程超过50万公里。十多种高原反应，他样样都经历过，但为了填补国家植物基因图谱中的那片空白，他16年如一日穿梭在青藏高原的千沟万壑。2015年，钟扬生了一场大病，别人都以为他出院后会“有所收敛”，没想到他却“变本加厉”，干得更加欢腾。在挑战生理极限的高原野外考察中，他往往是凌晨时分在上海工作，当天深夜又在海拔4000米的拉萨工作到又一个凌晨，因此学生们送他一个“钟大胆”的外号。许多人对此不理解，可他的妻子张晓艳理解他：“从我认识他的那一刻起，我就知道他为科学而生，为事业而生，为理想而生。他的人生，属于科学，属于国家，属于人类。”

从担任“863”项目首席专家，到提出“红蓝军路线”，从设立吉林大学新兴交叉学科学部，到万米大陆科学钻探工程样机“地壳一号”横空出世……黄大年回国后，将生命最后的7年时光，全都投入到了没日没夜的科研攻关之中。

对条件舒适的上海，钟扬无丝毫留恋，而偏偏去到环境艰苦的西藏，在“生命禁区”寻找植物界的“成功者”高山雪莲，在海拔6000多米的珠穆朗玛峰北坡攀登到植物学家采样所能及的最高高度，经常在最偏远、最荒凉、最艰苦的地方穿梭。

黄大年和钟扬，一个在白山松江，一个在雪域高原，他们并不熟识，可都有着相通的精神，那就是“心有大我，至诚报国”；都有着同样的梦想，都为之“惜时不惜命”；都有着同样的使命，都为之“如痴如狂”，奋斗不息；当他们的身体发出最后预警时，他们想到的都不是休息，而是加快拼搏的速度。一句话，他们都心中有祖国，眼中有远方，浑身有劲头，脚下有力量，将炽热的爱国之情和报国之心，成功地转化为了宝贵的卓越之才和报国之行，从而写下了一个奋斗者耀眼的人生华章。

黄大年和钟扬的奋斗历程都告诉我们：生命无法永恒，精神却能不朽，我们要想成为时代的强者，就必须像他们那样，胸怀祖国，志存高远，经危蹈险，不易其节，在不懈奋斗之中，让有限的生命创造无限的价值。

在每一个革命者的面前，都是前路既阻且长，绝非是一举步就可以抵达目标那么简单，所以在奋斗的征途中，我们一定要始终乐于跟吃苦和坚守为伴。

吃苦，这是人生的一门必修课，只有敢吃苦，才能洗尽铅华；只有能吃苦，才能战胜险恶；只有比别人吃更多更大的苦，才能不断地既超越自我，又超越他人，让自己的生命绽放出奇异的光彩。人的一生，始终有“苦辣酸甜”各种滋味相随，谁也不能例外。这各种滋味中，苦为先，甜在后，这就启示我们，只有吃尽了各种各样的苦，方能苦尽甘来，得到如蜜的甘甜。所以，面对障碍，面对磨难，我们不能叹气，不能退却，而要知难而进，迎难而上，敢于吃苦，乐于吃苦，以不畏吃苦的精神，去扫除障碍，去战胜磨难，努力将苦难转化为我们新生活的起点。从这个意义上看，吃苦决非是受难，而反倒是进补，给我们补精神、补信念、补品格、补才能，使我们由吃苦到尝甜，一步步走向理想的彼岸。古往今来的无数事实都告诉我们，曾经吃过的苦、受过的难，到最后都会演绎为厚重的人生底蕴和宝贵的人生财富。爱过方知情深，品过才知酒醇，苦过才能成为英雄好汉，手擎红旗永立时代潮头。

坚守，就是要坚守初心，坚守信念，始终坚守住生命中不应该丢弃和流失的东西。坚守，就是要以理想为根基，长久坚持和超常吃苦，久久为功而不改初衷，精益求精而力臻至善。在人生的行囊里，可以什么也不带，什么也没有，却无论如何不能忘了慎重地把坚守置放其中。因为不携带坚守的跋涉，会使你越走越心慌，越走越茫然，越走越迷惘，甚至会使你误入歧途，走上一条追悔莫及的不归路。而坚守了初心，坚守了信念，你就坚守住了你生命的凭靠和倚托，就能心明眼亮地去穿透虚无，去战胜空虚，就能心雄志壮地去披荆斩棘，排除万难。诚然，坚守也并不是没有痛苦，并不是没有眼泪，而是将痛苦锤炼成诗行，而是将眼泪化作心灵的灯盏，从而确保我们时刻站立在战胜一切艰难险阻的制高点上，使我们永远立于不败之地，成为一个真正的生活强者。

每一株草，每一枝花，都有着顽强的生命力，无论天气是好是坏，无论土壤是肥是瘦，也无论处境是顺是逆，它们都会让有限的生命体现出无限的价值。一个人，无论你多么弱小，多么平凡，只要你有信念，有勇气，敢于去面对一切风风雨雨，敢于去迎接种种艰难险阻，只要你有“时不我待、只争朝夕”的锐气，有“逢山开路、遇水架桥”的闯劲，有“知难而进、迎难而上”的魄力，有“滴水穿石、绳锯木断”的韧劲，有“气可鼓而不可泄”的坚守，始终驰而不息，不懈奋斗，就一定能激荡出无往不至、无坚不摧的磅礴力量，就一定能以平凡之身创造出非凡的业绩，虽为普通之人，却赢得亿万人的普遍尊敬。

“幸福都是奋斗出来的，奋斗本身就是一种幸福。”

“奋斗也是艰辛的、长期的、曲折的。”

“新时代是奋斗者的时代。”

习总书记倡导的这一“奋斗幸福观”，赋予了奋斗玉汝于成的深度、刚毅坚卓的气质、淬火成钢的坚守、化茧成蝶的美丽，是当今时代最新的生命哲学和成功指南，是对广大人民群众参与民族复兴大业、实现伟大中国梦的最有力的动员。这一“奋斗幸福观”，为时代新人指引了方向，注入了活力，而时代新人也在用自己的行动，生动地诠释着这一“奋斗幸福观”的丰富内涵。这一默契的呼应，这一有力的互动，使神州大地更显活力无穷，更见生机蓬勃，呈现出一派众人携手奋斗、共创幸福生活的大好景象。那好，为了把我们的祖国建设得更加强大，为了让我们的生活变得更加幸福，就让我们更好地将习总书记倡导的“奋斗幸福观”深植于自己的心中，时时处处都不驰于空想、不骛于虚声，竭尽自己的全部能量，不懈地努力奋斗吧！

话说成功

大千世界，芸芸众生，几乎每个人都渴望能够成功。不过，人们对成功的理解却并不完全一致，可以说众说纷纭，言人人殊。有人以职位的高低论成功，认为职位高是成功的标志，当上大官的人就是成功者；有人以财富的多寡论成功，认为拥有巨额财富是成功的标志，凡腰缠万贯者即是成功者；还有人以名气的大小论成功，认为知名度高是成功的标志，拥有高人气的体艺明星、文化名人等就是成功者。

以上这些观点，都是在“学而优则仕”等传统理念的影响下，从某一角度来定义成功的，虽说表面看起来似乎各有各的道理，但是从总体上和实质上来看，这些看法就如同盲人摸象一般，都仅是只知其一而不知其二、其三的玩意儿，压根儿就不能真正道出成功的全貌和实质，存在着很大的片面性和局限性。不错，职位、财富和名声，对一个人来说，都是必须花费很大的努力方能获得的较为重要的东西，但如果就此把它们作为成功的标志，那就是对成功的狭义界定，不仅不够全面准确，而且还极易由此将人们的认识引入歧途：若是仅以职位论成功，那就容易强化人们的官本位意识，使人们一心只想往上爬，导致千军万马争过独木桥；若是仅以财富论成功，那么成功就只是少数大款们的专利，广大工薪阶层与成功就根本不沾边儿；若是仅以名气论成功，那就势必只有那些体艺明星和文化名人等方能登上成功的宝座，至于那些在平凡的工作岗位上兢兢业业奋斗的普通劳动者，就必然永远与成功无缘无分。

应该说，以上这些评价成功的标准都是极为偏颇，有失公允的。正确评价成功的标准，必须一方面对少数业绩突出者予以必要的褒奖，另一方面又对广大普通劳动者给以应有的肯定和巨大的激励。唯有这样，方能调动全社会所有人的积极性，使大家同心同德地携手合力奋斗，以推动整个社会更快地向前发展。可在以上这些人的眼中，成功都被狭隘地、偏执地披上了功利的外衣，都被曲解成了地位、金钱、名望的代名词，都被固化为了少数人享受的专利品，而广大的普通劳动者呢，却都被打入了另册，完全被排斥在了成功的大门以外。很显然，这些对于成功的评价标准，不仅极为偏颇，极不公正，而且还极易产生很大的破坏力，导致一些人心浮气躁，急功近利，甚至患上"成功焦虑症"，一天到晚总是削尖了脑袋，一心想着尽快登上成功的宝座，并往往会由此而不择手段，不惜血本，以致将人伦、正义、道德等统统都视若敝屣，甚至连最基本的良知也丧失殆尽，其后果之严重，我们绝不可以等闲视之。所以，我们千万不能就此认为，成功就是物化了的名利地位，地位、金钱、名声就等同于成功的全部。如若不然，那就不仅完全背离了"历史是人民创造的"这一马克思主义的基本原理，而且必将会"一叶障目，不见泰山"，犯下有悖辩证法的严重错误。要知道，名利上的成功，乃是表面的、物质的，只能风靡一时，很快就会成为过眼烟云。唯有人格上的成功，才是实质的、精神的，方能流芳百世，永垂不朽。这也就是说，唯有做人的成功，才是真正意义上的成功。而要想获得这一真正意义上的成功，决非是一件轻易的事情，它需要懂得为人之道、做事之理，需要知晓成功的真正内蕴，并顺应宇宙运行的规律。

那么，究竟什么才是真正的成功呢？"要以'功成不必在我'的精神境界和'功成必定有我'的历史担当，保持历史耐心，发扬钉钉子精神，一张蓝图绘到底，一任接着一任干。”习总书记所说的这一段话，可以说就是对这一问题所作的最好回答。“‘功成不必在我’的精神境界”和“‘功成必定有我’的历史担当”这两句话，应该说就是习总书记对成功所作的最精准、最出彩的概括。前一句的意思是说，事情成功了，其功劳不能全归结到“我”的头上，因为那是团队全体人员共同努力的结果；后一句的意思是说，事情成功了，那一定有“我”的付出，因为为了事情的成功，“我”始终是倾心尽力，不懈奋斗的。为什么必须有“功成不必在我”的境界呢？这是因为，就成功与我的关系来说，我只是成功的必要条件，而并非充分条件，一个人即使再怎么天赋异禀，卓尔不群，也绝不可能独力扭乾坤，成为一手包打天下的英雄，而只能跟广大群众一起，积极参与共同的事业，积极参与历史的创造，才能为国为民做出应有的贡献。为什么说必须有“功成必定有我”的担当呢？这是由我们所处的时代和所肩负的重任决定的。习总书记对此就有极精辟的论述：“中华民族伟大复兴，绝不是轻轻松松、敲锣打鼓就能实现的。全党必须准备付出更为艰巨、更为艰苦的努力。”事实上，“功成”在谁并不重要，“功成有我”方为可贵。中国“天眼”工程的主创人南仁东，在工程落成启用一周年的前10天不幸离世，因此在庆祝竣工那一刻也就没有闪现他的身影，但谁又能否认和忘记他非凡的功绩呢？人们常说，“政声人去后，民意闲谈中”，一名优秀的领导干部、一名卓越的科技工作者，他们敢于担当所创造的光辉业绩，人民群众都随时看在眼里，永远记在心上。必须勇于担当，同时也是由我们承担的职责决定的。习总书记对此也有十分剀切的阐述：“我们的权力是党和人民赋予的，是为党和人民做事用的，只能用来为党分忧、为国干事、为民谋利。”这就清楚明白地告诉我们：成功，绝不是为的出名，为的图利，而是为的为国效力，为民服务，为大众做好事，乃至为父母尽孝心。

1999年，有位记者采访了华裔诺贝尔物理学奖获得者崔琦先生。崔琦告诉记者，自己出生在河南宝丰县，乳名叫“驴娃儿”，直到10岁也没有出过自己的村子，每天帮助父亲做农活、养猪放羊。12 岁时，恰逢有一个机会，他姐姐介绍他到香港的教会学校去读书。他父亲是一位不识字的农民，觉得家里就这么一个儿子，已经到了可以帮着干农活的时候，不愿意放儿子走。但他母亲对儿子有着更高的期待，坚持要把儿子送出去念书。小崔琦舍不得离开家，母亲就安慰他说，下次麦收的时候你就可以回来了，然后把家里剩下的一点粮食给他做了几个馍装在小包袱里。小崔琦就这样跟着亲戚远走他乡，坐了一个星期的火车到了香港。但他没有想到的是，之后他再也没有机会回到自己的家乡，而他父母却在 20 世纪 50 年代末因遇大饥荒，吃不饱肚子饿死了。记者问崔琦："有没有想过如果当年母亲没有坚持把你送出去读书，今天的你会是怎样？"记者期待的回答是，知识改变命运等等。可崔琦的回答却完全出乎记者的意料："其实我宁愿是一个不识字的农民。如果我还留在农村，家里有一个儿子毕竟不一样，也许他们不至于饿死吧。"记者听了，心灵受到巨大的震撼。他由此明白，诺贝尔奖也好，科学的成就也好，社会的承认也好，都不足以弥补崔琦的失去和永远的心痛。如果自己做节目还停留在讲述人们的所谓成功故事的话，我们也就失去了对人性更深层的了解和体会，最终归于浅薄。同时，他还由此发出了这样的深深感叹：到底什么算成功？更成功又怎样？我们的社会是不是患了"成功综合症"？为了"成功"，我们常常忘记自己的初衷和内心真正的渴望；为了"成功"，我们急急忙忙地赶路，经常撞着这个碰到那个，我们是不是想过把他们扶起来，说声对不起？为了"成功"，我们忽略了路边的风景，忽略了身边的人，我们能不能停下脚步，欣赏一下美景，给身边的人一个微笑，或是给他们一个拥抱？

事实上，成功从没有被有地位、有金钱、有名声的人所独占和垄断，广大工农群众中，也同样涌现出了无数颇有建树的成功人士。

譬如公交战线的售票员李素丽，就是一个响当当的众人公认的成功人物。上中学时，李素丽的期望是当一名播音员，可走上了社会之后，她在实际工作中却只是当了一名公共汽车售票员。然而，她并没有认为这是希望的破灭，并没有因此而放弃原来的期望，而是即使是在售票员这一不为人看好的岗位上，依然用播音员的标准严格要求自己，总是字正腔圆地播报站名，总是满腔热情地为乘客作适时的友善提醒，总是每一天都兢兢业业地做好她的本职工作，从而在平凡的岗位上出色地创造了不平凡的业绩。后来在学习李素丽的活动中，曾有这样一次电视采访：一群演员、歌唱家、播音员登上李素丽服务的车组进行观摩，有人问她还想当播音员吗，你猜李素丽如何回答？她无比自豪地说，她本来就是播音员，汽车上的播音员！她的这种自豪感，显然不是在当上标兵、评上劳模之后才有的，而是她一贯积极心态的自然流露。正是由于她心中始终存有这样不灭的期望和自豪感，才使她数年如一日地坚持严格的高标准服务，并受到众多乘客发自肺腑的感激和赞扬，也正是她心中存有的这不灭的期望和自豪感，以及由此产生的始终如一的积极行动，才使她树立了售票员的全新形象。作为一个普通的售票员，李素丽以她出色的业绩，雄辩地向我们说明了这样一个道理：在这个世界上，并不是一定要选择那些位高权重的职业，才能取得令人神往的巨大成功；即使是在一些极为平凡的岗位上，只要苦心孤诣地为实现自己的目标执着努力，心甘情愿地无私奉献自己的一切，那也同样能干出非同凡俗的光辉业绩，同样能取得众人公认的巨大成功。这就启示我们：每个人在规划自己的职业时，既不能对成功作狭隘的理解，也不能被偏颇、刻板的成功观所蛊惑，更不能把当大官发大财当作人生唯一的追求，而一定要不轻信众人之言，不被世俗观念所束缚，勇敢坚定地去走自己所认定的道路，去做自己所认定的事情，以让自己的一生活得更加充实，更有意义。

由此可见，若是要想成功，首先得以正确的价值观弄清究竟什么是成功。从本质上看，成功其实包含着这样两方面的含义：一是社会承认个人的价值，并赋予个人相应的酬谢，如地位、金钱、名望等等；二是个人承认自身的价值，对自己的工作充满自信，并因自己所取得的成绩而在心中满怀着充实感和幸福感。可在现实生活中，说起成功，人们大多想起的只是它的第一种含义，而且通常都对它特别关注，而对于成功的第二种含义，很多人往往就缺少应有的了解，而且大多也不十分重视。但其实呢，这成功的第二种含义，也同样非常重要，因为承认自身的价值，实际上是体现了自我实现的需要。这种需要，是在理想、抱负和志趣的烛照下，最大限度地发挥自己的潜能才得以达成，所以这种需要一旦得到满足，就会使自己越来越成为自己所期望的人物，因而也就格外会产生一种满足感和成功感。这也就是说，成功并非完全是社会评价性质的，有时候主要还是得看当事人自我的感受。

王世襄，这也许是一个并不被众人知晓的另类人物，但他的独立特行，他的奇特建树，却也使他成为了一个别具一格的成功人士。因为较为优裕的家庭环境和年少好奇好动的性格，王世襄自小就特别喜欢和京城诸多玩家交游，展露出他“燕市少年”的特有风貌。晚年的王世襄曾自嘲：“我自幼及壮，从小学到大学，始终是玩物丧志，业荒于嬉。秋斗蟋蟀，冬怀鸣虫，挈狗捉獾……皆乐之不疲。而养鸽放飞，更是不受节令限制的常年癖好。”只是他玩这些不为消遣，而是真心喜爱。为了得到爱物，他舍得花钱，舍得搭功夫，甚至长途跋涉、餐风饮露亦在所不辞。为了穷究玩物的底里，他又与许多平民百姓交朋友，虚心向他们请教。沉潜既久，他于诸般玩技靡不精通，可“家”者就有诗词家、书法家、火绘家、驯鹰家、烹饪家、美食家、美术史家、中国古典音乐史家、文物鉴定家、民俗学家等。他玩的东西多半属于民俗，但大俗的东西到了他这儿却玩成了大雅。最可贵的是他留心玩的学问，与一般玩家所玩的却不尽相同，他不但能玩，也能写，大凡他玩过的东西，都留下了文字记载和他研究的心得。正因为此，著名画家黄苗子说他“玩物成家”，著名书法家启功说他“研物立志”。过去在一般人眼里，架鹰走狗斗蛐蛐是游手好闲的市井之徒所为，可经王世襄把这些东西加以描述和总结，便金丹换骨，马上升格为文化，他可真不失为一位玩物并研物的大玩家。千万别小瞧了这个玩家，正是因为喜欢玩，他一生虽曾历尽坎坷，但活到 90 岁都还不觉得自己老。

这就可见，即便不是出于宏图大志，即便所干的不是轰轰烈烈的伟大事业，而只是做了一些看似平凡得不能再平凡的小事儿，但只要自己真心喜欢，只要自己确实是全身心地投入其中，那也同样能使自己得到极大的满足，那也同样不失为一种值得人称道的成功。在一定意义上说，成功体现为一种价值的存在，王世襄所做的这一切，岂不就全都体现了其存在的价值么？所以，在当今这样一个价值观多元化的时代，我们就更应该尊重他人的职业选择，并以满腔的热忱祝愿他们在各自不同的岗位上八仙过海，各显神通，一起活出他们应有的精彩来。即便你不认可他的选择，也切不可多加非议和无情嘲弄。唯有这样，才能映照出我们淡泊明志的高境界，以及懂得取舍的大智慧。

据《环球时报》报道，在什么样的孩子才算有出息的孩子，是上牛津读博士，还是做创业成功的企业家这个问题上，英国萨顿信托基金会称，英国 2/3 的青少年最大的梦想是去做个蓝领学徒，而不是只想着考上大学。另据英国《独立报》报道，最近益普索·莫里调查机构在英格兰和威尔士对 2381 名 11–16 岁的在校生展开了一项调查，64% 的受访者表示，为了自己的兴趣，他们宁愿从做蓝领学徒起步，也不愿去攻读什么学位。由此可见，在英国大多数人的心目中，“学而优则仕”的理念根本就没有什么市场，升大官、发大财、当名人，也并不是大多数人的向往和追求。马克思曾经说过：“我们的使命决不是求得一个最足以炫耀的职业。”应该说，英国人的择业观和成功观，跟马克思的这一论述还是较为吻合的。尽管不同的人对成功有不同的定义，但可以断言，界定成功绝不是只有一把升官发财的尺子。所以，只要找到适合自己的角色定位，并矢志不渝地为之努力奋斗，那就即使是在平凡的岗位上，也能取得非凡的成就；只要心怀志向，为国为民不懈努力，那就即使是在最基层的岗位上工作，也依然能发挥自己的才华，大有益于整个社会。在当今的中国，我们尤其应该清醒地认识到，每个人建功立业的舞台都无限广阔，梦想成真的前景都空前光明，只要有信念，有梦想，只要勇于奋斗，乐于奉献，那就必然会有更多获得成功的机会，自己的人生也就必然会活得更有意义。

此外，还有一个问题必须引起我们的足够重视，那就是：在不少人的心目中，都认为不管是做什么事，一定要做大做强了，才算是成功，如果只是搞些小敲小打的东西，那就难登大雅之堂，那就算不上成功。我们认为，这样的认识也同样有失偏颇。不错，不管做什么事，如果做大做强了，譬如我国的天眼，譬如世界500强企业，那显然是获得了成功。但是，我们也应该明白，是否做大做强了，这并不是衡量成功与否的唯一尺度。如果有人做的虽然是小物件、小企业，但是他们却把它做到了他人难以企及的精致，甚至是做到了无人能望其项背的极致，那么你能说他们并不成功吗？评判事物的价值，在很多情况下都不是仅只有一把尺子，在现今这样一个价值观多元化的时代，我们就更不能把成功的标准仅仅局限在是否做大做强上，如果虽然是很小的东西却做得极为精致，甚至是做到了令人惊叹的极致，那也同样不失为是一种成功。

先看虽小却做得极为精致的例子。明朝魏学洢所写的《核舟记》一文，头段以极精练的文字概述了江苏常熟王叔远雕刻手艺超乎寻常的奇妙精巧：他能用直径一寸左右的木头雕刻成宫室、器皿、人物，以及飞鸟走兽、树木石头，而且无不按着木头的原形来模拟物态，因而都雕刻得各有各的情趣神态。随后，文章即以王叔远送给作者的一只用桃核雕刻成的小船，加以具体展开：小船是选用狭长的桃核雕刻而成的，核舟从头到尾大约有八分（约2.9厘米）多长，高仅二分（约为0.55厘米）左右，刻的是苏东坡泛舟游览赤壁的情景。在这只小小的船上，竟刻有五个人，八扇窗，箬竹船篷、船桨、茶炉、水壶、手卷、念珠各一件，并有对联、题名以及篆字印章，计三十四个字。船只可以说已经小到不能再小，可竟有如此之大的容量，这已足以使人击节称奇，然而更使人称赏不已的却是：船上五人（大文学家苏东坡、苏的好友佛印和尚、大诗人黄鲁直以及两个船夫），全都刻得装束不同，神态各异，栩栩如生，活灵活现；船上的对联、题名以及篆字印章，笔画细如蚊脚，却一钩一画，全都清清楚楚，了了分明。试想，王叔远以其灵巧非凡的双手，雕刻出这样小而精致的艺术品，难道还不足以跻身成功的行列么？

再看虽小却做到臻于极致的例子。日本有一个 91 岁的高龄老人名叫小野二郎，经营的是一家小不点儿的寿司店，只有 10 个座位，然而它却是举世闻名的米其林三星餐厅，要去用餐不仅需要提前一两个月预订，而且每餐只能吃 15 分钟。顾客进了店里，小野首先会仔细观察用餐者的特征，然后根据其性别调整寿司的大小，并根据左撇子客人的习惯调整寿司摆放的位置。他从头到尾只做寿司，没有饮料，旨在让顾客全身心地投入到品尝寿司的美味之中。凡去吃过的人都纷纷做出这样的评价："值得等待一生的寿司"。小野二郎做了一辈子的寿司，他说："我要确保每一位客人都能吃到极致美味的寿司。"这就是小野一生的追求，而他也当真做到了。小野将一个只有 10 个座位的小店，做成了举世闻名的米其林三星餐厅，他本人也因此被人誉为"寿司之神"，试想，对于这样一个有非凡作为的人，我们还有什么理由将他拒之于成功的殿堂之外呢？

这就可见，条条大路通罗马，行行业业出状元，即使你做的是毫不起眼的小事情，即使你扮演的是戏份不重的小角色，只要你专心一意精雕细琢，只要你矢志不渝不懈追求，你也同样能成为一个令人刮目相看的功德圆满的成功者。

说完了什么是成功的问题，接着来说一说与此紧密相关的另一个问题：追求成功是为了什么？

在这个问题面前，不同世界观和价值观的人，也往往会做出迥然不同的回答。

凡信仰社会主义核心价值观的人，追求成功是旨在为国建业，为民谋利，让我们祖国尽快建成现代化的社会主义富强国家，让我国人民早日过上物质富裕精神充实的幸福生活。所以，即使是从政，他们也不是为的加官晋爵，光宗耀祖，而是为的为官一任，造福一方；即使是从商，他们也不是为的腰缠万贯，富甲一方，而是为的繁荣社会经济，推动社会进步，丰富百姓生活；即使是从事科学研究，他们也不是为的独占鳌头，美名远播，而是为的勇攀高峰，使我国早日跻身科技强国之行列，使百姓更多分享科技发展的红利，并为国家培养更多科技人才；即使是从事体艺工作，他们也不是为的出人头地，名扬四海，而是为的提升我们的国威，使世人对我们中国刮目相视，顿生敬仰之情，而是为的增强国人的体质，愉悦百姓的心情，使大家都生活得更美满幸福。总而言之，所有这些人都认定成功只能在共育共享的枝头上绽放，因此在追求成功的过程中，他们都是以美好心灵开拓人生之路，用旷达胸襟开创崇高事业，把个人的追求与国家的需要和人民的期望有机地融汇在一起。有了这样的胸襟和情怀，自然就能达到习总书记所说的“成功不必在我，功成必定有我”的高尚境界。

这样的实例可以说不胜枚举，现仅举蒋佳冀的事例来作一佐证。在庆祝改革开放 40 周年的大会上，党中央表彰了一批为改革开放做出杰出贡献的个人。在这被表彰的 100 名杰出人物中，最年轻的当属两名“80后”，一位是家喻户晓的篮球明星、中国篮协主席姚明，另一位名叫蒋佳冀，他比姚明小 9 个月，是百名杰出人物中最年轻的一位。虽然对于广大民众来说，蒋佳冀这个名字稍显陌生，但他能和姚明并列成为“80 后”的两位代表，可见绝非等闲之辈。他是我国空军首个三夺“金头盔”奖的飞行员，并在 2017 年 36 岁时升任旅长。很显然，他可以算得上是个响当当的成功人士了。可他并没有因此而居功自傲，更没有因此而去挤兑或贬抑他人，而是以异常谦和的心态以及极为宽广的胸怀这样说道：“一个人真正的成长，一定是责任感与担当意识越来越强烈的过程。此前的我，思考得更多的，是自己怎样能飞得更高，更好；而当了旅长之后，我的理想是培养更多更好的能超越我的人。”

而在那些没有树立正确世界观和价值观人的眼中和心中，追求成功就完全是另一番景象了：他们认为，既然是追逐成功，那就必须官位越高越好，钱财越多越好，名声越响越好，于是他们就挖空心思、不择手段地摆平高人，打击对手，挤压同行，排斥异己，只要他人有所得，他们就心中窝火，只要他人有所失，他们就暗自窃喜，只要他人紧追他，他们就设置障碍，只要他人胜过他，他们就切齿嫉恨。总之一句话，为了让自己能一骑绝尘，成为名副其实的老子天下第一，他们那窄狭的心胸里就会充满妒意，就会费尽心计地使出种种恶毒的招数，对他人加以无情打击。下面这则故事，就很能说明这个问题：

清朝雍正年间有个白泰宫，是当时八大武术家之一。他成亲后因故离家多年，一直浪迹江湖。有一次回乡途中，他恰巧遇到个小孩正对着一块大石头练功，掌到之处，火光四溅。白泰宫心想："我家乡竟有这样的小孩，现在武功就如此了得，长大后肯定超过我。"在强烈嫉妒心的驱使下，他竟一掌把孩子打死了。孩子在断气之前，只说了一句话："我爹爹白泰宫一定会找你报仇！"白泰宫一听，顿时如五雷轰顶，方知杀的是自己儿子，但已悔之晚矣。

莎士比亚说过："你要留心嫉妒啊，那是一个绿眼的妖魔！"的确，人一旦有了嫉妒心，真就会像着了魔一样，干出很多损人而并不利己的事情来。这也就是说，偏离了立己达人的目的，成天沉迷于追名逐利之中，只想着一己独占成功，虽说也有可能一时得逞，可最后必然会事与愿违，适得其反，以损人的目的始，而以害己的结果终。这就正如老子在《道德经》中所说："名与身孰亲？身与货孰多？得与亡孰病？是故甚爱必大费，多藏必厚亡。"众人划桨开大船，成功断非孤独行，特别是在社会分工日益精细的今天，就算你自以为有天大的能耐，若是你没有高尚美好的德行操守，若是你缺乏默契合作的团队精神，那你就断然不可能抵达成功的彼岸，那你成功的心愿就永远只能是南柯一梦。

续说成功

在上文《话说成功》中，我们说了什么是成功、为什么要追求成功的问题，在这一篇文章中，该来说说怎么追求成功的问题了。

怎么追求成功呢？这牵涉到较为众多的问题，限于篇幅，本文主要说一说以下几个方面：

一是要想成功，首先得确立明确的目标，以指引前进的方向；而且，目标一旦确立，万不可朝三暮四，轻易变更。

在人潮汹涌的世间，有些人只知道随波逐流地跟着他人走，却从来也不知道自己究竟要到哪里去，不明白何处才是自己的归宿地。看起来，这些人也忙忙碌碌，辛辛苦苦，并没有少花力气，可是到头来，他们却往往是两手空空，一无所得，白白忙活了一辈子。而另一些人则完全不同，他们时刻不忘自己前行的方向，始终认准了一个目标勇往直前，虽说途中也有曲折，也有坎坷，但明确坚定的目标给了他们不竭的动力，使他们百折不挠、永不止步地奋勇向前，直到最后如己所愿地迎来他们梦寐以求的成功。从以上这鲜明的对比之中，即可见确立目标的极端重要。这就正如著名成功学大师戴尔·卡耐基所说："朝着一定目标走去是志，一鼓作气中途绝不停止是气，两者合起来就是志气，一切事业的成败都取决于此。"

著名科学家爱因斯坦对此也同样有很精辟的见解：“在一个崇高的目标支持下，不停地工作，即使慢，也一定会获得成功。”可以毫不夸大地说，一个人之所以伟大，首先是因为他目标的伟大。这是因为，高远的目标，寄托着理想和信仰，不仅能给人指明前行的方向，而且能源源不断给人以精神的激励，为人们提供取之不尽、用之不竭的奋进动力。

比塞尔现在是西撒哈拉沙漠中的一颗明珠，每年有数以万计的旅游者来到这儿。可是在欧洲青年肯·莱文发现它之前，这儿的人却没有一个走出过大漠。这倒不是他们不愿离开这块贫瘠的土地，而是尝试过很多次都没有能走出去。究竟为什么走不出去呢？经过实地考察，肯·莱文终于明白了，比塞尔人之所以走不出大漠，是因为他们根本就不认识北斗星。在一望无际的沙漠里，一个人如果仅凭感觉往前走，他会走出许多大小不一的圆圈，最后的足迹十有八九是一把卷尺的形状。比塞尔村处在浩瀚的沙漠中间，方圆上千公里没有一点参照物，若不认识北斗星，又没有指南针，想走出沙漠确实是不可能的。后来，一位名叫阿古特尔的青年，根据肯·莱文的指点，白天休息，夜晚朝着北斗星方向走，三天后果然走到了大漠的边缘。阿古特尔因此成为比塞尔的开拓者，他的铜像被竖在小城的中央。铜像的底座上还刻着一行非常醒目的字：新生活是从选定方向开始的。

应该说，这是一个很有趣味也颇含深意的故事，因为它告诉了我们这样一个道理：一个人的人生之旅，是从设定目标的那一天开始的，以前没有目标的日子，只不过是在绕圈子而已。有句古老的格言说：“我们当中有 5% 的人能够改变现状，有 10% 的人能够见证这些改变，有 85% 的人则并不明白究竟发生了什么事情。”每一个人都同样生活在这个世界上，为何只有 5% 的人能够改变现状呢？这是因为，这 5% 的人有着正确坚定和清晰明确的目标。在这一目标的指引下，他们就能始终朝着一个既定的方向奋力前行，就能将自己的聪明才智转化为巨大的创造力，不断去改变旧事物，创造新事物。即便是遭遇了重重阻力和种种困难，他们也会听从目标的召唤，产生持续的信心、热情和行动力，无所畏惧地勇往直前，不达目的誓不罢休。试想，在这一些目标坚定、敢作敢为的人手中，现状还怎么能不被彻底改变呢？那 10% 的人，为什么只能见证现状的改变？这是因为，这些人虽然也有正确的目标，但这样的目标大多并不十分清晰和明确，这就决定了他们在实现目标时缺少重轭在肩、非干好不可的责任感，缺少机不可失、时不我待的紧迫感，因此他们的潜能就根本不可能完全被激发出来。一旦遇到了困难和挫折，他们就更是会束手束脚，甚至会畏葸不前。正因为这样，尽管他们也有改变现状的愿望，却很难有坚决果断的行动，很难有意出尘外的创新之举。而这就决定了他们无法成为改变现状的弄潮儿，而只能成为改变现状的见证者。那么，85% 的人为什么竟然不明白究竟发生了什么事情呢？这是因为，这 85% 的人一生没有明确坚定的目标，他们不知道自己究竟要去向何方，不知道什么是自己要做的最重要的事情，不知道如何合理地安排时间，不知道如何精准地把握今天，而只是脚踩西瓜皮——滑到哪里算哪里，始终在稀里糊涂中苟且度日，在生命之河中随意漂泊。试想，这些对现状的变革完全失去了敏感度的人，又怎么能明白世界究竟发生了什么事情呢？由此可见，确立目标对于一个人的发展来说是何等的重要。概括起来说，确立正确坚定、清晰明确的目标，既可以给人以明确的方向和强劲的动力，又可以给人以无比的勇气和坚强的毅力，因此也就能使一个人一生一世都百折不挠，义无反顾，永远向着那个心中的明灯奋勇迈进。

要想成功，不仅要有明确的目标，而且目标还必须专一，绝不可朝秦暮楚，轻易变易。有个青年，学习能力很强，他考大学的时候觉得计算机专业很好，于是报了计算机。考上了重点大学，可是没上一年就感觉无聊，想调换专业去了环境工程。继续再熬了三年，读完本科，毕业后他还是不满意自己的专业，于是又继续考研，换成法律专业。等他研究生毕业，拿着律师证进了企业，很快就觉得自己不喜欢当律师，于是又去考会计师。等到他拿着注册会计师的证书，又跳到另一个新公司，这个时候，已经有家、有孩子的他，依然对会计工作很快丧失兴趣，但是他不敢再像前几年那样随便再跳槽换行业了，因为有了家庭的压力。有人问他到底喜欢什么？他说还不确定，可能还要继续找。但是，他或许还没有清楚地了解，大学时跟他一起学计算机或者学法律的同学，此时早就在各自的职业领域里成为了有经验的专家。

上述故事中的这个青年，可以说是既有志气，又有能力，而且学习时也肯下苦功，可是当他大学时的同学早已在各自的职业领域里成为有经验的专家时，他却还没有真正选定自己所喜欢的职业，更别说是搞出什么像样的名堂了。这究竟是什么原因呢？关键就在于：他一直都心猿意马，始终没有确立一个明确坚定的奋斗目标。正因为目标不明确坚定，没有一个恒定的主攻方向，所以多年来他就总是羊头上搔搔，狗头上摸摸，东一榔头，西一棒槌，而没有像凸透镜那样，始终将自己的力气聚焦在一个固定的着力点上。正因为这样，虽然看起来他也很用功，也很刻苦，可多年过去了，他却终因目标过于分散，根本无法形成合力，致使开花不结果，徒劳而无功，白白花费了许多的心血。如果面对自己那过往的经历，他不能好好反省，及时改弦更张，赶快确立一个明确坚定、不再随意变易的目标，而是依旧故我，像他所说的那样还没确定自己到底喜欢什么，可能还要继续寻找的话，那么他这一生，或许就将永远与成功无缘。所以，不管是有多大能耐的人，都必须牢记这样一条真理：成功的秘诀乃是目标之有恒。

二是要想成功，在为自己确立了发展的目标后，就必须立即披挂上阵，为实现自己的目标采取切实的行动，而不能有丝毫的犹豫，更不能以任何借口迟迟按兵不动。这是因为，即使设想的目标再好，如果不去行动，目标就始终只能是一个虚幻之物，永远也不可能变成可触可摸的现实。

在很久以前，有一匹千里马，年轻能干，它每天早上都把自己的毛发打理得干干净净，然后等待它心中的伯乐出现。有一天，一个商人来到它的身边，说道："我是一名客商，需要一匹年轻能干的马，长途跋涉来为我运送货物，不知道你是否愿意跟我走？"马很不情愿地说："我可是要征战沙场的，至少也得是将军、皇帝的座驾，怎么能帮你去拉货呢！"又有一天，一个壮志凌云的士兵找到它，说道："我现在要去打仗了，我需要一匹战马助我成功，我想你应该是我要找的马！"马不解地说："就你这个模样，能取得成功吗？你能给我好的草料吗？能给我好的马厩吗？我才不愿意跟你去白吃苦头呢！"此后，千里马身边来了很多人，但都不能如千里马的意，它始终认为自己是专属于将军、皇帝的。终于有一天，皇帝御驾亲征，大臣张贴告示寻访千里良驹。千里马获悉后，便找到这位大臣，对他说："你们不用找了，我就是你们要的千里马！"大臣看了它一眼，问："要去打仗，就要熟悉国家的地图路线，这样才能确保安全，你熟悉我们国家的地图路线吗？"千里马摇摇头说："不知道，没去过！"大臣接着问："那你打过仗吗？有作战经验吗？"千里马还是摇摇头。大臣说："那我要你有什么用呢？"千里马兴高采烈地回答："我能日行千里，夜行八百！"于是，大臣让千里马跑一圈，可没跑几步，千里马就跑不动了。千里马突然发现，原来自己已经老了！

在现实社会中，很多人身上都有着故事中千里马的影子，他们也都认为自己就是千里马，都认为自己天生就是干大事的人，可他们却往往都只是期盼着机会的降临，而不愿立即采取行动。殊不知那一次次的错过，已然让自己在不知不觉间丢失了磨砺自己、提高自己的机会，致使蹉跎岁月，年老力衰，最终只能可怜巴巴地被彻底关在证明自己能力和实现当初宏愿的大门之外。所以，如果你当真想成为一匹货真价实的"千里马"，你就必须立即行动，或跟随商人，走遍天下，或跟随将士，征战沙场，或师从老板，从企业的基层做起，或自主创业，勇敢地白手起家，争取成为业内顶尖的创业人物。总而言之，你究竟能不能成为千里马，既不是凭你怎么想，也不是听你怎么说，关键是得看你到底肯不肯出来遛一遛，同时还得看你究竟遛得好不好！

心动不如行动，一百次心动不如一次行动，唯有行动才是通向成功的捷径。这是因为，不管什么事，光心想，光口说，都是虚的。目标再远大，再宏伟，如果只是停留在脑海里或是纸面上，也同样始终都是虚的。只有立刻行动起来，才能变成实的，才能一步步向目标靠近。况且，目标仅是对未来的一种设计，其可行性究竟如何，到底是否完全适合自己，是否还有把握得不够精准的地方……所有这些，也都只有行动才能做出最好的回答。再者，唯有在行动中，一个人所具有的能耐和所存在的不足，才能得到充分的显现，这样才能促使人们有针对性地去充实自己、提高自己、塑造自己、改变自己，以使自己更好地适应实现目标的需要。这就正如美国著名成功学大师杰弗逊所说："一次行动足以显示一个人的弱点和优点是什么，能够及时提醒此人找到人生的突破口。"是的，生活中的许多事实都充分说明，只有行动，才能使人们真正踏上成功之路。

从前，有一位充满智慧的教授和一个文盲比邻而居，虽说他们的学历、地位和性格，都相去甚远，但是他们都有一个共同的目标：都想让自己尽快富裕起来。每天，教授都会滔滔不绝地向文盲讲授他研究出来的致富经，而文盲呢，总是会在一旁认认真真地聆听着。文盲非常钦佩充满智慧的教授，并根据教授的致富设想立即采取行动。若干年后，文盲成了一个百万富翁，而教授却还是依然故我，一如既往地在空谈他的致富理论。

这个故事虽说短小，但通过鲜明的对比，却雄辩地说明了这样的道理：如果想要成功，那就绝不能一天到晚只是口若悬河，坐而论道，幻想着好运会突然降临，等待着成功会主动前来敲门；而一定要怀着一颗虔诚的心，虚心求教，认真学习，并敢于行动，善于行动，在行动中敏锐地捕捉成功的机会，精心地练就走向成功的本领，以便最终叩开成功的大门。

三是要想成功，不能急功近利，不可急于求成，而是要充分地做好进行持久战的准备，给生命一个必要的助跑过程。

为说明这个道理，不妨让我们先来看一看这样一则故事：

在高原的上空，常常可以见到秃鹫在翱翔。秃鹫又叫座山雕，也被人们誉为“神鹰”，乃是高原上体格最大的猛禽。它们往往栖息在海拔2000~5000多米的高原上，体重达到7~11公斤。秃鹫张开翅膀后，整个身体有2米多宽，能长时间飞翔于空中。在湛蓝的天空上盘旋时，它宽大有力的翅膀，似乎连太阳也能遮蔽，你甚至还能听到它的双翅在空气中“哗啦，哗啦”扇动的声音。一旦发现猎物，它便会如利箭一般俯冲而下，褐色的羽毛在阳光下闪烁着金属般的光泽，像一道钢铁般的闪电。它甚至能捕杀草原上的野狼。其勇猛，其力量，确实非一般的鸟类所能比拟。有一次，一个猎人意外地捕获了一只秃鹫，他把秃鹫关进了一个不到1平方米的围栏里。围栏的顶部完全敞开，从围栏里面可以仰视天空。然而，秃鹫处在这样的围栏里，却怎么也飞不起来，而只能在围栏里徘徊，做无奈的囚徒。这究竟是什么原因呢？原来秃鹫虽然雄健有力，能翱翔万里，可它在飞上高空之前，却需要有一个助跑的过程，它要先在地面上奔跑三四米，然后才能飞起来。可就是这短短的几米，决定了秃鹫是否能扶摇直上，成为一只勇猛的大鸟。而在那狭小的围栏里，因为没有助跑的距离，即使它再怎么强健，再怎么想腾空而起，却还是眼睁睁地无法飞上蓝天。

这秃鹫起飞离不开助跑的事，使我不由联想起社会上一些一心想追求成功者的所作所为。有一些人，在“成名要趁早”思想的驱使下，一踏上社会就奢望一镢头挖出个金娃娃，就想着不费吹灰之力就成为一个名利双收的成功者。很显然，这种急功近利，不注重积累的做法，是断然不可能达到成功的目的的。相反，只有不急不躁，不辞辛苦，默默地为自己搭建好助跑的平台，在注重积累、夯实根基上狠下功夫，才能将自己的优势不断发挥出来，给自己的起飞创造有利的条件。火功到家猪头烂，时机一旦真正成熟了，自然就能水到渠成地登上事业的巅峰。所以，我们一定要从秃鹫的腾飞中得到有益的启示，给生命一个助跑的过程，以便在做足了充分的准备之后，让自己的人生能飞得更高，飞得更远，飞向那更广阔的天地。秃鹫的助跑只需要三四米的距离，所用的时间也不需太长，而人的一生是七八十年甚至上百年的漫长岁月，因此其助跑距离就不知要比秃鹫的助跑距离长上多少倍，所需的时间也不知要比秃鹫助跑所花的时间多上多少倍。这也就是说，一个人走向成功的助跑过程，至少需要三年五年、八年十年，甚至更长的一段时间，远非秃鹫的短距离、短时间助跑所能比拟。在这样一个较长的助跑过程中，急没有用，躁也没有用，真正有用的就只有沉静和耐心。因为只有以沉静的心态，付出了足够的耐心，才能将蕴藏在体内的潜能不断激发出来，使自己真正具备快速奔跑和奋力冲刺的能力。着眼于循序渐进、日积月累的助跑，虽说不是使成功立竿见影的加速器，但它至少是一根可以助成功早日到来的有力杠杆。或许你的天赋能力、家庭背景、人脉资源以及成长教育环境等都不够理想，暂时让你这一端的力臂短了一些，但这也完全不用着急，因为助跑的过程正可以帮助你慢慢去改变力臂的长度，使你积攒起愈益强大的力量。经过了助跑过程的艰苦磨练，你的心志就会愈来愈坚忍，你的智慧就会愈来愈凸显，你的本领就会愈来愈高强，你的羽翼就会愈来愈丰满，渐渐地，你就必然会从能走到能跑，从能跑到能跳，从能跳到能飞，最后自然也就能如愿以偿地完成从一个懵懂者蜕变为一个成功者的巨大飞跃。

四是要想成功，在遭遇了艰困处境之后，必须勇于正确面对，绝不能怨天尤人，更不能逃避退缩，而是要放手一搏，全力以赴去与困境较量，直到战而胜之。

人生之路，绝非都是一马平川的坦途，由于各种难以预测的因素，总会不时遭遇难以想象的艰困处境。一旦遇到了这样的境况，该怎么办才好呢？有一则《没有雨伞，你必须跑》的故事，以生动形象的述说，很好地回答了这个问题。

有个名叫潘娇娣的大学生，因为没有任何关系可依靠，毕业后被分配到了全县最偏远的一所乡村小学。学校坐落在一个荒凉的山岭上，前不着村后不着店，工作和生活条件之艰苦，都远远超乎她的预料。她的心情糟糕透了，只想着有朝一日自己能时来运转，早一点调离这个鸟不拉屎的鬼地方。老校长曾几次找她谈心，让她本着既来之则安之的心态，好好工作，不要辜负了自己的青春年华和学生家长的期望。尽管老校长掏心掏肺的话语说了一大箩筐，可心门紧闭的潘老师却一句都没有听进去。不过，老校长是个热心肠的智者，他不仅有足够耐心，而且还善觅深入交谈的时机。良机终于给他找到了，一个周六的中午时分，风云突变，下起了瓢泼大雨，老校长就住在学校，家离办公室仅 300 多米，他就趁机邀潘老师去他家吃饭。室外大雨如注，俩人都没有雨具，怎么去？潘老师很是犹豫。可经不住老校长一再催促，她只好硬着头皮跟着老校长一起钻进了雨里。等一路快跑走到老校长家的时候，俩人都淋成了落汤鸡。正好下午休息，不上课，原本就知道潘老师能喝酒的老校长便炒了两个小菜，并从床底下摸出一瓶珍藏多年的好酒，跟潘老师俩人你一盅我一杯地对饮起来。两杯酒下肚，老校长的话多了起来："其实在我办公室的抽屉里有两把雨伞，可我没有拿出来，为什么？"校长卖了个关子后，接着又说，"我知道你被分到这里心里堵得慌，你觉得自己很委屈也很无奈。你的心情我可以理解，人往高处走，水往低处流，这是很正常的现象嘛。但你既然来了，就要勇敢面对没有'伞'的现实。比如这大雨天，你没有伞，或者恰巧没带雨具，这时你能做的，就只有咬紧牙关，硬着头皮，冲进雨里，跑——这是你唯一的选择……你是一棵好苗子，可不要辜负了自己啊……"校长的一番话如醍醐灌顶，使潘老师顿觉如大梦方醒。"没有雨伞，你必须跑！"这是多么富有人生哲理的话语！潘老师端起酒杯，一仰脖，将半杯酒一饮而尽，并红着脸说："校长，您放心，我知道该怎么做了。"从那以后，她牢牢记住了老校长的话，将心思全都放在了教育和教学工作上。一年后，她便从十几个青年教师中脱颖而出，成为全县语文骨干教师。同时，她还坚持业余文学创作，并创办了文学社。而今，20 年过去了，她已成长为一名省级骨干教师、省作协会员，在当地语文教学界和写作界有了一定的名气。而且，在她的头上也有了不少"雨伞"：有几位领导很赏识她的教学风格和写作才华，几次要她改行到党政机关当秘书，或者进县城当教研员，可都被她婉言谢绝了，她甘愿继续留在这里当一名普普通通的语文老师。此后，每当接一个新的班级，或者面对那些不认真学习的学生，她都会情不自禁地讲起《没有雨伞，你必须跑》的故事，让学生跟她一起分享她的人生感悟。

《没有雨伞，你必须跑》这个故事，没有空洞抽象的说教，可那朴实生动的叙说，却令人信服地说明了这样一个道理：不利的条件，艰困的处境，这无疑会给人的成长带来许多的困难，会给人的成功制造众多的障碍。面对这沉重的压力，该怎么办？若是消极悲观，怨天尤人，那就真会被它们死死地困在里边，永无出头之日，始终与成功无缘无分。但如果换一种心态来看待这不利的条件和艰困的环境，对它们进行辩证的分析，那你就能既客观地承认它们对你是一种压力的现实，又清醒地认识压力在一定条件下可以转化为动力的道理，从而绝不轻易地屈服于这种压力，而是横下一条心，硬着头皮上，使出自己的浑身解数，勇敢地与那突然降临的“急风骤雨”作顽强拼搏，奋力奔跑。这就正如习总书记所说：“我们都在努力奔跑，我们都是追梦人。”试想，若是总这样不停地奔跑，不就定能迎来“雨过天晴见彩虹，击退艰困获成功”的一番全新景象么？

五是要想成功，当失败袭来时，绝不能有丝毫畏惧，更不能临阵退却，而必须以坚韧的精神，勇敢地去面对它，不屈地去战胜它。

19 世纪中叶，一个中年人率领他的军队与拿破仑作战，战败后落荒而逃，在一个小木屋中躲过了法军的追捕。在失败的沉重打击下，中年人一时感到悲从中来，万念俱灰。而正在他绝望之时，一只小蜘蛛闯进了他的视野。这只蜘蛛正在结网，可当它把网结到一半时，一阵风吹过，网就被吹断了。这只蜘蛛并没有灰心，又一次开始结网，可老天似乎故意跟它过意不去，网结到一半，又有一阵风吹来把网吹断了。然而，这只蜘蛛仍不善罢甘休，它顽强、固执地又一次开始吐丝结网。这同样的事情，就这样一次又一次地上演着，直到第 7 次，蜘蛛终于把网结成了。这位中年人目睹着这一情景，心灵不由得被深深地震撼了，他不禁这样想道：一只小小的蜘蛛尚能如此坚强，更何况我是一个大写的人呢？于是，他又重振精神，开始招兵买马，决心东山再起，反败为胜。此后，经过极为艰苦的奋斗，他终于在滑铁卢战役中，一举击败了威震四海的拿破仑，成为了名扬天下响当当的英雄人物。此人是谁？他就是大名鼎鼎的英国将军威灵顿。

威灵顿的故事，不仅饶有趣味，而且还蕴含着这样一个相当深刻的道理：失败乃是成功的孪生姐妹，在每个人追寻成功的路途上，几乎都有失败如影随形地紧紧相伴。如果没有失败的陪伴，也就不会有成功的到来，所以每当遭遇失败时，我们千万别误以为它是灾星，是祸害，总是避之犹恐不及，一心想挣脱它的羁绊，而是要将它视作获取成功的不可或缺的帮手，正确地对待它，认真地研究它，以便从失败中找到获取成功的方法。法国著名思想家、文学家罗曼·罗兰曾说："失败对我们是有好处的，我们得祝福灾难，我们是灾难之子。"一位美国将军考特尼·希克斯·霍奇斯也说："失败往往是黎明前的黑暗，继之而出现的就是成功的朝霞。"如果我们能以这样的理念和心态来对待失败，我们岂不就完全有可能借助失败的帮助，探寻到通往成功的道路了么？当然，与此同时，我们还得具有一颗不甘臣服于失败的心。曾任美国总统的林肯，就留下了这样一句值得我们永远铭记于心的话语："我主要关心的，不是你是不是失败了，而是你对失败是不是甘心。"只要我们不管在什么情况下，都不甘心失败，都屡败屡战，跌倒了就爬起来，又跌倒了再爬起来，跌倒了一百次就决心一百零一次爬起来，跌倒了一千次就发誓一千零一次爬起来……那么，我们就总有成功的那一天。失败并不可怕，失败也绝不可耻，只要失败了能不屈地爬起来，我们就终将成为一个成功者，一个虽然有时候稍显狼狈，然而却依然面带微笑的成功者。

科研领域的工作虽比不得战场上你死我活那么激烈，但其艰难程度绝不亚于战场上的争斗，而且失败也同样是司空见惯的事情。譬如数学上有名的平行公理，从它问世以后，一直遭到人们的怀疑。几千年来，无数数学家致力于求证平行公理，却都以失败告终。数学家波里埃终身从事平行公理的证明都毫无成就，最后终于在绝望中痛苦地死去。这个问题就像无底洞一般吞噬着人们的智慧，而不给予任何回报。俄罗斯数学家罗巴切夫斯基进行了七年的求证，也同样毫无结果，但他并没有因此被击垮，而是依然在顽强奋斗。前人和自己的失败从反面启迪了他，使他大胆思索问题的相反提法：可能根本就不存在第五公设的证明。于是，虽屡遭失败而毫不气馁的他，开始调转思路，着手寻求第五公设不可证的解答。这是一个全新的，也是与传统思路完全相反的探索途径，必然是多有风险。可正是沿着这个相反途径的勇敢探索，使罗巴切夫斯基在试证第五公设不可证的过程中，发现了一个崭新的几何世界，从而取得了成功。

罗巴切夫斯基在科学研究方面所取得的成功，给予我们这样一个有益的启示：人们虽然常说“失败是成功之母”，但成功并不是失败的简单堆累和叠加，而是在多次失败的基础上，精心加以总结研究和不断进行探索超越的结晶。这也就是说，真要将失败转化为成功，决不是一件轻而易举的事情，而是要花费难以计数的心血：一方面，固然要敢于直面失败，善于从失败中认真吸取教训，以利再战；另一方面，往往还需要进行艰辛的探索，力求另辟蹊径，别开生面，以使目标最后得以达成。凡遇失败，通常有多种原因，或是能力不足，条件不够，功夫不到家；或是思路不对头，方法有问题，智慧有欠缺。如果是因为遇到了前几种情况，那么只要无所畏惧，鼓足勇气，敢拼敢搏，那就再顽固的堡垒都能攻克，再陡峭的高峰都能攀登。但如果是因为遇到了后几种情况，仅靠无畏的勇气和敢于拼搏的精神，那就非但不能奏效，反会使你在不见一丝光亮的黑洞中愈陷愈深，直至无法抽身，就可能像上文中提到的数学家波里埃那样，最终在绝望中痛苦地死去。所以，倘若遇到了后几种情况，我们千万不可为了显示自己的无畏无惧精神，而一味死拼硬闯，而是要冷静下来，很好发挥你智慧的作用，巧妙地进行新的探索，或是变更思路，或是改变方法，去探一探是否另有可行的通道，去找一找是否有更便捷的途径。思路一改，角度一变，也许你就会像罗巴切夫斯基那样福至心灵，巧辟全新的蹊径，使成功之门訇然为你洞开。“雾气弥漫的清晨，并不意味着是一个阴霾的白天。累累的创伤，就是生命给你的最好的东西，因为在每个创伤上都标示着前进的一步。”罗曼·罗兰的这些话无疑剀切精当，但真要让累累的创伤成为生命给你的最好的东西，真要让每个创伤都标示着前进的一步，我们确实要以勇毅的精神认认真真去做许多的功课，这就正如习总书记所说的那样：“幸福和美好未来不会自己出现，成功属于勇毅而笃行的人。”

六是要想成功，在略有所得、稍有所成之后，绝不能志得意满地在“舒适区”滞留，而是必须一鼓作气，继续向“新高点”攀登，不断去开创更新的局面。

面对所取得的成绩，不同的人往往会有不同的态度：谦虚者会把它视作一种激励，由此而百尺竿头，更进一步，去争取更大的成绩；骄傲者会把它视作傲人的资本，由此而自满自足，再也不思长进。无怪有人要说：“成绩是谦虚者前进的阶梯，也是骄傲者后退的滑梯。”这就告诉我们，取得了成绩之后，千万别过分地感到舒心惬意，就自满自足，一直滞留在“舒适区”中，再也不思长进。有关这一点，习总书记早就给我们敲响了警钟，提出了谆谆告诫：“古人说：‘事者，生于虑，成于务，失于骄。’伟大梦想不是等得来、喊得来的，而是拼出来、干出来的。我们现在所处的，是一个船到中流浪更急、人到半山路更陡的时候，是一个愈进愈难、愈进愈险而又不进则退、非进不可的时候。改革开放已走过千山万水，但仍需跋山涉水，摆在全党全国各族人民面前的使命更光荣、任务更艰巨、挑战更严峻、工作更伟大。在这个千帆竞发、百舸争流的时代，我们绝不能有半点骄傲自满、故步自封，也绝不能有丝毫犹豫不决、徘徊彷徨，必须统揽伟大斗争、伟大工程、伟大事业、伟大梦想，勇立潮头、奋勇搏击。”如果不明此理，一有成绩就贪图安逸，不思进取，那么成绩当真就会成为后退的滑梯。自古迄今，概莫能外。谓予不信，且请看以下两个实例：

南北朝时的江淹，少时笃志好学，其诗赋幽深奇丽，尤以《恨赋》《别赋》最为脍炙人口。可在名声大噪之后，他便沉湎安逸，不思进取，以致后来终于“江郎才尽”，再也写不出好作品来。

当今社会，也不乏江淹式的人物。有个人称神童的少年大学生钱某，禀赋过人，聪颖异常，12 岁就会微积分，可自打进了中国科技大学后，他就自鸣得意，眼空无物，除了只身到图书馆看他的微积分外，就是经常在校园里闲逛，不愿再在学业上狠下功夫，结果成绩一落千丈，竟被学校退学。走出校门后，为求生计，他于无奈中只得去当了一名油漆工。

这就可见，如果一个人略有所得、稍有所成之后，就暗自得意，就自满自足，就丧失应有的进取之心，甘愿在“舒适区”悠哉游哉地自得其乐，那么即便他具有惊世骇俗的天赋，就算他拥有得天独厚的优势，最终也都将会一一丧失殆尽，落得个“泯然众人矣”的可悲结局。

所以，即便我们在学习上或事业上取得了成绩，也一定要戒骄戒躁，永不自满自足，始终保持积极的上进之心，以使成绩成为自己前进的阶梯。事实上，世上所有的真正的成功者，都是那永不自满自足、始终积极上进的人。口说无凭，有事实为证。

身为语言学家、文字学家、经济学家，并通晓汉、英、法、日四种语言的我国著名学者周有光，50 岁前是经济学教授，50 岁后主持拟定我国《汉语拼音方案》，被人誉为“汉语拼音之父”，85 岁后，开始研究文化学问题，100 岁后，他依然不肯“逸我以老”，照旧老而弥坚，老当益壮，先后出版了《百岁新稿》《朝闻道集》《拾贝集》3 本著作（他一生更是先后出版了 40 多本著作），无怪复旦大学校长王生洪要这样赞誉他：“周有光是一百年来无数有志之士的精神象征。”周有光享年 112 岁，一生始终不为已有的功名所累，总是变已登的高点为新的起点，永不止步，永远进击，不断向更高处使劲攀爬。试想，一个如此不懈努力的人，他的生命之树还怎会不挂满累累的硕果呢?

习近平总书记在陕西当知青时，曾为借一本书步行了 30 多里路，这本书名为《浮士德》。为写《浮士德》，德国著名思想家、作家歌德耗费了将近 60 年的心血，这是他一生思想的总结和艺术探索的结晶。正因为此，世人将它与《荷马史诗》、但丁的《神曲》、莎士比亚的《哈姆雷特》并称为欧洲文学的四大名著。歌德笔下的浮士德，一生追求真理，探索不息，上天入地，出生入死，永不满足。书中最脍炙人口的一句格言乃是："我要纵身跳进时代的波涛，我要纵身跳上时代的车轮；苦痛、欢乐、失败、成功，我都不问，男儿的事业原本要昼夜不停。"正因为《浮士德》的作者歌德是一位永不满足、永远进击的伟大作家，正因为《浮士德》讴歌的主人公又是一位永不满足、永远进击的杰出人物，两者有机地融合在一起，也就愈发显得珠联璧合，相得益彰，光彩四射，价值连城，所以歌德才那么受人敬重，《浮士德》才那么受人热捧。

永不满足和积极进取是一种宝贵的精神，它是活跃思维的原动力，是引发想象的催化剂，是激活创新思想的源头活水。有了永不满足和积极进取的精神，才能使智慧之泉喷涌，使事业之路闪光，使生命之树长青，使每一个人都成为勇攀一个又一个高峰的成功者。罗曼·罗兰在他的名著《约翰·克里斯多夫》一书中曾说："很多人在二三十岁的时候就死去了。因为一旦过了那个年龄，他们只是自己的影子，余生都会在模仿自己中度过。"此话虽然看起来尖刻了一点，可实际上却狠狠地击中了一些人的要害，有力地揭穿了自满自足、不思进取行为的严重危害。罗曼·罗兰之所以说有些人过了二三十岁就"死"了，是因为在此后的岁月里，那些自满自足、不思进取的人因不思进取，只是在机械地重复那些早已习惯之事，完全不再创造和奉献新的东西，就好比照了相之后虽说洗出了很多张照片，然而底片却仅仅就只是早先的那一张。所以说，从实质上来看，那些不思进取，只是在模仿自己中度日的人，确实是早已在滞留于"舒适区"时"死去了"，只是在七八十岁时才被葬入坟墓。由此看来，如果一个人真想做一个成功者，那就必须彻底摒弃不思进取的守成心态，坚决抵制"舒适区"那惬意安逸的种种诱惑，始终不畏艰难地勇敢踏上攀登高峰的新征程。

七是要想成功，就必须把学习放在极其重要的位置上，坚持认真刻苦地学，持恒不懈地学，通过学习不断地充实自己，提高自己，完善自己，以便为实现目标积攒足够的本钱。

初中毕业的许振超，参加工作三十多年来，始终以“干就干一流，争就争第一”的精神，干一行，爱一行，精一行。他自学专业知识，苦练一身绝活，成长为“桥吊专家”和“金牌工人”，并带领团队深入开展比安全质量、比效率、比管理、比作风的“四比”活动，先后六次打破集装箱装卸世界纪录，使“振超效率”和“振超精神”名扬四海。他先后获得全国“五一”劳动奖章、全国交通系统劳动模范、全国劳动模范、全国人大代表、全国优秀共产党员等称号，并被誉为新时期产业工人的杰出代表。作为一个初中毕业生，一个普通工人，许振超何以会取得如此巨大的成功？“要成就一番事业，必须坚持不懈地学习。”许振超自己的这一番深刻感悟，就正好道出了他成功的真谛。

杭州的一名外卖小哥雷海为，在第三季《中国诗词大会》上，一路过关斩将，击败众多高手，杀入了总决赛，并在总决赛中将上一季亚军、北大硕士彭敏斩于马下，获得了总冠军。他能取得如此令人艳羡的成绩，绝非是天上突然掉下的馅饼，而正是他长期刻苦学习的结果。他自小就喜欢读诗，在书店里看到了诗词一类的书，没有条件买，他就在书店背，回家后再把诗默写下来。当上了外卖小哥后，在等餐的空隙时间，许多外卖小哥都拿着手机玩王者、看直播，可雷海为却总是或捧着《唐诗》或拿着手机在背诗。日积月累，他将800多首诗词装进了自己的脑海里。正是有了这样的深厚积淀，第三季《中国诗词大会》总决赛的桂冠，才戴到了他的头顶上。

读书学习不一定能立马改变命运，但是如果我们把读书学习当成了一种习惯，就总有一天会改变命运；读书学习不一定能立马成长，但是如果我们坚持不懈地读书学习，就一定会渐渐得到成长；读书学习不一定会立马产生力量，但是如果我们心无旁骛、专心致志地读书学习，就一定会产生巨大的力量。一个人可以没有学历，但不能没有学力；可以不进大学，但不能放弃学习。其实，学习的最高境界不是读了多少书，也不是拿了多少证书和学位，而是要在读书过程中真正弄懂悟透所学的东西，并不断地反省自己，改变自己，使自己不但快速成长，而且最终实现蜕变。书是获取知识的渠道，更是涵养意志品德的摇篮。腹有诗书气自华，一个人只有充满了对读书学习的渴求，以丰富的知识武装了自己的头脑，才能彻底摆脱庸常的干扰，才能以开阔的眼界了解全新的世界，才能真正掌握改变自己命运的“金钥匙”。对于这一点，习总书记其实早有精辟的论述：“一个人能否成才，关键不在于是否上大学，而在于他的实际本领。社会本身就是一所大学校，留心处处皆学问。只要你肯学习、能吃苦，没有读过大学，照样能成才。”他还说：“只要矢志追求，努力拼搏，照样可以实现人生抱负和目标。”

著名作家冰心曾说：“成功的花，人们只惊羡她现时的明艳！然而当初她的芽儿，浸透了奋斗的泪泉，洒遍了牺牲的血雨。”成功，可以说是每一个人共同的向往，但我们绝不能仅是停留在对明艳的成功之花的惊羡上，而是必须立即投入到采撷成功之花的行动中去，并甘愿为此而浸透奋斗的泪泉，洒遍牺牲的血雨。倘若真能这么去践行，那么成功就终将会企踵可待。

爱岗敬业，常揣匠心

习总书记在党的十九大报告中指出："建设知识型、技能型、创新型劳动者大军，弘扬劳模精神和工匠精神，营造劳动光荣的社会风气和精益求精的敬业风气。"在这段讲话中，习总书记一并提到了"敬业风气"和"工匠精神"，这绝非是一种偶然，因为虽说从表面上看，敬业风气和工匠精神这两者之间有着一些差异，然而从内在的实质来看，这两者之间却有着许多的共同之处。

"敬业精神"，《现代汉语词典》的解释是：专心致力于学业或工作。"敬"，原是儒家哲学的一个基本范畴，孔子就主张人在一生中始终要勤奋、刻苦，为事业尽心尽力，为此他特别强调要"执事敬""事思敬"和"修己以敬"。北宋理学家、教育家程颐则进一步说："所谓敬者，主之一谓敬；所谓一者，无适（心不外向）之谓一。"可见，敬是指一种思想专一、毫不涣散的精神状态。北宋的另一著名理学家、思想家、教育家朱熹，更是对"敬业"作了这样明确的表述："敬业者，专心致志以事其业也。"他在《朱子语类》里还这样讲："'敬'字工夫，乃是圣门第一义……只是有所畏谨，不敢放纵。如此则身心收敛，如有所畏，常常如此，气象自别。"所有这些表述，全都告诉我们：敬业，就是要对所从事的职业有一种敬畏之心，要视职业为自己的生命，要用一种恭敬严肃的态度对待自己的工作。中华优秀传统文化视敬业为人生的一种道德修养，把它看作是职业道德和优秀品格的集中体现，是做好本职工作的重要前提和可靠保障。

“工匠精神”，是一种职业精神，它是职业道德、职业能力、职业品质的体现，是从业者的一种职业价值取向和行为表现。“工匠精神”就是追求卓越的创造精神，精益求精的品质精神。工匠精神是社会文明进步的重要尺度，是中国制造前行的精神源泉，是企业竞争发展的品牌资本，是员工个人成长的道德指引。工匠精神，常人一般都以为它仅是对技术工人而言的，其实也不尽然，它对其他从业人群也同样是普遍适用的。习近平总书记就特别指出：领导干部对待工作也要有“工匠精神”，善于在精细中出彩。面对新形势新任务新要求，广大党员、干部要高标准对待本职工作，把“工匠精神”刻印在对党忠诚、无私奉献的信念上，体现在从严治党、干事创业的实践中，努力成为创造性落实中央决策部署，忠诚、干净、担当的“大国工匠”。

虽然由于着眼的角度有所不同，敬业精神和工匠精神的具体提法稍有不同，但它们的主要内涵却基本上是相同的，即大体包括这样一些方面：严谨务实，专心一意，执着坚持，精益求精，勇于创新。

下面，我们想就以上这几个方面稍加展开，作些具体的阐发：

先说严谨务实。严谨务实是一种工作态度，反映了一种工作作风。严谨务实，就是对一切事情都有认真、负责的态度，都一丝不苟、精益求精，能于细微之处见精神，于细微之处见境界，于细微之处见水平；就是把做好每件事情的着力点放在每一个环节、每一个步骤上，不心浮气躁，不好高骛远；就是从一件一件的具体工作做起，从最简单、最平凡、最普通的事情做起，特别注重把自己岗位上的、自己手中的事情做精做细，做得出彩，做出成绩。

我国三峡工程的建设，就充分体现了严谨务实的作风。周恩来总理在葛洲坝工程建设时强调的“战战兢兢、如临深渊、如履薄冰”，就表达了他对建设长江特大水利工程的谨慎态度，同时也指导三峡工程建设者应每时每刻都保持一种近于苛刻的严谨态度。

在三峡工程建设中最常听到的话是“四个一流”“三峡无小事”“极具挑战性的工程”等等，这就表明，要解决和解答其中任何一个问题，要达到任何一条标准，都必须严格谨慎。有人问，搞三峡最深的体会是什么？大家常说：“三峡无小事。”在三峡，你必须把你经手的每一件事都当大事来处理，往往凭经验判定的小事，在三峡就有可能成为大事。这不仅因为三峡工程是“千年大计，国运所系”，而且因为工程规模宏大，任何一个小的失误都可能造成严重的后果。

三峡工程的设计是严谨的，这不仅表现在设计过程经历了几十年的研究和论证，而且表现在其反反复复，几起几落，凝聚了国家几代领导人和国内众多部门、单位的专家学者的心血。长江委是三峡工程设计方案的集成者，工作中始终本着周总理“战战兢兢、如临深渊、如履薄冰”的教导和科学严谨的工作作风，来确保三峡工程设计方案的万无一失。

三峡工程设计各专业的总工程师们，一个个都是严谨务实的典型。1998 年农历正月初一，左非 13 坝段基础验收因处理没有达到设计标准而未通过，分管枢纽工程验收的副总工程师一大早就到了工地，力排众议，坚持原则，明确指出严重后果。这种对工程质量严谨务实的精神，促使参建各方达成共识，对缺陷作了妥善处理，直至完全满足设计要求为止。双线五级船闸金结安装的两次开工仪式上，参加仪式的设计专业负责人都在现场明确指出安装件的缺陷，要求立即返工修补。有人认为这不近情理，但正是这种对质量问题“钉是钉，铆是铆”的精神，才使他们在面对国务院质量检查专家组、安全鉴定专家组和即将进场的国务院二期工程枢纽验收组时，能成竹在胸，处之泰然。

可以毫不夸张地说，严谨务实的精神贯穿了三峡工程建设的整个过程，落实在了三峡工程所有建设者的身上，三峡工程就是严谨务实精神的产物。

再说专心一意。汉朝陆贾在《新语·怀虑》中曾这样说："专心一意，身无境外之交，心无欹斜（歪斜不正）之虑。"此话可以说就是对专心一意的最好诠释。它明白无误地告诉我们：要做到专心一意，必须既排除外部的各种干扰，又摈弃内心的各种杂念。

世上的一些杰出人物，在从事他们所做的工作时，确实是达到了专心一意的程度。这样的例子可以说是不胜枚举，限于篇幅，这里仅举让人看了特别感动的一位——举世闻名的雕塑家罗丹。

经比利时名作家维尔哈伦的介绍，当时才25岁还并不十分出名的奥地利作家茨威格结识了罗丹，并去到了罗丹朴素的乡下住宅里。下面就是茨威格去那里后见到的情景和所获的感受：

我们坐在一张小桌子周围吃了一餐家常便饭后，罗丹套上一件白布外衣，立刻变成了一个工人的模样。他在一个雕刻架前立定了："这是我最近的作品。"说着，他揭去盖在上面的湿布，就露出一个女性的半身像来，神采焕然，那是用泥土塑的。"我觉得这已是完工的了。"随后，他又后退了一步，侧着头细加端详："是的，我想没有什么毛病了。"但审视了一回之后，他忽又喃喃自语道："只有那肩膀上面，线条仍嫌太硬。对不起……"于是，他就捡起一柄塑像用的木质小刀来。小刀在柔软的泥土上轻轻拂过，使像身的肌肉产生一种更细腻的光泽。老人的手指活泼起来，眼睛里放着光芒。"还有这里……这里……"他又修改了几个地方，再退一步，细细观察。他又把架子转过背来，喉咙里喃喃地发出奇怪的声音。有时他欣然微笑，有时他眉头紧皱，有时捏了一点泥，加到像身上去，又轻轻抓掉一些。如此继续了半小时，一小时……他从没有对我说一句话。除了创造他理想中的具像之外，他什么都忘记了，似乎天地间只有这工作的存在，好像上帝着手创造世界的第一天那样。后来，他大功告成似的松了一口气，丢下小刀，把刚才的那块湿布给塑像盖上，那种小心翼翼的神情，宛如一个男人给他情侣披上披肩。然后他转身向外，那魁梧的老人恢复了初见时的样子。他还没走到门口，忽然发现了我，他一惊。直到这时候他才想起了我，刚才的失礼显然使他非常过意不去。“对不起，先生。我简直把你忘记了。但是……”我十分感激地紧紧握住他的手。或许他也感觉到我的情绪，所以微微笑着，举起膀子围住了我的肩头，两人一同走出那房间。

这一天所得的教训，比我在学校里多年的用功还有益处。从此以后，我知道一切人类的工作如要完善而有价值，应当怎样做才对。一个人可以这样完全忘记时间空间与整个世界，这个认识使我受到空前绝后的感动。这一小时，使我把握住了一切艺术、一切事业成功的奥秘——聚精会神；集中所有的力量以完成不论大小的一件工作；把我们容易分散、容易旁骛的意志贯注在小小的一点上。我悟到遗忘一切其他事物，集中意志以求工作完美的这种热忱，就是我过去所缺乏的。除了工作，好像自己都不存在，这就是成功的秘诀。我现在知道，舍此以外便无神妙的方法了。总而言之，也就是此次经历，使我认识到自己从前在文学道路上之所以不顺，乃是因为功利之心过重，以致作品浮浅急躁，深度不够。

从此，茨威格闭门谢客，发愤读书，专心写作。有了“聚精会神”的成功秘诀，茨威格笔下一部部脍炙人口、影响深远的文学著作陆续创作完成。正是那集中意志以求完美的敬业热忱和忘我精神，才成就了茨威格作为一代文学巨匠在世界文学史上的显赫地位。

专心一意，不仅使罗丹和茨威格走上了成功之路，而且也是许多大家巨匠获得成功的法宝。清朝的曾国藩就曾这样谈及成功之道：“人生短暂数十春秋，要读的书浩如烟海，要研究的问题数不胜数 ，唯有专精一业，专攻一学，才能使所学升华，在某一领域取得成就。”“凡人做一事，便须全副精神注在此一事，首尾不懈，不可见异思迁，做这样，想那样，坐这山，望那山。人而无恒，终身无所成。”这都是他从自身经历中总结出来的经验之谈，值得我们牢牢记取并用之来指导自己的实践。

专心一意的重要和必要，不仅有大量的事实可以为证，而且亦有可靠的理论根据作为支撑。《韩非子》中就有这样一句名言：“右手画圆，左手画方，不能两成。”现代科学更是对此做出了入情入理的解释，即大脑两半球的连接机制无法同时向左右手分别传达“画圆”和“画方”的命令。情况既然是这样，我们工作时就更有必要在专心一意方面狠下功夫了。

要做到专心一意，既要排除外部的各种干扰，又要摈弃内心的各种杂念，同时还要确立明确坚定的努力目标。前两点人们一般都比较重视，后一点人们就往往容易疏忽。其实，要做到专心一意，确立明确坚定的目标是非常重要的前提。目标确立之后，最忌怕的就是无缘无故的朝令夕改，以及没有方向的来回往复，一定要“咬定青山不放松”，牢牢地抓住目标不放。“两弹一星”元勋朱光亚是研究原子能的，他之所以能成为核武器领域公认的“众帅之帅”，就是源自他执着于内心的信仰和信念，始终咬定大目标，把握大方向，毫不放松，绝不动摇，执着坚持，勇往直前。正因为这样，他才能完全屏蔽和过滤掉时代的浮躁和困惑，才能耐得住寂寞，挡得住诱惑，守得住清贫，义无反顾地抵达最后的成功。人们常说，风雨过后就会有晴空，隧道尽头就会有阳光，黑夜过后总会有黎明，失败过后总会有成功，殊不知所有这些，其实都是认准了目标，执着坚持的结果。如果没有认准目标的执着坚持，每干一事总是朝秦暮楚，半途而废，那就永远都看不到晴空，看不到阳光，看不到黎明，也得不到成功。

有些人不明白这个道理，总是胸无定见，朝秦暮楚，这山望着那山高，在一个又一个山头间不停地转来转去。乍一看，他们似乎也很努力，也很忙乎，可实际上呢，他们时而羊头上搔搔，时而狗头上摸摸，所做之事基本上都徒劳无功。这种心志不专、目标不一，不管做什么事都心中无主、摇摆不定的人，在现实生活中不仅屡见不鲜，而且都往往得不到所想要的结果。若是在政见上朝秦暮楚、朝三暮四，势必会在行为和政绩上投机取巧、行险侥幸，那就绝不可能与党中央保持高度一致，做一个忠诚老实的人。若是在企业经营上朝秦暮楚、朝三暮四，不是在选好一个产品后，力求与其他厂家保持长期合作，势必就会脚踩西瓜皮——滑到哪里算哪里，胡乱地瞎闯瞎撞，严重影响自身企业的健康发展。若是在学业和事业上总是朝秦暮楚、朝三暮四，势必就会窒息自己智慧的火花，导致最终的功亏一篑，功败垂成。若是在择偶上总是朝三暮四、轻率而为，今天拈这朵鲜花，明天惹那棵香草，势必就不可能得到美满的爱情、幸福的家庭。所以，我们一定要明白，生命的意义并不在于我们做了什么，而是在于我们做事时是否有明确的目标，是否做了我们真心想做和铁定该做的事情。

接着说执着坚持。执着坚持所表示的含义是，人们应以“持之以恒、坚忍不拔”的精神从事自己的工作，即使是遇到了各种内在和外在的困难，依然能坚持把事业做下去，一直做到底。时间虽然看不见，摸不着，却是最好的打磨神器，即使我们所做的也许是一件不甚起眼的小事，但只要我们能持恒不懈地做下去，尽心尽力地用岁月去打磨掉它的艰涩，用执着坚持精神去赋予它灵魂，那么我们所做的这件小事也同样能放射出独特的耀眼光华。这也就是说，只要有坚持本真的心愿，始终如一地做一件事情，我们就终能到达自己想到的地方。“再遥远的目标，也经不起执着的坚持。”黎巴嫩文坛骄子纪伯伦所说的这句话，既明白易懂，又深含哲理，绝妙地道出了执着坚持的重要作用。

为什么不管做什么事情，都一定要执着坚持呢？有一个法则叫做二八法则，说的是做事情刚开始付出百分之八十的努力，可能只会得到百分之二十的效果，但是只要我们不断地坚持，最后的百分之八十的效果，我们只需要付出百分之二十的努力就能获得。这岂不充分说明了执着坚持对于成就事业所起的重要作用么？“步步前行，日日不止，自有到期，不必计算远近而徒长吁短叹也。”清朝的曾国藩，就正是凭借着他的韧劲、恒心和执着坚持精神，一步一个脚印地登上了他那让人只能仰望的人生巅峰。

孟剑锋是 1993 年进入北京工美的，现已身为国家高级技师，曾两度受命打造国礼。在拜师学艺的日子里，有个细节让孟剑锋至今仍记忆犹新。有一天，他拿着新完成的作品问师傅“咋样？”师傅看了似乎挺满意，说了声："行，小子有长进，继续坚持。"没想到还没有等孟剑锋高兴，师傅就杀了个"回马枪"："你知道什么叫坚持吗？"孟剑锋听了，一时语塞，想了想才说："坚持就是干呗！"师傅拍了一下他的后脑勺，说道："坚持不一定成功，坚持到底才是成功。"此话在孟剑峰的脑海里留下了永难磨灭的印象。在孟剑峰的眼中，师傅是一个老老实实的手艺人，一辈子只干一件事，而且从不跟人比较，他总是说："自己学好手艺，跟自己去比，不断超越自己。"师傅的这番话，孟剑峰起始还不甚理解，可在其后多年的时间里，此番话却让他受益匪浅，并乐在其中。他牢记师傅的教诲，以师傅为榜样，始终认认真真地干，踏踏实实地干，既不偷懒，更不耍滑，从干一行、专一行起步，不断地向精一行、超一行挺进，下决心在自己从事的行业中苦干一辈子，干出出色的成绩来。心血没有白费，汗水没有白流，渐渐地他的努力终于收获了成效，比如，在师傅的基础上做出一把新錾子，又比如做出了自己喜爱的作品，且为他人所欣赏……都使他感到有一种花钱也买不来的精神享受，因此他不由得动情地说："那种成就感，不是手艺人是感受不到的。这种感觉在技艺达到一定水平后会越来越强，那时会觉得多年心血没白费。"清代的纪晓岚在《阅微草堂笔记》中曾说："心心在一艺，其艺必工；心心在一职，其职必举。"孟剑峰的经历，就正好是对纪晓岚这句话的有力印证。

随后说精益求精。精益求精，是勤勉于事业的必然追求，是对所从事的工作不仅要学会，要熟练，而且要向精到和卓绝推进，力求达到精妙绝伦、炉火纯青的高超境界，这是对事业和理想执着追求的最充分表现。大千世界，有百种行当，千种职业，不管是立足仕途，还是有志科研，不管是行医执教，还是著书立说，不管是手工制造，还是养殖种植，所有的从业者都必须具有至拙专注、精益求精的精神。因为精益求精，不仅是对规律的尊重，对创造的敬畏，更是一种一丝不苟、力争卓越的追求。有了这样的精神，才会生出"千磨万击还坚劲"的定力，才会拥有"身怀宏愿勿丝偏"的自制力，才会具备"遇挫无违坚执念"的承受力，才能抗得住诱惑，耐得住寂寞，坐得住冷板凳，下得了苦功夫，才能真正达到“板凳要坐十年冷，文章不写半句空”的境界。要涵养这样的精神，必须滤除浮躁之念，摈弃速成心理，做好长期奋战的思想准备。现代社会，提倡珍惜时间，讲究办事效率，这显然是非常必要的，而且随着科技的日益进步，很多事情也确实可以做到事半功倍。不过，大量的实践同时也告诉我们，一味地追求速成并不是好事，因为这很容易造成“欲速则不达”，甚至“乱象满天飞”的后果。一些假冒伪劣产品，一些豆腐渣工程，就都是以牺牲质量或成效，乃至以牺牲安全为代价搞出来的东西。这样的速成，不仅丝毫无益，反倒会贻害无穷。常言道：“慢工出细活，文火煲靓汤。”很多事都急不得，更速成不得。“十月怀胎，一朝分娩”，事物的成长发展都有其客观规律，若是违背其规律，一心想要速成，那就无异于揠苗助长，最后必将落得个事与愿违的结局。只有充满了对自然的敬畏，对创造的虔敬，对工序的苛求，经过长期精益求精的艰苦努力，才能办好一件事情，完成一件作品。急于求成于事无益，急功近利更难以立身，唯有“任他桃李争欣赏，不为繁华易素心”，倾心涵养精益求精的精神，沉潜自己，专注一事，方能事有所成，人有作为。

我国语言学大家王力，一生笔耕不辍，勤奋劳作，84 岁高龄时，依然每天坚持连续伏案 8 到 10 小时。只要置身于案前，他就对任何与研究和写作无关的事情，都不闻不问，不管不顾，当真是达到了“两耳不闻窗外事，一心沉醉古汉语”的境界。他成天端坐冷板凳，绝不是在苦熬苦等，而是瞄准自己认定的目标，在精益求精地作认真的研究，作精深的探索，力求将冷活做实，将冷事做热，将冷门做火，以在自己研究的领域里独树一帜，卓有建树。要言之，他是在以时间为刻度，不断书写古汉语研究的新高度。正因为这样，他精益求精的苦苦求索，也就催生出了《汉语语音史》《汉语语法史》《汉语词汇史》《王力古汉语字典》等众多经典之作，他自己也因此而成为了举世公认的古汉语研究域里的翘楚人物。这就可见，只要精益求精功夫深，成功自会来敲门。

最后说勇于创新。创新精神作为中华民族优秀传统文化中的精髓之一，是中华民族最鲜明的禀赋，是任何时代都不可或缺的精神特质。邓小平同志说：“创新是全民族进步的灵魂，是国家兴旺发达的不竭动力。”习总书记更是强调指出：“创新是引领发展的第一动力，我们必须解放思想、实事求是、与时俱进，坚定不移推进理论创新、实践创新、制度创新以及其他各方面创新，让党和国家事业始终充满创造活力、不断打开创新局面。”没有创新，就没有进步，就没有未来。只有大胆探索，突破常规，才能在继承中创新发展，开创事业的全新局面。勇于创新，你看到的就不仅仅是眼下“春色满园的希望”，而且还有接踵而至的“金秋的累累硕果”。只有创新，方能使我们产生自我激励的不竭动力，并由此不懈地奋力拼搏，潜心地辛勤耕耘。

齐如山是我国将国剧理论纳入学术研究范围的第一人，他有感于当时的京剧界偏于保守，便进行了中外戏剧的比较研究，并去当时的戏剧总会作了一次演讲。总会会长、著名的京剧一代宗师谭鑫培听后，不由得对齐如山说：“听您这些话，我们都应该愧死。”也有的演员对齐如山说：“谭老板（指谭鑫培）一辈子没说过服人的话，今天跟您这是头一句。”可见他的演讲确实给中国京剧界注入了一泓清水。为什么会产生这样神奇的效果呢？就是因为齐如山特别注重有关创新精神的研究。他在《人生经验谈》里有一段话，就是专门谈“不由恒蹊”的。何谓“不由恒蹊”？齐如山的解释就是：不走别人走的路。他说：“盖人生一世，若没有创造性，那是一点成就也不会有的。”他还认为：“不由恒蹊者，是有恒蹊而不由。但你必须知道恒蹊是怎么一条路，不但需要知道，还要知道得清清楚楚，你才能不走它，而另走它道。”应该说，他对创新的这种理解颇有见地，相当精辟，他能在十九世纪初即提出这样的创新理论，应该是极其难能可贵的。

敢不敢创新，其结果可以说有着天壤之别，这有科学史上的案例可以为证。1900 年，德国著名物理学家普朗克提出了量子力学假设及普朗克公式，可跟儿子在自己的花园里散步时，他却神情沮丧地对儿子说：“孩子，十分遗憾，今天我有个发现，它和牛顿的发现同样重要。”自己有了一个极为重要的发现，按理来说，应该是高兴还来不及的事，可普朗克为什么那么沮丧地对自己的儿子说那样的话呢？原来他被权威的圣圈禁锢了自己的思想，以致错误地认为，自己提出的量子力学假设及普朗克公式，破坏了他一直崇拜并虔诚地信奉为权威的牛顿的完美理论，是对牛顿不应有的一种不敬和冒犯。人类本应因有权威而受益，可普朗克竟因有权威而受害，不得不宣布取消自己的假设。而这么一来，就使物理学理论停滞了几十年，给科学事业造成了难以弥补的巨大损失。25 岁的爱因斯坦，就与普朗克迥然不同了，他敢于冲破权威圣圈，大胆突进，他不仅赞赏普朗克假设，并将它向纵深引申，提出了光量子理论，从而奠定了量子力学的基础。而且，随后他又锐意破坏了牛顿的绝对时间和空间的理论，创立了震惊世界的相对论。从此，他也就凭着敢于创新的精神，成为了一个比牛顿更伟大的科学权威。

创新与模仿，其价值也不可同日而语。美国有座金门大桥，以建筑奇伟、气势恢宏而著称于世。在金门大桥附近，另有一座刻意模仿它而建造的大桥——弯曲大桥。此桥除外观外，其宽度、实用价值等均胜于金门大桥，但知名度却远逊于金门大桥。原因何在呢？有人做出了这样意味深长的回答：“ 这就是第一和第二的区别。”这第一和第二的区别到底是什么呢？金门大桥是经过设计师长期思考酝酿才设计建成的，具有独特风格，是创新的桥；而弯曲大桥只不过是金门大桥的翻版，没有什么新意可言，完全是模仿的桥。它们的造型虽然相似，可内涵却大有区别，因为模仿仅是停留在浅层次的思维活动，而创新则是高层次的思维活动，所以它更高级，更艰难，更为人们所重视。

创新不仅需要进行高层次的思维活动，而且需要非凡的勇气，需要甘冒风险，敢于打破原有的禁锢。而模仿呢，不过是循着别人的老路前行，无需勇气，更没有风险。开一代山水画风的张大千，少时临摹清代著名画家石涛的作品，能以假乱真。但他并不满足于这些，而是毅然放弃了便捷的模仿，以无穷的勇气开创了自己的山水画法，创作了许多独具一格的精妙作品，震动了整个画坛。试想，如果他没有勇气停止制造石涛“赝品”，没有勇气进行艰辛的探索，那世上岂不就多了一位平庸的画家，而少了一位彪炳画史的巨匠么？

正因为此，大凡热爱自己的事业，希望自己能在事业上取得成就的人，就都绝不愿步人后尘，拾人牙慧，亦步亦趋地跟在他人的后面爬行，而一定会不畏风险地走创新之路，用自己的智慧去开创一片属于自己的崭新天地，并在取得成绩后以“欲穷千里目，更上一层楼”的心志，持续创新，攀上一个又一个更新的高点。在这方面，齐白石可以说是一个典型代表。齐白石本是个木匠，靠着自学，不仅成为了画家，而且荣获了世界和平奖。然而，面对已经取得的成就，他并没有满足，而是尽心汲取历代名画家的长处，不断改变自己作品的风格。他 60 岁以后的画，明显地不同于 60 岁以前的画。70 岁以后，他的画风又变了一次。80 岁以后，他画作的风格再度发生了变化。据说，齐白石的一生，曾五易画风，成为了一个广受人们称道的勇于创新的佼佼者。“删繁就简三秋树，领异标新二月花”，正因为白石老人年届六十后仍能一再变革创新，所以他晚年的作品比早期的作品更为成熟，并形成了独特的流派与风格，更受众人所喜爱。齐白石从自身的经历中，深深地悟出了创新的重要，所以他经常告诫弟子的一句话就是“学我者生，似我者死”。他认为，画家一定要“我行我道，我有我法”。也就是说，别人的长处固然要学习，但绝不能照搬照抄，而要创造性地运用，不断创新发展，这样才能始终赋予艺术鲜活的生命力。

法国著名作家罗曼·罗兰曾说过这样一句意味深长的话：“唯有创造才是快乐。只有创造的生灵才是生灵。”为了赢得快乐，为了成为一个名副其实的创造的生灵，就让我们永远在创新之路上疾驰飞奔吧！即使不能轰轰烈烈地干出一番惊天动地的大事业，也要像蜜蜂采蜜、春蚕吐丝那样，为人类奉献一丝甜蜜和温暖，即使不能成为政界精英、商贾名流，也必须在平凡的岗位上，做一名诚信可靠、勤劳朴实，于国于民都大有裨益的普通劳动者。

充分认识你自己

早在2000年前，古希腊人就把“认识你自己”作为铭文刻在了德尔裴城太阳神阿波罗的神庙门上。这一碑铭，犹如一把千年不熄的明亮火炬，昭示了人类与生俱来的内在要求，以及至高无上的思考命题，一直在为一代又一代的人烛照着奋力前行的方向。这座神殿上为什么别的什么都不刻，而偏要镌刻上这么一句碑铭呢？说起来，这里面还有一段非常有趣的故事。

相传在很久很久以前，古希腊维奥蒂亚境内的底比斯城，来了一只狮身人面的怪兽，人们称之为斯芬克斯。它站在山顶上，用缪斯传授的谜语难人。谁猜不中这则谜语，就要被吃掉；谁猜中了，它就自杀。这则谜语是这样的：今有一物，同时只发一种声音，但早晨是四条腿，中午只有两条腿，而到晚上却有三条腿，问这是何物？许多人因猜不中谜语，一一被怪兽吃掉了。后来，城外来了一个名叫俄狄浦斯的青年，终于猜中谜底是“人”。因为人在婴儿时期，牙牙学语，匍匐爬行，似用四只脚走路；慢慢长大，少年英俊，青年潇洒，中年如日中天，只有两脚走路；而到年迈体衰，老态龙钟，需拄杖而行，故说有“三脚”。俄狄浦斯猜中了此谜，斯芬克斯随即自杀。

一个看来十分简单的谜语，而且谜底就是“人”，为什么偏有那么多人猜不中，而不得不葬身于狮身人面怪兽的腹中呢？这不正充分说明“认识你自己”是一件极为困难的事情么？而这，也正是古希腊的那座神殿上要镌刻上“认识你自己”这句话的原因之所在。

认识自己为什么就那么难呢？这是因为，认识自己并不是仅仅对自己的形貌之类作一个外在的简单了解，而是要对自己的内在本质有一个全面深刻的认知。人，不是虫鱼，不是鸟兽，并不是只为生存而活着，而是在温饱之外，还必须时刻思索这样一些重要的人生课题：我是谁？我从哪里来？我要到哪里去？我有着怎样的心灵世界？我到底有哪些立足于世的资本？我究竟想成为和能成为怎样一个人？面对这样一些重要的人生课题，要交出一份合格的答卷，就必须对自己的内在本质有一个正确而深刻的认识。正确认识自己的内在本质，绝不像照镜子那么轻易，可以一览无余，一目了然，而必须对自己的个性、品格、特质、志趣、能力、爱好、情感、优长、缺陷、人生取向和理想信念等等，有一个全盘的观照，有一个通体的了解。认识自己的内在本质，这不仅是一个由外而内完整地了解自己的过程，同时也可以说是一个寻找自己幸福生活密码的过程。这是因为真正认清了自己的内在本质，就等于是完全摸清了自己所拥有的全部家底，知道了自己所握有的可以克敌制胜的精锐武器，在构筑和实现自己梦想的时候，也就能格外的心中有底，笃定泰山。这样，即使在面临挫折和烦恼的时候，我们也就都能从自己的内心深处获得最强有力的支撑，从而信心满满，沉着镇静，乐观开朗地坚强挺立，从而无所畏惧，勇敢面对，竭尽全力去扫荡障碍，化解忧愁。

一个真正认识了自己内在本质，完全洞悉了自己内心宝藏的人，就必能挣脱物欲的羁绊，减少对外物的依赖，进入一个听任自己心灵支配的自由王国之中，感到日日如沐春风，时时清凉无忧，始终都有一种无比的快乐在心头萦绕，而绝不会如行尸走肉一般，成天被物欲所困，终日为私情所扰，常常为一句话耿耿于怀，为一件事坐困愁城，为一人之失失魂落愧，为一念之差懊悔终生，以致总是满腹忧愁，悲悲切切，满眼望去尽是灰蒙蒙的一片。这也就是说，一个人究竟以怎样的姿态活着，又以怎样的方式在生命的终点谢幕，其一生究竟是活得精彩纷呈，还是活得平淡无奇，抑或是活得糟烂透顶，全都取决于这个人对自身本质的不同认识，以及在生命过程中能否在不同的境遇中做出随机应变的得体表现。有些人之所以活得从容，活得洒脱，活得充实，活得快乐，就是因为对自己内在本质的清醒认识，使他们心明眼亮，永不迷失方向，使他们浑身是劲，永远有使不完的力量。而有些人呢，看似活得够用心，够费神，够努力，够辛苦，可就是活得不顺利，不遂心，不成功，不快乐。原因何在呢？关键就在于他们没有能真正认识自己的内在本质，不清楚自己究竟应达成什么样的人生目标，到底该实现怎样的人生意义。结果，他们也就像在沙漠中的迷路者那样，在茫无涯际的沙漠中胡乱地转了几圈之后，又稀里糊涂地回到了原来出发的地方，于是便陷入了极度的迷惘，乃至完全的绝望之中。

认识自己难，不仅难在对自己的内在本质必须有正确的认识，同时还难在对自己的认识必须全面、客观和辩证。通常，人们往往会以为外部世界复杂异常，不易认识，而对于跟自个儿朝夕相处的自己，认识起来就觉得好比是小菜一碟，简直是太容易不过的事情。可实际情况呢，却远非想象的那么简单。认识他人难，而认识自己却往往比认识他人更难。这是因为认识他人，我们大多是站在局外的角度，以客观的标准去衡量，以公正的态度去评判的，所以一般来说都较为客观公允，得出的结论常常可以达到八九不离十的程度。而认识自己时，情况就大不一样了，它往往会受主观意识的支配，往往会受自身情感的左右，这就大大增加了认识的难度。每个人的身上，都是既有优点，也有缺点的，在认识他人的时候，我们往往很容易在看到他身上优点的同时，也一眼看出他身上的毛病和不足，可对我们自己呢，却常常会因为暗藏私心的作祟，会因为思想方法的片面，而或是对自己偏爱有加，总对自己高看一眼，或是对自己过分小瞧，总觉得自己似乎分文不值。这样带着有色眼镜来看待自己，自然也就缺少了应有的客观、公正和辩证的态度，其结果也就会像“雾失楼台，月迷津渡，桃源望断无寻处”那样，很难看清自己的真实面貌了。所以，尽管认识自己或许是每一个人所共有的愿望，但这些自我认识究竟是否符合自己的本来面目和实际情况，却大多会因人而异，出现很大的差别。这就正如苏东坡在一首诗中所说的那样：“不识庐山真面目，只缘身在此山中。”

认识自己难，还因为对自己的认识不可能一次完成，更无法一劳永逸。一个人的生命，始终处在一个动态发展的过程之中，这就决定了任何人都无法对自己做出一个简单的一成不变的结论，而只能依据连续不断的生活经历，勾勒出一幅渐次展开的人生画卷。借助这一幅长长的画卷，我们方能知道自己遭遇了哪些挫折，经受了哪些磨难，得到了哪些收获，获得了哪些长进，并从中真正悟出自己到底有些什么优长，以及还存在哪些缺陷。所以，即使自己已经是三十好几甚至是四十好几的人了，也仍然应该像十几、二十几岁时那样，依然持恒不断地认识自己，一刻不停地透视自己。若是不明白这一道理，满以为认识自己的任务早已完成，现在的事情就只是静候着上帝前来赐福予你，那你可就是大错特错了。要知道，认识自己乃是一个人毕生的功课，不到撒手西去之时，就永远也没有做完的时候。

那么，要怎样才能很好认识动态发展中的自我呢？最好的办法就是不断进行自我批评。汉末王粲在《仿连珠》一文中说过这么两句话：“观于明镜，则瑕疵不滞于躯；听于直言，则过行不累乎身。”其大意是说，用明亮的镜子照自己，污垢就不会长时间留在身上；听取直率的批评，错误的行为就能够及时改正。照镜子，就是进行自我批评，听取直率的意见，就是接受批评，这岂不就是在倡导要进行批评和自我批评么？习总书记对批评和自我批评就更是特别重视，他曾多次强调，“批评和自我批评是一剂良药，是对同志、对自己的真正爱护”，“对批评和自我批评这个武器，我们要大胆使用、经常使用、用够用好，使之成为一种习惯、一种自觉、一种责任，使这个武器越用越灵、越用越有效果”。我们要在前行的路上不断认识自己，固然要虚心听取他人的批评，但尤其要经常不断地进行自我批评。这同样诚如习总书记所说：“我们千万不能在一片喝彩声、赞扬声中丧失革命精神和斗志，逐渐陷入安于现状、不思进取、贪图享乐的状态，而是要牢记船到中流浪更急、人到半山路更陡，把不忘初心、牢记使命作为加强党的建设的永恒课题，作为全体党员、干部的终身课题。”如何进行自我批评呢？关键是要有正视问题的自觉和刀刃向内的勇气，要敢于触及思想、正视矛盾、找出症结，以求快速解决存在的问题。在自我批评的过程中，还要把“改”字贯穿始终，要立省立改、即知即改，当下能改的，要明确时限和要求，按期整改到位，即使一时解决不了的，也要盯住不放，通过不断深化认识、增强自觉，明确阶段目标，持续加以整改。为确保自我批评能见成效，还必须抓好这样三方面的工作：①要以理想信念“铸魂”，在理想信念的烛照下不断实现自我净化。对于理想信念的重要，习总书记早有精警论述：“理想信念就是共产党人精神上的‘钙’，没有理想信念，理想信念不坚定，精神上就会缺‘钙’，就会得‘软骨病’。”②要以典型榜样“励志”，不断完善自身形象。焦裕禄、孔繁森、杨善洲等大批优秀的共产党人，都是时代的楷模、前行的灯塔，只有以他们为镜，才能明白得失，看清问题，不断改正自身的缺点，逐渐成为一个大写的人。③要以自省自律“修身”，在不断自我革新中提升自己的思想境界。要时时注重自重、自省、自警、自励，始终从严要求自己，始终保持健康的生活情趣和高尚的精神追求，始终保持人生和事业的正确航向。

认识自己难，同时还因为对自己的认识常常不可避免地会受到外界环境的影响。每一个人都是在群体中生活的，我们的每一句言语，每一个行为，都不是孤零零的存在，而是经常会处于各种不同评价和议论的包围之中。有人会赞许你，称颂你，可有人却会批评你，责备你，甚至还有人会排斥你，打击你。面对那投向你的形形色色、各不相同的目光，你能否准确无误地分辨出，其中究竟哪一种目光能更真实地映现出你的本真面貌呢？面对那些或褒或贬、大相径庭的评价，你是将从中汲取有益的营养，以此来丰富自己、完善自己呢，还是将因此而莫衷一是，乃至丧失自己的自主精神，完全被他人的议论所湮没呢？对每一个人来说，这不能不说也同样是一个极为严峻的考验。若是过不了这个关，认识自己也就将依然只是纸上的空谈；只有闯过了这个关，才能在融入环境的过程中，让自己在众人的议论中百炼成钢，并在事业上取得出色的成果。

认识自己是困难的，然而不管有多困难，这都是我们必须倾尽全力去认认真真学好的一门功课。这是因为正确地认识自己，乃是一个人一生中最重要的智慧，任何人要想成就自己，首先就得正确地认识自己。在这个世界上，无论是谁，只有正确地认识了自己，把自己看得清清楚楚，真真切切了，将自己弄得明明白白，透透彻彻了，才能更准确地发现自己的最佳才能区，才能更迅捷地找到走向成功殿堂的最近通行道。唯有这样，才真正握有了一张获取成功的王牌，才能最大限度地开发自己的潜能，施展自己的才华，在奔向目标的道路上迈出坚实有力的步伐，在人生的舞台上演出一幕又一幕大气磅礴、摄人魂魄的活剧来。这就正如著名德国哲学家尼采所说的那样："聪明的人只要能认识自己，便什么也不会失去。"

在认识自己的过程中，认识自己的内在本质是最为关键的一个部分，而在认识自己内在本质的这一关键部分中，认识自己的长处又是这关键部分中的一个关键环节。纵观古往今来的许多成功者，我们即可发现，他们未必比别人更为聪明，更加强悍，但他们都有一个共同的特点，那就是他们都十分了解自己的长处，并倾尽全力去培育和发展这样的长处，在通过天长日久的累积后使之产生难以估量的巨大能量。这就像一位宝石专家发现了一块宝石之后，便不断地将它切磋琢磨，刮垢磨光，从而使它发出璀璨耀眼的光彩，使它成为价值连城的奇珍异宝一样。只有发现并培育了自己的长处，我们才有了滋润信心的沃土，才有了横扫困难的利器，才有了克敌制胜的法宝，最后的成功才会真正属于我们。这就正如美国著名行为学家杰克·豪尔所说的那样："人与人之间的竞争，不是聪明与不聪明的比赛，而是不同专长的比较，或者说各自在专长方面显示的能力如何，成大事者是因为在专长上充分施展自己的智能优势，而未成大事者是没有专长的，总是盲目的受动者。如果一个人能在自己的专长上发挥 86% 的能力指数，那么他就已经可以是第一个成大事的成大事者了。”

就以刘邦来说，运筹帷幄之中，决胜千里之外，他不如张良；治理国家，抚爱百姓，给军队及时提供给饷，不绝粮道，他不如萧何；组织调度百万之众，战必胜，攻必取，他也比不上韩信。然而却正是他，集合了张良、萧何、韩信和众将士之力，击败了强大的项羽，建立了汉家天下。这是为什么呢？就是因为刘邦有着恢宏大度、善于用人的过人能耐。韩信最后被刘邦捉住软禁后，他们之间的一段对话，就很能说明此中的道理。刘邦问韩信：“你看我能指挥多少军队？”韩信回答：“最多不过 10 万。”刘邦又问：“你能指挥多少呢？”韩信回答：“多多益善。”刘邦再问：“既然如此，那为什么你反而被我擒住了？”韩信如实答道：“陛下虽不善于统兵，但却善于统将，这就是我被你捉住的原因。”这就可见，善用己长，对一个人来说，该是何等的重要。以己之长，击人之短，这可以说是所有成功者获取成功的奥秘之所在。所以，我们必须铭记心理学家罗伯特·安东尼的以下一段话，将认识自己的长处作为一件大事来抓：“将自己的每一条优点都列出来，以赞赏的眼光看看它们。经常看，最好背下来。将注意力集中于自己的优点，你会在心里树立信心：你是一个有价值、有能力、与众不同的人。无论什么时候，你只要做对一件事，就是要提醒自己记住这一点，甚至为此酬谢自己。”

认识并善用自己的长处无疑是极为重要的，但真要认识并善用自己的长处，却并不那么容易，有时候甚至要经过很长时间的摸索和探寻。1929 年，在美国一个贫民窟里出生了一位享誉世界的传奇式人物，他就是乔·吉拉德。可他的成长，却历经了极为艰难曲折的过程。他从懂事起便开始给人家擦皮鞋，后又做报童，然后又做过洗碗工、送货员、电炉装配工和住宅建筑承包商等。35 岁以前的吉拉德，不仅没有任何可以夸说的成就，而且还欠了一身的外债，朋友均弃他而去，就连妻儿的生活费用都成了问题。他虽然被搞得焦头烂额，可他并没有消沉，更没有绝望，为了生存，他仍在不屈地闯荡，顽强地探寻。后来，他终于开始做汽车业务，步入了他的推销生涯。先前的一再碰壁，使他吃尽了无数苦头，可同时也使他学会了动脑琢磨，琢磨眼下所从事的新工作，更琢磨在新环境中自己如何才能有新的作为。正因为这样，他的脑子仿佛一下子开了窍似的，突然灵光一现，觉得推销汽车这项工作挺适合自己，仿佛自己天生就是干这一行当的料。于是，他就把“你认为自己行就一定能行”作为自己创业的思想支撑，给自己鼓劲，给自己加油。他坚信：只要自己努力，就一定能做得到。从此，他便以全部的心智和最大的热忱投入到狂热的推销工作中去。不管是在街上，还是在商店里，他逢人即送名片，见人就谈汽车，不放过一切可以利用的机会，竭力推销他的产品，也推销他自己。皇天不负苦心人，3 年过后，他终于一跃成为了全世界最伟大的销售员。有谁能预料到，3 年前背了一身外债，几乎走投无路的他，竟然能够在短短的 3 年时间内，被吉尼斯世界纪录称为“世界上最伟大的推销员”呢？他至今还保持着销售昂贵产品的空前纪录——平均每天卖 6 辆汽车。他一直被欧美商界称为“能向任何人推销出任何商品”的传奇人物。乔·吉拉德何以会取得这样非凡的成功？除了他有着在逆境中百折不挠、不懈奋斗的精神之外，关键的一点就在于他在反复地摸索和探寻之后，终于找到了自己最适合、最热爱、最能胜任的汽车推销工作，从而使他的长处得到了最充分的发挥，使他的成功获得了最强大的动力。法国微生物学家、化学家巴斯德曾说：“人生最重要的，不在乎地位的高低，乃在乎善用自己的才干，把它用到极限。”乔·吉拉德的成功经历，可以说就是对巴斯德这句名言的最好诠释和有力佐证。

认识自己，不仅要认识自己的长处，还得要认识自己的短处。金无足赤，人无完人，即便是一个非常优秀的人，也总是既有其长处，亦有其短处的。可在现实生活中，却常有一些人，或者是只知其长处，不知其短处，或者是虽知其短处，却总是自谅其短，根本不知短处之危害，或者错误地视短处为长处，把脸上的黑斑视作为美人痣，一个劲儿在得意地孤芳自赏。所有这一些人，最后当然都不会有什么好果子吃。这是因为他们周围的人都不会轻易地钦佩他的才华，而只会睁大眼睛注意他的短处，并利用他的短处使他的其他资质全都黯然失色。而如此一来，即便他有天大的本领，也都将无法施展，而只能悲天怆地，徒唤奈何。所以，即使老天曾经眷顾，赐予你一点天分或一技之长，你也绝不能因此就无视自己的短处，而随意地眼空无物，妄自尊大。如若不然，你就势将被自己的短处所拖累，轻则将永远默默无闻地走向平庸，重则将陷入那令人扼腕的悲剧命运之中。

就说项羽吧，他力能扛鼎，少有大志，其长处是显而易见的。他的叔父项梁要他读书，可不成；再让他学剑术，却又不成。叔父对他大声怒斥，项羽却说："书足以记名姓而已，剑，一人敌，不足学，学万人敌。"意谓自己将来要指挥千军万马，驰骋疆场，名垂青史，不学书、剑，又有何妨！这就足见项羽完全没有自知之明。他不知自身之短处，隐患已埋，而不知其短处之危害，甚至视短处为长处，那就更是大错特错，贻害无穷了。这也正是他后来虽有雄心，却无雄才，终至因"无颜见江东父老"而自刎于乌江岸边的一个最为致命的原因。所以，对于自身的短处，我们绝不能掉以轻心，万不可屈从于它而受它暴君般的统治，而一定要充分认识它的危害，并花大力气将它的不良影响缩减到最小的范围内。

短处虽然对一个人明显不利，但它也并不像有些人想象的那么可怕。事实上，全面而客观的自我认识，本就应该包括认识长处和认识短处这样两个部分。即便是一个身有明显短处的人，只要能摆正心态，拓宽视野，换一个特定的角度来察看和认识自己，那就很可能会豁然开朗，突然发现一个完全不同的自我。譬如马拉多纳，他的腿又短又粗，个子也很矮，应该说并不是理想的踢足球的料。但这只是问题的一个方面，如果换个角度想一想，我们就会发现，两腿短粗说明肌肉强壮，可以有很好的爆发力，个子矮小，凭借高超的带球技术正可以在巨人中周旋而游刃有余，这岂不都是不利中的有利一面么？而马拉多纳不就正是利用了这不利中的有利一面，通过非比寻常的刻苦努力，把自己锻造成了世界上最有影响力的著名足球运动员么？这就启示我们，就算身有短处，也根本无需谈虎色变，因为只要不自卑，就绝不会自惭，只要能自信，就一定能自立。其实，人的自取其辱或自折其志，一般都并非真因为他的所谓“蠢笨”，而大抵是源于他对自己的长处和短处缺乏自知之明，以及伴随而来的对自己的能力缺乏正确估测。对在某时某地究竟是否合适去做某项事情茫然无知，而偏要像唐吉诃德那样去猛打猛冲，自然也就难逃自取其辱和自招折损的命运。有人就曾这样说：人生并非上帝为人类设计的陷阱，好让他谴责我们的失败。人生也不是一盘棋，如果走错一步那就步步皆错。人生倒像是足球比赛，即使最强的队也有失手的时候，就算最弱的队也有扬眉吐气的一天。我们的目标就只是，尽心发挥自己的最佳水平，力争所获能多于所失。此话可以说是对所有身有明显短处之人的最好抚慰和最大激励，只要记着它，就一定会有一股强大的力量汩汩不断地从你的胸中涌出。

《泾野子内篇》中记录了一位西邻的故事，虽然短小朴实，却生动形象地说明了短处未必就“短”的道理。西邻有五个儿子，五子“各有千秋”：长子质朴，次子聪明，三子目盲，四子背驼，五子脚跛。五个儿子中，有生理缺陷的竟占了大半，倘按常理推想，这一家人的日子一定不会好过。孰料西邻却治家有方，竟把一家子搞得红红火火。什么原因呢？细一打听，原来西邻根据自己儿子的不同特点，分别作了这样的妥善安排：老大质朴，正好让他务农；老二聪慧，正好让他经商；老三目盲，正好让他按摩；老四背驼，正好让他搓绳；老五足跛，正好让他纺线。你看，这一家五个儿子，因了西邻的巧妙运筹，全都各展其长，各得其所，岂不就“不患于食焉”么？五个儿子中有三个身有残疾，这事儿要是搁在某些人身上，他们一定会埋怨上苍的不公，哀叹命运的可悲，并因此而成天愤懑不已，终日怨声不断。可西邻的思想却并没有陷入某些人那样的牢笼之中，他以积极的心态坦然面对，并巧思妙想，做出了令人拍案叫绝的精妙安排，从而使三个身有残疾的儿子都得以化短为长，充分发挥他们所具有的正常人所不具备的优势，这也就使全家无一废人，个个都大显其能，派上了他们应有的用场。在这个世界上，全才几乎是没有的，每一个人都总是各有所长，也各有所短。所以，即便你自觉在某些方面确实远不如他人，也完全用不着愁眉苦脸，垂头丧气，而应该换一种心态，在多动天君方面巧做文章，以使自己尽可能地将短处化作长处，并由此而生出无限的表现力和惊人的创造力。倘若真能如此，那么即便是一个身有明显短处的人，岂不也能一扫满天的阴霾，迎来一个阳光灿烂的全新局面么？

如果再深一层看，认识自己的短处，其实还有利于我们补短扬长，从而使自己的长处得到更充分的彰显。西施、王昭君、貂蝉和杨玉环，被并称为中国四大美人，个个天生丽质，天下无人能比，可她们并不因此就得意忘形，而是常常暗自思忖自己是否还有什么短处。终于，西施发现自己的耳轮偏小，王昭君则略感双脚肥大，貂蝉不满舞后汗味过重，而杨玉环则发觉走路时带有声响。于是，四大美人又都冥思苦想补短之良策，并果真一一拿出了令人击节称赏的妙招：西施让匠人造了一对金环戴在耳上，借重物使耳轮下坠；王昭君请裁缝制出拖地的大摆裙，从此双脚藏而不露；貂蝉自采花蜜，调制成香气扑鼻的花露水；杨玉环乃令铜匠造出响铃，佩在自己的裙子上。四大美人与四项发明的这个传说虽不一定有确实的证据可考，但它所要说明的道理岂不是不言而喻么？如果每一个表现优异者都能像四大美人那样，多找一找自己的短处，并努力去补短扬长的话，那岂不就人人都能锦上添花，愈发大放异彩么？

西方有位学者曾说：“上帝并未大批生产人类，并不像最新型的汽车那样自生产线上生产出来。它使人类各具有不同的体型、外表与肤色。它所制造的人类彼此具有很多微细的不同之处。它使我们每一个人都与别人不同——而且也未限定我们应该一致遵守的共同标准。你是独一无二、与众不同的。”应该说，这位西方学者的话揭示了一个千真万确的明摆着的事实，可许多人对此却似乎视而不见，不以为意，并没有对此引起足够的重视，这不能不说是一件令人非常遗憾的事情。鉴于此，我们应该把这项事实认认真真地看一看，仔仔细细地想一想，并从中汲取一股积极的生命力，而绝不可把它视作为自己差人一等的原因。请千万要记住：认识自我，发现自己的长处，并将它发挥到极致，你就是一座金矿；认识自我，正视自己的短处，并在化短为长上尽遣十八般武艺，你就同样能让自己的人生展现出独特的亮丽风采。

坚守本色御诱惑

从前，有两个仙人常到山上的一棵大树旁下围棋，一只猴子长年累月躲在树上观看，渐渐地也就学到了一手高超的棋艺。后来，这只猴子下山找人挑战，竟没有一个人是它的对手。这个国家的国王知道后，心想：全国这么多围棋高手，居然战胜不了一只猴子，未免也太说不过去了。于是，他便召开专门会议，研究战胜猴子的办法。会上，一位大臣自告奋勇，要求与猴子对弈。国王问他："你有获胜的把握吗？"他说，绝对有把握，不过，比赛桌上一定要放一盘水蜜桃。国王细问究竟后，便依从了他的办法。比赛开始了，猴子与大臣执棋对弈，可在比赛过程中，猴子的两只眼睛却总是盯着那盘鲜美诱人的水蜜桃出神，因此也就不免昏招迭出，结果大臣果然轻松地赢得了比赛。

这虽然是一则寓言，却写得趣味盎然，颇能引人深思。猴子从仙人那里学得了一手好棋，从此所向披靡，打遍国人无敌手。可在国王组织的一次比赛中，猴子为什么就不堪一击了呢？关键就在国王和大臣经过精心策划，特意在比赛桌上放了一盘水蜜桃。水蜜桃是猴子的爱物，猴子一见就被勾去了魂，所以它也就心猿意马，口水直流，根本就无心恋战，只能以败北告终了。这就可见，外物的诱惑对猴子来说，杀伤力确实是非常巨大的。

猴子是普通的动物，心理无疑较为脆弱，自然抵挡不住其爱物的诱惑。人是高级动物，有思想，有理智，然而人毕竟也是从猴子演化而来的，所以身上也就必然残存着猴子抵御诱惑能力差的弱点，在一些人身上，情况可以说还相当严重。如若不信，且请看下面这则故事。

公元四世纪，有个名叫罗纳德三世的贵族，是祖传封地的正统公爵，他弟弟反对他，把他推翻了。不过，弟弟虽想摆脱这位公爵，却又不想杀死他，于是便想出了一个令人意想不到的巧妙办法。罗纳德三世被关进牢房后，弟弟命人把牢房的门改得比以前窄了许多。罗纳德三世身高体胖，胖得根本就出不了那牢门。弟弟许诺，只要罗纳德决心减肥，能自己走出牢门，就不仅能获得自由，而且连爵位也能恢复。罗纳德三世获悉后异常高兴，可惜他根本无法抵挡弟弟每天派人送去的美食的诱惑，一见就狼吞虎咽，定要吃到酒足饭饱才肯罢休。结果，他不但没有减肥，反而更胖了，最后自然也就只能终身被关在牢房之中。不能不说，罗纳德三世实在是太过窝囊了，他明知只要能减肥，就能还他的自由身，甚至还可以恢复他的爵位，可他却就是减不了肥，以致终身没有能步出牢门。为什么？就是因为他的自制力太差了，每次用餐都经不住美食的诱惑，心甘情愿地做了那装满美食的皮囊。这就可见，在罗纳德三世的身上，经不住诱惑的劣根性有多么严重。

可别以为罗纳德三世贵族出身，从小养尊处优惯了，所以才没有一丁点儿抵御诱惑的能耐。其实，抵御诱惑还真不是件容易的事情，许多人都很难做到。法国的莫泊桑，是写出《项链》《羊脂球》《我的叔叔于勒》等小说的著名作家，有“世界短篇小说之王”的美誉，可他也一样经不住外物的诱惑。尽管西方现代小说的奠基者福楼拜（莫泊桑曾拜他为师）曾多次对他叮咛告诫：“千万不能把心交给别人，一个人活着 ，要能够诚实地面对自己和周遭，对油滑的事情要提高警惕。对那些让人迷失的事尤其要谨慎，譬如吃喝玩乐，特别是女人。”可莫泊桑还是无法抵御自己泛滥的情欲，成天沉湎于声色，始终不能自拔，最后竟死于梅毒，而且死相极为难看。在生命的最后三个月，他几乎是在痉挛、挣扎和呐喊中度过的，其情状之凄惨，简直令人不忍目睹。莫泊桑，可以说算得上一个很有思想、很有成就、很有名望的人物了，可他也同样因为抵御不了诱惑，而上演了一出令人扼腕的悲剧，着实是让人唏嘘不已。

外国人挡不住诱惑，国人也同样难过诱惑的关口。明末李自成领导的农民起义军，起始提出了“均田免赋”“迎闯王，不纳粮”“三年不征，一民不杀”等安民口号，且军纪严明，秋毫无犯，所以深受百姓拥戴，声势迅速扩大，一路凯歌高奏，很快就席卷全国，攻克了北京，推翻了明王朝的统治。可进了北京之后，李自成及其部下转眼间就把起义时对人民的许诺忘了个一干二净，成天都在夺名利，掠财物，敲诈明朝旧臣，勒索普通百姓，真可谓是“纵贪横于京畿，弄得京城民怨沸腾”。而且，原本不好女色的李自成，在一次见了大将刘宗敏献给他的一长排全身赤裸的年轻女子后，也不禁心旌摇荡，驾不住那玉林摇曳，香气袭人，竟将她们一个个都睡了个遍，睡高兴了还将一些女子封为皇妃。此风一开，糟蹋妇女便成了起义军上上下下的时尚，进而更是形成了席卷全国的狂飚，在广大百姓中造成了极其恶劣的影响。这种对权势、对钱财、对女色的极度贪欲，尽管让他们享受了一时之乐，却激起了天怒人怨，彻底葬送了他们出生入死好不容易换来的起义成果。此后吴三桂引清兵入关，只做了 42 天皇帝的李自成，眼见部下斗志全无，民众怨声载道，不得不有如丧家之犬一般，仓皇逃离北京。后来便或说是死于战场，或说是不知所终，在人间彻底蒸发。其变化之急遽，其结局之悲惨，真让人痛心泣血！这，就是李自成因抵御不了诱惑而付出的代价。这样的代价，虽说纯属他咎由自取，但毕竟也太为惨重，太令人痛彻心扉！记得新中国成立前夕，在离开西柏坡进入北京城时，毛泽东主席就以这段历史为鉴，特别提到，这是进京赶考，我们不做李自成。毛主席这一对全党和全国人民的忠告，意味极为深长，至今言犹在耳，值得我们永远铭刻于心。

纵观历史，在我国历朝历代的官员中，就也有不少人因难抵外物的诱惑，而成了臭名昭著的大蠹虫。如秦朝的赵高、魏冉，东汉的梁冀、王温舒，西晋的石崇，唐朝的元载，北宋的蔡京，南宋的陈自强，明朝的刘瑾、严嵩，清朝的和珅等，其中又以和珅的贪欲最为登峰造极，简直是到了令人发指的地步。在抄没他的家产时，只见金砖银锭堆满屋宇，珠宝古玩触目皆是，字画珍品汗牛充栋，房屋地产遍布各地，其家产总值约合白银 10 亿两，相当于清朝政府十几年的财政总收入，人们都说“和珅跌倒，嘉庆（指嘉庆皇帝）吃饱”，此绝非夸大其词。这就可见，因贪腐者难抵诱惑所造成的危害，于国于民，该有多么严重，多么不可饶恕！与此同时，我们更应该由此明白这样的道理：我们都必须以此为戒，以高度的警醒坚决抵御外物的诱惑，绝不能深陷于私欲的深渊而不能自拔，做出许多害国害民的丑事来；如若不然，那就必将会步那些大蠹虫的后尘，成为国家和人民的罪人，落得千古骂名。

外物的诱惑何以这样难以抵御呢？这是因为，社会极为复杂，每一个生活在这世上的人，都会时时面临各色各样的诱惑：权位是诱惑，金钱是诱惑，财物是诱惑，名声是诱惑，美色是诱惑，赞誉是诱惑，甚至连马屁也是诱惑……五光十色的诱惑，触目皆是，随处都有。这些诱惑，好比是鱼钩上的香饵，令人闻之便垂涎欲滴，可它的背后却躲着心怀叵测的渔夫；这些诱惑，又好比是陷阱里的佳肴，令人见之即顿生食欲，可它的旁边就隐藏着虎视眈眈的猎人。只要你眼睛不亮，心志不坚，贪欲过盛，那么猴子难以抵御诱惑的劣根性，就必定会在你的身上自然而然地复现出来，你就必将经不住香饵和佳肴的勾引，难逃成为衔饵之鱼和入网之兔的可悲命运。战国时韩非子有云：“贪如火，不遏则燎原；欲如水，不遏则滔天。”谁要是内心的贪欲一旦失控，诱惑的力量就会成倍放大，那么他就必然会在权势、金钱、财物、美女等的诱惑面前，轻而易举地败下阵来。诱惑之所以难以抵御，还因为在面对诱惑的时候，我们的脑子里常常会充满着矛盾：矛盾的一方是理智，矛盾的另一方是情感，理智一方要求我们抵御诱惑，而情感一方则怂恿我们屈从于诱惑的勾引。这矛盾的双方始终都尖锐地对立着，有时甚至还会发生激烈的争斗。如果理智能够制约和支配情感，成为自己行动的主宰，那我们就能成为成功抵御住外物诱惑的胜者；如果失去应有的理智，任凭情感支配自己的行动，那我们就将被外物的诱惑所击败，成为诱惑的俘虏。应该说，在现实生活中，后一种情况出现的比例相对较高，真能冲出各种诱惑重围的强者，为数还真不是很多。所以，要想成功地抵御外物的诱惑，我们就必须在理智和情感的拉锯战中，竭尽心力让自己的理性占据绝对的上风，以将那蠢蠢欲动的情感彻底压制下去。

我们中华民族是一个充满智慧的民族，为了抵御种种外物的诱惑，我们的先祖煞费苦心地进行了艰辛的探索，总结出了“修身齐家、治国平天下”这一宝贵的应对经验。这一宝贵经验，何以将“修身”赫然列在首位呢？这是因为，“修身”乃是“齐家、治国、平天下”的必要前提，只有重视了自我修养、自我约束、自我塑造，不断增强抵御诱惑的能力，真正将自身的修养提高了，最终才能实现齐家、治国、平天下的目的，成为一个对家庭、对国家、对天下都非常有用的人。经过千余年的社会实践，“修身齐家、治国平天下”这一经验早已成为我们中华民族的优良传统，生生不息地世代传承。中国共产党不仅是这一优良传统的继承者，更是这一优良传统的发扬光大者，所以在加强自身修养、抵御外物诱惑这一方面，也就给予了前所未有的高度重视。早在革命胜利前夕，毛泽东主席就以宏阔的视野，语重心长地向全党发出了“务必使同志们继续保持谦虚、谨慎、不骄不躁的作风，务必使同志们继续保持艰苦奋斗的作风”的伟大号召，而在当今社会主义革命和社会主义建设取得伟大胜利的全新形势下，习近平总书记更是向全党全国人民发出了力重千钧的动员令：“要坚持不懈地提高自身修养，形成内在的政治‘定力’，增强防腐拒变的‘免疫力’，减少各种诱惑的‘渗透力’。”在毛主席和习总书记这些号召和号令的引领下，广大党员和全国人民都自觉地“修剪”欲望，提升定力，让抵御诱惑内化为修养，升华为信条，人们的思想面貌和整个社会的风气，就全都产生了积极巨大的变化。

“一念收敛，则万善来同。”正是在这一中华文化理念的熏陶下，自古迄今，华夏大地上就涌现出了无数善于抵御诱惑的杰出人物。这些彪炳史册的杰出人物群星闪耀，汇成了一条令人叹为观止的璀璨星河，其中的每一颗星都熠熠生辉，引人瞩目，令人不胜赞叹。要在一篇文章中将这每一颗星都一一枚举，显然是无法办到的事情，所以我们在这里就只能撷取其中的两个人物和一个单位——于谦、钱学森和沙头角模范中队，向大家作一简要的展示。

先说明朝的于谦。明英宗朱祁镇即位时，太监王振把持朝政，勾结内外贪官污吏，擅作威福。那时，外地官员进京，必须馈送重金厚礼，不然，轻则办事困难，障碍重重；重则降职免官，甚至下狱遭殃。可于谦却特立独行，绝不随波逐流，每次进京，他从不送礼，只带随身行装及“两袖清风”。一些同僚便劝于谦为前程计，不妨稍作变通，可于谦听后，却哈哈一笑，并随即提起毛笔，在白纸上洋洋洒洒写下这样一首诗：“绢帕茹蘑与线香，本资民用反为殃；清风两袖朝天去，免得闾阎话短长。”（绢帕、茹蘑、线香，都是土特产；闾阎，原指古代里巷内外的门，后泛指平民百姓）在于谦的眼中，“名节重泰山，利禄轻鸿毛”，不管是做人抑或是为官，节操都是头等重要的事情，所以他从不趋炎附势，巴结上司，一心削尖脑袋往上爬，所以他清正廉洁，不治产业，所居仅蔽风雨，后因惨遭奸佞诬诌而被抄没家财时，人们更发现他家里竟空空荡荡，没有一丁点余财。由此，大家终于进一步认识到，他那“清风两袖朝天去”的诗句，绝非是故放高论，而是他一生清白做人的真切表白。“千锤万击出深山，烈火焚烧若等闲。粉身碎骨浑不怕，要留清白在人间。”于谦所写的这首《石灰吟》，既是他美好心声的自然流露，也是他光辉形象的绝妙写照，可以说是集中反映了他将阿谀奉承憎之如仇敌、将钱财享乐鄙之如尘土的高尚精神和宝贵品格。正因为此，于谦及其挥写的《石灰吟》，才得以名垂青史，万古流芳。

再说为新中国的军工事业做出杰出贡献的科学家钱学森。钱学森出生于中国内忧外患、被人宰割的时代，为了挽救危亡中的祖国，他赴美留学，师从美国研究航空科学的顶级专家冯・卡门学习航空科学知识，并成为冯・卡门的得意学生。1947 年，才 36 岁的钱学森，就被美国麻省理工学院聘为许多人梦寐以求的终身教授，并被誉为“在美国处于领导地位的第一位火箭专家”。此时的钱学森，不仅金钱、地位、声誉全都有了，而且还有着非常远大的前程。可当 1949 年 10 月 1 日新中国成立的消息传到大洋彼岸后，钱学森便立誓回到魂牵梦绕的祖国，因为他始终认为：我是中国人，我的根在中国，我能够放下在美国的一切，但不能放下祖国，我应早日回到祖国去，为建设新中国贡献自己的全部力量！谁知钱学森准备回国的决定，竟引起美国有关方面的极度恐慌。他们认为，钱学森的专业技术如果带回去，中国的科学技术将高速度前进。美国海军的一位领导人更是对美国负责出境的官员说：“钱学森至少值 5 个师的兵力。”“我宁可把钱学森枪毙了，也不让他离开美国！”就这样，钱学森的回国计划受到严重的阻挠。可是美国反动势力的逮捕关押，严密监视，迫害打击，都无法让钱学森屈服，他向美方提出了严正抗议，回国的决心更强了。由于得到了世界各国主持正义的人们的共同支持，更由于得到了我国政府的极大关怀和有力帮助，特别是由于周恩来总理的亲自干预，经过 5 年的不屈斗争，钱学森回国的愿望终于得到了实现。到达北京的第二天清晨，钱学森就和妻子带着两个孩子去到天安门广场，激动地说：“我相信我一定能回到祖国。此刻，我终于回来了！”冲破重重阻拦回到祖国的钱学森，从此便一头扎进了军事科学的研究中，他倾其所学，不断推出科研新成果，为祖国的国防事业竭思尽智，做出了巨大的贡献，成为了中国载人航天的奠基人，被誉为“导弹之父”和“火箭之王”。因钱学森的回国效力，我国导弹、原子弹的发射至少向前推进了 20 年。钱学森功勋卓著，可他对名利却十分淡泊，始终保持了一名爱国学者和一名共产党员应有的崇高人格。1958 年，钱学森所著《工程控制论》一书被译成中文出版，并获国家自然科学一等奖，稿酬加上奖金，共计 1.15 万元（在 1958 年，这已是一笔相当可观的金额了），他悉数捐出，用于给力学系的学生买学习用具。1994 年，他获得何梁何利基金奖，奖金 100 万港元，2001 年，他又获得霍英东“科学成就终生奖”，奖金也是 100 万港元，他将这些钱全都捐给了祖国西部的沙漠治理事业。在“万元户”还是绝大多数人遥不可及的梦想的年代，钱学森却一下子就捐款两百万元，而且在捐出奖金时，他还直陈肺腑说：“我姓钱，但我不爱钱。”钱学森不仅“不爱钱”，也不爱“名誉”“地位”和“待遇”：回国时，他就毅然决然挥别美国麻省理工学院和加州理工学院教授、喷气推进中心主任、美国海军炮火研究所顾问等职；回国以后，他被任命为国防部五院院长，可他主动请辞，甘愿当副院长，以便集中精力搞科研；美国曾邀请他赴美，并许诺授予他美国科学院和工程院院士称号，可都被他严辞拒绝；名扬四海后，他坚持不题词、不为人写序、不参加鉴定会、不兼任任何顾问或名誉顾问、不到外地开会、不出国；单位要为他建房，他坚决不同意，报刊上刊载了颂扬他的文章，他立马打招呼“到此为止”……所有这一切，都足以说明，钱学森确实已达到了完全不受外物诱惑、视名利如浮云的高超境界。

最后说先进集体沙头角模范中队。沙头角模范中队本名是广东边防总队第六支队十三中队，驻扎在深港边界繁华地带“一街两制”的“中英街”上。他们的哨楼紧靠酒楼，营房紧挨市场，易受诱惑的状况可想而知，但十三中队却硬是做到了常在河边走，就是不湿鞋。面对复杂的环境，担负着新时期的特殊使命，从 1969 年驻扎至今，这面公安边防队伍的旗帜 50 年如一日坚守本色，用正气和信仰打赢了这场没有硝烟的激烈战争。1996 年 12 月 14 日，国务院、中央军委授予广东边防总队第六支队十三中队“沙头角模范中队”荣誉称号，而他们也确实没有辜负这一荣誉，创造了一个近似神话的纪录：受称号之后的这些年中，无论面对何种腐蚀拉拢，从未有一人被查出贪腐。入伍 12 年的战士苏越清来自福建农村，一次他和战友一起查获一宗特大走私案，一个老板拿出六七捆百元大钞往他怀里塞："兄弟，一点小意思，你们当兵的薪水不高，人活在世，谁不想多赚点钱？抬抬手放我一马吧。"可苏越清觉得不能让部队近50年的坚持毁在自己手上，便严辞斥责，断然拒绝。赵文超刚到中英街当排长时，有一个姓张的老板听说他家庭经济拮据，便引诱他说："在你这个位子上，想改变家庭经济条件不费吹灰之力，只要睁一只眼闭一只眼就行，而且神不知鬼不觉，查都查不出来。"但赵文超却说："军人对于荣誉的珍惜甚至会超过性命，绝不会走歪门邪道！"那位张老板碰了一鼻子灰，只得悻悻而归。2011年夏天，驻地群众看到一位新兵顶着高温站岗，好心送了一瓶矿泉水，新兵正渴得厉害，也就接受了。可就因为他喝了群众送的一瓶矿泉水，最后全排战士进行整顿教育。中队长关进兴说："这不是小题大做。今天是一瓶水，明天就可能是一台车、一套房，长此以往，后果不堪设想。只有防微杜渐，才能保证万无一失。"多年来，沙头角模范中队党支部始终注重用党的创新理论培养教育官兵，坚持不懈地与各种错误思潮作斗争，确保了政治上的绝对合格。拒绝诱惑无小事，这种坚持在沙头角模范中队已形成习惯，并最终成为潜移默化的制度，体现在每一件小事和每一个细节上：车开到沙头角桥头，把车停在关外，步行进出，以避免"瓜田李下"之嫌；中队干部不在驻地找对象；不安排亲友在驻地工作。中英街的进口奶粉物美价廉，是来此购物的内地游客的首选之物，但十三中队的干部坚持不在中英街为自己的孩子买奶粉。50年的坚持，20余年对荣誉的捍卫，惹恼了一些拉拢诱惑战士没有得逞的投机走私分子，他们便讥讽部队战士是"傻大兵"，但广大当地群众，却一致称赞这些战士是"霓虹灯下的新一代哨兵"。时代在不断变迁，但"沙头角模范中队"这面拒绝诱惑、坚守本色的军旗却一直传承，永不褪色。

于谦、钱学森这两个人物和"沙头角模范中队"这个集体，虽然所处的时代并不相同，具体的经历亦有很大差异，但他们保持本色、抵御诱惑的精神和品格，却都令我们肃然起敬，仰慕不已。细读他们的事迹，使我们愈发明白：人生在世，绝不能仅仅是为了活着，为了享乐，而应该像于谦、钱学森和“沙头角模范中队”那样，坚拒名利的诱惑，活出自己的气节，活出自己的尊严，活出自己为国家增添亮色的耀眼光芒。如若禁不住花花绿绿世界的诱惑，成天觊觎于权势，成天膜拜于金钱，成天沉迷于声色犬马，那么即使寿命长，活过了800岁的彭祖，也必将会因为断了自己的脊梁骨，而永远被天下人耻笑。

我们当今生活的时代，既是一个飞速发展的时代，同时也是一个充满诱惑的时代，如果你不能以顽强的意志保持本色，今天受这个诱惑，明天又受那个诱惑，那你还怎能有时间和精力积极工作，认真学习，更好为人民服务呢？所以，我们一定要守住自我本色，勇于抵御诱惑。对此，我们不仅要有清醒的认识，并且要付之切实的行动，以确保自己在抵御诱惑的斗争中取得完全的胜利。

那么，在抵御诱惑的斗争中，我们究竟怎样才能稳操胜券呢？

一是必须“公”字当头，牢固确立一心为民的思想，天天念好“公仆经”。荀子有云：“公生明，偏生暗。”因为此语极为精警，所以后世将“公生明”三字作为官场箴规。古代府州县衙门大堂前面正中都竖立一石，向南刻上“公生明”三字，北面刻上“尔俸尔禄，民膏民脂，下民易虐，上天难欺”十六字，以作为对所有官员的警戒。是的，只有胸怀“公心”，才不会忘记肩上的那份责任和担当，才能不谋一己之私利，常用手中的权力为民众谋取更多的福利。“在其位谋其政，任其职尽其责。”这一将孔子“不在其位，不谋其政”一语扩展延伸而成的名句，可谓深中肯綮。一个从政之人，如果满脑子是私心杂念，根本就不把民众放在心上，还何谈“谋其政”“尽其责”？“公心”缺失，人生观和价值观发生异变，就势必会忘了为民谋福祉的责任所在，势必会在各种诱惑面前迷失自己前行的方向。为人民服务，做人民的勤务员，这是我们党的宗旨，是一代又一代共产党人秉承的光荣传统，所以每一个从政者都必须天天念好“公仆经”，以便时刻牢记“权为民所用、情为民所系、利为民所谋”的理念，切实常思贪欲之危害，常怀律己之戒心，常修为政之懿德，从而从根本上抵御权势、金钱、美女的诱惑，把自己的一切都奉献给为人民服务的伟大事业。钱学森何以会成一个拒绝各种诱惑的伟大科学家？关键就在于他把为人民服务的思想深深植根在了自己的头脑之中，这就诚如他自己所说的那样："我是一个中国的科技工作者，我所学到的科学技术只服务于我的祖国，我活着的目的就是要为全体中国人民服务。如果说我有所求的话，那我想要的最高奖赏，就是全国人民对我工作的满意。"钱学森学成回国后第一次在高校演讲时，还曾用诺贝尔奖得主尤里的一句话来结束自己的演讲："我们要消灭众生的困苦和匮乏，带给他们愉悦和美丽。"这也同样彰显了钱学森那颗全心全意为人民服务的纯洁美丽的心灵。当然，公心并不是与生俱来的，需要长期修炼，这就需要我们见贤思齐，向以钱学森、焦裕禄、杨善洲为代表的优秀党员学习，学习他们坚定的理想信念，学习他们全心全意为人民服务的精神，学习他们淡泊名利、不为诱惑所动的高尚品格。

二是必须确立坚定不移的理想信念，以使自己不管在什么情况下，都矢志不渝地为实现人生目标而坚决抵御一切干扰。古人有云："先立乎其大，则其小者不能夺也。"在当今时代，何谓"大"呢？以四个字来概括，就是"理想信念"。这是因为，理想信念是世界观、人生观的集中体现，人生的目标、方向和意义，全都由它而派生，所以它就必然将直接决定我们的发展方向、行为准则、价值追求和精神状态 。可以毫不夸大地说，理想信念就是我们人生航程中的指路明灯，就是我们人生追求的精神支柱，就是我们一生奋进的动力源泉。有了它，我们就能眼睛更亮，目标更明，站位更高，意志更坚，即使面临各种诱惑的考验，也能"千磨万击还坚劲，任尔东西南北风"，以磐石般的坚强定力，有效抵御诱惑，牢牢守住底线。反之，如果理想信念动摇，那就会精神空虚，心为物役，就会没有敬畏，失去底线，就会见钱眼开，欲念膨胀，就会诚如唐朝著名政治家、政论家陆贽所说的那样，"贿道一开，辗转滋甚，鞭靴不已，必及衣裘；衣裘不已，必及币帛；币帛不已，必及车舆；车舆不已，必及金璧"，一步步走上那贪腐之路，成为诱惑道场上的祭品。

三是必须“吾日三省吾身”，时刻省察自身存在的问题，以不断增强对诱惑的警觉。“吾日三省吾身”出自孔子的学生曾参之口，其意思是说，我每天多次反省自己身上存在的问题，以便及时改正，不断完善自己。在孔子众多的学生中，整部《论语》只有曾参和有若两个被称为“子”。在古代，唯有有学问、有道德的人，才被称为“子”，以示尊敬。客观地说，在孔子的眼中，曾参原本是个比较迟钝的人，但后来他却在继承和发扬孔子的学说中发挥了很大的作用。曾参何以能有这样的进步，取得这样的成就呢？应该说，这与他“吾日三省吾身”的自省精神有着密不可分的关系，正是每天的认真反省，使他抵御了各种诱惑，得以日益精进，终于由一个反应迟钝的学生，一变而为孔子学说的重要继承人。在《论语·学而》中，孔子本人也谈到了“自省”，他是这样说的：“见贤思齐焉，见不贤而内自省也。”其意思是：看见有德行有才干的人，就要向他学习，看见没有德行的人，自己的内心就要反省自己是否有和他一样的错误。这就可见，孔子和曾参都把“自省”作为一个人加强自我修养和抵御外界诱惑的最重要的方法和途径。事实也当真如此，大凡道德高尚的人，都把“自省”作为一件大事来抓，真正做到时时观心，事事观心，所以才修养了心性，抵御了诱惑，成就了大德。“自省”，在习总书记的心目中也占据着很重要的位置。2016 年 1 月 12 日在党的十八届中央纪委六次全会上的讲话中，他不仅提到了《史记》中所说的“内视之谓明”（“内视”，实际上也就是“自省”），并特别强调“自我批评要一日三省”。习总书记为什么这样重视“内视”，并大力倡导“一日三省”呢？这就是因为，自省就好比是心灵的杀毒软件，只要我们日日自省 ，时时自省，所有侵入我们机体的毒菌就都将无处藏身，我们的心灵就能得到很好的救赎，从而也就能自觉地抵御各种诱惑。当今社会，竞争激烈，且又诱惑多多，一些心中无主的人心里便乱成了一锅粥，一个个急功近利，焦躁不安，患上了目的颤抖症（也叫“穿针心理”，即越是想将线穿进针眼，线却越不容易穿入），于是就像那无头苍蝇一般，成天被各种诱惑搞得晕头转向，完全迷失在了人生的丛林之中，始终找不到走出阴暗的通道。这些人如何才能脱出这样的困境呢？关键就在于要“吾日三省吾身”。因为自省有如当头泼下的冷水，可以使他们的头脑变得清醒，自省又如熊熊燃烧的灼热炭火，可以蒸发掉他们身上的各种错失和污垢。一句话，自省能清空他们心中的欲念，卸却他们身上的包袱，使他们的心灵真正能抵达理想的彼岸，从而将所有的诱惑都视如敝履，重新打点行囊，健步开启新的征程。凡事都需要与时俱进，今天我们所倡导的“吾日三省吾身”，主要应围绕理想信念和道德情操方面存在的问题展开，以便及时修正错误，使自己成为一个品行高尚的人。倘能天天这样反复自省，那么展现在我们面前的，就必将完全是另一番美好景象：荣辱不惊，闲看庭前花开花落；去留无意，漫随天外云卷云舒。

四是必须谨慎交友，谨防因交友不慎而无法抵御外界诱惑，陷入违纪违法的泥淖之中。孔子曾说：“与善人居，如入芝兰之室，久而不闻其香，即与之化矣。”意大利文艺复兴运动的杰出代表薄伽丘也说：“友谊是慷慨和荣誉的最贤惠的母亲，是感激和仁慈的姊妹。”这些中外哲人之所以都对友谊如此推崇，是因为友谊是忠诚与信赖的交流，是真诚与坦荡的沟通，是理解与体谅的包容，是互相帮助与关心的体现，它就像那清澈的温泉一样，汩汩不断地在人们的心灵中流淌，使人们时时都能感受到难以言表的惬意和温馨。然而，大千世界，各色人等，良莠不齐，并不是每一个人都能成为我们的挚友的，这就要求我们必须掌握择友之道，谨慎做出选择。清末著名人物曾国藩就特别强调谨慎择友的至关重要：“一生之成败，皆关乎朋友之贤否，不可不慎也。”此乃他纵观社会状况和他的自身经历，总结出的经验之谈，值得我们深长思之。那么，究竟该如何择友呢？我们的先人自有其道：孔子认为择友首先要考察人品，了解他的经历，分析他跟你结交的目的。孟子认为交友应该“友其德也，不可以有挟（有挟：有什么倚仗的意思）也”。庄子则认为“君子之交淡若水，小人之交甘若醴”，君子之交坦坦荡荡，小人之交则以利益为基础。明代苏浚更是告诫世人，要交那些能够砥砺品行、直言规劝过失的“畏友”和以心相交、生死与共的“密友”，而不要交巧言令色、只讲吃喝玩乐、只图在安安稳稳中打发日子的碌碌“昵友”，以及只可同安乐、危难时却落井下石的“贼友”。当今社会，虽说人们的思想面貌大多发生了积极的变化，但不可否认，由于拜金主义的沉渣泛起，由于西方腐朽思想的大量入侵，还是有一些人的思想品德存在着这样那样的问题。因此，在与人相交时，我们还是得深思熟虑，按一定的标准慎重择友。习近平总书记曾说：“对于领导干部而言，人情之中有原则，交往当中有政治。身为领导干部，一定要严格交友的原则，慎交友、交好友，哪些人该交，哪些人不该交，应该心中有杆秤。”这就是习总书记为广大领导干部以及所有的革命者确立的择友标准。不仅如此，习近平总书记在参加十二届全国人大一次会议江苏代表团审议时，还根据当今的现实状况，极有针对性地对各级领导干部提出了这样的择友要求：“现在的社会，诱惑太多，围绕权力的陷阱太多。面对纷繁的物质利益，要做到君子之交淡如水，‘官’‘商’交往要有道，相敬如宾，而不要勾肩搭背、不分彼此，要划出公私分明的界限。公务人员和领导干部，要守住底线。”对于习总书记提出的这些择友标准和择友要求，我们都必须严格遵照执行，以免误入歧途。同时，在具体择友时，我们还得要注意孔子提出的这三条原则：一是视其所以（所以：即所做过的事情）；二是观其所由（所由：即所思考、判断事物的由来和初衷）；三是察其所安（所安：即所安的心境与理想）。唯有切实按照这些标准、要求和原则去择友，我们才能选择德高行洁者为友，使自己的灵魂得到净化；才能选择正直博学者为友，使自己的精神得以升华；才能选择情操高雅者为友，使自己的心灵常沐温煦阳光。也唯有这样做了，灵魂渐趋净化、精神日益升华的我们，才能“任凭风吹雨打，我自岿然不动”，底气十足地从根本上抵御各种诱惑的侵扰，永远在一路繁花似锦、满眼美景如画的大道上阔步前行。

吃苦是人生的必修课

颜回是孔子最得意的弟子，极富学问。《论语·雍也》就有这样的记载："子曰：贤哉回也！一箪食，一瓢饮，在陋巷，人不堪其忧，回也不改其乐。贤哉回也！"其意思是：孔子说："贤德啊，颜回！他吃着一碗粗茶淡饭，喝着一瓢水，住在破陋的巷子里，人们都因不能忍受这种环境而感到忧虑，可是颜回却不会改变志向，乐在其中。贤德啊，颜回！"这就可见，颜回丰富的学问，绝非凭空而来，而是他苦学的结果，这就难怪孔子要这么赞不绝口地称夸"贤德啊，颜回"了。

身处苦中而不以为苦，反以为乐，并在苦中求学，苦中修德，苦中立业，这可以说是我们中华民族的优良传统。回眸历史，这样的人物可谓是灿若星河，难以胜数，限于篇幅，在这里仅举两例：

宋代的范仲淹，两岁即失去了父亲，母亲贫困没有依靠，改嫁了长山朱氏。他长大后，知道了自己的家庭和身世，感动地哭着辞别母亲，去到南都进入学堂，不分日夜地刻苦学习，五年未曾脱过衣服睡觉。有时他头昏疲倦，就用冷水洗脸。他经常连顿稠粥都吃不饱，太阳偏西才吃第二顿饭。多年苦读后，他终于领会并精通了六经的要义，具有了慷慨兼济天下的抱负。及第从政后，他每赴一任，全都政绩卓著。庆历三年（1043），他出任参知政事，发起“庆历新政”。后虽因多方受制，新政受挫，他也被贬出京，未能完成大业，但他倡导和具备的“先天下之忧而忧，后天下之乐而乐”的思想和节操，对后世的影响却极为深远，备受称颂。

明代的宋濂，小时候就喜欢读书。家里贫穷，买不起书读，他就每次向有藏书的人家去借来亲手抄写，并计算着日子送还。天冷时，砚台里的墨水结成坚硬的冰，手指冻得不能弯曲和伸直，他也从不懈怠。抄完书了，他就一路跑去送还，不敢稍稍超过约定的期限，因此人家都愿意把书借给他，他才得以读到很多书。宋濂很爱读书，遇到不明白的地方总要刨根问底。有一次，他为了搞清楚一个问题，冒着鹅毛大雪行走几十里路，去请教已经不收学生的梦吉老师，但因老师不在家没遇上。可宋濂并不气馁，几天后再次去拜访，但老师并没有接见他，结果他在屋外冻得直哆嗦，脚趾都被冻伤了。第三次再去拜访时，他一不小心掉入了雪坑中，幸好被路人救了起来。当他几乎晕倒在老师家门口的时候，老师终于被他的诚心所打动，耐心地解答了他的问题。后来，经长期的刻苦攻读，宋濂终于成为与高启、刘基并称的“明初诗文三大家”。

中国共产党人最善于继承并弘扬我国优良的思想文化传统，所以也就更敢于吃苦、善于吃苦，并在苦中修身、苦中立业。

首先说在革命战争年代勇于吃苦的杨靖宇。1936 年 7 月初，东北人民革命军第一军改编为东北抗日联军第一军，杨靖宇任军长兼政委。日本帝国主义一直把东北作为征服中国的战略基地，东北抗联的存在，有似一把尖刀插入了敌人的心脏，动摇了日伪反动统治，因此敌人称杨靖宇为“满洲治安之癌”，必欲除之而后快。为此，从 1938 年起，日本关东军司令部就调动日伪军警 6 万余人，对杨靖宇及抗联一路军进行“大讨伐”，并特别强调：“对于捕杀匪首杨靖宇等须全力以赴。”其行动策略是：“同时遇到抗联和抗日山林队，专打抗联，不打山林队；若是同时遇到杨靖宇和其他抗联部队，专打杨靖宇，不打其他抗联。”在军事讨伐的同时，日伪当局还采取收买汉奸、政治诱降、组建叛徒武装等方式，对抗联进行分化瓦解。至此，东北抗日武装斗争进入了极端艰难的时期。但杨靖宇依然领导抗联进行了艰苦卓绝的斗争，创造了一个又一个东北抗战史上的奇迹。1939 年是抗联一路军抗战以来最为艰苦的时期之一，部队伤亡很大。曾当过杨靖宇身边警卫战士的黄生发老人这样回忆道："天气嘎嘎冷，我们的棉衣又不齐，有的同志手脚冻伤了。可是敌人的部队越集越密，'讨伐'越来越频繁。就在杨司令他们为解决棉衣问题召集各方面军负责人开会研究时，因叛徒出卖，在那尔轰的东北岔一带被岸谷隆一郎带领的日伪军层层包围，敌兵力达 4 万多人，天上有飞机，地上有机枪大炮，汽车来回运送粮食、弹药，大有'黑云压城城欲摧'之势。在我们的正面，敌人满山满谷，大兵压境。为了掩护各部队分头转移，杨司令带领我们 300 多人在正面吸引住敌人，由机枪连开路，生生撕开一条口子。但是，当我们经南泊子突围到了五金顶子时，敌人已经纠集了更多的兵力，我们甩掉一股又遇上一股，很难得到休整的机会。雪地行军，裤子总是湿的，让寒风一吹，冻成冰甲，很难打弯，也不知有多沉，迈步都吃力。鞋子也都跑烂了，只好割下几根柔软的榆树条子，从头拧到尾儿，当作绳子把鞋绑在脚上。衣服，全叫树枝扯烂了，开着花，白天黑夜都挂着厚厚的霜，浑身上下全是白的，都是凉的。这时候，多么需要火啊！生起一堆火，好好地烤一烤，把冻成冰的衣服烤化、烤干，把冷冰冰的身子烤暖。特别是夜里，气温降到零下 40 多度，冻得大树喀吧喀吧直响，粗大的树干冻裂了缝儿，人又怎能受得了啊！可是一生火，火光照出老远，青烟飘上林梢，敌人就会像一群绿头苍蝇一样扑上来。我们只得不停地在雪地上蹦高，生怕坐下来再也起不来。更难的是没有吃的，不要说粮食啊，连草也埋在二三尺深的积雪里，没法找，没法挖，我们只好吃那难咽的树皮。先把老皮刮掉，把那层泛绿的嫩皮一片片削下来，放在嘴里嚼啊嚼啊，就是咽不下去。勉强吃下去了，肚子也不好受……这时，杨靖宇就鼓励大家：'革命就像一堆火，看起来很小，可燃烧起来能烧红了天，照亮黑夜。革命，不管遇到多大困难，总会胜利的！'在他的鼓励下，大家又抖擞起精神，勇敢地投入战斗。1940 年 2 月，杨靖宇牺牲前夕，他和战士们同吃着一碗用雪水熬煮的糊糊，十分沉静地对警卫员说：‘就是我们这些人都牺牲了，还会有人继承我们的事业，革命总是会成功的！’此后几天，他都没有吃到一粒粮食，饿了就以草根、棉絮充饥，一直战斗到生命的最后一刻。”1940 年 2 月 23 日下午，敌人在濛江县保安村三道崴子包围了杨靖宇。在日本侵略者留下的战场实录中有这样的记载：讨伐队已经向他（杨靖宇）逼近到一百米、五十米，完全包围了他。讨伐队劝他投降，可是他连答应的神色都没有，依然不停地用手枪向讨伐队射击。交战 20 分钟，有一弹命中其左腕，啪嗒一声，他的手枪落在地上。但是，他继续用右手的手枪应战。因此，讨伐队认为生擒困难，便猛烈向他开火。下午 4 时 30 分，杨靖宇被敌弹射中胸膛，壮烈殉国，年仅 35 岁。杨靖宇为国捐躯后，日本侵略者剖开了他的遗体，发现他的胃饿得变了形，里面除了尚未消化的草根和棉絮，连一粒粮食都没有！无吃无穿，其苦可想而知，然而杨靖宇仍英勇搏击，宁死不降，直至喋血而亡。杨靖宇这种在极端艰苦条件下依然与顽敌搏击、为民族争气的精神，连残暴的侵略者见了也不得不为之折服，当年参与“围剿”的伪通化省警务厅长岸谷隆一郎不得不承认：“虽为敌人，睹其壮烈亦为之感叹：大大的英雄！”并特意为杨靖宇举行了“慰灵祭”。杨靖宇是日伪反动统治者的眼中钉，肉中刺，甚至还被他们视为是“满洲治安之癌”，可在杨靖宇牺牲后，为什么连这些恶魔也不得不称赞他是“大大的英雄”呢？这就充分说明，杨靖宇不畏吃苦的英气和不怕牺牲的豪情，足以惊天地，泣鬼神，足以使所有的魔鬼都感到无地自容。而作为华夏的儿女，在近 80 年后的今天来回望杨靖宇这样的英雄，我们依然为他的不幸罹难而痛如锥心，长歌当哭，依然为他的英气和豪情感到无比自豪，并立志永远将他作为自己学习的楷模。

再说在和平建设年代勇于吃苦的王进喜。1923 年 10 月 8 日，王进喜出生在甘肃省玉门县赤金堡一个贫苦农民家庭里。1950 年，王进喜进入玉门油田，成为新中国第一代钻井工人。1956 年 4 月 29 日，王进喜加入中国共产党。入党不久，他便担任“贝乌5队”队长。1958年9月，王进喜带领的“贝乌5队”创造了月进5009米的全国钻井最高纪录，被誉为“钢铁钻井队”。1960年2月，中共中央批准了原石油工业部关于组织大庆石油会战的报告，全国各地各路精兵强将齐聚大庆。3月25日，王进喜带领钻井队到达大庆。下了火车，他先问钻机到了没有？井位在哪里？4月2日，钻机终于到了。可他们遇到了前所未有的困难。一套钻井设备总重60多吨，在玉门拆散搬家，需要吊车、拖拉机各4部、大型载重汽车10辆。然而，刚组建的萨中探区吊运设备非常少。王进喜就告诉工人们：“我们绝对不能等，就是人拉肩扛也要把钻机全都拉上井场。”一场人与钢铁及各种困难的较量由此开始，3天3夜里，王进喜带领队友撬杠撬、滚杠滚、大绳拉，硬是靠双手和双肩把钻机卸下火车，装上汽车，搬运到井场并安装就位。在人拉肩扛的过程中，王进喜和几个司钻轮流喊着号子来鼓舞全队士气。“石油工人一声吼，地球也要抖三抖！”“石油工人干劲大，天大困难也不怕！”这些口号就是他们决心战胜一切困难的豪迈宣言。在搬运中，王进喜被砸伤了右腿，可他不顾伤痛继续指挥。4月29日，他带伤参加了万人誓师大会。由于地层压力太大，第二口井钻至700米浅气层时，突然发生井喷，如果不及时制止，就可能井毁人亡。压井需要重晶石粉，可是现场没有。王进喜当机立断，决定加水泥来提高泥浆比重，可水泥加进去就沉了底，不能融合。见此情况，王进喜穿着工服、拖着一条伤腿，纵身跳进齐腰深的泥浆池，用身体搅拌泥，好不容易终于解决了难题。“有条件要上，没有条件创造条件也要上”，“宁肯少活二十年，拼命也要拿下大油田”，铁人王进喜在石油大会战中发出的这些钢铁誓言，浓缩了铁人的终生实践和伟大人生。王进喜何以能这样不畏艰苦，拼命奋战呢？他学习笔记上写下的这一段话，对此做出了很好的回答：“我是个普通工人，没啥本事，就是为国家打了几口井，一切成绩和荣誉都是党和人民的。我的小本本上只能记差距。”确实，正是无数王进喜这样的石油工人，头顶蓝天，脚踏荒原，满怀爱国豪情，高速度、高水平地拿下了大庆油田，一举甩掉了我国“贫油落后”的帽子，创造了我国石油工业发展史上的奇迹。可以这么说，在王进喜的心里，从来就没有“苦”和“难”这两个字。

习近平总书记 15 岁时到陕西省延川县文安驿公社梁家河大队插队落户后所吃的苦，一些书籍和报刊都有详细介绍，大家已耳熟能详，这里也就不再赘述。关键是在踏上从政之路后，习总书记依然一如既往地发扬在陕西黄土高原上养成的不怕吃苦的精神，经常不畏艰苦深入农村调查研究，体察民情。在河北正定当县委书记时，他就经常骑着自行车，趟过滹沱河，去到那些犄角旮旯的地方，悄然出现在普通民众的面前，倾听他们的心里话。在福建担任宁德地委书记时，经常下乡，连那些偏远的不通汽车的山村，他也去过。在厦门工作的短短 3 年时间里，那些最偏远、最贫穷的地方，他也同样去过。这就可见，习总书记从政之后，始终是自找苦吃，在吃苦的路途上一步步走过来的。即使是当上了总书记，他依然日夜不停地在祖国各地奔忙，在世界各地穿梭，在继续吃着常人难以理解和难以承受的各种各样的苦。而正是长久以来所吃的这些苦，炼就了习总书记“鉴明去尘垢”的火眼金睛，炼就了习总书记“我不担当与阿谁”的铁骨铜筋，炼就了习总书记“虽九死其犹未悔”的赤胆忠心，使他在苦中砺志，在苦中长才，在苦中建功，从而众望所归地成为中国共产党和中国人民的伟大领袖，并成为全世界人民公认的杰出领导人。

法国启蒙思想家、文学家、哲学家伏尔泰曾说：“不经巨大的困难，不会有伟大的事业。”上述这些共产党人的经历，就无可辩驳地证实了这一传世警言的无比正确。

光阴荏苒，世易时移，时至今日，我们的祖国已完成了由穷到富、由富到强的重大转折，人民群众都开始过上了小康生活，过去的苦日子已经一去不复返了。不过，不管时代的车轮前行到什么阶段，吃苦的精神永远都不会过时，只有学好了吃苦这堂人生必修课，真正具有了勇于吃苦的精神，才能更好地为民服务，为国效力。曾经有人作过这样一个比喻，说是一个人从校门出来走向社会时，你脚下就是一扇打碎的玻璃窗，你赤着脚走过那一地的玻璃渣，疼是一定的，流血流泪也是必须经历的，因为只有经受住了这样的考验，你才能像雏鹰一样独立飞翔。今日之中国，虽然前所未有地靠近世界舞台的中心，前所未有地接近实现中华民族伟大复兴的梦想，前所未有地发展到了一个新的历史高点，但即使是在这样一个新的历史起点上，我们在进行伟大斗争、建设伟大工程、推进伟大事业、实现伟大梦想的过程中，也总还是会遇到这样那样的重大挑战、重大风险、重大阻力、重大矛盾。在国内，我们的改革还会遇到一个又一个新的难题，在国际上，某些喜欢称王称霸的国家，还成天挥舞着霸凌主义的大棒，千方百计地想围堵和遏制我们中国，这就给我们制造了许多麻烦，造成了一定的困难，所以我们肩上的压力也同样是前所未有的。试想，在这样一个振兴中华、抵御强敌的重要历史关头，作为一个华夏子孙，难道能不选择吃苦而选择安逸么？难道能不选择奋斗而选择逃避么？不，显然不能！为了早日完成中华民族复兴的大业，我们就必须学好吃苦这门人生必修课，就必须更好地发扬艰苦奋斗的精神。

为什么说吃苦是我们必须学好的人生“必修课”呢？客观地说，“苦难”确实是一个让人觉得沉重的词，因为它总是很容易使人想起吃苦和受难这些让人十分痛苦的滋味。但是，如果我们能以辩证的眼光来看待苦难的话，我们就会明白，与世上的任何事物一样，苦难其实也有其两面性：一方面，它的存在确实会给人带来痛苦，另一方面，只要我们以无畏无惧的态度来对待苦难，并以最大的努力来战胜苦难，那么苦难就能让我们受益良多，使我们以更饱满的精神和更出色的能耐去创造美好的明天。在人生低谷之时，一个人如果依然能以乐观的心态来对待苦难，那么命运给予他的，就一定是无限的光明，似锦的前程。“不经一番寒彻骨，怎得梅花扑鼻香”，梅花的烂漫和幽香，常常为人所称道，可它的这些特质，并非是天生就有的，而完全是经历了寒冬的煎熬才孕育而成的。同样的道理，只要能经受住苦难的重压和洗礼，那么我们生命的历程也就定然会更加绚丽璀璨。这就可见，苦难其实就好像一把犁，它一面犁碎了你的心，一面却又掘开了你生命的新起点。譬如铁矿石，如果它害怕折腾，安于现状，只想常年累月就在原地待着，虽说是不会吃苦，不会受罪，但老是在那里待着不动，它岂不就与一堆废物毫无差异了么？还有什么价值可言呢？所以矿石要想变为有用之物，就一定要熔铸为钢铁，要实现脱胎换骨的变化。这变化可不容易，必须经过熔铸、锻打和淬火等多道工序，必须吃许许多多的苦头。这也就是说，“百炼钢化为绕指柔”这一理想境界，并不是天上掉下的，必须用吃苦方能换来。同样，一个普通人要成为一个优秀人才，也必须经历铁矿石变成钢材一样的艰苦过程。首先，要勇敢地投身到社会的大熔炉中去，经受熊熊烈火的熔铸，以剔除自身的所有杂质；接着，要经受各种各样压力的反复锻打，使自己变得坚实而富有韧性；最后，还必须经受淬火的考验，以增强自己的硬度和强度。很显然，在这熔铸、锻打和淬火的过程中，一个人也同样要吃很多的苦头。不过，这样的苦头吃得值，因为只有敢于吃这样的苦，乐于吃这样的苦，一个人才能变得纯粹、洁净，变得结实、坚韧，变得坚硬、刚强。这就可见，苦难对于我们来说，确实有着两面性：一是从显性角度看，苦难明显会给人吃苦受难的感觉，因此一些贪图安逸、害怕吃苦的人就会见之胆怯退避，可这样他们也就永远无法脱离苦海；二是从隐性的角度看，苦难又潜藏着能助益人、改变人，使人面目焕然一新的好处。所以目光深远者、意志坚定者，总能迎苦而上，勇于吃苦，乐于吃苦，这样最后迎候他们的，自然就是胜利的甜果。印度大诗人泰戈尔曾说：“上天完全是为了坚强我们的意志，才在我们的道路上设下重重的障碍。”所以，面对障碍，面对磨难，我们不能叹气，不能退却，而要知难而进，迎难而上，敢于吃苦，乐于吃苦，以不畏吃苦的精神，去扫除障碍，去战胜磨难，以便将苦难转化为我们新生活的起点。这就可见，一个人要成长，要成事，要立业，就必须学好吃苦这门“必修课”，在吃苦中千锤百炼，培养优秀品质，增强革命意志，提升工作能力，以使自己能厚积薄发，早日成为社会的精英，成为国家的栋梁，为实现中国梦做出更大贡献。

温室里的弱苗无法成为风雨中的松柏，笼中之鸟不能成为搏击长空的雄鹰，同样，成天生活在象牙塔里的人，也断然成不了勇担重任的雄才。如何才能冲破牢笼，脱危解困呢？唯一的办法就只有勇于吃苦，去风雨中搏击，乐于吃苦，去艰难中锤炼。梁启超曾说：“患难困苦，是磨砺人格的最高学府。”有台湾“经营之神”美誉的王永庆更是联系他自身的经历这样说：“由于生活中受过的煎熬，才产生了我克服困难的精神和勇气。幼年时的困苦，也许是上帝对我的恩赐。”所有这些，无一不充分说明，吃苦经历是一个人成长过程中不可或缺的养分，而且在愈是往后的日子里，我们就会愈发感知这种养分的厚重分量和无穷价值。情况既然是这样，那就让我们果断一点，坚强一点，知难偏上，知苦仍尝，不时地将自己投进社会熔炉的怀抱中，去迎斗风雨，去多吃苦头，在风雨中经受磨炼，在吃苦中提升境界，以使自己日臻成熟，一步步迈上成功之路。

尽心学好人生的必修课

在上一篇文章中，我们已经说过，吃苦是我们必须学好的人生“必修课”，可真要学好这门必修课，却并不是一件轻易的事情，这就需要我们认真思考，反复琢磨，使出自己的浑身解数，在以下这几个方面狠下一番切实的功夫。

一是不能一味地埋头吃苦，而是还要仰望星空，认清前行的方向和目标。吃苦，无疑要全身心地投入，不畏辛劳地苦干实干，但这决不是说只要一味地埋头蛮干就行，而是在吃苦的同时，还得不忘仰望星空，努力看清前行的方向和目标。说起这一点，我们不由首先想起这么一个启人深思的故事来。

上个世纪最伟大的物理学家爱因斯坦，有一个非常肯用功、肯吃苦的助手，天资也非常聪颖。一天，爱因斯坦早晨进实验室的时候，就看见他的助手在那里工作，中餐以后，依然看见他的助手专心致志地在做实验，晚饭后，他的助手还是没有离开的意思。爱因斯坦感到很是不理解，就坐下来和他聊了一会儿天。助手问道：“以我的资质，需要努力多久才能成为一个著名的科学家呢？”爱因斯坦说：“以你现在对物理方面的了解，至少要 10 年。”助手觉得 10 年太久，就说：“如果我加倍努力，多久可以成为一个物理学家呢？”爱因斯坦说：“20 年。”助手一听，以为自己努力得还不够，就说：“如果我夜以继日一刻不停地做实验，不停地演算，多久能成为一流的物理学家呢？”爱因斯坦回答：“如果这样的话，你只有死路一条，哪里还有成为一个物理学家的机会呢？”助手越听越糊涂，真有点丈二和尚摸不着头脑了。这时候，爱因斯坦说：“要想成为一个一流的学者，就必须留一只眼睛给自己。一个学者只知道整天做事，不知道反思自我，不知道审视自己，那他就永远成不了一流的学者。”爱因斯坦真不愧是一个伟大的学者，他字字珠玑，句句金玉，终于让助手茅塞顿开，明白了在研究学问的过程中，审视自己和抬头看路的极端重要。

青年习近平就是一个在吃苦时善于仰望星空，抬头看路，认清目标和方向的一个杰出典范。青年习近平去陕西插队时才 15 岁，突然从繁华的北京，去到闭塞荒凉的黄土高原，两者反差之强烈，黄土高原条件之艰困，可以说是不言而喻。可即使是发生了这样的突变，青年习近平并没有丝毫畏惧，更没有被轻易压垮，反倒一步步扎扎实实地成长了起来，在梁家河入了团、入了党，并当选为梁家河村大队支部书记。何以会有这样的惊人变化呢？究其原因，主要有这样三个方面：一是陕西的黄土高原，是他父亲闹革命时的扎根之地，来到这里，他的脑海里就会不时地浮现出他父亲不畏艰苦，与敌人殊死搏斗的英勇画面，从而从中受到激励，得到鼓舞；二是他在与当地乡亲们并肩劳动的过程中，很快就水乳交融地融合在了一起，从他们身上学到了许多宝贵的品质；三是他既埋头苦干，更抬头看路，通过刻苦攻读马列，不仅自觉地修炼了自己的政治品格，更明确了奋斗的目标和前行的方向。简而言之，在这七年中，他在理想和信仰的烛照下，在极度艰苦的环境中，完成了人生最重要的蜕变，牢固确立了“要为人民做实事”的坚定信念。而正是这样的信念，成了他最强大的动力源，使他不管处于什么样的困境之中，都能以他非凡的勇气和过人的智慧，开辟出一条通向胜利的坦途来。由此可见，青年习近平能从一个普通的知青，能力一步步提高，境界一步步攀升，直至如今成为党和国家的最高领导人，绝非是出于所谓的机缘巧合，而是他在坚定信念有力支撑下，愤苦努力的势所必然。

二是不能随波逐流地盲目吃苦，而是要在困境中进行冷静的思考，站立在精神的高地找到应对和战胜苦难的良策。

意义治疗法的创立者维克多·弗兰克的经历，就很能说明这个问题。维克多·弗兰克是奥地利的一位心理学家，第二次世界大战期间，他曾被关进奥斯维辛集中营，受尽非人的折磨，九死一生，差点儿就去见了上帝。幸存下来后，他写了《活出意义来》这本小书，回顾了当时的经历，只是他没有像一般受难者那样流于控诉纳粹的暴行，而是细致地捕捉和分析了自己的内心体验，以及其他受难者的心理现象，为研究受难心理学提供了极为生动的材料，其中对苦难的哲学思考，更是写得尤为精彩。那时，对于奥斯维辛集中营的战俘来说，煤气室和焚尸炉几乎是不可逃脱的结局。正因为此，大多数俘虏便放弃了内在的精神自由和真实自我，意志消沉，精神萎靡，最后终于彻底成为苦难环境的牺牲品。可维克多·弗兰克却没有这样，他始终在做着冷静的思考，他认为对意义的寻求是人的最基本的需要，他站在肯定人生的立场上来发现苦难的意义。他指出，即使处在最恶劣的境遇中，人仍然拥有一种不可剥夺的精神自由，即可以选择承受苦难的方式。一个人不放弃他的这种“最后的内在自由”，以尊严的方式承受苦难，这种方式本身就是“一项实实在在的内在成就”，因为它显示的不只是一种个人品质，而且是整个人性的高贵和尊严，证明了这种尊严比任何苦难更有力，是世间任何力量都不能将它剥夺的。正是由于这个原因，在人类历史上，伟大的受难者如同伟大的创造者一样，受到世世代代的敬仰。而正是这在苦难中冷静思考产生的正确理念和坚强意志力，成了他能够死里逃生、幸存下来的最有力的支撑和法宝，同时也给世人提供了极为宝贵的启示。

我国著名作家史铁生也是在战胜苦难时善于冷静思考的一个杰出人物。史铁生原本也是一个知青，二十一岁时因为腿疾，从延安回北京住院，没料想从此就再也没有站起来。在人生最美好的年华突然失去了双腿，这惨痛的灾难降临到了史铁生的头上，对年轻的他来说简直如雷轰顶。用他自己的话说是“曾一连几个小时专心致志地想关于死的事情”。在经历了一次次心灵与死神的斗争之后，他最后终于拒绝了死亡。经过在轮椅上年复一年的沉思默想，他度过了绝望而狂躁的青年时光，也成熟了他中年的深厚思想，意识到那样做绝对无济于事。于是，他选择了冷静思考。冷静思考，这其实是一种规格很高的品质。自古以来，心如止水、宠辱不惊、以不变应万变等等说法，就都表现了对宁静、冷静心态的某种崇敬。史铁生思考过怎样生，也思考过怎样死，说到生的时候，他有那么多山重水复的烦恼和柳暗花明的喜悦，讲到死的时候他事无巨细从心态、方式到装裹和墓地，全都娓娓道来，且谈笑风生……我们从史铁生的文字里，看得到一个人内心无一日止息的起伏，同时也在他内心的起伏中解读了他的冷静和坦然。正是因为他很好地做到了冷静思考、坦然面对生命，才使他顽强地走了过来，成为当代中国最令人敬佩的作家之一。他的写作与他的生命完全同构在了一起，在每一个“写作之夜”，史铁生用残缺的身体，说出了最为健全而丰满的思想。他体验到的是生命的苦难，表达出的却是存在的明朗和欢乐，他睿智的言辞，照亮的反而是我们日益幽暗的内心。当多数作家在消费主义时代里放弃面对人的基本状况时，史铁生却居住在他自己的内心里，仍旧在苦苦追索人之为人的价值和光辉，仍旧坚定地向存在的荒凉地带进发，坚定地与未明事物作斗争。他的这种勇气和执着，深深地唤起了我们对自身所处境遇的警醒和关怀。史铁生这样看待苦难：微笑着，去唱生活的歌谣，不要抱怨生活给予了太多的磨难，不必抱怨生命中有太多的曲折。大海如果失去了巨浪的翻滚，就会失去雄浑，沙漠如果失去了飞沙的狂舞，就会失去壮观，人生如果仅去求得两点一线的一帆风顺，生命也就失去了存在的魅力。即使是面对死亡，他也把它称之为是一个“必然会降临的节日”，这就说明他已经完全悟透和看破了生死。见过史铁生的人，都有一个共同的感受——乐观开朗。你会觉得很奇怪，从长年躺在轮椅上的史铁生的脸上，竟然看不到一丝苦难。他总是笑着，好像世间的烦恼，都离他很远很远。正因为这样，他那病恹恹的躯体里，也就爆发出了令人不可思议的巨大能量，他在轮椅上苦海泛舟的岁月里，竟然创作出了许多脍炙人口的精品力作，包括20篇短篇小说、6部中篇小说、2部长篇小说、18本随笔散文和2部电影剧本。由此可见，冷静思考对于战胜苦难确实能起到非同小可的作用，这就诚如法国著名数学家、物理学家和哲学家帕斯卡所言："思维成就人的伟大，我们的一切尊严都在于思考，即使你只不过是强大自然下的苇草。"

三是吃苦一般都有一个漫长的过程，所以千万别吃了一点苦，就以为自己是吃过苦的人了，而要明白，只有不懈吃苦并最后战胜了苦难，才算得上是一个真能吃苦的人。

先说一个发生在英国的故事：在一次聚会上，那些堪称成功的实业家、明星全都谈笑风生，其中就包括著名的汽车商约翰·艾顿。艾顿向他的朋友、后来成为英国首相的丘吉尔回忆起他的过去——他出生在一个偏远小镇，父母早逝，是姐姐帮人洗衣服、干家务辛苦挣钱，将他抚育成人。但姐姐出嫁后，姐夫将他撵到了舅舅家，谁知舅妈很是刻薄，在他读书时，规定每天只能吃一顿饭，还得收拾马厩和剪草坪。刚工作当学徒时，他根本租不起房子，有将近一年多时间是躲在郊外一处废旧的仓库里睡觉……丘吉尔惊讶地问："以前怎么没有听你说过这些？"艾顿笑道："有什么好说的呢？正在受苦或正在摆脱受苦的人是没有权利诉苦的。"这位曾经在生活中失意、痛苦了很久的汽车商又说："苦难变成财富是有条件的，这个条件就是，你战胜了苦难并远离苦难不再受苦。只有在这时，苦难才是你值得骄傲的一笔人生财富。别人听着你的苦难时，也不觉得你是在念苦经，只会觉得你意志坚强，值得敬重。但如果你还在苦难之中或没有摆脱苦难的纠缠，你说什么呢？在别人听来，无异于就是请求廉价的怜悯甚至乞讨……这个时候你能说你正在享受苦难，在苦难中锻炼了品质、学会了坚韧？别人只会觉得你是在玩精神胜利、自我麻醉。"艾顿的一席话，使在座的丘吉尔重新修订了他“热爱苦难”的信条。他在自传中这样写道：“苦难，是财富还是屈辱？当你战胜了苦难时，它就是你的财富；可当苦难战胜了你时，它就是你的屈辱。”

那么，我们要怎样才能让苦难不再成为屈辱呢？前提就是要坚强面对苦难，不屈不挠，英勇奋斗，直至最终战胜苦难，让它成为你人生中真正值得汲取的财富！ 人生必须吃苦，谁都逃避不了，晚吃苦不如早吃苦，吃小苦不如吃大苦。人生是很累的，现在不累，以后就会更累；人生是很苦的，现在不苦，以后就会更苦。唯有累过，方能获益；唯有苦过，方享甘甜。趁着年轻，我们必须大胆地往前走去，去迎接风霜雨雪的洗礼，去练就一颗忍耐、豁达、睿智的心，去迎接幸福的早日来临。

我国明末清初的史学家谈迁，也是一个能不懈吃苦，并最终战胜苦难的人。谈迁自幼刻苦好学，博览群书，尤其喜欢历史，立志要编写一部内容翔实可信的明史。由于家境贫寒，他没有钱买书，但这也难不倒他，他四处借书抄书，广泛搜罗，有一次为了抄一点史料，竟带着干粮走了一百多里路。经过 20 年的奋斗，6 次反复修改，谈迁终于在 50 多岁时完成了一部四百多万字的明朝编年史——《国榷》。面对这部可以流传千古的鸿篇巨制，谈迁心中的喜悦可想而知。谁料就在书稿即将付梓之际，发生了一件意想不到的事情：一天夜里，小偷溜进了他的家里，见家徒四壁，无物可偷，便将一竹箱《国榷》原稿偷走了。从此，这部珍贵的书稿便下落不明。20 多年的心血转瞬间就这样化为乌有，这对任何人来说都是致命的打击，更何况此时的谈迁已是一个体弱多病的老人呢！事发之初，他茶饭不思，夜难安寝，只有两行老泪在不停地流淌。正当人们以为他再也站不起来的时候，没想到谈迁却并没有被厄运击垮，继续奋斗的精神在激励着他，使他很快从痛苦中挣脱出来，又回到了书桌旁，决心再从头撰写这部史书。经过 4 年的努力，他终于完成了新著的初稿。可奋斗不息的他没有满足于此，为了使这部书更充实，更完备，59 岁的他又携带了这部书稿，特地去了北京城，在那里广泛搜集前朝的逸闻，并亲自到郊外去考察历史的遗迹。白天，他一袭破衫，终日奔波在扑面而来的风沙中，夜晚，他独坐在孤灯前，不顾年老体衰，奋笔疾书不止。他知道，生命留给自己的时间已然不多，非拼力一搏不可。又经过数年的奋斗，新的《国榷》终于问世。新《国榷》共 108 卷，428 万字，内容比原先的那部更加翔实，更为精彩，乃是一部不可多得的明史巨著，谈迁也因此成为一位名垂青史的史学家。

谈迁可真是一位肯吃苦，能吃苦，并最终战胜苦难的人。试想，家贫无书，只得经常外出借书、抄书，期间要吃多少苦头呀？再试想，一个全无依凭的人，要编写一部 400 多万字的史书，这又得吃多少苦头呀？又试想，20 多年心血凝聚成的《国榷》书稿，因被窃转瞬化为了乌有，他的心头又将承受怎样令人难以想象的苦楚呀？进而再试想，没有被击垮的谈迁，不顾年老体衰，随即又投入了新《国榷》的写作，他又将吃多少诉说不尽的苦头呀？不妨再继续试想，59 岁的谈迁，在新书稿完成后，为了使它更臻完善，更有分量，他又去到北京，在城里广泛搜集前朝逸闻，去郊外考察历史遗迹，此中又要吃多少的苦头呀？而他吃尽了苦头不喊也不叫，不怨也不恼，依然一个劲儿地硬着头皮上，甩开膀子干，这又该是多么了不起的一种吃苦精神呀！而正是这种吃苦精神，使他最终战胜了苦难，为自己赢得了名留青史的荣耀。试问，这样一位敢于吃苦、不懈吃苦，并最终将苦难踩在脚下的人，难道还不值得千年以后的我们，永远地对他追思怀想，钦敬有加吗？

在现实生活中，总有一些眼界不高、见识浅薄的人，会误读了苦难的色彩，他们或是以为苦难是黑色的，因此弯下了自己的脊梁，结果被命运的浪花打向了礁岩；或是以为苦难是灰色的，因此总是躲得远远的不敢近前，结果始终未曾得见人生的真面目。而其实呢，苦难是炼金炉中的熊熊烈火，闪耀着金色的迷人光芒，它是上苍给予无畏者的一份最宝贵的赠品，会使人变得更加富有。明代洪应明在《菜根谭·修身》中曾说：“欲做精金美玉的人品，定从烈火中煅来；思立掀天揭地的事功，须向薄冰上履过。”是的，曾经吃过的苦、受过的难，到头来都会演绎为厚重的人生底蕴，宝贵的人生财富。所以，尽管学好吃苦这一人生的必修课颇为不易，但我们还是不但不能畏惧“吃苦”，反倒应主动去寻找“吃苦”的机会。一定要坚信：风狂雨暴，总有雨过天晴时，千辛万苦，总有苦尽甘来日。只要我们无所畏惧地吃尽了苦中苦，就一定能挖掘到苦难背后隐藏着的那一份宝贵的人生财富。爱过方知情深，品过才知酒醇，苦过才算是英雄好汉，手擎红旗永立时代潮头。

平原不出骏马，陡崖间方见骐骥；矮树上多见寒鸦，山顶端方可觅得鸾凤；安乐窝里只养庸人，从苦难中破关而出的方是俊才。苦辣酸甜，皆是人生况味，四味之中，尽管苦排在首位，然而世人多喜欢辣的畅快、酸的回味、甜的甘美，却少有人真正懂得苦的妙处，于是便不仅不愿吃苦，反倒视吃苦为畏途，见了就退避三舍。当然，这世上毕竟还是有一些人，不畏吃苦，甘愿吃苦，主动在吃苦中历练自己，所以最后他们也就都成为出类拔萃的人物。

1915 年获得诺贝尔物理学奖的威廉·亨利布拉格，青年时在皇家学院求学。这里的读书人大多是富家子弟，可亨利布拉格却衣衫褴褛，经常拖着一双比他的脚大得多的破旧皮鞋。富家子弟诬蔑他这双破皮鞋是偷来的。一天老学监把他召到办公室，两眼死死地盯着他那双皮鞋。亨利布拉格明白是怎么回事，便拿出一张小纸片交给学监。这是他父亲写给他的一封信，上面写有这样几句话：“儿呀，真抱歉，但愿再过一二年，我的那双破皮鞋，你穿在脚上不再嫌大。一旦你有了成就，我会引以自豪。因为我的儿子正是穿着我的破皮鞋吃苦奋斗成功的。”老学监看完之后，不由得被深深地感动了，从此就开始对亨利布拉格另眼相看。后来，甘愿吃苦、在苦水中泡大的亨利布拉格，果然成为了人中之龙凤。

法国记者博迪生病瘫痪后，几乎所有的功能都丧失了，唯一能用来表达他思想的方法，就只剩下用眨左眼来表示对与错了。但即使是在这样的苦难中，他还是在向笔录员眨了 20 多万次眼之后，完成了《潜水员与蝴蝶》这本书的写作。这就足以说明：苦难虽说看似其势汹汹，但它毕竟抵挡不了一个人精神的力量。就算一个人只剩下了一只眼睛，苦难也依然阻挡不了他走向成功的步伐，也依然不能打败一个拥有坚强精神的人的顽强生命。

正因为此，许多哲人都把最美的赞语奉献给了苦难：

我国著名佛学大师星云大师说："不经过风霜苦寒，哪里知道温暖的可贵；不能深切认知人生苦短，哪里懂得精进勤学？所以，吃苦就如吃补。有了今日的辛苦播种，他日自然会有苦尽甘来的甜美果实。"

德国著名的音乐家贝多芬说："痛苦能够毁灭人，受苦的人也能把痛苦毁灭。创造就需苦难，苦难是上帝的礼物。卓越的人一大优点是：在不利与艰难的遭遇里百折不挠。"

习总书记更是语重心长地这样告诫我们："无数人生成功的事实表明，青年时代，选择吃苦也就选择了收获，选择奉献也就选择了高尚。青年时期多经历一点摔打、挫折、考验，有利于走好一生的路。"

让我们永远铭记这些卓越人物、特别是习总书记的锦言妙语，有意识地远离安逸，毫不畏惧地亲近苦难。因为安逸的生活有如缠绵的流水，会渐渐磨淡人的意志，而苦难则是刺骨的冰水，能使人始终头脑清醒，心灵明智。如果我们当真做到了这一点，那将来就定有成就大业的那一天。

别忘观赏沿途的美丽风景

我国著名作家史铁生有篇题为《命若琴弦》的小说，叙写了这样一个故事：一老一小两个瞎子以说书为生，日子虽过得很艰苦，很紧巴，但也很快乐，因为老瞎子始终心存这样一个美好的希望：师父传给他一张可以治好眼睛的“药方”，只要虔诚地弹断一千根弦，就可以吃到这副药。老瞎子为此奋斗了一生，及至弹断了一千根弦，到城里去取药时，却发现所谓的药方原来只是一张白纸。一辈子为之奋斗的目标顿时化为乌有，老瞎子的精神一下子崩溃了：以后还怎么活呢？不过，就在痛苦异常地往回走时，他忽然想：过去琴槽里封的，不也是这张白纸吗？为何那时那么有劲，那么欢乐呢？因为那时不知是白纸，所以一直心存希望。看来人活在世上必须有一个目标，在生命和目标之间拉起一根琴弦，才能弹奏出动听的人生乐章。同时，眼前的绝境又使他进一步领悟了师父的更深用意：人活着固然需要确立目标，然而生命更重要的意义，还在于必须在顽强不屈的奋斗中，不断超越人生的困境，即“永远扯紧欢跳的琴弦，不必去看那张无字的白纸”。应该说，这是史铁生以他深邃的思想和独特的感悟，为我们奉献的一个至为深刻的人生命题：人生是一个过程，生命的意义固然在于能如愿地达成自己的目标，但同时也在于能无畏无惧、坚韧不拔地经历人生曲折起伏的艰难过程。

为什么说这是一个至为深刻的人生命题呢？这是因为，世俗的观点都是以成败论英雄的，即所谓成者为王，败者为寇。而对于成和败，很多人又都是以是否达成目标为标准来衡量的，即达成了目标就是成，没有达成目标就是败。这样一来，不少人也就自然而然地将达成目标置放在了一个特别重要的位置上，有些人甚至还进而认为，达成目标就是人生意义之所在。可是，细加分析，即可见这样的观点显然有失窄狭和偏颇。这是因为，人生是一个曲折漫长的过程，实现目标虽是其中的一个重要组成部分，却远不是人生的全部。严格地讲，目标的达成，对一个人来说，其实只是一生中极为短暂的一瞬，它就好比运动员创造全国纪录或是创造世界纪录之后，登上领奖台的那一刹。创造了纪录，登上了领奖台，这无疑是很有意义的，但这样的很有意义，并不能代表一个人生命的全部，因为他的生命并没有就此终止，他还得继续前行，继续奋斗，继续去开创更有意义的未来。所以，一旦达成了目标，我们绝不能认为大功业已告成，就可以舒舒服服地躺在它的上面，去享受那所谓的“人生意义”。我们必须懂得，如果单一地将达成目标视作为人生意义之所在，那么就自己来说，显然是一种不切实际的错觉，而对他人来讲，那就更是一种极为有害的误导，最终都将会造成极为严重的不良后果。

再说，目标只是一个人的一种企盼，一种愿望，尽管每一个人都希望这样的企盼和愿望能够得以达成，但在现实生活中，达成目标的企盼往往并不能全都如愿以偿。因为失败这个东西是六亲不认，丝毫不讲情面的，即使你再怎么一心想避开它，但还是很难完全摆脱它的死死纠缠，即使你做好了长期跟它浴血奋战的充分准备，也还是很难逃脱被它击溃的命运。这也就是说，实现目标固然是人们最大的愿望，固然是人生的一个重要组成部分，然而客观事实却无情地告诉我们，有些人就算是竭尽了最大的努力，往往还是难以逃脱失败的魔掌。当然，经历失败也并不是什么丢脸的事情，因为这是一个人一生中说什么也绕不过去的必然要经历的过程，虽说这会让你感到困苦，甚至感到悲伤，但唯有经历了它的淬炼，你一生的阅历才会得到沉积凝聚，你才能一步步走向成熟，一天天得到成长，你的心灵才能愈来愈变得纯净和充实，你的生命才能愈来愈显出无比厚重的分量。经历了失败的考验，你变得更坚定、更强大了，随后自然也就能以更顽强不屈的奋斗，使目标如愿以偿地变为眼前的现实。人之一生，就是由一段段成败交替的过程缀接而成的，所以在生命的历程中，我们固然要关注目标，但同时也必须重视过程，珍惜过程，并竭尽全力去抓住每一个过程，把它做得好一点，更好一点，以使自己不管在什么情况下，都能昂首挺胸，奋力拼搏，努力去改变旧貌，尽快达成预定的目标。唯有这样，我们才能即使是在目标没有实现的情况下，即使是在极端困顿的境况中，都能乐观昂扬地全身心扑在自己的事业上，都能倾尽全力去施展自己的非凡身手，去尽情描画自己心中的那幅美丽蓝图。试想，如果真能秉持这样的理念去面对一切，岂不就无论遭遇怎样的厄运，都无法阻挡你去创造一个精彩的过程，去达成你心心念念的目标了么？如此一来，在你一生的征程中，岂不就不管是成功，抑或是失败，不管是欢乐，抑或是痛苦，都将成为值得你珍惜的人生的一个有机组成部分了么？所以，在奋斗的过程中，我们应该既学会享受成功的快乐，又学会承受失败的痛苦，因为享受成功的快乐，能使我们更体验生活的美好，更增强奋斗的信心；而承受失败的痛苦，则可以使我们更感悟生命的艰辛，更认识生命的本质，从而使我们以更坚韧不拔的精神，不断去超越那些看似无法超越的困境，去创造一个又一个令人难以想象的奇迹。

事实上，我们不仅对生命沿途的风景应好好观赏，即使是对历史沿途的风景，亦应不时地回望，以便从中汲取宝贵的营养。习总书记在“一带一路”国际合作高峰论坛开幕式上的演讲中，就以他的慧心妙舌，回望了历史上丝绸之路沿途的美丽风景。他说：“2000 多年前，我们的先辈筚路蓝缕，穿越草原沙漠，开辟出联通亚欧非的陆上丝绸之路；我们的先辈扬帆远航，穿越惊涛骇浪，闯荡出连接东西方的海上丝绸之路。古丝绸之路打开了各国友好交往的新窗口，书写了人类发展进步的新篇章。中国陕西历史博物馆珍藏的千年“鎏金铜蚕”，在印度尼西亚发现的千年沉船“黑石号”等，见证了这段历史。古丝绸之路绵亘万里，延续千年，积淀了以和平合作、开放包容、互学互鉴、互利共赢为核心的丝路精神。这是人类文明的宝贵遗产。”且在一一述说了和平合作、开放包容、互学互鉴、互利共赢的丝路精神后，又作了这样的总结：“历史是最好的老师。这段历史表明，无论相隔多远，只要我们勇敢迈出第一步，坚持相向而行，就能走出一条相遇相知、共同发展之路，走向幸福安宁和谐美好的远方。”习总书记对丝绸之路沿途风景的这一历史回望，尽现其目不暇接大好景色，既给了我们极大的美的享受，更给了我们巨大的精神激励，真可谓是意义非凡、价值无限啊！

涓涓细流知道拥抱大海的过程是艰辛的，但它依然坚持不懈，奋力前行，最后终于投入了大海的怀抱。微小的种子知道装点大地的路途是艰难的，必然会遭受种种外力的束缚，但它依然努力向上，最后终于破土而出，抽枝散叶，成就自己装扮春天的梦想。人是极具灵性极富智慧的万物之灵长，自然就更应该懂得，实现目标之路艰难曲折，断然不可能靠瞬间的爆发一蹴而就，而一定要做好长期奋斗的充分准备，即使是遭遇了一个又一个的挫折和失败，亦依然义无反顾，昂首前行，反复地锤炼自己，不断地完善自己。对于一个人来说，确立目标和达成目标无疑极为重要，因为要是失去了目标，人生就会变得毫无意义。然而，目标并非是人生的全部，因为在实现目标的过程中，谁都不可避免地要经历或曲折坎坷、或平坦畅顺、或痛苦伤心、或愉悦欢乐的成长路程，谁都无法乘坐着火箭一下子就超越这一切，刹那之间就直抵目标。也就是说，任何人都必须在漫漫长路中经受千种磨炼，经历万种砥砺，才能不断成长进步，一步步叩开成功的大门。情况既然是这样，抵达目标漫长过程中所经历的一切，也就成了一个人生命旅途中最美丽的风景、最宝贵的财富。对于这样的风景，这样的财富，我们显然理当十分地珍惜它，充分地利用它，而绝不能轻忽地让它们从我们的身旁悄悄地擦肩而过。阅历浅显时，也许会以为留心观赏追求目标过程中沿途的美丽风景，不过是可有可无的小事，而随着阅历地不断加深，我们就会愈来愈明白它与实现目标之间非同寻常的紧密关系：只有真正留心观赏了沿途的美丽风景，在目标实现之时，我们才能更深切地体味到达成目标的丰富内涵，才能更全面地领悟到人生之旅的深刻意义。

目标达成之前，要历经种种苦难，而目标达成之后呢，也并不意味着功德业已圆满，可以刀枪入库，马放南山，就此停止前进的脚步，而是必须重整戎装，抖擞精神，开始新一轮的艰难征程。如若不然，你先前达成目标的荣耀必将就此一笔勾销，你的一生也将会就此完全失去意义。这可绝不是什么危言耸听的说辞，而是有客观事实可以作为佐证。

在英国伦敦，有一位名叫斯尔曼的残疾青年，他的一条腿患上了慢性肌肉萎缩症，走起路来都很困难，可他凭着坚强的毅力和信念，创造了一次又一次令人瞩目的壮举：19 岁时，他登上了世界最高峰珠穆朗玛峰；21 岁时，他登上了阿尔卑斯山；22 岁时，他登上了乞力马扎罗山；28 岁前，他登上了世界上所有著名的高山…… 然而，就在他 28 岁这年的秋天，却令人惊诧不已地突然在寓所里自杀了。功成名就的他，为什么会选择自杀呢？有记者了解到，在他 11 岁时，他的父母在攀登乞力马扎罗山时不幸遭遇雪崩双双遇难。父母临行前，留给了年幼的斯尔曼一份遗嘱，希望他能像父母一样，一座接一座地登上世界著名的高山。年幼的斯尔曼把父母的遗嘱作为他人生奋斗的目标，可当全部实现了这些目标的时候，他却感到了前所未有的无奈和绝望。在自杀现场，人们看到了斯尔曼留下的痛苦遗言：“这些年来，作为一个残疾人创造了那么多征服世界著名高山的壮举，那都是父母的遗嘱给了我生命的一种信念。如今，当我攀登了那些高山之后，我感到无事可做了……”就因为这样，斯尔曼在达成了预定的目标之后，陷入了迷茫之中，失去了前行的方向和奋斗的动力，并因此而失去了自己的宝贵生命。斯尔曼的经历，从反面告诉我们：人生之路长漫漫，奋斗搏击无尽期，如果将人生的意义仅仅理解为实现既定的目标，那是极其偏狭，甚至是完全错误的，因为它不仅会使人误入歧途，而且还可能葬送一个人的性命。

那么，要怎样才能避免重蹈斯尔曼的覆辙，使生命永远充满活力，永远富有意义呢？奥秘就在于必须重视人一生的奋斗过程，必须以更高远的目光，不断提升奋斗的目标，并愈发开足马力，踏上一个又一个新的征程，永远作驰而不息的顽强奋斗。“生命的意义在于奋斗，通过努力奋斗，你要能给他什么意义，他就有什么。”——东北师范大学原副校长、荣誉教授、博士生导师郑德荣，就以其身体力行的实践，生动地诠释了生命意义的更多可能。在大多数人心目中，60 岁本应是含饴弄孙、颐养天年的年岁，但是郑德荣却以 60 岁作为人生新的起点，培育后学、资政育人、创新治学，在人生的后半程一次又一次勇攀学术高峰，创造了一个又一个令人瞩目的科研成果。追随郑德荣严谨求实、勤奋求索的人生足迹一路回望，他那老而弥坚、终身奋斗的精神品格，始终如出征的嘹亮号角，给人力量，催人奋进。很多曾与郑德荣共事过的老师还清楚地记得，郑德荣 60 岁时给自己立下的这一“宏愿”：“我退下来后，要用 10 年时间，也就是到我 70 岁的时候，培养出 10 个博士，出版 10 部专著。”弹指一挥间，30 多年过去了，郑德荣已经超额完成了这些当年看似不可能实现的“规划”。培养博士生的数量是计划数的 5 倍，出版专著的数量是计划数的 4 倍，此外还发表了 200 余篇学术论文。仅是从 80 岁到 90 岁的 10 年间，郑德荣的个人专著就达 5 部之多，而且他还同时承担国家项目 3 项，发表论文 70 余篇。这也就是说，年岁的增长，非但没有让郑德荣的学术科研节奏放缓，反使他“大弦嘈嘈如急雨”“大珠小珠落玉盘”，愈发成就斐然，当真达到了“老而好学，耄耋勃发”的高尚境界。郑德荣信念坚定，追求执着，广其学而坚其守，存一息而不堕志，治学严谨，为人谦逊，人格高尚，把个人融入时代，把研究融入生命，把创新融入学术，锲而不舍，硕果累累，堪称在学界树起了一根令人“高山仰止，景行行止。虽不能至，然心向往之”的耀眼标杆。

生命是在不断的奋斗中前行的，不管昨日你浇灌的园圃里绽放了多少花朵，不管昨日你在事业上建树了多少可观的功绩，那都仅属于已经过去的昨日，若是你就此沉湎其中，一味地暗自窃喜，那你就断然难以享受今日更清纯的欢愉。人生的旅程绵延不断，奋斗的历程就应该像江河之水那样永不停息地流淌。河水流淌不息才有生气，生命奋斗不止才有活力。只有在永不止息的奋斗中不断提升奋斗的目标，人生的价值才能得到完全的体现，生命的意义才能得到充分的升华。要坚信，奋斗目标的不断提升，对于一切困难与痛苦，都有着超然的力量，灰暗的日子会随之很快烟消云散，全新的局面会渐次展现在我们的面前。“登临欲探云山远，天外云山势亖休”，只有不断提升奋斗的目标，方能向世人奉献一篇又一篇脍炙人口的人生华章。这样，待到人生暮年来临之际，我们方能不无自豪地说：“我这一辈子没有虚度！”

长处是你致胜的法宝

经济学上有个“木桶理论”（亦称“木桶原理”“短板效应”），认为一只木桶盛水的多少，并不取决于桶壁上最高的那块木板，而恰恰是取决于桶壁上最短的那块。这一理论是从实际工作中总结出来的，所以它自然也就适用于生活中的许多方面。比如党中央提出的精准脱贫工作，就与“木桶理论”有着密切的关系。习近平总书记就曾明确指出：“没有农村的小康，特别是没有贫困地区的小康，就没有全面建成小康社会。”这也就是说，如果不使现有标准下的贫困人口全部脱贫，不补齐 7000 多万贫困人口脱贫这块短板，就谈不上全面建成小康社会。试想，这岂不是出色运用“木桶理论”的一个很好范例么？又如要搞好班级集体的建设，也需要用“木桶理论”来作指导，即必须既抓好作为领头羊的优秀学生，又抓好作为班集体主体的普通学生，更抓好一些暂时掉队的后进学生。只有这样，才能使整个班级协同发展，水涨船高；要是轻忽了对后进生的帮扶，那么那些后进生就会像老牛破车似的成为全班的严重拖累，整个班也就始终无法跻身先进班级的行列。甚至组建一个美好家庭，也需要用上“木桶理论”。一旦家庭成员中出现了一块明显的短板，那就任何人都不能不管不顾，而必须全家总动员，老少齐上阵，想方设法将那块短板抻长，这才能换来家庭的和谐兴旺；如若不然，那么这个家庭就必将很难有真正的安宁和幸福。

正因为“木桶理论”在日常生活中得到了广泛应用，所以有些急于想让自己进步、成长的人，也就特别信奉“木桶理论”，并由此在生活中自然而然地遵循这样一条不成文的规定：每一个人都要倾尽全力改正自己的缺点，而不必太理会自己的优点之所在。因为他们都认为，一个人只有不断弥补不足，纠正缺点，使“短板”达到足够的高度，这才算是真正取得了进步。于是，他们就都成天忙着以优秀的人物为榜样，检点自己的不足，对自己所存在的缺点翻来覆去地进行排查，把所有的力量都放到了纠正缺点上面去，而对自己所拥有的长处，却从不去认真地思考，更不去琢磨该如何使之进一步得到增强。这样做的结果，往往是缺点始终难以改掉，而长处却一直得不到应有的发挥，甚至是根本就没有很好地被认识和发现。这是因为，当一个人把精力和时间都用于弥补缺点时，他就根本无暇去顾及挖掘和发挥自己的优势；而且，任何人的欠缺都要比才干多得多，要一时间全都改掉确实有着很大的难度，更何况有些欠缺还几乎是无法弥补的。当然，这么说并不意味着补短全无必要，而只是说相比较而言，补短只能使我们勉强达到“及格”的水平，可在竞争异常激烈的现实生活中，仅仅达到这一让我们免于被淘汰的起码要求，显然是远远不够，完全无法适应形势发展需要的。这就可见，“木桶理论”虽然有其广泛的适用性，但它并不是包治百病的灵丹妙药，它在有其正确性一面的同时，必然还有其偏颇的一面。对于这一点，一些明眼人其实早已有所洞察，并由此提出了一个“新木桶理论”。

“新木桶理论”，实际上是在“木桶理论”的基础上诞生的，是“木桶理论”的进一步衍生。“木桶理论”的中心思想是木桶能装多少水，取决于它最短的那块板。可是，除此以外，木桶盛水量的多少，其实还需要考虑多种因素：板块和板块之间是否有缝隙；木桶底部是否坚实和是否有漏洞；木桶是平面放置，还是置放在一个斜面之上的。作了这样一些更周严的考虑，于是就衍生了“新木桶理论”。“新木桶理论”除了考虑木板的紧密度、桶底的牢固度外，更着重考虑木桶是如何置放的。所以，“新木桶理论”其实就是斜木桶原理，它是说将木桶放置在一个斜面上，如果木桶倾斜面的木板长度越长，能装的水也就越多。将“木桶理论”和“新木桶理论”稍作比较，我们就能看出这两种理论的明显差异：木桶理论是将目光聚焦在短板上，认为一只木桶能装多少水，完全取决于短板；“新木桶理论”则将目光聚焦在长板上，认为一只木桶的真正容量，主要得由长板的长度来决定。

明白了“木桶理论”和“新木桶理论”的这一差异，我们即可懂得，一个人要想得到进步，要想获取成功，就绝不能死死地揪住“木桶理论”不放，一味地在补齐自己的短处方面做文章。因为即使是一个绝顶聪明的人，也不可能做到件件皆能，门门全优，什么欠缺都没有；至于多数不过是中人之资的普通人，身上的缺点和弱点自然也就更多了，如果一天到晚老是去补这补那，又怎么能忙得过来，又能有多少收效呢？这也就是说，“木桶理论”对于我们的进步、成长，其实很难有多少真正的补益作用。既然此路不通，我们就应理智地另觅新路，并明智地尽早投奔到“新木桶理论”的门下。因为“新木桶理论”认为木桶的盛水量不会被短板所限制，讲究的是个性发展，根本不需要成天去补短。只要我们能充分认识“新木桶理论”的这一精髓，将自己的主要精力完全投放到发现自己的长处、拓展自己的长处上去，力争将自己的长处发挥到极致，那就再也不会出现一心想将所有的缺点都改掉，而结果却总是比不上他人好的尴尬和痛苦。“新木桶理论”是现在网络信息时代的新理论，它可以让我们更深刻地了解自己的长处，更充分地发挥自己的长处，从而使我们一步步达到“优秀”的程度，走向卓越的境界，为我们事业的成功增加更多的筹码。习近平总书记在深入推进东北振兴座谈会上的重要讲话中，在赴广东考察时，都特别强调要“扬长避短、发挥优势”，要发扬“长处和优势”，道理就在于此。情况既然是这样，如果我们的思想总是被“木桶理论”所禁锢，总是置自己的长处于不顾，总是只知道围绕着自己的短处去做那些无用功，那岂不就是舍本逐末、因小失大的愚蠢之举了么？

下面的这则故事，就很能说明必须善于发扬自身长处和优势的道理：在非洲大草原上，有一只年幼的名叫迪奥的狮子，它从小就立下雄心壮志，要成为一头最优秀最完美的狮子。后来，这头年幼的狮子发现，虽然兽类都认为狮子是草原之王，但自己却有个明显的弱点，那就是在长跑项目中的耐力比羚羊弱。而就因为这个弱点，羚羊常常从它的嘴边溜掉。为此，它决心改变这个缺点。通过长期对羚羊的观察，它认为羚羊的耐力与吃草有关，于是它便学着羚羊吃起草来。谁知道，如此一来，迪奥却变得体力空乏，奄奄一息。母狮子发现了这一情况后，便教育迪奥说："狮子之所以成为草原之王，不是没有缺点，而是因为它有突出的优点，它是靠非凡的观察力、优异的爆发力、锋利的牙齿和准确的扑跳动作，而不是靠完美才称霸于草原的，没有缺点的狮子是不存在的。"迪奥听了母亲的话，开始认识到自己的错误，它不再把心思放在改变自己的缺点上，而是尽力去发挥自己的优点。三年后，迪奥终于成了那片草原上最优秀的狮子。

在很多时候，许多人也会在不知不觉间犯下狮子迪奥小时候所犯的错误。他们总是希望自己能改掉自身所有的毛病，使自己变得异常完美，于是就千方百计在改掉自身的缺点上下功夫。结果呢，在竭力改变缺点的过程中，竟完全忽视乃至放弃了对自己最有用的长处，以致使自己变成了一个非常平庸的人。

其实，世上万物，都是各以其所长而立足于世的，人生的诀窍亦同样在于很好地认识并充分发挥自己与众不同的长处。金无足赤，人无完人，任何一个人的"桶板"都不可能一斩齐，只要不是道德品质的"桶板"过于短矮，有些"桶板"稍稍短一些，于大局其实并无多大妨碍，尽可以不必过分在意。一个人真想要学有所得，业有所成，归根到底还是得设法拥有他人所难以企及的一技之长。如果我们只是成天紧盯着自己的短处忧心重重，百般焦虑，而不在发挥自己的长处上大做文章，做足文章，那就是完全迷失了前行的方向，搞错了使劲的着力点，那就很可能会使自己变得一无是处，永远生活在卑微和失意之中。这就正如富兰克林所说：“宝贝放错了地方便是废物。”所以，我们应该时刻牢记现代管理学大师彼得·杜拉克对我们的告诫：“精力、金钱和时间，应该用于使一个优秀的人变成一个卓越的明星，而不是用于使无能的做事者变成普通的做事者。”只有这样，我们才能抹去身上的浮灰，使无限的潜能像原子反应堆里的原子那样充分发挥出来，从而创造出令人意想不到的人间奇迹。

1987年世界最佳运动员和欧文斯奖两项大奖的获得者，美国著名跳水运动员格里格·洛加尼斯，就是一个能够认清自己的特长，并将其尽情发挥的人。小时候，格里格·洛加尼斯是一个很害羞的孩子，开始上学时连讲话和阅读都遇到了很大的困难，常常受到同伴的嘲笑和作弄，洛加尼斯因此而感到非常沮丧和懊恼。不过，他非常喜欢舞蹈、杂技，还有体操和跳水，他知道自己的天赋在运动方面而不是在学习方面。认清这些之后，他减轻了自卑，并开始专注于舞蹈、杂技、体操和跳水方面的锻炼。由于他的天赋和努力，后来他果然很快就脱颖而出，开始在各种体育比赛中崭露头角，逐渐赢得了同学们的尊重。可进了中学以后，洛加尼斯发现自己有些力不从心了，因为无论是舞蹈、杂技，还是体操、跳水，都需要辛勤的付出，他不可能有时间和精力去做这么多的事。他知道自己必须要有所舍弃，而专注于一个目标，可一时间他又不知道要舍弃什么，选择什么。这时，他幸运地遇到了他的恩师乔恩—— 一位前奥运会跳水冠军。经过对洛加尼斯严格地观察和细致地询问后，乔恩认为洛加尼斯在跳水方面更有天赋。经乔恩这么一番点拨，洛加尼斯顿觉自己的确更喜欢跳水，自己以前之所以喜欢舞蹈、杂技和体操，那是因为这些运动可以为跳水带来更多的花样和技巧，使他的跳水更为得心应手。方向明确，目标既定之后，经过严格地专业训练和长期不懈地刻苦努力，洛加尼斯终于在自己最擅长的跳水领域里取得了骄人的成就。他16岁时就成为美国奥运会代表团成员，28岁时获得6个世界冠军、3枚奥运会奖牌、3个世界杯奖牌，还有许多其他的奖项。由于对运动事业的杰出贡献，洛加尼斯在 1987 年获得了世界最佳运动员和欧文斯奖，达到了一个运动员荣誉的顶峰。

一个人要实现自己的人生价值，就得正确地认识自己，珍惜有限的时间，选择最适合自己特长的事情去做。洛加尼斯是幸运的，因为有了恩师的指点，使他得以早早地认清自己的长处，并通过艰苦的努力将自己的长处发挥到极致，从而取得了令人艳羡的卓越成就和无比荣耀。而生活中的许多人，往往就未必会有如此的幸运，因而得走一段极为坎坷曲折的路。台湾著名漫画家朱德庸的经历，就很有其代表性。小时候的朱德庸，在众人的眼里一直是个“差生”，尽管他对图形非常敏感，但对文字类的东西接受起来却相当困难，以致在十几年的学生生活中，他一直身背着“蠢笨”这一沉重的十字架。读中学的时候，朱德庸完全没有办法接受刻板的“填鸭式”教育方式，他像个皮球一样，始终被许多学校踢来踢去，就连最差的学校也不愿意招收他。开始时，他也像老师们一样认为自己太笨了，直到十几岁以后，他才渐渐明白，自己不是笨，而是有学习障碍，他发现自己虽然对文字的反应十分迟钝，可对图形却有着一种异常的敏感，因此尽管他一直生活在别人鄙夷不屑的目光之中，但他还是顽强地在屈辱中不懈地奋斗着。在谈到求学时的这一段痛苦经历时，朱德庸说：“我的求学过程非常悲惨！学习障碍、自闭、自卑，只有画画使我快乐。”那时候，画画是唯一能让朱德庸感到松弛的事情。他说：“外面的世界我没法待下去，唯一的办法就是回到自己的世界，因为这个世界里有我的快乐。在学校里受了老师的打击，我敢怒不敢言，但一回到家我就画他，狠狠地画，让他死得非常惨，然后自己的心情就会变好了。”他的父母为此伤透了脑筋，也吃了很多苦头，他们动不动就被老师叫到学校去，听老师训话，还时常要带着小德庸到各个学校去看人家的脸色，求人家收留这个学生。幸运的是，朱德庸的父母从不给他施加压力，一直任他自由发展。他的爸爸会经常裁好白纸，整整齐齐地订好了，给他做画本。朱德庸后来回忆说：“如果我的父母也像学校老师一样逼我学习，那我肯定要死。”“每个人都有天赋，但是有些人的天赋被他们的家长或者被社会的习惯意识遮盖了，进而就丧失了。”在这一点上，朱德庸很感谢自己的父亲，在他小时候非常想画画又总拿着笔画个不停的时候，他的父亲没有阻止他，相反支持了他，使他得以在画画的天地里得到了快乐和发展，并最终获得了成功。回顾自己的成长道路，朱德庸深有感慨，道出了这样两段非常精彩的话语：“我相信，人和动物是一样的，每个人都有自己的天赋，比如老虎有锋利的牙齿，兔子有高超的奔跑、弹跳力，所以它们能在大自然中生存下来。人也是一样，不过是很多人在成长过程中把自己的天赋忘了，就像有的人被迫当了医生，而他可能是怕血的，那他不会快乐。人们都希望成为老虎，而这其中有很多只能是兔子，久而久之，就成了四不像。我们为什么放着很优秀的兔子不当，而一定要当很烂的老虎呢？”“社会就是很奇怪，本来兔子有兔子的本能，狮子有狮子的本能，但是社会强迫所有的人都去做狮子，结果出来一批烂狮子。我还好，天赋或者说本能，没有被掐死。”朱德庸的成长经历，很好地印证了英国 19 世纪著名史学家、文坛怪杰卡莱尔所说的以下名言：发现自己天赋所在的人是幸运的，他不再需要其他的福佑。他有了自己命定的职业，也就有了一生的归宿；他找到自己的目标，并将执着地追寻这一目标，奋力向前。

别以为朱德庸只是“差生”成才的一个个案，一个孤证，其实世界上有着很多这样的成才者。德国化学家奥托·瓦拉赫，就同样是一个很有说服力的例子，他的成才过程可以说更富传奇色彩。在开始读中学时，父母为他选择的是一条文学之路。不料，一个学期下来，老师为他写下了这样的评语：“瓦拉赫很用功，但过分拘泥，这样的人即使有着完美的品德，也决不可能在文学上有所成就。”父母只好尊重儿子的意见，让他改学油画，可瓦拉赫既不善于构图，又不会润色，对艺术的理解力也不强，成绩在班上倒数第一。老师的评语更是令人难以接受：“你在绘画艺术上是不可造就之才。”如此一来，奥托·瓦拉赫的“愚笨”在学校里也就因此而出了名。面对如此“笨拙”的同学，大部分老师都认为他成才无望，对他不感兴趣。只有化学老师认为他做事一丝不苟，具备做好化学实验应有的品质，建议他试学化学。化学老师可真是慧眼识才的伯乐，一经他相中，瓦拉赫智慧的火花就一下子被点燃了，蕴藏在身躯内的才情就此迸发出来。此后，这位在文学和绘画艺术上的不可造就之才，竟然成为公认的在化学方面“前程远大的高材生”，并在1910年成为了诺贝尔化学奖的获得者。这一丑小鸭一变而为白天鹅的传奇故事，乍看似乎不可思议，其实内中却蕴含了这样一个真理：天下其实并无不可用之人，即便是看似“朽木不可雕也”的蠢笨者，只要你能发现他的长处，并使他的长处得到充分的施展，将他用得其所，使他才尽其用，那么他就必然会像一块金子一样，在阳光的照射下发出耀眼的光彩。

虎啸深山，鱼翔浅底，驼走大漠，雁排长空，世间万物，皆有一片属于自己的天地，生命的玄机就在于找准自己的位置，充分发挥自己的长处，以绽放属于自己的光彩。放眼古今中外，大凡成功者，其成功的关键都在于他们牢牢把握了自身的长处，并加倍强化了这种长处，使自己的聪明才智发挥到了他人难以企及的高度。达尔文学习数学和医学时呆头呆脑，可只要一触摸到动植物，他就灵光焕发，才华横溢；莫里哀当律师是个失败者，可一转入文学领域，他就才情喷发，成为了杰出的戏剧家；法拉第在文学上是白痴，智商近乎弱智，可他对理科却有特殊的感觉，尤其痴迷于电学研究，结果发现了电磁原理，建立了电磁学说；梅杰16岁时曾因成绩不好而退学，后又因心算太差未被录取为公共汽车售票员，然而一经步入政坛，他却叱咤风云，成为了英国的首相；陈景润拙于言辞，当不好数学老师，但他敏于思索，乃是攻克数学难题的高手，并因此而创立了“陈氏定理”；吴晗的数学一直是个弱项，考清华时的数学成绩低得可怜，可这并不妨碍他对历史的精深求索，并不妨碍他在明史研究领域中卓然成家；钱钟书更是个一见到数学就头昏的人，可一进入文学艺术研究的领域，他便如鱼得水，如虎添翼，最终成为学贯中西的学界泰斗。这就可见，长处是人生的一片沃土，成功的种子就埋在它的下面。只要我们“众里寻他千百度”，费尽心思去寻找它，并不吝汗水地在这里辛勤耕耘，那我们就一定能收获许多本该属于自己的最可宝贵的东西。

别再总想着在改正缺点上狠下功夫，别再一味地去追求完美，追求“桶板”一斩齐，如果总是那样一意孤行，那么即便不是“自虐”，至少也是“自误”，因为它既忽视了人的有限性，也忽视了人的卓越性，必将会使自己陷入“宝贝放错了地方便是废物”的窘境之中，而始终很难达到预期的目标。只有善于发现自己的长处，并充分发挥自己的长处，才能真正觅到自己的精神生长点，才能真正找到利于自己发展的康庄道。鞋子合不合脚，唯有自己最清楚，所以我们一定要想方设法发现自己的长处，并竭尽全力拓展自己的长处，以使自己的潜能始终像泉水一样汩汩地喷涌而出，以使自己的人生永远像阳光一样闪闪地明媚灿烂。

虽说发现自身的长处对我们至关重要，但这也并不意味着发现自身的短处对我们就全然无用。事实上，世上也有一些目光更为敏锐、思想更为深邃的人，他们往往不仅善于从短处与长处的胶着中发现并拓展自己的长处，而且还善于迎着短处上，巧妙地化短为长，以此来成就自己的一番事业，“功夫之王”李小龙就是一个有这种能耐的人。李小龙的武功十分了得，这几乎是人所共知的事情，可一般的人也许并不知道，他其实是一个有着重大先天缺陷的人。李小龙从小就是近视眼，而且两条腿长短不一，右腿比左腿短 1 寸。按常理来说，他这样的条件绝不是练武的“料”，然而李小龙却以他独特的思维和非凡的创新精神，迎短而上，化短为长，练就了一身独门的武功。练武需要“眼观六路，耳听八方”，近视眼怎么练呢？李小龙就从咏春拳练起，因为这种拳最适合贴身打斗，近视眼并无妨碍。两条腿长短不一又怎么办？李小龙自有妙法，他用较长的左腿专练远踢、高踢，犹如狂风扫落叶一般，得心应手；他用较短的右腿专练短促的具有阻击性或隐蔽性的踢法，近身发脚如发炮，威力无穷。就这样，李小龙用两条长短不一的腿，摆出了一副优美别致的格斗姿势，再加上他那特有的武术套路，竟然形成了名扬四海的一门独特的武术流派。这就可见，即便是自身确有短处，也并不真就那么可怕，只要勇于去面对，善于去化解，也依然可以化短为长，短处长用，以短显特色，借短露身手。当然，这么做除了有敏锐的目光和深邃的思想以外，还得有过人的胆识，非凡的勇气，以及得当的方法。而这一些，或许就并不是每一个人都能轻易做到的。

苏东坡在论西汉贾谊时曾说："非才之难，所以自用者实难！"此话当真是说到了要害处。长处是你致胜的法宝，所以，你一定要有眼须识自身宝，努力去发现自己的长处，出色地运用这些长处，使自己的长处尽可能发挥到极致，从而使自己凭借着这些长处，有所作为，有所成就，以让自己不枉来这世上走一遭。

大拙至巧

人有聪明和愚笨之别，因此在日常生活中，人们也就会时不时地触及有关“聪明”和“愚笨”这方面的话题。每当说起聪明人，人们大多会对他们露出羡慕之色，因为许多人认为聪明人令人喜欢，而且大多会有光明的前景；而每当提及愚笨者，人们就大多会露出不屑的表情，因为他们觉得愚笨者不招人待见，而且将来也不会有多大的出息。这种世俗的看法，固然也有一定的现实依据，并非完全是无稽之谈，但我们认为，这样的看法不免倾注了过多的个人情感因素，而缺少应有的客观辩证的理性分析。不错，一般来说，聪明伶俐的人是要讨人喜欢一点，但却未必见得大多会有光明的前景，因为聪明的人大多会自恃脑瓜子灵，就喜欢耍小聪明，就总想走捷径，结果呢，常常会聪明反被聪明误，错失了自己的大好前程。不错，愚笨迟钝的人一般不易招人待见，但这往往会促使他们立志发愤，决心通过刻苦的努力来改变自己的现状，于是他们就会驰而不息地下苦功夫，下笨功夫，结果他们也就有可能成为先飞的笨鸟，开创出一个全新的局面。世上的事情都是一分为二，并相辅相成的，这就正如老子所说：“有无相生，难易相成，长短相形，高下相倾，音声相和，前后相随。”鲁迅先生也曾经说：“愚笨的人最聪明，聪明的人最愚笨。”这可真是一句透过现象看本质的充满深刻哲理的精警妙语。如果按这样的眼光来看，愚笨就并不完全是一个贬义词，因为愚笨不仅是人类的基本状态之一，而且有愚笨才有执着，有愚笨才有奋斗，有愚笨才有成全。这就无怪莎士比亚要这样说：“与其做愚蠢的聪明人，不如做聪明的愚蠢人。”鉴于此，在这篇文章中，我们就想着重说一说那些以至拙胜至巧的笨人。

说到以至拙胜至巧的笨人，我们不由得首先想起被誉为“中国古代之最后一人，中国近代之第一人”“立德立功立言三不朽，为师为将为相一完人”的曾国藩，因为曾国藩年少时当真是够笨的。湖南乡间流传着这样一个笑话，说是有这样一位笨人，在 13 岁时的某晚，迈进书房，点起灯，背起一篇三百字的小文。而在他进入书房前，家里已来了一贼，听见有人进来，贼便躲在了房梁之上，心想等他入睡之后再行窃也不晚。哪知他背到三更还背不下来，那贼实在受不了了，便跳下梁来，将此文一字不落地背了一遍，然后还冲他大叫一声：“你这么笨，还读什么书！”这事儿听起来很像是个搞笑的段子，可主人公却正是曾国藩。这个笑话其实并非空穴来风，因为曾氏一族的天资都不出色。曾国藩的父亲曾麟书就笨得出了名，一生考了 17 次秀才，一直到 43 岁，才勉强过关。曾国藩也从小就被人讥笑为“愚蠢之辈”。左宗棠评价曾国藩说：“才具稍欠开展。”说白了，就是觉得曾国藩脑子不灵光。梁启超说得更直接：“在并时诸贤杰中称最钝拙。”情况也确实是这样，与他同时代的名人中，李鸿章 17 岁考中秀才，张之洞 16 岁考中秀才，左宗棠 14 岁考中秀才，梁启超更是天资超迈，11 岁即中秀才。而曾国藩呢，从 16 岁开始参加科考，前 6 次都铩羽而归，而更令他难堪的是，第 6 次参考不仅落榜，还被“悬牌批责”——他的文章被当作反面例子当众展示，以让所有考生引以为鉴。这样的当众批评，对曾国藩的刺激确实是非同小可，他后来回忆自己的生平，也说这是他人生的第一大挫折。这样的刺激，要是换了其他人，也许早就扛不住了，可曾国藩不仅经受住了这样的打击，而且开始认真反思自己苦读多年的考试经历，决心要从中找出失败的原因。他分析自己超人般的努力是优势，但不能光顾着“用蛮力”，不能重复走老路，而要从过去的学习思路中找到突破。他把自己的文章和他人的同题文章逐个对比，最后总结出自己写东西太注重局部的打磨，缺乏大局的贯通和整体的气势。经过这一番反思总结，曾国藩初步开了窍，读书和写文章真正开始“动脑子”了。结果，第七次参考时他终于考中了秀才，不过是倒数第二名，多少还留有一点“笨”的印记。可见，与同时代的名人相较，曾国藩的愚笨可谓是一目了然。但曾国藩一旦开窍，立马一鸣惊人：中秀才的第二年，他就中了举人；中了举人又四年，他一路杀到京城，拿下了进士，最终直接拿到殿试的第二名。而他那些早早考中秀才的同学，后来却连举人也没出来一个。可见，曾国藩之所以能打通科举路，靠的全是笨劲。因为笨拙，所以不懂取巧，遇到问题只知硬钻，故而不留死角，这就为他日后的成功打下了坚实的基础。

曾国藩中了进士后，留在了京城翰林院，做事时依然按最笨拙、最踏实的方式去完成。而正是靠着这做事踏踏实实、扎扎实实的笨功夫，十年之中，他竟然获得了 7 次升迁，从一个小翰林做到礼部侍郎，成为二品大员。后来他领兵跟太平军打仗，靠的也是一股笨劲，打武昌、打九江、打安庆、打南京，采用的全是“结硬寨，打呆仗”之法。他就用这个最笨的方法，硬是像蟒蛇缠身一般，打败了最聪明的太平军。曾国藩的人生哲学确实是与众不同，那就是“尚拙”。他说：“天下之至拙，能胜天下之至巧。”是的，正是那“日拱一卒，功不唐捐（白费）”的“尚拙”之道，成就了他非同一般的高明，也成就了他常被世人广为称道的宏大事业。

在我国的历史上，以拙取胜，在事业上取得大成就的人，可以说不胜枚举，清代的阎若璩，可以算是很有代表性的一位。

清代著名的考据家阎若璩，自幼就置身于一个良好的读书环境之中，受到家庭的文化熏陶。但他年幼时体弱多病，不仅口吃，而且秉性迟钝，常常是“读书至千百遍，字字著意犹未熟”。但他“仍自强不息，勤勉不怠，潜心钻研，扶精剔髓，思成一家之言”。每当同学日暮抱书归家之后，他仍“独吟不置，必背诵如翻水乃已”，甚至“发愤将书拆散，读一页辄用面糊粘几背，既熟即焚去”，所下功夫之深，简直令他人难以望其项背。到了十五岁的时候，他虽已读熟了不少书，但他觉得自己的理解还不够深透，心里很是着急，也很苦闷。尽管他常常恨自己脑子笨，可一时也想不出什么好办法，因为读书没有捷径可走，只能静下心来苦苦思索。在一个寒冷的冬夜，阎若璩又在思索书中的疑难问题，他读了一会儿，又想了一会儿，不知不觉已是后半夜。窗外狂风呼啸，室内寒气逼人，炭火盆也早就不知什么时候已经熄灭，但他仍毫无倦意，依然坐在桌前专心致志地琢磨着。水滴石穿，积思自悟，他思着，想着，想着，思着，终于“心忽开朗，如门牖顿辟，屏障壁落”。从此，他便颖悟绝人，读书过目不忘，不管遇到什么困难都不怕了，那些疑难问题就像窗户纸一样，一捅就能立破。此后，他更是知难而进，锲而不舍，钻研经史，深造自得。他立志博览群书，曾经集南朝齐、梁时期的思想家、文学家陶宏景和魏晋时作家、医学家皇甫谧的名言“一物不知，以为深耻；遭人而问，少有宁日”题于柱上，以此来鞭策自己发愤学习。经过多年孜孜不倦的潜心研读，他终于成为才富学赡的青年士子，为日后卓然成家奠定了深厚的基础。其时海内名流过淮，皆与之交接，当地的学者如李明睿、方文、阎尔梅等，亦折辈和他来往，一起讨考古今，切磋学问，使他更是获益匪浅。康熙 17 年，国内名流学者鳞集北京，阎若璩以“博物洽闻，精于考据经史，独为诸君所推重，过从质疑，殆无虚日”。内阁大学士徐乾学也叹服他的学问，特意将其邀至家中，待为上宾，“每诗文成，必属裁定”。阎若璩一生治学，多有著述，其中最大成就是穷 30 年精力写成的《尚书古文疏证》。此书确证了《古文尚书》是伪作，使理学家们进退失据，非常狼狈，沉重地打击了宋明理学，甚至在某种程度上触动了儒家经典的权威，所以他的思想影响颇为深远。阎若璩不仅精通经史，而且“于地理尤精审”，他所著《四书释地》《四书释地续》《四书释地又续》《四书释地余论》诸书，穷力于古，考辨精实，被后人称为历史地理学中的佳作。作为清代考据学的直接先驱，阎若璩在清代学术史上的贡献可谓不可磨灭。

纵观以上两人的经历，我们似乎可以得出这样一个结论："笨到极致是聪明，拙到极致就成了巧。"那么，笨何以会变聪明，拙何以会成巧呢？从以上两人积苦力学的经历中，我们即可发现，笨拙也确有笨拙的好处：笨拙的人没有智力资本，只有靠勤奋刻苦来弥补，因此不管做什么都特别虚心谨慎，不敢有丝毫的疏忽大意，基础自然就比别人打得更为扎实。笨拙的人从小就遭人白眼，受人挤兑，长期在接受挫折教育，因此也就具有特强的抗击打能力。笨拙的人不懂取巧，遇到问题只知硬钻过去，因此不管做什么都不留死角，这样也就练就了一身非同凡俗的真本领。笨拙的人要想笨鸟先飞，决非短期能够奏效，非有长期坚持不懈的思想准备不可，因此自然也就比别人更有恒心和耐力。同时，我们从曾国藩和闫若璩的经历中还可以窥见，他们的笨也并非真就笨得一塌糊涂，笨得不堪收拾，他们也还懂得一再碰壁后要认真反思，懂得难以突破时要寻找新方法的道理，这就使他们终于能触底反弹，迎来一线生机。所以，"拙"看起来慢，其实却是慢中潜藏着快，因为这是扎扎实实的过硬功夫，不留任何遗弊。正因为此，曾国藩方能够颇有底气地说："唯天下之至拙，能胜天下之至巧。"

"笨到极致是聪明，拙到极致就成了巧"，这一规律不仅适合我们中国人，同样也适合外国人。爱因斯坦是世界上大名鼎鼎的科学家，不明就里的人或许会以为他一定从小就是绝顶聪明的人。可事实完全不是这样，年少时，他在众人的眼中也都是很笨的孩子。下面，就让我们来具体看看他的成长经历：

爱因斯坦 1879 年 3 月 14 日降生在德国的一个叫乌尔姆的小城。看着他那可爱的模样，父母对他寄托了全部的期冀。然而，没过多久，父母就开始失望了：人家的孩子都开始学说话了，已经 3 岁的爱因斯坦才"咿呀"学语。后来，比爱因斯坦小两岁的妹妹玛伽已经能和邻居交谈了，可爱因斯坦说起话来却还是支支吾吾，前言不搭后语。看着举止迟钝的爱因斯坦，父母开始担心他的智能是否会不及常人。直到 10 岁时，父母才把他送去上学。可一进学校，爱因斯坦就受到了老师和同学的嘲笑，大家都称他为“笨家伙”。学校要求学生上下课都按军事口令进行，可爱因斯坦反应迟钝，经常被老师呵斥、罚站，有的老师甚至指着他的鼻子骂：“这鬼东西真笨，什么课程也跟不上！”校长更认为他是“干什么都不会有作为”的笨学生。在讥讽和侮辱中，爱因斯坦慢慢地长大了，升入了慕尼黑的卢伊特波尔德中学。在中学里，他喜爱上了数学课，可对其余那些脱离实际和生活的课他都不感兴趣。孤独的他，开始在书籍中寻找寄托，寻找精神力量。就这样，爱因斯坦在书中结识了阿基米德、牛顿、笛卡尔、歌德、莫扎特……书籍和知识为他开拓了一个更广阔的空间，视野更开阔了，爱因斯坦头脑里思考的问题也就多了。一天，他对经常辅导他数学的舅舅说：“如果我用光在真空中的速度和光一道向前跑，能不能看到空间里振动着的电磁波呢？”舅舅用异样的目光盯着他看了许久，目光中既有赞许，又有担忧。因为他知道，爱因斯坦提出的这个问题非同一般，将会引起出人意料的震动。此后，爱因斯坦一直被这个问题苦苦折磨着。1895 年秋天，爱因斯坦经过深思熟虑，决定报考瑞士苏黎士大学，可是他却失败了，因为他的外文不及格。落榜后的他没有气馁，参加了中学补习。一年以后，他获得了中学补习合格证书，考入了苏黎士综合工业大学。在大学里，他的学习成绩也不出众。教授们看见他一味读跟课业无关的书，总是做跟考分无关的试验，非常不满和生气，认为他“不务正业”。殊不知，这时的爱因斯坦，已经在为自己的未来做准备了，他把精力全部用在了课外阅读和实验室里。大学毕业时，正赶上经济危机爆发，由于爱因斯坦是犹太人血统，又没有关系，没有钱，所以只好失业在家。为了生活，他只好到处张贴广告，靠讲授物理获得每小时 3 法郎的生活费。为了求职，他先后写了 4 封求职信，可每封信都石沉大海，没有得到回复。等了大半年后，他正准备写第 5 封求职信时，方才机缘巧合，幸运地得到了大学同学格罗斯曼父亲的帮助，好不容易在瑞士伯尔尼专利局找到了一个三级职员的工作，在那里干了七年。可就是在这七年里，爱因斯坦在艰苦的条件下顽强地学习和工作着，利用业余时间对传统物理学进行了认真反思，以独创精神对传统学术观点发起猛烈的冲击，从而勾画出了相对论的理论基础，并经过高度紧张、极度兴奋的五个星期的奋斗，写出了 9000 字的论文《论动体的电动力学》，狭义相对论由此产生。可以说，这是物理学史上的一次决定性的、伟大的宣言，是物理学向前迈进的又一里程碑。尽管还有许多人对此表示反对，甚至还有人在报上发表批评文章，但是，爱因斯坦毕竟还是得到了社会和学术界的重视。在短短的时间里，竟然有 15 所大学给他授予了博士证书，法国、德国、美国、波兰等许多国家的著名大学也向他伸出了橄榄枝，想聘请他做教授。这个求学时曾被人们称为"笨蛋""笨东西"，且被校长认为是"干什么都不会有作为"的爱因斯坦，终于成了全世界公认的、当代最杰出的聪明人物。爱因斯坦由"丑小鸭"变为了"白天鹅"，其原因是什么呢？爱因斯坦写下的一个公式给出了最好的答案：A=x+y+z。这一公式是一次许多年轻人缠住他，要他说出成功的秘诀时写下的，写好后他还作了这样的解释："A 表示成功，x 表示勤奋，y 表示正确的方法，那么 z 呢，则表示务必少说空话。"从爱因斯坦的奋斗历程中，我们不难看出，当真是勤奋、正确的方法和少说空话，使爱因斯坦由"笨蛋"变为了科学巨匠。可见，一个人不聪明并不那么可怕，只要你肯为你的目标付出艰辛的劳动，并配合正确的方法，就一定会得到成功女神的酬劳。

虽说爱因斯坦小时候被他人认为是"笨蛋"，其实他并不是真"笨"，而是他特殊的个性和独特的性格，导致人们对他产生了一种"笨"的错觉。其实，他的心中，是另有所属，另有所爱，对那些不是他所属、所爱的东西，他会或是心不在焉，或是根本就不管不顾，这样也就留下了许多盲点和盲区，显现出似乎什么都不知晓的样子，因此在其他人的眼中，他也就显得特别迟钝，特别拙笨，好像真是个啥也不懂、啥也不会的大笨蛋。可对那些他所属、所爱的东西，他往往就会或是异常的专注，或是超常的热爱，因此也就常常会灵气勃发，灵光闪烁，显现出一种锋芒毕露的优势，彰显出常人不可企及的绝顶聪明的气质。这也就是说，如果是从守成的角度来看，他似乎是一个拙笨的人，但如果是从创新的眼光来看，他就非但不是个笨人，而反倒是一个超凡脱俗的聪明人。所以，对这样的一些人，我们绝不可囿于传统的观念，对他妄下断语，而应该以创新的理念和视角，对他刮目相看。唯有这样，我们才不至于有眼不识泰山，而能够真正识得庐山真面目。

读到这里，也许有人会说，愚笨的人通过刻苦努力，确实是可以成为一个聪明人，可我年岁已长，成为聪明人的希望或许是非常渺茫了。情况果真是这样么？回答只能是否定的。这也有一些大器晚成者的经历可以为证：

宋代的苏洵，是苏轼和苏辙的父亲，因生于名门之家，年少时他是个名副其实的大少爷，不喜欢读书，终日以游山玩水为乐，娶了大家闺秀程氏后也不见好转。母亲病故后，他始知读书，但起始时，态度仍不认真，他见与他同辈的人并不比自己高明，就以为读书也没有什么难。直到第一次应乡试举人落第后，他才痛自检讨，幡然悔悟。将自己的几百篇旧作翻出检读后，他不禁喟然叹道："吾今之学，乃犹未之学也！"于是便愤然将这批旧稿一把火烧了个干净。他之所以这么做，就是为的坚定从头做起的决心。焚稿以后，他谢绝宾客，闭门攻读，夜以继日，手不释卷，穷究诗书经传诸子百家之书。他每日端坐在书斋里，苦读不休达六七年，并发誓读书未成熟前，不写任何文章。此时，苏洵已二十七岁，所以欧阳修作墓志铭，张方平作墓表，史本传都说他："年二十七，始发愤读书。"苏洵发愤读书后，读书的态度跟先前相比，简直有了天壤之别。相传有一年的端午节，其夫人看他一直待在书房里，连早餐也忘了吃，就特地剥了几只粽子，连同一碟白糖，一起送去书房，没有打扰他便悄悄地走开了。近午时分，她去收拾盘碟时，发现粽子已经吃完，糖碟却原封未动，可砚台的四周，却残留下不少的糯米粒，而苏洵的嘴边，也是黑白斑斑，黑的是墨，白的是糯米粒。原来苏洵只顾专心读书，把砚台当成了糖碟，蘸在粽子上的，是墨而不是糖。如此发愤攻读了五六年，终于文才大进，下笔如有神，顷刻数千言。仁宗嘉祐元年（1056），47 岁的他带领儿子苏轼、苏辙一起去到汴京，谒见翰林学士欧阳修。欧阳修很赞赏他的文章，并向朝廷推荐，一时公卿士大夫争相传诵，苏洵文名因此大盛。仁宗嘉祐二年（1057），苏洵又携苏轼、苏辙二子去京，结果二子同榜应试及第，轰动京师。此时，欧阳修又特别赞赏苏洵的文章，誉之为“孙卿子（即荀卿）之书”，并献诸朝廷。于是，“一日父子隐然名动京师，而苏氏文章遂擅天下”。许多考生争读他们的文章，甚至学习他们朴实高古的风格。

苏洵虽然少年放荡，无心于学，但他后来碰了钉子，却能浪子回头，发愤苦读，并终于大器晚成，跟他的两个儿子一起跻身于唐宋八大家之列。他的精美文章也就理所当然地广受好评，唐宋八大家中的另两位大家欧阳修和曾巩，就都给了他极高的评价，欧阳修称赞他“博辩宏伟”，“纵横上下，出入驰骤，必造于深微而后止”，曾巩也赞誉他的文章“指事析理，引物托喻”，“烦能不乱，肆能不流”。这就可见，一个人即便是蹉跎了青少年时期的大好光阴，也完全不必自暴自弃，破罐破摔，只要能迷途知返，痛改前非，发愤努力，也完全有可能后来居上，大有作为的。

青年是日出之阳，壮年是日中之光，晚年是秉烛之明，年岁大了虽说光亮减弱了，但比全不发光总要好了许多。所以，大凡有志者，即便年岁业已稍长，只要以至死方休的精神不懈努力，那么自己所预定的目标，也总会有如愿达成的希望。

天下那么大，极聪明的人无疑是有的，不过只是凤毛麟角。极愚钝（智障除外）的人，应该也有，但同样不是很多。多数的，是处于这两者之间，时而聪明时而犯迷糊的一些人。而有意思的是，那些时时自诩聪明的人，往往因聪明过头，最后大多招致聪明反被聪明误的结果；而那些常常自称愚钝的人，做起事来却往往很难看到他们的愚钝，结果反倒会显现出令人刮目相看的智慧。对于这种情况，中科院院士裴钢早有洞察，并发出了这样的感慨："人稍微笨一点是不是会好一点？现实中，一些人总是太聪明，聪明反被聪明误。我觉得，特别是年轻气盛的时候，可以不要太聪明。"应该说，此话非常深刻，且有很强的现实针对性，值得引起我们的深思。何以笨人反倒会显出令人刮目相看的智慧？习总书记在中央党校建校 80 周年庆祝大会暨 2013 年春季学期开学典礼上的讲话中，引用了《礼记・中庸》中的这么几句话："博学之，审问之，慎思之，明辨之，笃行之。"这是说：博学，学习要广泛涉猎；审问，要有针对性地提问请教；慎思，要学会周全地思考；明辨，要形成清晰的判断力；笃行，要用学习得来的知识和思想指导实践。其实，在这几句话的后面，还有这么几句话："……人一能之，己百之，人十能之，己千之。果能此道矣，虽愚必明，虽柔必强。"其意思是说，聪明人一下就学会的，你就学一百下，聪明人十次能学会的，你就学一千次。只要有这种韧劲，开始哪怕迟钝一点，也会变得聪明；开始柔弱的人，也会变得强壮有力。应该说，正是这几句话，精辟地道出了笨人反倒会显出令人刮目相看的智慧的奥秘之所在。这也就是说，一个人只要真正地爱读书、勤读书、善读书，能勤奋努力，刻苦钻研，舍得付出，百折不挠，毫不吝啬地下真功夫、苦功夫、笨功夫，即使"衣带渐宽"也"终不悔"，即使"人憔悴"也心甘愿，那么就算他原本是一个拙笨的人，也会变为一个聪明的人，成为一个学有所获、业有所成、对社会有所贡献的人。

自制力的增强之道

“世上无难事，只怕有心人”，“心有多大，舞台就有多大”，“宝剑锋从磨砺出，梅花香自苦寒来”，这一些成才的道理，几乎每一个人都从小就能倒背如流，熟记于心，可为什么绝大部分人却很难真正做到，而始终只能无奈地经常与失败和失望相伴呢？要解决这个问题，固然需要从多方面做出努力，但根本之道，还在于必须回答这样一个最重要的哲学命题：我活着是为了什么？我要成为怎样一个人？我应该做哪些有意义有价值的事？也就是说，必须真正明白自己的人生使命。就像宪法是一切法律的根本大法一样，人生使命代表了人生的根本方向和终极意义，乃是一个人安身立命的根本之所在。一个人找到了自己的人生使命，就好比在头脑中设立了一个指挥部，你的目标，你的决定，你的思维方式，甚至你一生一世的所言所行，就都得听命于它的指挥，接受它的制约，由它为你决定究竟该做什么，不该做什么，而决不允许你再任由自己的性子放任乱来。一个人找到了自己的人生使命，又好比为自己装置了一个方向舵，你所有的一切就都得听从它的引领，接受它的制约，这样你的生命之舟就能避开暗礁、漩涡，安然无恙地驶向预定的目的地。而不管是将人生使命比作指挥部，抑或是喻为方向舵，都是为了说明这样一个道理：一个人一旦明白并找到了自己的人生使命，他的周身就会汩汩不绝地涌动出一股自制力，这股自制力来自于自己的内心深处，是从人生使命之根上滋育出来的，是一种能够自觉地控制自己思想感情和言行举止，使自己始终以高度的理性处理事情和做好工作的能力，所以它比领导的命令、上级的任务、纪律的约束、制度的规定、师长的训导和同事的监管等诸多外部的控制力，都不知要强大多少倍。这种自制力，是有根之木，它冬夏长青，永不凋零；是有源之水，它滚滚滔滔，奔腾不息。这种内生的自制力，生机勃勃，充满活力，有了它，就能一约既定，万山无阻，虽千万人，吾往矣；有了它，就能认准方向，一往无前，纵万千诱惑，亦不心动矣。要言之，一个人只要真正具有了在人生使命这一根基上滋育出来的自制力，就一定能有力地管控自己的所作所为，所言所行，牢牢地掌握自己一生的命运，收获自己所希冀的成功和幸福。

正因为自制力有着这样重要的作用，所以它历来受到人们的极度推崇。古希腊数学家毕达哥拉斯曾说："自制是世界上最强大的力量和财富。"古希腊学者格里大斯则说："谁要是能把忍耐和自制作为立身行事的准则，谁就会度过无灾无祸的一生。"苏联著名作家高尔基也说："哪怕对自己的一点小小的克制，也会使人变得强而有力。"一位并不十分知名的罗伊·L·史密斯，也为我们留下了过目难忘的这一名言："自制力宛若受到控制的火焰，正是它造就了天才。"在当今时代，习近平总书记在强调"要增强纪律观念"时，就更是明确提出，必须"把纪律的外在约束力转化为内在的自制力。"

多年以前，在成功学领域进行了重要研究的查理斯博士，发现各行各业的成功者大多具备六大特征，而在这六大特征中，赫然名列首要位置的，就是他们都找到了自己的人生使命，具有明确的人生目标和强大的自制力。也就是说，他们不仅知道自己在做什么，知道这样做的目的是什么，而且都以很强的自制力严格管控着自己，所以他们的行动都显得特别坚强有力，特别成效显著。

在庆祝新中国成立70周年群众游行“祖国万岁”方阵的年轻体育健儿的花车上，出现了乒乓球女运动员孙颖莎的身影，这对于只有19岁的孙颖莎来说，无疑是一份巨大的荣誉。她能获得这样的荣誉，绝非是出于偶然，而是因为她在近期国际国内的多项比赛中，都有不俗的表现：在2019布达佩斯世乒赛进行的一场焦点之战中，她以4比1轻松击败日本的头号选手伊藤美诚，在这场比赛中，被打蒙了的伊藤美诚除了在第四局作殊死一搏外，基本上没有丝毫机会。而在布达佩斯世乒赛后，国乒经历了四个月的“魔鬼”赛程，孙颖莎获得了日本公开赛和澳大利亚公开赛冠军，全国锦标赛冠军，亚锦赛团体和单打冠军。两个白金站冠军+全国冠军+洲际比赛冠军，孙颖莎正在前行道路上“暴风成长”。虽然孙颖莎现在的发展势头很猛，但她说自己“不会满意”，“因为我接下来还有很多的比赛和目标，我要严格要求自己去把握好每次比赛”，“当自己知道自己的目标和想要完成的成绩时，自然每天都会付出很多”。孙颖莎虽说长有一张娃娃脸，但在这张娃娃脸的背后，却有着一颗越来越成熟的心，在远大目标的召唤下，她开始具有了超强的自控力，并在许多地方做出了超常的努力。19岁，这对一个女孩来说，是一个爱美、爱浪漫的年龄，可孙颖莎却特立独行，既不爱漂亮衣服，也不喜欢逛街，即使出去买衣服，也往往都是买的运动装，而且目的十分明确，买完就回来。在她的眼里，逛街会很累，会影响正常的训练。即使周末有自由支配的时间，她最多是出去吃个饭，撑死了也只是出去看个电影。她每天都基本保持相同的时间线，竭力让自己的程序化生活不被打破。孙颖莎总结自己这种有规律的生活时说：“我现在正处在冲击阶段，要走好第一步，不希望自己在任何一步上出现问题。”在越来越多的年轻队员被外面的花花世界所吸引，拿出很多时间去逛街，娱乐，或沉迷在网络中时，孙颖莎作为一个19岁的小姑娘，却让自己主动地屏蔽掉了这一切。这可并不是她没有想玩的天性，而是她比很多运动员更早地懂得：只有自己现在就做到自律，严格要求自己，增加运动量和训练量，让自己基本功的基础打得更扎实，更牢固，才能在未来的赛场上拿到更好的成绩，也才能离自己去参加东京奥运会和其他世界顶级大赛的梦想近一点，更近一点。因为有梦想，有追求，所以孙颖莎具有特别严格的自律精神，写下了非常出彩的故事。正因为如此，让这个不满 20 岁的小姑娘去打东京奥运会，现在已越来越从一种假想，变成了一个大概率事件。有梦就有未来，我们由衷地希望孙颖莎的美梦能够成真。

明白并找到自己的人生使命，且具有很强的自制能力，这可以说是众多成功人士走上成功之路最关键的奥秘。可这样的奥秘并不是成功人生的专利，每个普通平凡的人，其实也同样能够通过努力，揭开这一奥秘的真相，从而使自己变平凡为非凡，干出非同凡响的业绩，步上成功的大道。

故宫博物院有个王有亮，在读书时是个出了名的“闹将”，爱说爱玩，让他安静地坐会儿都不太容易。可进了故宫博物院之后，故宫著名青铜器修复专家赵振茂便给他立下了上班不能说话、不能聊天的规矩，并让他整整一个上午都拿着个复制品坐在那儿不停地打磨，想着法儿“磨”他的性子。3 年过去了，经过赵振茂的精心调教，王有亮终于懂得了“青铜器修复，你得真感兴趣，还得踏实、心静……得真爱这一行，才能待得下去”的道理，这就使他像赵振茂所说的那样，“浑身的躁气都化了”，人也慢慢沉静了下来，整个人就像完全变了个样儿似的。而正因为如此，他有幸成了赵振茂的关门弟子，并最终成为故宫青铜器修复专家和“非遗”传承人。在赵振茂的引领下，王有亮几十年如一日地坚守自己的信仰，坚持自己的喜好，终于不仅磨出了精湛高超的技艺，磨出了许多青铜器的精品杰作，并由此而成全了文物，延续了历史，而且也磨出了自己纯净透亮的心灵，圆满地成全了自己，成全了事业，一跃成为一个沉稳亲善、温暖谦逊、从容淡然、执着内敛的顶级青铜器修复专家。

这就可见，不管是什么人，只要你找到了自己真正喜欢做的事情，并运用自己独特的天赋去倾力而为，你周身上下就会迸发出令人难以想象的巨大力量，你就同样能跻身于成功人士的行列。这就像玫瑰要开花，鸟儿要飞翔那样，完全是势所必然的事情，任何人要想挡都根本挡不住。

所以，要想成就自己的人生，就必须要明确和找到自己的人生使命。可在现实生活中，却有很多人不明白自己的人生使命，因此他们也就根本不知道自己成天忙来忙去究竟是图的啥，也就完全不知道自己一天到晚窜来跳去究竟要去向何方。他们就如同那水面上的浮萍，只是漫无目的地东飘西荡，稀里糊涂地虚度了自己的一生。在那看似忙得不亦乐乎的生活中，他们根本就没有想到要停下脚步来，思考人生使命这个根本问题，根本就不懂得一生中到底该做什么，不该做什么，而只是从早到晚一个劲儿忙着去赚钱，却忘了高屋建瓴地规划一个值得拥有的生命。他们成天过着喂饱了身体，却饿死了灵魂的日子，因此也就始终只是在时间的隧道里茫然穿越，行尸走肉一般漫无目的地四处游荡。可以毫不夸张地说，这些人虽然人还活着，可他们的内心却早已死了。而这样活着，即使像彭祖那样活到 800 多岁才仙化而去，于自己，于他人，于社会，又有什么意义呢？

综上可见，人生在世，一定要找到自己的人生使命，并在人生使命的基础上增强自己的自制力，严格地管控自己的一言一行，一举一动，从而使自己生活得充实而有意义。习总书记就多次强调，领导干部要学会用党纪国法来看守自己，扶着党纪国法的栏杆在仕途的大道上行走，这本质上就是一种最强大的自控力。一般来说，自制力强者终将成为最后的赢家，而自制力弱者则必然会在接连的失败中，度过他可悲可叹的余生。

明白并找到自己的人生使命，这无疑是增强自制力的关键之所在。不过与此同时，我们能在以下三个方面同时发力，那就可以使我们的自制力更为强大。

一是要有坚强刚毅的意志力。自我控制，需要有坚强的意志力。意志力就是控制自己的注意力、情绪和欲望的能力，有了这种能力，才能得心应手地驾驭自己的所有言行。《钢铁是怎样炼成的》一书中的主人公保尔·柯察金，就是一个具有坚强意志力的典范。有一次，青年们就习惯能不能改掉这个问题发生了争论。有人说：习惯比人厉害，养成了就改不掉，抽烟就是一例。保尔不同意这种看法，他认为：人应该支配习惯，而决不能让习惯支配人，不然的话，岂不就要得出十分荒唐的结论么？这时，有人挖苦保尔，说他是吹牛皮，因为他明知抽烟不好，但并没有戒掉。保尔沉默了一会儿，从嘴角拿下烟卷，把它揉碎，斩钉截铁地说："我决不再抽烟了，要是一个人不能改掉坏习惯，那他就毫无价值。"从此，保尔凭着他坚强刚毅的意志力，果然就把烟戒掉了。生活中虽说没有过不去的坎，可有了坚强刚毅的意志力，却能使我们跨越沟坎时的姿势更显轻盈，更为优美。不过，坚强刚毅的意志力并非与生俱来，而是在社会实践中逐步培养和锻炼出来的。要增强自己的意志力，就要从日常生活中的一点一滴做起，不断地加以磨练。美国物理学家富兰克林青年时代曾经下决心"克服一切坏的自然倾向、习惯或伙伴的诱惑"。为此，他给自己制定了一项包括 13 个名目在内的道德计划，逐条加以实行。只要认准了的事，他总是矢志不渝地做下去，想方设法达到预期的目的。比如，为了矫正闲谈和说笑话的习惯，他列了"沉默"一条，要求自己做到："除非于人于己有利之言谈，避免琐屑的谈话。"后来，有一位朋友说他常常显露骄傲。于是，他又把"谦逊"加入表中。他晚年撰写自传时，曾经谈起青年时代锻炼自制力的计划，就认为他的成绩应归功于以坚强的意志力来节制自己的不良习惯。如果你也想让自己具有坚强刚毅的意志力，那么富兰克林的做法就很值得借鉴和效法。

二是要有雷厉风行的行动力。要增强自己的自制力，固然首先得有强烈的意愿，但更需要有切实的行动。因为最后引发事情改变的，归根到底还在于行动。如果想做什么事情，必须从现在就立刻开始，不能仅仅停留在口头上，也不能只是停留在臆想之中，因为百分之九十的"明天再说"，其结果都等于"明天就忘"。所以，我们绝不能在等待中坐失良机 ，而应该在立即行动中使意愿早日变为现实。只要你做了，无论多少，就都是在行动，都是在改变。哪怕是极细小的改变，都远胜于夸夸其谈的坐而论道。美国巨富阿莫斯·劳伦斯曾说：“形成立即行动的好习惯，才会站在时代潮流的前列，而另一些人的习惯是一直拖延，直到时代超越了他们，结果就被甩到后面去了。”如果我们当真有志于勇立潮头，那么在下定了增强自制力的决心后，就绝不能站在原地等待机遇降临，也不能奢望别人援手相助，而必须马上行动起来，不管前方有多少荆棘，多少坎坷，多少磨难，都必须义无反顾地勇往直前，将它们都扫荡得一干二净。现实是此岸，理想是彼岸，只有行动，才能架起一座坚实的桥梁，把两者紧紧地连接起来。不管是做什么事情，要想使它变为现实，固然需要有知，但更在于能行，因为成功虽说始之于心动，可是说到底，最终却还是得成之于行动。

美国演员安乐尼·吉娜能走上成功之路，就完全是拜立即行动所赐。读大学时，安乐尼·吉娜就是艺术团的一名歌剧演员，那时她就有一个美丽的梦想：大学毕业后先去欧洲旅游一年，然后在百老汇成为一位优秀的主角。她的心理学老师得知这一情况后，立刻找到她，尖锐地问道：“你旅游后去百老汇跟毕业后去有什么差别呢？”吉娜仔细一想，赴欧旅游并不能帮自己争取到百老汇的工作机会，于是就决定一个月以后去百老汇闯荡。这时，老师又追问了一句：“你现在去跟一个月以后去又有什么不同呢？”吉娜想了一下，便改口下星期出发，可老师仍不依不饶地步步紧逼道：“所有的生活用品在百老汇都能买到，为什么非要等到下星期动身呢？”吉娜最后终于说：“好，我明天就去。”老师这才赞许地点了点头。第二天，吉娜就飞赴了纽约百老汇。当时，百老汇的制片人正在酝酿一部经典剧目，有来自各国的几百名演员前去应征主角。吉娜费尽周折，从一个化妆师手里拿到了将排的剧本。在以后的两天中，她就闭门苦读，悄悄演练。初试那天，吉娜以她精心的准备出奇制胜，顺利地进入了百老汇，穿上了她演艺人生中的第一双红舞鞋。此后，又经过非比寻常的刻苦努力，她终于成为纽约百老汇中一个颇富盛名的年轻演员。试想，要是当初安乐尼·吉娜不听从心理学老师的忠言，立即行动去到百老汇，而是去欧洲旅游的话，那她不就将失去出演百老汇那部经典剧目主角的机会么？如果真是那样的话，那她的演艺之路或许就将是全然不同的另一番景象了。这就可见，每一次的立即行动，乍看似乎并不十分起眼，可实际上呢，它却是一个人自制力的一次质的提升，而多次立即行动的叠加，就必然会使一个人的自制力跃升到他人所难以企及的高度。正是这样的不断提升，就会使一个人有机会快捷地叩开成功殿堂的大门。看似不甚起眼的立即行动既然有着这样巨大的作用，所以我们千万不能小觑了它。为此，请你务必牢记比尔·盖茨的这一忠告："凡是将应该做的事拖延而不立刻去做，而留待将来再做的人总是弱者。凡是有力量、有能耐的人，都会在对一件事情充满兴趣、充满热忱的时候，就立刻迎头去做。"

三是要有先苦后甜的正确理念。我们在做非常想做的事情时，一般都不可能顺风顺水，立马成功，而总会遇到许多的阻力以及各种诱惑，这就迫使我们必须有很强的自制力。可自制并非是一件易事，它带给我们的，常常是内心的极度焦虑和痛苦。这时候，如果你一直想着自制是多么多么苦，那你肯定就不会坚持下去。如何解决这个问题呢？关键的一招，就是脑子里必须确立这样一个理念：苦和甜虽然互相对立，却又总是相伴相随，通常都是无苦不甜，苦而后甜，苦尽甜来，只有经历过一次次苦的严酷考验，才能享受到能给你带来无比快乐的真正的甜。所以，我们一定要以平和的心态，来对待自己所遭遇的种种苦难，以使自己免除那种饱受煎熬和苦不堪言的感觉。事实上，只要我们坚信苦尽必将甘来，咬牙坚强挺住，那么甜美的日子就一定会在前方不远处微笑着向我们招手。马云，在我国可以说是一个家喻户晓的风云人物，可他能被党中央和国务院授予"改革先锋"的光荣称号，却并不是那么轻而易举的事，而是经历了三次起落：第一次起落是从两次高考落榜到大学毕业后当大学教师；第二次起落是从海博翻译社的创业尝试到泪别中国黄页；第三次起落是从应邀为外经贸部建网站到创建阿里巴巴。在这三次起落中，马云吃了很多难以言说的苦头，可正是这三起三落、吃尽苦头的人生经历，锻炼出了他过人的自制力，成就了今天永不言败的马云，也成就了享誉世界的全球最大电子商务公司——阿里巴巴。很显然，我们应该从马云的经历中得到这样的启示：在人生之路上，我们一定要秉持先苦后甜的正确理念，甘于吃苦，迎苦而上，以便在迭克苦难的顽强奋斗中，不断增强自己的自制力，从而为自己闯出一片崭新天地，迎来那美丽多彩的幸福人生。

桃李不言，下自成蹊

在现实生活中，有些人为了向众人显示他的存在，总喜欢时不时地表现一下他们自己。然而，他们的这些表现却大多显得苍白无力，并不能产生他们所想要得到的那种效果。其实，对于一个人来说，在众人面前的任何表现都是多余的。巍峨的高山从不表现自己，人们不都照样惊叹它耸立云端的高峻么？无垠的大海从不表现自己，人们不都同样赞美它容纳百川的深邃么？这就说明，实实在在的存在乃是最具说服力的，除此之外，根本就无需什么这样那样的额外表现。人们常说“桃李不言，下自成蹊”，还说“酒香不怕巷子深”，其实就都是说的这个道理。那么，人生在世，要怎样才能更好地得到他人的理解、信任，甚至称赏呢？我们认为，最关键的一点，就是要学会远离张扬，低调做人。

低调做人，就是在为人处世时，要放低身段，谦虚谨慎，不张扬，不显摆，本本分分做人，老老实实做事。即使自以为才情满腹，能力超强，也别半壶水乱晃，而要像满壶水不响那样安然沉静。唯有这样，才能严丝合缝地融入人群，悄无声息地暗蓄力量，使自己在人们不经意间具备立足于世的坚实根基。树木必须根基牢固，才能枝繁叶茂，硕果累累，人也只有根基坚实，才能人脉丰沛，广得支助，在不显山不露水之间，自然而然地成就自己的事业。

有这样一副对联，写得十分有趣，上联是：做杂事兼杂学当杂家杂七杂八尤有趣，下联是：先爬行后爬坡再爬山爬来爬去终登顶。横批是：低调做人。上联着重说在任务面前，不要挑三拣四，不要嫌这嫌那，不管做什么事，都要意兴盎然，毫无怨言；下联着重说在行进途中，不要老是认为起点过低，不要总是埋怨道路坎坷，而要不管在什么时候，都信心满满，奋力前行。横批“低调做人”四个字，则是画龙点睛之笔，精练地道明了这副对联的主旨之所在。综观整副对联，不作空洞抽象的高谈阔论，没有满脸严肃的耳提面命，而是通过生动贴切的比喻，借助活泼形象的描述，巧妙地揭示了低调做人的真谛，使我们读了，不由得不为之拍案叫绝，并由此而悟出这样的道理：一个人为人处世时，务必要低调做人，踏实做事。

学会低调做人，就是要本分实在，放低身段，不卑不亢，虚己待人，既不矫揉造作，也不惺惺作态，一切都以自己的本真状态示人，力求使自己的一言一行不招人嫌，一举一动不招人嫉，使自己始终处在一个极为有利的环境之中，更好地得到发展和成长。即使你认为自己当真有非凡的才华和能力，也还是要学会藏拙，千万不要过露锋芒。唯有如此，才能既在卑微时安贫乐道，豁达大度，又在显赫时持盈若亏，不骄不狂。

再展开一点说，低调做人，就是在与他人相处时，要选准自己应有的位置，切莫傲气十足，居高临下，而是要平和待人，留有余地；要豁达大度，容人之过；要谦和有礼，不事张扬；要主动吃亏，彰显风度；要淡泊名利，不与人争；要规避风头，绝不逞强。正如孟子所说的那样：“可以仕则仕，可以止则止，可以久则久，可以速则速。”

综合起来说，低调是一种智慧，潜力在心里，本事在身上，始终深藏不显，总给人以神龙见首不见尾的感觉。低调是一种态度，绝不天低吴楚，眼空无物，也不吆五喝六，好大喜功，而能时时收起曾立下的功劳，处处忘记已过去的辉煌。低调是一种涵养，平和待人，谦逊有礼，胸襟豁达，容人之过，主动吃亏，淡泊名利，财大不气粗，居功不自傲。低调是一种境界，藏锋敛迹，大智若愚，不显山露水，不抢人风头，一心只在踏踏实实做事，默默无闻做人，以切切实实的行动，成就自己的一番事业。

习总书记特别称赏的老英雄张富清，就为我们树立了一个低调做人的光辉榜样。“荣誉的桂冠，都是用荆棘编织而成”，在解放战争中，张富清荣立西北野战军特等功一次、军一等功一次、师一等功一次、师二等功一次、团一等功一次，并被授予军战斗英雄称号和师战斗英雄称号，可张富清 1955 年转业以后，却将所有能证明他荣誉的物件，全都锁进了一只箱子里，从未向人提及自己辉煌的历史，甚至连自己儿女都不知道。如果不是去年年底退役军人的信息采集，这个秘密他也许还将一直保守下去。面对人们对他多年的“低调”十分不解时，张富清的回答是：“和我一起并肩作战的战友，献出了自己宝贵的生命。一个排、一个连的战士，都倒下了。他们对党忠诚，为人民牺牲。和牺牲的战友相比，我有什么资格张扬呢？”唯有经历过血与火的生死考验，才能在荣誉面前如此云淡风轻，不露声色。他 60 多年深藏功名，一辈子坚守初心、不改本色，用他的朴实纯粹、淡泊名利，默默无闻地书写了自己的精彩人生，真正达到了“不要人夸颜色好，只留清气满乾坤”的高尚境界。正因为此，他不仅得到习总书记的高度赞许，而且也受到全国人民的普遍尊崇。

在这偌大的世界上，大凡一心想有所作为的人，无一例外地都特别注重低调做人。这是因为：成功的人，注重低调，才能受人尊敬；富裕的人，注重低调，才能被人信任；优秀的人，注重低调，才能招人待见；位高的人，注重低调，才能受人拥戴。而要真正做到低调做人，就必须不炫耀自己的事业，不吹嘘自己的成就，不唬弄自己的权势，不显摆自己的学识，在任何时候，任何场合，都用一种谦和的态度待人接物，让人觉得平易可爱，可亲可敬。这也就是说，要低调做人，必须杜绝所有的炫耀：因为炫耀钱，钱不是万能的；炫耀房，房不是最大的；炫耀车，车不是最牛的；炫耀权，权更不是至高无上的。雄鹰展翅高飞，人人能见，老虎额间有王，个个知晓，所以大凡真正的强者，其实根本就用不着四处炫耀。世上的许多事情，实际上大家往往都心知肚明，不一定非说出来不可。唯恐他人不知而过分宣扬，反会招人嫌，惹人烦，失人心，落得个事与愿违、适得其反的结果。唯有低调不语，才能得人认可称赞，唯有低调行事，才是最聪明的行为。所以不管是富裕，还是成功，是优秀，还是辉煌，都要谦卑一点，低调一点，力争做一个有品有德，谦虚礼让的人。低调做人，不仅是势所必然，理所应当，而且对自己来说，还不亏不损，无妨无碍，不引人注意，不惹人记恨，不被人算计，不招人妒忌，去哪都安心，干啥都放心，其结果自然也就处处得人心，事事易成功。情况既然是这样，我们还怎么能不在低调做人方面做更大的努力呢?

做人可以不聪明，但一定要懂得掌握分寸。在众人面前，宁可藏拙，也不能太露。话说得越多，反会越显自己浅薄。所以，人要实，话要藏，要设法用做事的结果来使人信服，而不能尽想着叽叽呱呱地用嘴巴去征服他人。每一个幸运的现在，都有一个背运的过去；每一段风光的岁月，必经过一段崎岖的历程。幸运，从来都是强者的谦辞，如果不是真强，就不可能那么幸运；而要真强呢，就断然离不开刻苦的努力，只有万般的努力，才能换来十分的强大，也才能稳稳地接住那来之不易的幸运。

大千世界，芸芸众生，千姿万态，各有长短，实难一一尽述，不过细究起来，主要不外乎这样两种人：一种人一生只想着追求拥有，另一种人则毕生致力于有所作为。一心渴望拥有的人，一旦没能如愿，就会失落，就会痛苦，甚至会陷于绝望之境中。而心无旁骛、专心于事业追求的人，则会在发愤努力的过程中，忘却许多烦恼，获得无数令人意想不到的快乐。这就可见，只有凡事低调、默默耕耘的人，才是世界上最有智慧，最易赢得成功的人。

古人有云：“地低成海，人低成王。”生活需要低调，为人处世更不可不低调，因为低调代表理性，更代表成熟。低调的人，才有可能成为人中之龙凤，才能在世态纷扰中坚持淡定从容的志趣，以平和乐观的心态去面对风云莫测的人生。低调做人不仅是一种风范，一种境界，更是一种思想，一种哲学。圣者无名，大者无形，贵者不显，华者不炫，故才高不可自诩，位高不能自傲。一个人若是真想低调做人，那就必须始终谨记明代洪应明在《菜根谭》中说的这几句话："路径窄处，留一步与人行；滋味浓的，减三分让人尝。"而且，除了要谨记，还必须持恒不懈地去切实践行，这才庶几能达到自己所期望的境界。

纵观古今中外，很多有成就的人都是低调做人的典范，他们都懂得尊重他人，懂得把"一等一"的自己，放在"三等三"的位置，以彰显自己非凡的气度，以成就自己宏大的事业，以赢得众人对自己发自肺腑的钦佩和尊敬。

我国远古时候的舜，自五世祖穷蝉开始就都是平民。舜的生母去世得早，所以他从小就受父亲瞽叟、后母和后母所生之子象的迫害。他虽自幼聪颖，才智过人，可一直低调做人，孝敬父母，爱护异母弟弟象。后因父亲瞽叟、后母和后母之子象欺压太甚，舜实在无法再在家里待下去了，才不得已一个人流落到历山脚下开荒种地。去到那里后，舜也不自恃才俊，而是与当地的农夫和山林中的鸟兽生活在一起，谦和低调，与人为善，使一切都显得异常温馨和睦。舜还触景生情，制作了一首首动人的乐歌，使所有听到的人都为之深深感动。他低调做人的美好德行，很快就影响了周围所有的人，农夫相互谦让已开垦好的农田，渔民相互谦让自己打鱼的场地，陶匠则做出了更加精美耐用的陶器。舜一下子成为大家学习的榜样，人们从四面八方扶老携幼迁移过来，希望和舜成为邻居。仅仅用了一年时间，他的周围就汇聚成村落，然后又扩大为城镇。不管遇到什么艰困的事情，舜总能跟大家一起合力奋斗，逢凶化吉，遇难呈祥。他还凭借自己的真实本领，顺利地通过了尧对他进行的各种考验，最后尧终于将天子之位禅让于他。舜能成为天子，靠的就是他低调行事这一大智慧。舜从未有意识地去获取民心，而完全是靠着他纯朴、谦逊的低调作为，自然而然地赢得了民心，登顶了帝位。

其实，不仅仅是舜的经历说明了低调做人的重要，世上所有成功人士的经历，也都无不证明了这一点。

美国的开国元勋本杰明·富兰克林，年轻时去一位老前辈家中做客，昂首挺胸走进一座低矮的小茅屋，一进门，就听“嘭”的一声，他的额头撞在了门框上，青肿了一大块。老前辈笑着出来迎接说：“很痛吧？你知道吗，这是你今天来拜访我的最大收获。一个人要想洞明世事，练达人情，就必须时刻记住低头。”富兰克林一生记住了门框上的这一撞，记住了老前辈的这一席忠告，一直将“学会低头，拥有谦逊”作为自己生活的准则和座右铭，并且始终切实地身体力行。后来，他果然卓有建树，终成大器，成为了“从苍天那里取得了雷电，从暴君那里取得了民权”的杰出科学家和伟大政治家。

低调做人，不仅能使人一步步走向成功，而且还能使已获成功的人获取更大的成功。钱钟书是我国著名的作家和学者，自打电视剧《围城》热播后，他的新作和旧著，都被争先恐后地推向市场。面对这种火爆情景，他却一直保持静默。对所谓的“钱学”热，他也看得很淡，觉得“吹捧多于研究”，并认为“由于吹捧，人物可成厌物”。还有人用钱来策动他接受采访，可他却说：“我都姓了一辈子钱了，难道还迷信钱吗？”一位洋记者慕名想要见他，他更是幽默地作了这样的回答：“假如你吃了一个鸡蛋觉得还不错，又何必要去认识那只下蛋的母鸡呢？”这桩桩件件，件件桩桩，全都说明了他为人的低调，品格的高尚。而正因为此，也就使他在创作上、学术上取得了越发巨大的成就，使他成为了我国当代众人公认的学术大师，使他在中外学术界享有了更高的声誉，赢得了更好的口碑。

低调能受益，高调则必然遭难。先请看这样一则寓言：两只大雁与一只青蛙结成了朋友。秋天来了，大雁要飞回南方，它们对青蛙说：“要是你也能飞上天多好呀！”青蛙灵机一动，它让两只大雁衔住一根树枝，然后它自己用嘴衔在树枝中间，三个朋友就这样一起飞上了天。地上的青蛙们见了，都羡慕地拍手叫绝，问：“是谁这么聪明，想出了这么一个好主意？”那只青蛙生怕错过了表现自己的机会，于是大声说道：“这是我……”可话还没说完，它便从空中掉了下来。试想，青蛙要是不那么急欲表现自己的才智，它不就能避免从空中掉下的结局，飞到那令人不胜艳羡的遥远的南方去了么？

寓言是现实生活的反映，生活中也确实同样有像青蛙那样喜欢表现自己的人，而且他们还常常是一些自认为勇力超群或才智过人的人。这些人因为能耐远比青蛙强，本领远比青蛙大，他们的表现自然也就比青蛙更为张扬，更为放肆，因此他们的结局也就往往比青蛙更加悲惨，更加不堪收拾。秦末的项羽，总以为自己神勇过人，千古无二，因此张扬至极，可结果却一败涂地，不得不在乌江边痛别虞姬，并拔剑自刎。三国时的张飞，跃马横“矛”，无人可挡，因此也就根本不把他人放在眼里，可后来终因酒后无德而被马夫砍头，落得个死无全尸的结局。杨修恃才放旷，多次借能揣测曹操的意图，大肆炫耀自己过人的才情，在汉中之战结束前夕，他又故伎重演，结果终于被心里早就对他很不痛快的曹操抓住把柄，立马将他处斩。所有这些高调者的经历，教训都极为惨痛，也异常深刻，值得我们后人深长思之。

许多事实都告诉我们，在波云诡谲的社会里，只有懂得低调做人的人，才能够在人生的大舞台上扮演好自己的角色，才能够在前行的旅途中走好每一段路程，从而在复杂的人际环境中绕开弯路，免遭风险，顺利地开创广阔的发展空间，成就辉煌事业，演绎精彩人生。这也就是说，一个人不管名有多显，钱有多丰，位有多高，势有多大，面对纷繁复杂的社会，也都应该远离张扬，低调做人。如若不然，那就必然会像一句经典所言：“流星一旦在灿烂的星空中炫耀自己的光亮时，也就结束了自己的一切。”

有人曾这么说过：“生得漂亮帅气，别人称夸，自己却从来不夸，这叫气质；满腹经纶，学富五车，别人推崇，自己却从来不炫耀，这叫涵养；不仅有才而且有财，别人羡慕，自己却从来不自矜，这叫低调；身居高职，地位显赫，别人敬畏，自己却从来不认为高贵，这叫谦卑。”这些话全都颇具见地，精辟透彻，对低调做人者方方面面的出色表现，作了极为精要的概括。由此，我们就更应该懂得，人生于世，无论自己的事业有多辉煌，无论自己的成就有多伟大，无论自己的学问有多渊博，无论自己的权势有多显赫，都必须低调，低调，再低调，始终将自己视作芸芸众生中平凡的一员。

在秦始皇兵马俑博物馆里，有一尊跪射俑。它虽一直未经人工修复，但衣纹、发丝依然清晰可见，是秦兵马俑坑中至今保存最完整的兵马俑。跪射俑何以能保存得如此完整？其秘密就在于它有一个较低的姿势，不像其他兵马俑那么高大。正是它的低姿势，使它即使在遇到恶劣的环境时，也能够只受到很小的损害。而且，它的蹲跪姿态也增强了它的稳定性，使它更不容易因倾倒而破碎。

兵马俑如此，做人其实也一样。如果一个人总是喜欢高高在上，显摆自己，那他就非常容易与他人发生矛盾，产生冲突，使自己始终处于极为不利的状态之中。只有学会低调，包容，学会始终放下自己的身段，才能像跪射俑一样有效地保护自己，使自己在人生的道路上走得更加平稳，愈发顺畅。

孟买佛学院是印度最著名的佛学院之一。这所学院的正门一侧，设有一个小门，这个小门只有一百五十厘米高、四十厘米宽。小门为何如此低矮和狭小呢？难道它是有意要将人们拒之于门外么？不，这其实是一个别具匠心的独特设置，其目的就是要让人放下自己的尊贵和体面，尽力猫下腰进入院中。也就是说，其深意就是要人们学会放下自己的身段，走上人生的正道。这一别具匠心的独特设置，果真产生了极为积极的意义，使许多从这里进进出出的人由此获益良多，懂得了为人处世一定要低调一点，才能收获美好人生的道理。

人们之所以对低调做人如此关注，如此重视，除了有许多事实的依据之外，更有其必然的内在道理。美国著名心理学家马斯洛在上世纪 40 年代就提出了众所周知的需要层次理论，他认为人的基本需要，从低级到高级，依次是生理需要、安全需要、社交需要、尊重需要和自我实现需要。前四种需要完全依赖于外界，都带有缺失性。而自我实现需要则是内在的，成长性的，正如马斯洛所说："有了自我实现需要的人，就会竭尽所能使自己趋于完美。"为什么说"自我实现的需要"是最高级的需要呢？这是因为，追求自我实现需要的人，不仅知道自己的长处，也承认自己的不足，因而他们往往都能悦纳自己。同时，他们还能以客观的态度去认识他人，认识周围世界，即使对有消极面的人和事，他们也具有强烈而深刻的认同感、同情心和慈善心，因此他们也就自然而然地能回归内心，平等对人，低调做人，不管是对什么人，都能坦率自然，热情真诚，不矫揉造作，不文过饰非，完全按照自己的本性行事。正因为这样，在常人的眼中，他们就显得既十分普通，十分平常，又显得特别纯粹，特别符合真实的自我，因而也就使人觉得格外易于亲近，并感到由衷敬佩。英国著名作家莎士比亚曾说："无论一个人的天赋如何优异，外表或内心如何美好，也必须在他的德性的光辉照耀到他人身上发生了热力，再由感受他热力的人把那热力反射到自己身上的时候，才能体会到他本身的价值。"这一深中肯綮的独到见地，就正好揭橥了追求自我实现需要者的卓异之处，揭橥了低调做人的必要性和重要性。

同时，这些追求自我实现需要的人，这些低调做人的人，都不以自我为中心，而以问题为中心，都不是只关注个人的利益，而能以工作和事业为重，都把主要精力投放在事业和学问上，所以他们的投入产出比率都远高于一般的人，这也是他们能成为一个成功者的重要原因。再有，他们还能以开放、纯粹和率直的眼光，更客观准确地看待外部世界，更积极充分地发挥自己的潜在能力，因此他们也就能经历更高频率、更大强度、更为独到的创新体验，从而使自己成为一个勇于打破常规、不断推陈出新的创新者。

古人有云："大巧若拙，大辩若讷。"此话当真说得精辟到位，因为唯有不断追求自我需要的人，唯有倾心尽力低调做人的人，才最容易跟他人实现亲密无间的有机交融，才最容易跟智慧达到浑然合一的程度。低调做人是为人处世的黄金法则，懂得低调做人的人，是最能与他人亲密相处，最能得到他人尊重和敬仰的人。低调做人的人，也是最善于动脑思考，最接近智慧的人。在通往智慧的道路上，低调乃是必须经过的路径，虽然不能说每个低调做人的人都有很高的智慧，但是大凡真有大智慧者，一定是一个低调做人的人。

人生就如潜旅在大漠中的骆驼，只有在漫漫黄沙中弯得下腰，踽踽而行，才可能征蓬出塞，颐指绿洲。在波云诡谲的世界里，只有具有智慧、懂得低调做人的人，才能够在纷繁的社会大舞台上扮演好自己的角色，才能够在人生的旅途中走好每一段路，从而在复杂的人际环境中较为平顺地少走弯路，从心所欲地开创一个广阔的发展空间，成就一番辉煌的事业，演绎一段精彩的人生。

综观历史，放眼现实，细加探究，深作思索，我们即可发现，世间万物无一不起之于低，成之于低。而低与高之间，又有着不可分割的紧密联系：低是高的发端与缘起，高是低的嬗变与演绎。低调做人，正是一种起步于低、发端于低，终成其高、终成其大的哲学，如果你真能谙通这一哲学，那就必可成大智之人，必可成非凡之才。

在当今这个时代，面对那激烈的竞争，有些人对成功的渴望就不免太过急切，于是就总想着能尽快找到一条通往成功的捷径。可由于心情太过急切，结果就导致了心态的严重扭曲，由急切而变成了急躁。而人一急躁，往往就会不计后果，忍不住要高调出击。可无数事实表明，“天狂有雨，人狂有祸”，大凡高调出击者，起初都是雄赳赳冲锋向前，最后却都灰溜溜溃败而归。唯有低调之人，方能通过不急不躁、循序渐进的努力，收获累累硕果，欣喜地满载而归。佛家的禅语中有这样一句话：“高高山顶立，深深海底行。”这可以说是对低调者最形象最精妙的描述。因为真正的低调者往往都有很高的智慧，甚至就是一等一的高人，只是他们往往都大智若愚、深藏不露。明明可以“高高山上立”，却偏偏“深深海底行”，甘愿做一个深藏不露的人，试想，要不是有着过人的大智慧，怎么能做到这一点呢？这也就是说，低调实际上是一种淡定优雅的人生态度，是一种诗意栖居的绝顶智慧。这就难怪那些深藏不露的低调之人，浑身总是散发出那种特殊的诱人魅力了。

低调做人，谈说起来也许甚是轻松，可真要切实做到却颇为不易，非得要经过艰苦的历练才能实现。看一看下面这个故事，我们就会更明白这一点。

有一个人，在他办公室的墙上挂了幅他自撰自书的条幅，上书“竖起桅杆做事，砍断桅杆做人”十二个字。你可别小看了这十二个字，因为它是此人经历了一次惊心动魄的出海活动后，才总结出来的经验之谈。此人出生在渔民家庭，世世代代以出海打鱼为生，或许是因为家庭熏染的缘故，也或许是因为男孩的天性使然，他从小就喜欢海，在海边拾贝，去海里戏水，他还几次请求爷爷，带他出海打鱼，可爷爷总是以他还小为借口，拒绝了他的要求。他懂得爷爷的心思，爷爷是怕他这根独苗发生意外。他长大了，参加工作了，并且要远离家乡，去到一个看不见海的地方。在等待行期的日子里，爷爷终于决定带他出一次海，一来是了却他一直以来的心愿，二来是让他去大海深处见识见识大海的博大，开阔开阔他的心胸。得知爷爷的这一决定后，他兴奋异常，跟着爷爷跑前跑后，帮助做好所有的准备工作。在一个风和日丽的日子，他们终于扬帆出海了。大海深处，爷爷教他如何使舵，如何下网，如何根据海水颜色的变化辨识鱼群。爷爷说：“大海是富有的宝库，不但有取之不尽的鱼虾，更有宽阔的胸怀，做人就应该像大海一样无私、坦荡。”他默默地咀嚼着爷爷的话，细细地体味着爷爷话语中的一片深意。不料天有不测风云，大海的脾气还真让人捉摸不透，刚刚还晴空万里，风平浪静，突然间就狂风大作，巨浪滔天，几乎要把渔船掀翻。这让爷爷这样的老水手都有点措手不及，但爷爷丝毫不慌，吃力地掌着舵，并以命令的口气大喊：“快拿斧头把桅杆砍断，快！”他不敢怠慢，用尽力气砍断了桅杆。没有桅杆的小船在海上漂着，直漂到大海重新恢复平静，祖孙俩才用手摇着橹返航。途中，由于没有桅杆，无法升帆，船行进得非常缓慢。他问爷爷：“为什么要砍断桅杆呢？”爷爷说：“帆船前进靠帆，升帆靠桅杆，桅杆是帆船前进动力的支柱；但是，由于高高竖立的桅杆使船的重心上移，削弱了船的稳定性，一旦遭遇风暴，就有倾覆的危险，桅杆又成了灾难的祸端；所以，砍断桅杆是为了降低重心，保持稳定，保住人的生命，人才是最重要的。”回家不久，行期就到了，虽然离开了爷爷，但他把爷爷的话记在了心里，那次历险的经历更是在他的心里深深地扎下了根。他的工作非常出色，得到了大家的认可，职务也一再升迁，可他没有因此而发浮发飘，而是深有感触地说：“做事就像扬帆出海，必须高起点，高标准，高效率，就像高高的桅杆上鼓满风帆一样；做人则要脚踏实地，无论取得多大成绩，尾巴也不能翘到天上去，无论地位多么显赫，也不能凌驾于他人之上，否则就会失去做人的本分，终将倾覆于人民群众的汪洋大海之中。每当春风得意之时，我总会想起那砍断的桅杆。”于是，他就挥笔写下了那幅挂在办公室墙上的条幅，以时时激励和鞭策自己。试想，要不是他从小就耳濡目染爷爷出海的那些事情，要不是他亲身经历了那次出海的险情，要不是他认真聆听了爷爷的谆谆教诲，他又怎么可能悟出这一必须低调做人的道理，并将它付诸自己的行动呢？

清代的曾国藩，文能治国，武能用兵，乃一代名将名相，这样的全才人物可以说在中国历史上也并不多见。他何以会有这样超人的能耐？回答是：就是因为长期的军事和政治斗争，历练出了他低调做人、谨慎做事的优秀品格。曾国藩曾说：“位愈高，则誉言日增，箴言日寡；望愈重，则责之者多，恕之者少。”在这段话语中，曾国藩先是说，随着官位日高，名声日重，唱赞歌的人越来越多，而规谏劝诫的话却越来越少；接着他又从另一角度反过来说，随着官位日高，名声日重，人们对你的要求就越来越高，因而责难的人多，宽恕的人少。他这样从正反两方面来阐述低调做人、谨慎做事的重要性和必要性，符合辩证法，极富哲理性，所以特别切合实情，格外令人信服。曾国藩又说：“居今之世，要以言逊为宜；有过人之行，而口不自明；有高世之功，而心不自居；乃为君子自厚之道。”这是讲的低调做人的具体做法，意在告诉我们，即使有过人的本领，有盖世之功，也不要天天挂在心上，露在嘴上，只有低调做人，才能成为真正有所作为的能人。他还说：“勋位并降，务宜敬以持躬，恕以待人。敬则小心翼翼，事无巨细皆不敢忽；恕则凡事留余地以处人，功不独居，过不推诿。常常记此二字，则常履大任，福祚无量矣。”这里他讲述了低调做人给自己和后人造福的道理：即使勋位很兴隆，也一定要小心谨慎，事无大小都应亲自去做，而对待别人一定要宽宏大量。恕就是做事一定要小心谨慎，事情不管大小都不能疏忽大意；恕就是做事一定要给别人留有余地，有功劳不能独自占用，有过错却应主动承担而不推脱。记住“敬”“恕”这两个字，那么就能长时间担当大任，前途自然不可限量。也就是说，“敬”“恕”二字，是立身处事中最重要的环节，是低调做人最集中的表现。所有这些，可以说都是曾国藩低调做人的经验之谈，而所有这些经验，又都是他在长期的军事斗争和政治斗争的历练中，经过反复揣摩、悉心领悟，才好不容易获得的。他给时任湖北巡抚的弟弟曾国荃所写的一封信，就充分说明了这一点：“兄自问近年得力唯有一悔字诀，兄昔年自负本领甚大，可屈可伸，可行可藏，又每见得人家不是。自从丁巳、戊午（丁巳、戊午：指丁巳年和戊午年）大悔大悟之后，乃知自己全无本领，凡事都见得人家有几分是处。故自戊午至今九载，与四十岁以前迥然不相同，大多以能立能达为体，以不怨（怨：埋怨）不尤（尤：责怪）为用。立者，发愤自强，站得住也；达者，办事圆融，行得通也。”可以说，善于总结经验教训，努力学会低调做人，这正是曾国藩得以成功的奥秘之所在。曾国藩身上这非同寻常的优长之处，确实值得我们见贤思齐，学习效仿。

农历乙未年春节前夕，已身为党和国家最高领导人的习近平，携夫人和女儿一起专程去到他曾经插队的延安市延川县梁家河村，向父老乡亲拜年。这就真像《父老乡亲》那首歌所唱的那样："小米饭把我养育，风雨中教我做人，临别时送我上路，几多叮咛，几多期待，几多情深……树高千尺也忘不了根。"这就充分凸显了习总书记始终把做人与为官定位在为人民服务上的高尚品格，及其高调做事、低调做人的公仆情怀。应该说，习总书记就是低调做人的最好典范，我们只有永远以他为榜样，才有可能在低调做人方面取得长足的进步，才能在开创事业方面获取较大的成功。

树起一面信念的旗帜

在现实生活中，常常会见到这样一些人，他们很想干好自己的工作，也确实勤勤恳恳地做了努力，可过了较长的一段时期，却还是不见有明显的起色；他们也很想获得自己想要的成功，并辛辛苦苦地做了追求，可较长一段时期过去了，成功却还是难觅踪影。为什么会出现这种情况呢？据我们的观察和分析，主要恐怕有这样两方面的原因：一是他们对做好工作和获得成功的难度缺少应有的估量，没有认识到如果只是付出常规的努力，那是断然不可能真正做好工作和获取成功的。二是他们在获取业绩和追求成功的过程中，都缺乏坚定的信念，他们只不过是一般的想要做好工作、想要获得成功，而没有真正确立一定要做好工作、一定能取得成功的坚定信念。这样，他们在做好工作和追求成功过程中，就往往会因为各种各样的原因，在不经意之间，或是犹豫不决，或是举棋不定，或是畏首畏尾，或是踏步不前，无形中让自己的能力大打了折扣，远没有充分地施展出来。情况既然是这样，工作远没有能做到他们想象的那么好，成功女神迟迟不愿敲响他们的门环，岂不也就完全不足为怪了么？

人断了脊梁就直不了身，人缺了信念就成不了事，信念乃是一个人成事和成功的最重要的支柱。那么，信念究竟是什么呢？信念就是人们在一定的认识基础上，对某种思想、理论、学说和理想所抱有的坚定不移的观念，以及真诚的信服与坚决执行的态度。信念是认识、情感和意志的融合和统一，是一种综合的精神状态，而不是一种单纯的知识或想法。也就是说，信念并不是强调认识的正确性，而是表达一种坚定的态度，表达情感的倾向性和意志的坚定性。正因为信念已超出单纯的知识范围，有着更为丰富的内涵，已成为一种综合的精神状态，所以它的作用就显得特别巨大，它不仅是认识事物的基点和评判事物的标准，而且是一种强大的促使人去战胜困难、去获取胜利的精神力量。一个人只有具有了坚定的信念，才能为了做好工作，为了追求成功，无畏无惧，志坚如钢，全力以赴，一往无前，始终以饱满的激情不惜付出自己全部的努力，甚至当自己的生命受到威胁时，也绝不会轻易放弃和甘愿退缩。

信念，顾名思义，就是既要“信”，又要“念”。“信”什么？就是对你所信奉的思想、理论、学说和理想，一定要由衷确信，毫不置疑，不管在什么情况下，都坚决信守，绝不走样。如何“念”？就是要天天念，时时念，以使你所信奉的思想、理论、学说和理想，不间断地灌输和渗透到你的心坎里，牢牢地在你的心中扎下深深的根来。这样，即便遇上狂风呼啸，暴雨倾泻，你就都能岿然不动，心有定力地追随信念勇敢前行。正因为这样，只要你具有了无比坚定的信念，你就能创造出令人意想不到的人间奇迹来。

信念并不是虚无缥缈的东西，它鲜活地存在于现实生活中，并一直与我们相伴同行。信念是人生征途中的一颗明珠，既能在阳光下闪闪发光，也能在黑夜里熠熠透亮，它能使我们的人生永葆其光，永灼其焰。

有一个有关“大学村”的故事，就很能说明信念的这种巨大作用：

鲁西南深处，有一个小村子叫姜村，因为这些年几乎每一年都有几个人考上大学、硕士甚至博士而闻名遐迩，于是“大学村”也就成了姜村的新村名。一个穷乡僻壤的小村，何以会成为大学村的呢？话还得从二十多年前说起。那时姜村小学调来了一位五十多岁的老教师，听说他曾是一位大学教授，不知什么原因被贬到了这里。他来后不久，村里就传开了这样一个说法：这个老师能掐会算，有预测孩子前程的本领。原来，自他来了以后，有的孩子回家说，老师说他将来能成数学家；有的孩子说，老师说他将来能成作家；有的孩子说，老师说他将来能成音乐家；有的孩子说，老师说他将来能成像钱学森那样的人，等等。不久，家长们又发现，他们的孩子与以前大不一样了，他们变得懂事而好学，不再贪玩和顽皮，好像他们真的是数学家、作家、音乐家和科学家的材料了。老师说会成为数学家的孩子，对数学的学习更加刻苦，老师说会成为作家的孩子，语文成绩更加出类拔萃，老师说会成为音乐家的孩子，歌儿唱得比以前更加动听了。这么着过了几年，奇迹当真发生了，这些孩子参加高考时大多以优异的成绩考上了大学。于是，这个小村出名了，方圆十几个村子的家长们都千方百计把自己的孩子送到这个村的学校里来。后来，这个老师年龄大了，回到了城里去，但他把预测的方法传授给了接任的老师，让接任的老师继续给一级一级的孩子进行预测，于是就又有了一批批新大学生的诞生。

这个故事中的老教授确实是一个值得大家敬佩的人，这倒并不是因为他真像诸葛亮那样能掐会算，而是因为他运用中国最传统的教育方式，在许多孩子幼小的心灵中栽下了一颗颗信念的种子，并通过悉心的浇灌和培育，使这些种子一一萌芽，抽枝，散叶，并最终开出了艳丽的花朵，结出了丰硕的果实。这也就是说，正是他在孩子们心中栽下的信念的种子，使孩子们的精神面貌发生了根本性的改变，使他们不再贪玩和顽皮，变得懂事而好学，相信自己能够成为自己想要成为的人，从而成长为一个个大学生；同时，也使一个从来没有出过大学生的小村子，突然成为了一个大学村。可以毫不夸大地说，这样惊人的巨变就是源于信念的力量！试想，在这人世间，还有什么力量能超过这信念的力量呢？难怪法国著名启蒙思想家、哲学家卢梭要这样充满深情地赞美信念："信念是抱着坚定不移的希望与信赖，奔赴伟大荣誉之路的热烈感情。"其实，信念也并不深奥，说穿了可能比其他的道理都更为浅显易懂：信念就是相信自己，相信胜利，就是相信自己所确定的目标，相信自己具有达到这一目标的能力。

海伦·凯勒的经历，也同样能说明信念的非凡力量。她曾经说："我要把别人看到的当成我的太阳，别人听到的当成我的乐曲，别人嘴角的微笑看作我的快乐。"她还说："当一个人感觉到有高飞的冲动时，他将再也不会满足于在地上爬。"她的这些话，都充分说明她有着远大的理想，有着坚定的信念，她不愿在地上苟且地爬着，她愿意接受命运的挑战，她要高飞，要创造生命的奇迹。结果，这个集盲聋哑于一身的弱女子，竟然在老师的帮助下，掌握了英、法、德等五国语言，并毕业于哈佛大学。此后，她又用生命的全部力量奔走努力，成为 19 世纪美国著名的盲聋女作家、教育家、社会活动家，并获得"总统自由勋章"等奖项，还被美国《时代周刊》评为"二十世纪美国十大英雄偶像"，著名作家马克·吐温更是对她做出了这样的高度评价："19 世纪出现了两个了不起的人物，一个是拿破仑，一个是海伦·凯勒。"这就可见，理想和信念就像那熊熊燃烧的烈火，使双目失明的海伦·凯勒走出了黑暗，走出了死寂，看到了明亮的太阳；理想和信念又像巨大的羽翼，帮助双耳失聪的她飞上了云天，飞向了广袤的世界，听到了悦耳的音乐；理想信念还像一架情感交流器，帮助口不能言的她有了一个与他人交流的宽广平台，能与大家一起分享各自的幸福与快乐。

由此，我们即能更深刻地认识到信念对于我们人生的巨大意义：人固然是活在物质的社会里，但更是活在精神的世界里，活在理想与信念之中。人如果只是为了存活，那么只要一碗饭、一碟菜、一杯水就可以了；但要在精神世界里活着，并活得精彩，那就必须有远大的理想和坚定的信念，因为只有理想信念，才能使人在黑暗中看见光明，在绝境中看到希望，才能使人跑得更快，飞得更高，并在不断的奔跑和奋飞中，使那看似遥不可及的梦想最终变成光辉的现实。

具体来说，信念对于我们，主要能起到如下几方面的作用：

一是只有信念如一，才能成就一个人伟大的一生。周恩来，为什么能成为一个习总书记所说的“光荣的名字、不朽的名字”？关键就在于他一生信念如一。年轻时，周恩来就说“我认定的主义一定是不变了，并且很坚决地要为它宣传奔走”，“在任何艰难困苦的情况下，都要以誓死不变的精神为共产主义奋斗到底”。此后，尽管一生历经挫折、历尽苦难，但他都不忘以身许党许国，用毕生的行动实践着自己的理想信念，而信念的光辉也照亮了他的一生。即便是到了生命的最后一刻，他仍要求身边的工作人员为他播放《国际歌》。当那磅礴的旋律盈满一室时，他的嘴唇分明在翕动，在吟唱。连放三遍后，他对守在身旁的邓颖超说：“我坚信全世界共产主义一定能实现！”虽然他讲话时的声音很是细微，但给身边人的震撼却非常之大。已近弥留之际的周恩来，仍在唱着这支歌，正充分凸现了他的信念一生都坚定不移。所以习总书记在号召我们要向周恩来同志学习时，就特别强调“任何时候都不要丧失理想信念，用自己的实际行动坚持和发展中国特色社会主义，为实现共产主义远大理想而努力奋斗”。

二是信念是所有成就的萌发点，它可以催发人们由此走上成功之路。美国纽约州历史上第一位黑人州长罗杰·罗尔斯，出生在纽约声名狼藉的大沙头贫民窟，上学后他和他的同学一样，旷课，斗殴，甚至砸烂教室里的黑板。当时任校长的皮尔·保罗想了很多办法来引导他们，可是都没有奏效。后来他发现这些孩子都很迷信，于是就想出了用看手相的办法来鼓励学生。当罗尔斯从窗台上跳下，伸着小手走向讲台时，皮尔·保罗就说：“我一看你修长的小拇指就知道，将来你是纽约州的州长。”这使罗尔斯大吃一惊，可他记下了这句话，并且当真相信了它。从那天起，“纽约州州长”就成了他的一面旗帜，他的衣服不再沾满泥土，说话时也不再夹杂污言秽语，而且在此后的40多年时间里，他没有一天不按州长的身份来要求自己。结果，在51岁那年，他果然当上了州长。在就职演说中，罗尔斯说：“信念值多少钱？信念是不值钱的，它有时候甚至是一个善意的欺骗，然而你一旦坚持下去，它就会迅速升值。”罗尔斯的这个故事告诉我们，所有成功的人，最初都是从一个小小的信念开始的，信念就是所有成就的萌发点，只要给自己树起了一面信念的旗帜，那么每一个人都是自我生命的艺术家，都可以彩绘自己的人生世界，每一个人都是自我生命的工程师，都可以塑造自己的美好形象。“喷泉的高度不会超过它的源头，一个人的事业也是这样，他的成就决不会超过自己的信念。”曾任美国总统的林肯所说的这句话，确实是永远不变的真理。

三是信念是力量的源泉，是胜利的基石，只要拥有坚定的信念，我们就能浑身是力，就能胜利在握。黑人领袖马丁·路德金有句名言：“这个世界上，没有人能够使你倒下。如果你自己的信念还站立着的话。”下面这个故事，可以说就是对这一名言的最好诠释。

有一年，有一支探险队在一片茫无边际的沙漠上负重跋涉。阳光十分强烈，风沙漫天飞舞，而此时口渴如焚的探险队员们偏偏没有了水。水是队员们穿越沙漠的信心和力量之源，甚至是苦苦搜寻的求生目标，没有了水该如何是好呢？正当大家异常焦虑时，探险队的队长从腰间拿出了一只水壶，说：“这里还有一壶水，但未穿越完沙漠之前，谁也不能喝。”那水壶从探险队员们手里依次传递着，沉沉的。于是，一种充满生机的幸福和喜悦在每个队员濒临绝望的脸上弥漫开来。后来，队员们终于一步步挣脱了死亡线，顽强地穿越了茫茫沙漠。一个个喜极而泣的时候，突然想到了那壶辗转传递的水壶。岂料打开水壶一看，汩汩流出的却是满满的一壶沙。可正是这一壶沙，使他们挣脱了死神的牢笼，重获了生还的希望。一壶沙何以有如此神奇的作用？其实，这就是信念的力量——只要你心中永远驻扎着拥有清泉的信念，那么即使是在沙漠之中，干枯的沙子也可以成为清冽的甘泉。不过，如果作更深层的思考，在那炎炎烈日下，茫茫沙漠里，真正救了他们性命的，又不仅仅是这一壶沙子，应该还有更为重要的因素，那就是一定要出色完成任务的执着信念早已如同一粒种子，在他们内心里生根发芽。正因为有了这两种因素的叠加，才使他们在极端艰困的情况下顽强地走出了绝境。可见，人生其实从来就没有真正的绝境，无论遭受多少艰辛，无论经历多少苦难，只要心中怀着一粒信念的种子，那就终将会战胜劫难，冲出困境，让生命之花绚丽绽放！人生就是这样，只要内心的信念还在，美好的希望就永远都在！这就诚如伟大科学家爱因斯坦所说："由百折不挠的信念所支持的人的意志，比那些似乎是无敌的物质力量具有更大的威力。"

四是信念可以使人们为真理而英勇奋战，即使牺牲所有的一切也在所不惜。法国生物学家巴斯德诞生在一个充满疾病和愚昧的时代里，那时欧洲不仅瘟疫遍地蔓延，而且迷信也到处盛行，可当时却没有一个人站出来制止携手横行的死亡和迷信这对孪生兄弟。这时候，巴斯德终于挺身而出，他决心揭开传染病的黑幕，"为人类指出一条健康之途来"。正是在这一信念的支持下，他忍受了种种难以言表的失败的痛苦，他时而呆立不动，两手捏得紧紧地苦思，时而丢掉手中的药瓶，使劲地用拳头捶击桌子，甚至想牺牲生命来实现自己的愿望。结果，他终于凭靠着坚强的信念揭开了瘟疫的黑幕，拯救了许多人的生命，成为了近代微生物学的奠基人。

意大利哲学家布鲁诺更是一个为信念而英勇献身的斗士。面对滥施淫威的反动宗教势力，他立下了这样的铮铮誓言："如果只有火才能唤醒沉睡的欧洲，那么我宁愿自己被烧死，让从我的火刑堆上发出的光照亮这漫长的黑夜，打开那紧闭的眼睛，将人类引进光明的真理殿堂。"后来，他果然大义凛然地走向了宗教裁判所的火刑场，把自己宝贵的生命奉献给了他所信仰的事业。这就可见，坚贞的信念，可以使人雷击而不动，风袭而不摇，火熔而不化，从而使生活更加充实，使生命更加绚烂。写到这里，我们的耳际不禁又回响起印度著名作家泰戈尔所写的美妙诗句："信念是鸟，它在黎明仍然黑暗之际，感觉到了光明，唱出了歌。"

五是信念可以使人们战胜艰难困苦的环境，始终为自己从事的事业驰而不息，不懈奋斗。居里夫人一生甘于清贫，乐于吃苦，她和她丈夫在极端困难的条件下发现了为人类造福的镭。他们的实验室是一间原来作贮藏室用的房子，又阴暗又潮湿，下雨时还漏雨，夏天，热得像蒸笼，冬天，冷得冻僵手脚。可她和她丈夫却在这样的环境中，像在梦幻之中一般，专心致志地从堆积如山的矿物中，日复一日艰辛地做着提炼工作。他们能这样做的奥秘究竟何在呢？对此，居里夫人自己做出了很好的回答："生活对于任何一个男女都非易事，我们必须有坚忍不拔的精神，最要紧的，还是我们自己要有信念。我们必须相信，我们对每一件事情都有天赋的才能，并且，付出任何代价，都要把这件事完成。当事情结束的时候，你就能问心无愧地说：'我已经尽我所能了。'"居里夫人所说的这些话，充分说明了这样一个道理：正是对科学事业的执着信念，使居里夫人甘于在清贫和艰苦中默默奋斗，并使她获取了最后的成功。

六是信念可以使人们在"乱云飞渡"的艰困环境中，依然能以"仍从容"的勇气，与种种艰难险阻作坚决的斗争。1900 年初，德国举国上下都在关注着这样一个让人惊心动魄的冒险活动——独舟冒险穿越大西洋。在这次冒险活动中，先后有 100 多名勇士相继葬身于大海，不得不以失败而告终。这一结果似乎在向人们昭示着这样一个不容质疑的残酷现实：独舟穿越漫长无比、凶险难测的大西洋，绝不可能。可就在此时，一个青年人却挺身而出，提出了截然相反的观点 ——独舟冒险穿越大西洋是完全可能的。为什么呢？因为在他看来，那些勇士之所以不能成功，不是肉体上不能胜任，而是败在了精神上。也就是说，他们不是死于体力上的限制，而是死于精神上的崩溃，死于在冒险中产生的恐慌和绝望。他坚信，一个人，只要有足够的信心，就完全可以胜利完成这一冒险活动。这个提出相反观点的青年名叫林德曼，是一名从事精神病防治的医学博士，他在治疗精神病的实践中发现：许多精神病患者都是些丧失了信心，缺乏毅力，感情脆弱的人，他们受不了外界的压力，从而导致了心理上的紊乱，并由此产生了生理和心理上的各种疾病。据此，林德曼博士得出这样一个结论：一个人只要对自己永远持有信心，就能保持精神和肌体的健康。他的观点一经提出，人们都大为震惊和不解，几乎没有人信服。为了验证自己的观念，说服人们，林德曼博士不顾亲人和朋友的坚决反对，决定亲自作一次横渡大西洋的尝试。1900 年 7 月的一天，林德曼博士独自一人架着一叶小舟驶进了波涛汹涌的大西洋，开始了他独舟横渡大西洋的伟大壮举。但航行很快就遇到了困难。大西洋上，不时狂风大作，巨浪滔天，将他的小船打得摇摇晃晃。后来，小船的桅杆折断了，船弦也被打裂了，船仓进水了，眼看船就要沉没。这时，只见林德曼博士一边将舵把紧紧地系在腰际，一边腾出手来舀船仓里的水……面对着惊涛骇浪，他神情坚毅，毫无畏惧。在这次航行中，他遇到了许多难以想象的困难，多次濒临死亡的边缘，眼前还时常出现幻觉，甚至连运动感也处于麻木状态。有时，他真的绝望了，但每当这不好的念头在心中一闪，他就马上大声自责："懦夫，你想重蹈覆辙，葬身此地吗？不，我一定能够成功！"生的希望和求胜的坚定信念，让林德曼无比坚强，他最后终于克服了重重困难，成功地横渡了大西洋。成功归来后，他向人们这样诉说了自己内心的真实感受："我从内心深处相信我一定会成功。这个信念在艰难中与我自身融为一体，它充满了我周身的每一个细胞……结果，我成功了。"林德曼博士的心理实验，向我们昭示了这样一个真理：一个人只要对自己不失望不放弃，永远对自己充满信心，精神就不会崩溃，就能战胜一切困难，取得成功——信念无敌！同时，这个心理实验也印证了日本著名企业家松下幸之助所说的一句名言："在荆棘道路上，唯有信念和忍耐能开辟出康庄大道。"

七是信念可以使所有平凡的人都将自己的潜能发挥到极致，创造出令人意想不到的人间奇迹。公元前 5 世纪，希腊人战胜了波斯人，一位希腊军人一口气从马拉松这个地方赶回雅典，他要把这个胜利的喜讯尽快告诉自己的国人。精疲力竭的他实在跑不动了，可是心中的那个信念在支撑着他，使他还是一个劲儿地在跑呀，跑呀……待等他回到雅典向人们报告完这个喜讯，便躺倒在地，再也没有能够站起来。为了纪念这位创造奇迹的人，在现代田径运动中特设了马拉松长跑，路程就是从马拉松到雅典的距离，42 公里又 195 米。另一个故事也跟这个故事有着异曲同工之妙：在一次战役中，一位信使骑着马向拿破仑奔去。可在呈递信件的时候，他却在马鞍上不停地左右摇晃着，拿破仑不由地问："您受伤啦？""不，我被打死了！"说完，他便从马上跌了下来，当真一口气都没有了。"信念是心中的绿洲，思想的骆驼队是永远走不到的。"黎巴嫩文坛骄子纪伯伦的这句话说得实在是太妙了！确实，对于人来说，信念当真是比思想更为重要更为有用的东西。正是因为有了信念的支撑，上述两个平凡的人才将自身的潜能发挥到了极致，创造出了令人不可思议的奇迹。

正因为信念如此关系着个人的成败乃至人类的命运，所以人们无不以满腔的热忱，为信念献上最美妙的赞语：有的说，信念犹如明灯，当阴霾蔽日之时，给你指明前进的航程；有的说，信念宛似温泉，当冰凌满谷之时，冲荡得你心暖融融；有的说，信念好比葛藤，当你向险峰攀登之时，引你拾级而上；有的说，信念有如手杖，当你磕磕绊绊之时，能使你行进无忧；有的说，信念就像金钥匙，当你置身于人生迷宫之时，助你撷取皇冠上的明珠；有的说，信念仿佛璎珞，当你浩荡进军之时，能使你身心庄严……

坚定的信念，可以使我们冲破千难万险，做成自己想做的事情，获得自己想要的成功。而如果失却了坚定的信念，那就会轻则时时受制，处处遭阻，被各种困难搞得六神无主，萎靡不振，结果落得个一事无成；重则神经系统会像突然注入了致命的毒药，使人行为反常，发疯发狂，甚至会就此断送自己的性命。这可不是故作危言耸听，而是有确凿的事实为证：在美国纽约，有位年轻的名叫亚瑟尔的警察，在一次追捕行动中，他被歹徒用冲锋枪射中了左眼和右腿膝盖。三个月后，当他从医院里出来时，完全变了样：一个曾经高大魁梧、双目炯炯有神的小伙子，一下子变成了一个又跛又瞎的残疾人。然而，亚瑟尔依然不顾任何人的劝阻，继续参与了抓捕那个歹徒的行动。为此，他几乎跑遍了整个美国，甚至为了一个微不足道的线索，独自一人乘飞机去了欧洲。九年后，那个歹徒终于在亚洲某个小国被抓获了，而亚瑟尔在抓获过程中起了非常关键的作用。在随后的庆功会上，亚瑟尔再次成了英雄，许多媒体称赞他是全美最坚强最勇敢的人。然而，半年以后，亚瑟尔却出人意料地在卧室里割脉自杀了。在他的遗书中，人们读到了他自杀的原因：“这些年来，让我活下去的信念就是抓住凶手……现在，伤害我的凶手被判刑了，我的仇恨被化解了，生存的信念也便随之消失了。面对自己的伤残，我从来没有这样绝望过……”你瞧，这岂不是信念的有无，直接关系到一个人生命存亡的有力例证么？

坚定的信念既然如此重要，那么又该如何确立坚定的信念呢？主要可以从这样几个方面入手：

一是要树立远大的目标和崇高的理想。目标越是远大，理想越是崇高，就越能对人具有强大的磁力，就越能使人产生坚定的信念，因为只有这样的目标和理想，才值得我们倾尽全力去奋斗，矢志不渝去追求。如果目标太过渺小，理想太过卑微，那就失去了追求的价值和意义，确立坚定的信念也就无从谈起了。

二是要顺逆一视，休戚两忘。每个人的人生过程，实际上都是一个与挫折和失败打交道的过程。因此，如何对待挫折和失败，对于我们信念的确立就显得尤为重要。在人生的历程中，挫折不足为奇，失败亦不为怪，我们一定要顺逆一视，休戚两忘，不仅要能赢得起，同时也要能输得起，而且要在输得起中学会获取成功的真本事。这样，我们才能在超越挫折和失败的过程中，使自己的信念更加坚定，更为执着。

三是要敢于抗击外来的巨大压力。爱因斯坦的相对论发表之后，有人炮制了一本《百人驳相对论》，网罗了一批所谓名流对这一理论进行了声势浩大的挞伐，还真有点“奔蛇走虺势入坐，骤雨旋风声满堂”的吓人架势。可是，爱因斯坦坚信自己的理论完全正确，必然胜利，因此对这样的挞伐根本不屑一顾。他说：“假如我的理论是错的，一个人反驳就够了，一百个零加起来还是零。”在这一坚定信念的支持之下，他一往无前地把自己的研究继续了下去，终于使相对论成为二十世纪最伟大的科学理论，长久以来一直为世人称道不已。

四是要深信总可以找到通往成功的途径。化险可以为夷，绝处可以逢生，因此不管遇到怎样糟糕的情况，都不能望而生畏，却步不前，而一定要相信事在人为，总可以找到通往成功的途径。如此执着追求的结果，就必将否极泰来，那看似遥不可及的胜利就会为我们展现她灿烂的笑容。有个经验丰富的老农曾这样说过："一块地，不适合种麦子，可以试试种豆子；豆子也种不好的话，可以种瓜果；瓜果也种不好的话，撒上些荞麦种子也许能开花。因为一块地，总会有一粒种子适合它，也总会有属于它的一片收成。"话语虽极简朴，却揭示了这样一个深刻的道理：只要信念在，就一定能找到迈向成功的通道。

信念的力量是不可估量的，它可以使一切不可能都变为可能，可以使每一个平凡的人都永远与天齐高。有关此中的道理，习总书记早就有至为精辟的阐发："有了坚定的理想信念，站位就高了，眼界就宽了，心胸就开阔了，就能坚持正确政治方向，在胜利和顺境时不骄傲不急躁，在困难和逆境时不消沉不动摇，经受住各种风险和困难考验，自觉抵御各种腐朽思想的侵蚀，永葆共产党人政治本色。"当今时代，目标更加宏伟，任务更为艰巨，所以我们就更应该切实遵循习总书记的指示，永远给自己树起一面信念的旗帜，并在它的指引下，矢志不渝地勇往直前，不息奋斗。一定要坚信，只要前行路上信念的旗帜永远高高飘扬，我们就终将会迎来如愿以偿、梦想成真的那一天。

挖掘自身的潜能宝藏

“心想事成”，在日常生活中，这可以说是一句广为众人认可的话。然而有一些人，却偏对这一句话持有质疑的态度，他们往往会说：“我一直心想着能够事成，而且已付出了足够多的努力，可怎么就不见事成呢？”言下之意，就是觉得“心想事成”这句话并不靠谱。可我们认为，“心想事成”这句话并不是个别人的主观臆想，而是根据无数事实总结出来的经验之谈，应该没有什么可以质疑的地方。相反，这些人所说的“我一直心想着能够事成，而且已付出了足够多的努力”这句话，倒是极易引起人们的质疑。首先，他们的“心想”，究竟是“想”到了什么程度呢？到底是一般地想，抑或是认真地想，还是非常迫切地想呢？如果仅只是停留在前两种想的程度，那么他们事没有能成，也就是理所当然的事情了。同时，他们那“已付出了足够多的努力”的说法，也同样值得质疑：因为要说“已付出了足够多的努力”，必先深知自己到底拥有多少能力，若是对自己能力的家底并没有彻底摸清，就贸然做出一个约摸的估量，自以为已经付出了足够多的努力，那么这所谓的“足够多的努力”，与他们实际拥有的潜能之间，也就必然存在相当遥远的距离。既然这些人的“所想”并没有真正地做到位，付出的努力也并没有真正达到“足够多”的程度，事不能成岂不就是势所必然的事情么？应该说，这正是问题的症结之所在。可这些人非但不对此进行认真的省察，却反而对“心想事成”之说提出质疑，这岂不就给人以“睡不着觉怨床脚”的感觉了么？

这些人也许会认为，这是我们为了强调“心想事成”的正确，在故意低估他们所付出的艰辛努力。说实在话，我们丝毫没有低估他们付出辛劳努力的意思，而只是想借此机会，提醒他们必须很好地认识自身的潜能，并充分加以开发和利用，以免身在宝山不知宝，手中捧着个金饭碗，却还狼狈地过着每天沿街乞讨的苦日子。

大量的科学研究都表明，每一个人身上都有巨大的潜能没有开发出来，上世纪初，科学家们的研究就发现，人出生以后，可供利用的脑细胞（也叫神经元），大约有 140 亿个，而正常人仅启用了不到 10%。后来，有的科学家又认为不是 10%，而是 6%。到上世纪九十年代，有些科学家更是估算，启用的脑细胞不是 6%，而是 4%。这也就是说，人脑的智力潜能几乎是无限的，它的储存量实在是大得惊人。一个人的大脑究竟能容纳多少知识呢？按照科学家的估算，理论上大脑储存的信息量相当于藏书 1000 万册的美国国会图书馆的 50 倍，高达 5 亿本。如果一天读一本书，要不间断地读 136 万年才能装满我们的大脑。一个人在 70 年内，假若每天用 10 小时来学习，尽量接收各种信息，其总量还不到人脑可容量的百分之一，或最高可容量的十万分之一。科学家的研究还表明：如果我们的大脑能够发挥一半的能力，那他就能轻而易举地学会 40 种语言，学完 10 所大学的课程，获得 12 个博士学位。对于这一点，其实古希腊伟大的哲学家柏拉图就早有预言：“人类具有天生的智慧，人类可以掌握的知识是无限的。”这就可见，一个普通人能够表达出的信息量，只不过是巨大冰山露出海面的一角而已。即使像爱因斯坦那样伟大的科学家，也只用了自己大脑 30% 的潜能，而一般人则连 10% 都不到，绝大部分脑细胞都处于待业状态。

人的潜能既然如此无限之大，自然就亟待我们去开发。而开发潜能的本质，就是想办法把人天生的智慧潜能充分诱导出来，以激活更多拥有知识和更好运用知识的能力。有关对潜能的开发，加拿大病态心理学家汉斯·塞耶尔在《梦中的发现》一书里做出了一个十分惊人也极为迷人的估计：人的大脑所包容智力的能量，犹如原子核的物理能量一样无限巨大。被尊为“控制论之父”的维纳，也认为每一个人，即使是做出了辉煌成就的人，在他一生中所利用的大脑潜能也还不到百亿分之一。他还认为，潜意识的力量比意识大三万倍，这是一种非常强大的力量，只要好好激发并充分利用自身潜在的能力，每个人就都能成为自己生命的主人，就都能开创心想事成的美好人生。

人的潜能无限巨大，可它却隐藏得很深很深，一般情况下绝不会轻易抛头露面，因此也就不易被大家发现。只有在以下一些突发的特定情境下，我们才有可能一睹它的真面目。

一是在遭受特别强烈的刺激时。一次，俄国戏剧家斯坦尼斯拉夫斯基在排一场话剧，女主角因故不能参加演出，出于无奈，他只好让他的大姐担任这个角色。可他大姐从未演过主角，自己也缺乏应有的信心，所以排练时演得很是糟糕。这使斯坦尼斯拉夫斯基非常不满，他十分生气地说：“这个戏是全戏的关键，如果女主角仍然演得这样差劲，整个戏就不能再往下排了！”这时，全场寂然，深受屈辱的大姐更是心痛如绞，不知如何应对。可片刻以后，她却突然抬起头来，坚定地说：“排练！”这一回，她一扫过去的自卑、羞涩、拘谨，演得非常自信、真实。斯坦尼斯拉夫斯基一见，不由高兴地说：“从今以后，我们有了一个新的大艺术家。”事情为什么会在陡然间发生这么巨大的变化呢？很显然，是斯坦尼斯拉夫斯基的雷霆震怒，使他大姐受到了前所未有的巨大刺激，也使她蒙受了难以承受的莫大羞辱，强烈地触动了她的心灵，使她不甘愿受辱，不甘愿平庸一辈子，于是她的责任感，她的勇于担当的精神，以及所有积聚在她身上的表演潜能，就全都在顷刻间被激发了出来。简言之，是斯坦尼斯拉夫斯基极具刺激性的生气话语，陡然间将他姐姐从沉睡中唤醒了过来，使她的表演潜能一下子得到了完全的迸发。现代医学心理学认为，由于各种复杂的内部和外部原因，人的大脑机能往往存在着一种抑制现象，使得人们长期难以察觉自己所拥有的能力。只有在意想不到的强刺激条件下，这种抑制被解除了，蕴藏在体内的潜能才会突然爆发出来，产生一种神奇的力量。斯坦尼斯拉夫斯基大姐的这一经历，正有力地印证了这一点。

二是在遇有急难被逼上梁山时。一次行军途中，拿破仑带领卫兵和一位工程师先到前面探路。他们来到了一条河边，河上没有桥，但部队必须迅速通过。于是，拿破仑与工程师之间展开了这样一场对话："告诉我，河有多宽？""对不起，阁下！我的测量仪器都放在后面的部队里，他们离我们还有 10 英里远。""我要你马上量出来！""这做不到，阁下！""我命令你马上给我量出河宽，不然我就处罚你！"工程师被逼上了梁山，沉默了一会儿，他终于被逼无奈地想出了一个办法。他脱下钢盔，让帽檐和他的眼睛、河对岸岩石上的一点刚好在一条直线上。然后，他小心翼翼地保持身体的直立平衡，不断地向后退，等到眼睛、帽檐和岩石的一点刚好在一条直线上时，就停了下来。他把自己所处的位置标好，并用脚量出前后两点的距离，然后对拿破仑说："这就是河流大概的宽度。"结果证明，工程师的测算大致不差，拿破仑大为高兴，马上提升了他的职务。这个故事告诉我们：智慧和能力就隐藏在我们的脑海里，可在通常的情况下，由于习惯或是惰性，它们并没有被很好开发出来。只有在情势特别危急，完全没有退路，被逼上梁山时，才会想空脑袋瓜，脑筋急转弯，让自己的潜能得以显现出来。这就可见，潜能乃是一种须被唤而后起、被推而后醒的隐伏的东西，如果不是迫不得已，人们往往就很难发现自己竟然如此聪明睿智和能力无限。

三是突遭变故，不得不改变前行轨道时。美国弗吉尼亚州的一个农场里有个名叫摩西的农妇，她干了一辈子农活，在 73 岁时扭伤了脚，不能再下地干活，于是便在 75 岁开始学绘画。80 岁时，她在纽约举办了个人首次画展，引起了轰动。此后，她的作品还赢得了很多奖项。摩西活了101岁，在最后25年中留下了1600多幅作品。摩西年轻时从未接受过正规的艺术训练，也没有画过画，那她何以会在画画方面取得那样巨大的成就呢？这岂不也太过神奇了么？摩西75岁转轨画画，虽说事出偶然，却也并不神奇，因为她80年的人生阅历，不仅使她对生活有了细密的观察和真实的感悟，同时也使她对美的认知和体会达到了相当的高度。而正是这对生活的真实感悟，对美的异常热爱，以及在身上积蓄已久的无限潜能，使她在晚年爆发出了惊人的艺术创作力。这就可见，摩西的成功绝非是什么不可思议的神话，而是正好印证了摩西曾说过的那句话："上帝会帮助每一个想成功的人打开成功之门，哪怕你已经活到了80岁。"而是正好说明了一个人的身上确实蕴藏着巨大的潜能，不管你处在什么生命时期，只要你愿意去亲它，近它，全力开挖它，那你就必将会在它的帮助下，获得步入成功殿堂的大好机会。同时，摩西的故事也告诉我们，每个人的身上虽说都拥有巨大的潜能，但如果因为某些或内或外的原因而没有能发现它的存在，那它就会无声无息地自行泯灭，与你永远无缘无分。

四是突遭巨大劫难，不得不奋力一搏时。一位名叫史蒂文的美国人，因一次意外导致了双腿无法行走，已经依靠轮椅生活了20年。他觉得自己的人生已没有了意义，喝酒便成了他忘记愁闷和打发时间的最好方式。有一天，他从酒馆出来，照常坐轮椅回家，没想到碰上3个劫匪要抢他的钱包。他大声喊叫，拼命反抗，被逼急了的劫匪竟然丧尽天良地放火焚烧他的轮椅。轮椅很快燃烧起来，求生的欲望让史蒂文忘记了自己的双腿不能行走，他立即从轮椅上站起来，一口气跑了一条街，得以死里逃生。事后，史蒂文说："如果当时我不逃，就必然会被烧伤，甚至会被烧死。我忘了一切，一跃而起，拼命逃走。当我终于停下脚步后，才发现自己竟然会走了。"此后，史蒂文找到了一份工作，而且身体很健康，可以与正常人一样行走，并到处旅游。一双20年来无法动弹的腿，处于危在旦夕的紧要关头竟然站了起来，到底是什么因素使史蒂文产生了这种"超常力量"呢？显然，这已经不仅仅是身体的本能反应，它还涉及到人的内在精神在关键时刻所爆发出的巨大力量。这也就是说，在一些特定的情境下，一旦遭遇了某种非比寻常的巨大压力，人们的潜能往往就会得到超乎想象的发挥，就会创造出不可预知的奇迹。

潜能虽说一如其名，就像冰山那样潜藏得很深，在一般情况下无法轻易察知，更难以一眼望穿，但这并不意味着潜能真就尘封冰下，永远不能为我们认知和开挖。上述的一些事例，其实就已经向我们昭示：适当的压力是潜能的催化剂，只要这种压力达到了一定的强度，就完全可以激发我们的潜在能力，从而产生新的突破、新的创造、新的奇迹。人的一生极为短暂，显然不能老是坐等那些时机的出现，而应该自加压力，逼迫自己多动脑筋，多出奇招，大力增强渴望成功的意识，以使潜能不断迸发出来。波兰著名作家显克微支曾说："人生是最伟大的宝藏，我晓得从这个宝藏里选取最珍贵的珠宝。"我们就应该通过各种努力，精心培育一双能识知和开发潜能珠宝的慧眼。具体来说，要开发潜能，主要可从以下几方面入手。

一是需要心智的引领。

人的心智是发挥巨大潜能的动力。许多成功的人物之所以能够实现他们的梦想，主要就是因为他们有渴望成功的心智。在人类的本性中，都有一种强烈的倾向，那就是希望自己能彻底变成想象中的那个样子。佛经上就说："我们一切的表现，完全是思想的结果。"美国散文作家、哲学家、享有"美国的孔子"美誉的爱默生也说："一个人的个性，便是他整天所想要做的那一种人。"中外哲人在这方面的观点如此之吻合，就足以说明心智确实具有决定命运和结局的力量。相反，如果缺少了渴望成功的心智，那就将落得台湾著名作家刘墉所说的那种结果："我们难以把握机会，这是因为犹疑、拖延的毛病；我们容易满足于现状，因为没有更高的理想；我们不敢面对未来，因为缺乏信心；我们未能突破，因为不想去突破；我们无法发挥潜能，是因为不能超越自己！"所以，对于我们来说，提升自己的心智，乃是开发自身潜能并促使潜能充分发挥的至为重要的环节。只有抓住了这一环节，使我们内心的渴望更加具体、更加明晰、更加形象了，才能将自己的所思所想、所作所为全都汇成一股强大合力，推动我们不断向自己认定的目标奋力前行，直至最后取得我们所想要的成功。英国小说家毛姆曾说："人生实在奇妙，如果你坚持只要最好的，往往都能如愿。"其实，此事虽说看似不可思议，实际上却在情理之中。因为坚定的心智是我们强大的动力源，它促使我们时时刻刻都心心念念地想着自己心中的目标，并毫不惜力地为实现这一目标而奋斗。这样的念想不断地重复着，反复地加强着，一旦达到了激发潜意识所需要的输入量，就必然会收到"精诚所至，金石为开"的效果，那一向以冷脸示人的潜意识，就会不由得被我们坚定的心智所打动："既然你这么顽强坚持，这么充满诚意，那好，我就帮你这个忙吧！"就这样，平素轻易不愿露脸的潜能，终于心甘情愿地乐意为实现我们的目标助上一臂之力了。就这样，我们的意识跟潜意识开始处在了一个完全和谐合拍、共鸣共振的状态之中，而在这理性和感性有机交融的状态里，我们的潜能就能得到充分的激发，得到有效的发挥，于是我们也就能为自己的人生创造更多的成功和快乐。

二是需要激情的支撑。

激情，是一种饱满的精神状态，一种积极的工作态度，一个人只有始终满怀着激情，他周身的潜能才能得到充分的释放，他才能不管在什么时候，什么情况下，都保持昂扬向上、奋发有为的精神状态，保持宵衣旰食、夙夜在公的工作干劲，并始终以特别活跃的思维，激发创新灵感，迸发创新火花，催生创新成果，不断开创工作的全新局面。

激情并不是心血来潮、兴之所至的产物，而是长期历练的成果在事业需要情况下的集中迸发，是一种觉悟、一种追求、一种境界的充分体现。激情并不是只有在战争年代、在危急时刻、在突遇灾难时才会迸发，在和平时期，在日常的工作中，也同样可以拥有。这是因为，正确的人生价值追求是激情产生的根本导向，强烈的使命感、责任感是激情产生的内在动力，事业的高要求、工作的高标杆，是激情产生的外在牵引，我们所处的当今时代，事业更加宏伟，责任更加重大，要求更加严格，这就必然更容易催生我们饱满的激情，使我们愈发全身心地投身到实现中国梦的伟大事业中去。激情能使每一个人都充满活力，都豪气冲天，勇于去横扫一切困难，去创造最佳业绩。

饱满的激情不仅能使一个人浑身上下都充满创造力，而且还能感染单位的同事和周围其他的人群，从而形成一个激情满满的群体，一支声势壮阔的浩荡大军。这时候，激情所产生的作用，无疑就更为巨大，更为备受众人关注。微软，这可以说是当今世界上一个鼎鼎大名的企业，而它之所以能搞得那么成功，其中很重要的一个原因，就在于它是一个由充满激情的员工组成的激情团队。微软的现任 CEO 史蒂夫·鲍尔默，就是一个激情四射的人。鲍尔默刚到微软公司时，既不懂管理，也不懂技术，但他的薪水却比公司董事长比尔·盖茨还要高。为什么？就因为他有一种魔力，能用自己的激情之火点燃公司全体员工的激情，使每个人都不知疲倦地工作，无论多苦多累也毫无怨言。公司每次开会，鲍尔默都会跳上舞台，挥舞着手臂，上蹦下跳，不时像猴子一样仰天长啸："Woope，Woope！"（"哇，哇！"）台下掌声响应着台上那震耳欲聋的呼喊声，沸腾成一片。40 秒之后，他又会嘶哑着喉咙喊道："我有四个字送给大家。"全场立刻静了下来。"I……love……this……company！"（"我喜欢这个公司！"）又召来一阵狂热的呼喊声。史蒂夫·鲍尔默逢会都以此开场，为表达对微软的热爱，他从不吝啬自己的能量。会后，一位供职微软的年轻人在论坛上发出这样的感慨："我被我们的 CEO 鼓动得热血沸腾，那时候如果让我为微软去撞砖墙，我都会毫不犹豫。"话虽稍显夸张，却道出了史蒂夫·鲍尔默激情的非凡感染力、震撼力和鼓动力。这就可见，对一个团队来说，一个始终充满激情并能使其他人充满激情的人，其价值简直无可估量。

三是要敢于向不可能挑战。

1954 年以前，4 分钟之内跑完 1 英里被科学界认为是不可能的，是人类能力的极限。无数的运动学家与生理医学家都信誓旦旦地宣称，人类不可能在4分钟内跑完1英里，如果真的能够跑到那个速度，选手们将会在赛场上暴毙。可牛津大学的医学博士罗杰·班尼斯特依据他所掌握的医学知识，却不这样认为。他说，4分钟内跑完是可能的，而且我要做给你们看。因为他当时最好的成绩是4分12秒，所以也没有人把他的话当真。不管周围的人怎么看，怎么想，班尼斯特一直我行我素，坚持苦练，并终于把成绩提高到了4分2秒。不过，此后他就和所有的人一样，成绩再也没有明显的提升。这时候，就有人告诉他："你不可能再提升了，4分不可能过了，你到了4分2秒已经是非常好了。"但他始终不肯放弃，他在脑海中无数次地模拟以4分钟的时间跑完1英里的过程，并由此形成了强大的成功信念。付出总有回报，到了1954年10月，班尼斯特终于在牛津以3分59秒的成绩打破了4分的神话。在谈及自己所完成的历史成就时，班尼斯特说："我们跑步是因为我们享受跑步的感觉，这几乎是情不自禁的。社会和工作给我们强加越多的限制，那么跑步就越能让我们感受到一种情感的释放，对自由的向往。人类的精神就是永不服输的精神。"他还说，他成功的持久魔力，来源于它传达出来的这样一条简单的信息："一个人能够用他的双脚，战胜所有困难，达到既定目标。"班尼斯特的这些话，充分说明了他之所以能够突破自己，使不可能成为可能，关键就在于他敢于挑战，敢于超越自己。或者换一句话说，正是勇于挑战的精神，发掘了他在体育方面的潜能，使他冲破了传统观念的束缚，创造了体育史上的一个奇迹。

班尼斯特之所以与众不同，是因为他的活动已经远远地超过了运动本身，他不仅证实了精神信念与身体潜能之间的关系，而且强调了行动和坚持的重要性。50年后，班尼斯特凭借这一史无前例的成就，被国际田联授予终生成就奖，田联主席拉米·迪亚克还对那次奔跑做出了这样的评价："毫无疑问，这次比赛所带来的戏剧性、激动和公众关注程度，奠定了现代田径运动的发展。这是田径运动的历史转折点，就从这一刻开始，田径运动受到了关注，直到今天，全世界依旧激动于这个成就。”对于这样的荣誉和评价，班尼斯特应该是当之无愧的。

四是必须学会正确归因。

所谓归因，就是人们对自己或他人行为的原因进行推测、判断或解释的过程。不过，在本文中我们所说的归因对象主要是指自己而不包括他人。为什么要对自身行为的原因进行归因呢？主要目的就是要探寻自己成功或失败的原因，从而找到自己行为的正确方向，并通过对自身潜能的有力激发，使自己或是百尺竿头，更进一步，去获取更大的成功；或是知耻后勇，来个触底反弹，逆袭取胜。

归因的“因”，主要是指能力、努力、任务难度和运气这四个因素。按照不同的维度，又可以把它们划分为：内部因素（如能力、努力），外部因素（如任务难度、运气）；稳定因素（如能力、任务难度），不稳定因素（如努力、运气）；可控因素（如努力），不可控因素（如能力、任务难度、运气）这三个类别。在归因时，倘能依据这三个不同的维度，对四种因素作全面综合的考量，那么所做出的归因就将更趋于符合客观实际，并对潜能的激发会产生更有利的影响。

归因绝非小事，因为它直接关系到对自己的成败得失能否有正确的认识，直接关系到对自己的潜能是否能有充分的激发，直接关系到人生之路是否会走得更顺一些，取得的成绩是否会更大一些等重大的人生问题。

在归因时，有些人会或是因为对归因的作用缺少应有的认识，或是因为对归因的方法缺少必要的掌握，容易出现这样一些问题：取得了成功，他们会将成功归因于运气好这一不可控因素，遭遇了失败，他们会将失败全都归因于能力不足、任务太重、运气不好等不可控的因素，而没有能看到，在成功和失败的过程中，自己其实都付出了应有的努力。所以，他们那样归因，应该说都缺少全局的眼光，缺少客观的分析，都是对自己能力和努力的根本性质疑。成功的取得，虽说有时候或许也有一点运气的成分，但归根到底，成功还是得有赖于自己的能力和努力。如果把成功的取得简单地归结于运气，乃是对能力和努力的全盘否定，一概抹煞，不仅很不客观，而且对调动自己的积极性和激发自己的潜能，也都相当得不利。遭遇了失败，就一股脑儿全都归因于能力不足、任务太重、运气不好等不可控的因素，也同样不可取。因为如此一来，就极易产生习得性无助，即会因为重复的失败或一再的惩罚，而导致听任摆布、无所作为的思想和行为。所以，即使遭遇了失败，也必须尽量归因于可控的因素——即自己是否已做出应有的努力。只有作这样的归因，才能更激发工作动机，更激发自身的内在潜能。

人的潜能是需要激发的，而正确的归因，正是使潜能得到充分激发的极好方法。当工作取得较大进步，甚至是获得某种意义的成功时，我们就更要将这样的进步和成功归功于“自己的努力”，因为唯有这样，才能更激发自己获取更大进步和成功的欲望，才能使藏在我们周身的潜能全都跃跃欲试，争抢着出来为我们事业的成功大显身手。如果我们把这些进步和成功视作自己能力增强的一种体现，那么我们对自己的满意感就会油然而生，并日渐增长，这就会更增强我们激发潜能去获取成功的信心。由此可见，只有把成功主要归因于自己的努力程度，始终围绕“努力”这个问题大做文章，始终在激发潜能上狠下功夫，才能更增强自己努力行为的坚持性。这样，面对成功，我们就会更增信心，更长勇气，以更加倍的努力，去将工作做得好上加好，优上加优，以力争在日后的工作中获取更大的成功。

对于失败，也同样应做出正确的归因。如果总是把失败归因于能力太低、任务太重、运气太差等不可控的因素，那就不仅会降低自身努力行为的坚持性，而且对日后的进步发展也会造成很不利的影响。只有将自己的失败归因于自身的努力不够这一可控因素，才能真正找到问题的症结之所在，才能在自己的努力为什么不够、怎样才能由不够变为足够等方面做出有益的探索，并由此找到战胜失败的正确路径和方法。这样，即使遭遇了失败，你也就不会再总觉得自己没有本事，一无是处，说什么也提不起精神来，而是会以前车之辙为鉴，受挫了重振精神再出发，跌倒了迅即爬起继续干，以力争通过对自身潜能的充分激发，尽快地彻底改变失败的面貌。

所以，如果你真想成为一个具有高成就需要的人，那就绝不能让错误的归因方法在自己的头脑中占有一席之地。因为所有具有高成就需要的人，他们都不甘于失败，都坚信只要开发自己的潜能，就完全有能力应对一切困难，就没有办不成的事情。而那些成就需要不高的人呢，大多会认为努力与成就之间没有多大关系，因此往往会把失败归因于能力不足和运气不好等因素，而不愿以火一样的热情去激发自己深藏的潜能。这样，他们就会越来越失去信心，越来越不愿作刻苦的努力，越来越无法应对外界的各种挑战，最后也就必然会离成功的殿堂越来越远，始终无法叩响成功之门上的闪亮门环。

“隆冬蛰伏，当春发生”，这是万物生长的特点，我们人也绝不例外。所以，在这 2020 年的开春之际，我们一定要根据习总书记的指示，“在埋头苦干中增长实力，在改革创新中挖掘潜能”，努力转变作风、积极开动脑筋、尽心找准着力点，把蛰伏的发展潜能充分激活起来。

天助自助者

普天之下，芸芸众生，虽说相貌千差万别，个性迥然不同，但有一点却是相同的，那就是都希望听到喝彩，渴望能够成功。人类的这一共同点，用20世纪最著名的心理学家弗洛伊德的话来说，就是“成就伟大的欲望”；用美国最有影响力的哲学家约翰·杜威的话来说，就是人类天性中最深层的动力是“做个重要人物的欲望”；用心理学家威廉·詹姆斯的话来说，就是“人类天性的本质就是渴求为人所重视”。请注意，威廉·詹姆斯说的是“渴求为人所重视”，而并不是说“‘希望’为人所重视”，这就可见这种心愿是何等的强烈！这种渴求为人所重视和渴求成为重要人物的愿望，通常称之为“自重感”。寻求自重感的欲望，是人类和动物最明显的区别之一。如果我们的老祖宗没有这种自重感的强烈冲动，文明也就无法产生；而没有了文明，我们也就跟动物没有什么差异，我们的社会也就不可能发展成今天这样的模样。

那么，该如何才能获得这种自重感，并由此获得自己想要的成功呢？关键的一招就是必须得到应有的激励。激励并不是谁的主观臆想，而是有现代科学研究的成果可以为证。享有“美国心理学之父”美名的威廉·詹姆斯，通过调查研究发现，一个没有受到激励的人，仅能发挥其能力的

20%～30%，而在他受到激励时，其能力可以发挥至 80%～90%，甚至可以发挥到极致。所以，获得自重感和获得成功的过程，实际上可以说也就是一个不断获得激励的过程。

激励可分为两大类，即外部激励和自我激励。外部激励，就是他人的认可和赞扬。很显然，能够得到外部激励，是一件好事，甚至是一件幸事。美国著名短篇小说家欧·亨利所写的一篇题为《最后一片叶子》的小说，就很能说明这个问题。那篇小说写道，有一位年轻的艺术家得了严重的肺炎，生命垂危。她看着窗外的树叶一片一片地飘落，绝望地感到自己的病再也不会好转了，并认为当最后一片叶子落下时，她就将孤独地死去，而那最后一片树叶将随时可能在寒风中被风吹落。一片平常的树叶竟维系着一个艺术家的生命，一位好心的画家便为她画了一片在寒风中不会凋落的树叶。靠着这片树叶，年轻的艺术家又产生了生的希望，并终于战胜了疾病。要是没有这片蕴涵着激励和希望的树叶，那位艺术家就很可能被病魔夺去了脆弱的生命。这虽然是篇小说，却科学地反映出外部激励对人的生命力的重大作用。

不过，外部激励并非是当事人的个人意志所能决定的，在很多时候它往往可遇而不可求，因为人家跟你非亲非故，并没有为你喝彩的义务；更何况生活中还有一些小心眼的人，他们本就不希望你的生命能够出彩，自然也就更不愿为你呐喊助阵。所以，任何人都不能对外部激励寄予过多的奢望。这也就是说，每个人真正能够依靠的，并非是外部激励，而只能是自我激励。

古人有云："天助自助者。"所谓"自助"，实际上就是自我激励。试想，连老天爷都只帮助那些能够自我激励的人，自我激励的重要性岂不就可想而知了么？自我激励之所以如此重要，是因为自我激励是指个体具有不需要外界奖励和惩罚作为手段，能够自觉地为自己设定的目标努力工作的一种心理特征。英国作家萨克雷说过："生活是一面镜子，你对它笑，它就对你笑；你对它哭，它就对你哭。"这意味深长的话语，实际上就揭示了“自我激励”的含义：你认为你行，你就能行，你认为你不行，那你就真的不行。也就是说，成功需要你的自我肯定、自我激励。美国管理学家贝雷尔森和斯坦尼尔给自我激励下了这样的定义：“一切内心要争取的条件、希望、愿望、动力都构成了对人的激励。——它是人类活动的一种内心状态。”正因为自我激励具有这样的特点，所以关于自我激励，或许也就可以作这样的表述：自我激励是人在自我暗示作用下心理上产生的一种积极向上、超越自我的心理历程。自我激励的这一心理历程，是人对美好事物的向往、追求和希望，它能激发力量、引发智慧、鼓舞斗志。通过不断的自我激励，我们就能产生一股强大的内在动力，增添无限的勇气，树立起坚定的信念，始终朝着自己所期望的目标奋力前行，并最终抵达成功的彼岸。

正因为自我激励有着如此重要的作用，所以就有人用诗一般的语言对自我激励这样大加颂扬：自我激励是行动的钥匙，是潜能开发的按钮，它能点燃热情的火焰，它是打开心智的门户，甚至能使懒惰者变得勤奋，能使愚笨者变得聪明，能使平凡者变得伟大。懂得自我激励，你就成了一座金矿，你就能从自己身上发掘更多的财富和价值；不断自我激励，你就得到了一个动力源，你就能使自己获得更多的能量；通过自我激励，你不仅能对学习和工作保持满腔激情和高度热忱，而且还能克制冲动和延迟满足，为获取成功提供有力的保证。这就难怪德国人力资源开发专家斯普林格在其所著的《激励的神话》一书中，要对自我激励这样大加称夸：“强烈的自我激励是成功的先决条件。”

其实，每个人的命运全都藏匿在自己的思想里，有些人之所以走不出人生各个不同阶段或大或小的阴影，并非因为他们的个人条件当真就比别人差了多远，而是因为他们在遭遇困境时没有能冷静地开动思维机器，没有能对自己进行有力的自我激励，没有能很好地挖掘自身的潜能去突围解困。“头脑是它自己的住所，它在其中可制造地狱的天堂，创造天堂的地狱。”英国诗人、政论家弥尔顿的这句话，真可谓是深中肯綮的至理名言。

自我激励的力量并非是一种凭空的想象，而是得到了许多事实的有力佐证。有一个名叫芳芳的小女孩，从小就是个胆小鬼，从不敢参加体育活动，生怕因此而受伤。但是当她参加了几次心理辅导以后，竟然敢参加潜水、跳伞等冒险运动了。她的转变让许多人感到吃惊，应众人之邀，她便向大家坦陈了自己转变的过程：通过几次心理辅导，她知道了自己胆小的原因，学会了自我激励，开始把自己想象为勇敢的高空跳伞者，并战战兢兢地跳了一回伞。从此，她对自己的看法就有了很大的改变，开始认为自己是一个精力充沛，喜欢冒险的人。后来，又有一次高空跳伞的机会，她认为这是进一步改变自己的良机，心里就一直对自己说："我就是最勇敢的女孩，我什么都不怕！"当飞机上升到15000米高空时，她发现那些从未跳过伞的同伴们的样子都非常有趣，他们一个个都竭力使自己镇定下来，故作高兴地控制内心的恐惧。这时她想：以前自己大概就是这样子的吧！刹那间，她就更增添了勇气，第一个跳出了机舱。从那一刻起，她就觉得自己已成了另外一个人。自我激励，使芳芳发生了巨大的改变，她逐渐淡化掉以往的自我确认，时时给自己以新的激励，在内心深处总想好好表现一番，以尝试获取更大的成功。就这样，芳芳从一个胆小鬼变成了一位敢于去冒险、敢于去面对各种人生挑战的新女性。她的这一变化，影响了她以后的生活，使她更有信心地一步步踏上了成功之路。

事实上，世上的许多成功人士之所以能够获得成功，其中的一个重要原因，就在于他们都善于自我激励，并最终都得益于自我激励。

就说"飞人"乔丹吧，他可以说是一个几乎家喻户晓的人物，而他之所以能成为世界超重量级的篮球明星，除了他具有非凡的篮球天赋之外，善于自我激励可以说是他获得成功的一个至为重要的原因。每逢比赛，他都会不停地对自己说："I believe I can do（我相信我能行）！"这样，即便遭到了意外、困难的强有力打击，他也会因为这句话而产生不可思议的反击力量，从而勇敢地去压倒一切，去赢取他所希冀的胜利。就是这一次次的自我激励，终于使他成为世界篮坛的顶尖人物。

说来有趣，乒坛名将邓亚萍的做法跟乔丹竟也十分的酷似。邓亚萍每赢一球，总要把紧攥的拳头一扬，嘴里叽哩哇啦地喊叫着。她喊叫什么呢？宋世雄的一次现场解说，道出了其中的奥秘。宋世雄说："每打一个好球，邓亚萍就情不自禁地为自己喝彩：'好球！''漂亮！'"你看，尽管邓亚萍智勇双全，球技精湛，比赛中常常处于一种咄咄逼人的优势之中，可她还是时时不忘为自己加油鼓劲，使自己始终在气势上压倒对方，给对方形成巨大威慑，直至最终彻底战胜对方。正因为这样，邓亚萍才屡建奇功，赢得了"乒坛女皇"的美誉。

处于顺境中的人尚且需要一再自我激励，方能夺取一个又一个的胜利，那么处于逆境之中的人，无疑就更需要不断地自我激励，才能使自己更增添突破困境的勇气和力量，从而一步步走上成功的大道。德国音乐家贝多芬，就是一个具有自我激励这一突出性格特点的人，他把生涯中的每一次挫折都当成自身发展的契机，把生活中的每一次压力都转化为个人奋进的动力，因此在历经了反复的磨砺之后，他终于获得了令人不胜惊讶的了不起的成功。贝多芬的一生可以说是多灾多难的一生，小时候因家庭贫困他没能上学，17 岁时患了伤寒和天花之后，肺病、关节炎、黄热病、结膜炎等又接踵而至，28 岁又不幸失去了听觉。在爱情方面，他也屡遭挫折。总而言之，他一生历尽了坎坷、备受了艰辛，然而由于他始终秉持着自我激励的品性，所以所有的磨难都没有将他压垮，反而将他磨练得更为坚强：他痛苦，却不肯屈从于命运的安排，他大声向命运宣战："我要扼住命运的咽喉，它不能使我完全屈服！"他贫穷，却既不趋炎附势，亦不迎合潮流，而是始终保持独立的人格，他坚信"音乐可以使人类的精神爆发出火花"，他决心"顽强地战斗，通过斗争去取得胜利"。他孤独，却能以热诚的赤子之心热爱人类，他一生中从未享受快乐，却创造了欢乐奉献给了全世界，这就正如鲍尔·贝克所说："他虽然遭到尘世欢乐的拒绝，但他却深知创造带来的喜悦远远大于前者。"贝多芬的可贵，就在于在迭遭困境的生命历程中，他始终能通过自我激励，在音乐创作中追求心理上的平衡，他因失恋而谱写出《致爱丽丝》，因憧憬自由而谱写出《第三交响曲》(《好汉交响曲》)，因失聪而谱写出《第九交响曲》(《欢喜颂》)，他的所有音乐创作，都饱含着对人生的深刻感受，都充溢着满腔的激越豪情。他对艺术的爱和对生活的爱，战胜了他个人的苦痛和绝望，自我激励让所有的苦难都变成了他创作的力量源泉，催生出他一首首惊世的精品力作。一个双耳失聪的人，却写出了人世间最动人心弦的音乐篇章，这就是贝多芬自我激励人格所写下的不朽传奇。无怪奥地利诗人格利尔巴采要在他的墓碑上写下这样的题词："当你站在他的灵柩跟前的时候，笼罩着你的并不是志颓气丧，而是一种崇高的感情；我们只有对他这样一个人才可以说：他完成了伟大的事业。"

即使是在日常生活中，每当遇到难以克服的障碍和难以战胜的困难时，也只有自信满满的自我激励，才能帮助我们渡过难关。1991 年，一个名叫 Campbell 的女子徒步穿越非洲，不但战胜了森林和沙漠，更通过了 400 英里的旷地。当有人问她为什么能做出这令人难以想象的壮举时，她回答说："因为我说过我能。"问她向谁说过这句话，她的回答是："向自己说过。"

综上可见，自我激励是开发人潜能的巨大的内在力量，它既能让人在柔弱无助的时候找到自信，由弱者变成强者，也能让人在屡有斩获的时候戒骄戒躁，在成功的道路上走得更稳，走得更远。这也就是说，自我激励既是我们战胜困难的一柄利剑，也是我们获取成功的一尊守护神。自我激励决不是妄自尊大的表现，而是对自我的一种必要肯定。这样的自我肯定就好比是替镶板刷漆，不仅可使其光彩照人，而且可使其经年累月。

世间万物，其实都是既各有其长，亦各有其短，所谓"春兰秋菊，各为一时之秀"，所谓"梅须逊雪三分白，雪却输梅一段香"，就都是说的这个道理。我们和那些成功人士一样，共同生活在一个地球上，同顶那湛蓝天空，共沐那明媚阳光，齐享那滋润雨露，都是这世上不可或缺的一道亮丽风景。因此，我们完全没有必要一味地褒扬别人而贬低自己，而应该勇敢地挺直身板，与最佳景观比肩，跟成功人士媲美。只要我们心中时刻叨念着“我能行”这三个字，那么我们就一定不会真比别人差，那么我们就没有办不成的事！

人的一切重大行为都是因受到激励而产生的，持恒不懈的自我激励，会滋生源源不断的内在动力，使我们坚定不移地朝着自己所认定的目标前进，直至最终抵达那成功的顶峰。因此，我们必须懂得，为人于世，不仅要学会欣赏天地间的每一道晨光，每一丝细雨，每一缕云彩，以感受自然的美好，而且要学会欣赏自己的每一种渴求，每一次努力，每一点进步，以感受生命的意义，并始终不忘在此基础上进行自我激励，以不断增强前行的力量。如能长期这么坚持，我们的生命就能永远充满神奇的力量，就能接连不断创造令人意想不到的奇迹。

大凡读过《天方夜谭》的人，对其中的《阿拉丁神灯》那则故事，一般都会异常喜欢，而且往往还会希望自己也能拥有那样一盏神灯，只要用手摩擦一下，就能从里面跑出一个精灵，帮助自己实现心中的愿望。然而，我们却要说，那只是个神话故事而已，它所说的并非是真实的现实生活，而只是臆想中的虚幻世界，所以我们千万不可就此而想入非非，对那神灯存有不切实际的奢望。不过，我们在这里倒可以告诉大家这样一个秘密：那就是大家也不必为不能拥有神灯而泄气，因为我们每一个人的身上其实都有一个精灵，它随时都能帮助我们实现自己心中的愿望。这个精灵不是别的，就是我们的自我激励。在生活和工作中不管遇有什么难事，只要我们真心实意地去祈求它，启用它，它就一定能召之即来，给我们以最大的助力，使我们不再稀里糊涂地随波逐流，而能振奋精神去破浪前行，竭尽己能去荡平所有的障碍，夺取我们所想要的胜利。我们每个人的身上都蕴藏着极为丰富的潜能，只是它往往容易被习惯所掩盖，被惰性所消磨，常常隐藏于体内，不肯轻易露面，这就迫使我们必须随时召唤自我激励这一精灵，让它去唤醒潜能，去激发潜能，使潜能时刻都处于箭在弦上、一触即发的最佳状态。倘若真能如此，我们就定然能澄明思想，凝聚力量，始终以无畏的精神昂首前行，哪怕一路上荆棘遍地，步步惊心，也都将奋力搏击，活得漂亮。为了真能达到这样一个境界，我们必须始终牢记艾勃·哈巴德在《给大脑洗个澡》中写下的这样一段谆谆忠告："试着在心里肯定你所喜欢做的是什么；然后，在清楚的方向之下，你会径直地达到目标。心里想着你所喜欢做的伟大而美好的事情，然后，当岁月消逝的时候，你会发现自己掌握了实现你的希望所需要的机会。正如珊瑚虫从潮水中汲取所需要的物质一样。在心中想象着那个你希望成为的有办法的、诚恳的、有用的人，而你心中的思想，每一个小时都会把你转化为那个特殊的人……思想是至高无上的。所以，我们必须始终保持一种正确的人生观——一种勇敢的、坦白的、愉快的态度。思想正确，就等于是创造。一切的事物，都来自于希望，而每一个诚恳的祈祷，都会实现出来。我们心里想什么，就会变成什么。把下巴缩进来，把头部高高昂起，我们是明天的神仙。"好吧，就让我们都把下巴缩进来，把头部高高昂起，争做一个能创造所有奇迹的神仙吧！

为了更好地做好自我激励的工作，我们还必须开动天君（旧谓心为思维器官，称心为"天君"，所以开动天君就是开动脑筋的意思），采用各种各样行之有效的好方法。这是因为一个真正善于自我激励的人，必然会在各种不同的环境和条件下，八仙过海，各显神通，采用各不相同的方法，使自己随时获得有效的激励：设置目标是激励，制定规划也是激励；自我表扬是激励，自我批评也是激励；业绩上升时要激励，业绩下滑时也要激励；获得成功需要激励，遭遇失败也需要激励；处于上游时要激励，掉队落后也要激励；拥有长处要激励，身有短板也要激励；勇于创新要激励，安于常规也要激励；幸遇顺境要激励，身处逆境也要激励；与人竞争要激励，与己竞争也要激励……总而言之，不管是处于怎样的境况之中，不管是遇到什么样的事情，只要你能秉持正确的人生观、价值观，采用辩证唯物主义的方法，对所遇的人、事、物，根据不同的具体情况，从不同的特定视角，做出合情合理的极具针对性的分析，那你就能时时处处都对自己做出于己有益的自我激励。这样，你就能遇险阻不畏惧，遭挫折不丧气，处顺境不怠惰，获成绩不骄矜；这样，你就能不管是顺还是逆，是幸还是不幸，是成还是败，都不忘给自己应有的自我激励，并凭靠这自我激励之力，始终保持乐观的心态，保持昂扬的精神，去出色地做好工作，去主动地创造优异的业绩。

为了更好地进行自我激励，还可以把一些你认为最具激励价值的名段、名句或名文，制成激励卡片或激励座右铭，摆放在书桌上或悬挂在书房的墙上，经常加以诵读，以使自己随时得到有益的激励。这是一种很有用的方法，很多人都喜欢这么做。譬如，美国著名将军麦克阿瑟曾把美国作家塞缪尔·尤尔曼写的一篇散文《青春》镶嵌在镜框中，一直摆在办公桌上来激励自己。无独有偶，日本松下电器公司创始人松下幸之助对《青春》一文也情有独钟，1988 年日本数百位各界名流聚集一堂时，松下幸之助就当众这样坦陈："20 年来，《青春》与我朝夕相伴，它是我的座右铭。"既然《青春》一文这样吸引名人们的目光，说明它一定有特别诱人的魅力。

但愿所有的青年人、壮年人和老年人，都能将此文好好珍藏，细细品味，以借助它的激励使自己的心灵变得更加充实，更加强大。这样，我们的生命之河就不会因为某种障碍而出现滞塞，而能始终以磅礴之势一往直前地奔向既定的目标。这样，我们就能冲破阴云，穿过雨雾，迎来明媚灿烂的阳光，赢得心仪已久的成功，不时地品尝到生活里辛中的甘甜，享受到生活里苦中的快乐！

自我激励，表面看来似乎只是对自己加以鼓励这么一个简单的举动，可实际上呢，它却充分体现了"天行健，君子以自强不息"的奋进精神。而这种奋进精神，正是建立在中华优秀传统文化基础上的一种软实力。应该看到，这种软实力对一个人的进步成长，无疑具有长久的影响力、感染力和穿透力，因此也就更应引起我们的高度重视，更应值得我们予以大力的提倡。这就正如习近平总书记指出的那样："一个国家、一个民族的强盛，总是以文化兴盛为支撑的，中华民族伟大复兴需要以中华文化发展繁荣为条件。”中华优秀传统文化不仅是历史上中华民族战胜种种艰难险阻时薪火相传的伟大精神瑰宝，同时也是当今我国人民实现中华民族伟大复兴中国梦的重要精神支撑。现在我们正处在新中国成立 70 周年的重要时间节点，正处在全面建成小康社会的第一个百年奋斗目标即将实现的紧要关头，正处在我们中国日益走近世界舞台中央的重要历史时刻，所以大力弘扬中华优秀传统文化也就显得尤为重要。如果能从这样的历史高度来看待问题，那我们就必能更深刻地认识重视自我激励的重要意义，并更充分地发挥自我激励这一武器的巨大威力，从而使我们在学习和工作中都取得更为出色的成绩。

忘记背后，努力面前

人生之旅，决不是一马平川的坦途，行进路上颠颠簸簸，磕磕绊绊，遇上一些不顺心的麻烦事，乃是十分正常的，根本就不值得大惊小怪。可现实生活中的一些人，却并不这样想，他们一遇上不顺心的事，就认为是晦气十足，就认为自己是世界上最倒霉的人，因此也就怨天尤人，满腹不平之气。他们压根儿就不知道，他们所遇到的那些倒霉事，跟人家遇到的相比，不过是小巫见大巫而已，压根儿就不值一提。若是不信，看一看下面这则在印度广为流传的故事，相信你就会不得不信服。那则故事说：佛祖为了消除人们的疾苦，就从人间选了 100 个自以为最痛苦的人，让他们把自己的痛苦分别写在纸上。写完后，佛祖说："请你们把手中的纸条相互交换一下。"结果，这 100 个人交换看了别人的纸条后，个个都非常惊奇。为什么？因为过去总以为自己是最"不幸"的人，现在才知道很多人比自己更不幸，更痛苦。既然如此，还有什么消沉的理由呢？这就可见，如果一遇麻烦，就以"世界上最倒霉的人"自居，实在是自寻烦恼、自增痛苦的傻事儿。这就诚如索伦所说："你想逃避你的不幸，但你若知道别人承受的苦难，你就不会再抱怨。"是啊，只要我们多想想那些美丽的家园被无情的洪水夷为平地的人们，想想那些在连年的炮火硝烟中四处逃亡的人们，想想那些贫病交迫长期在死亡线上挣扎的人们，我们就断然没有理由认为自己是“世界上最倒霉的人”，更断然没有理由整日怨气冲天，牢骚满腹。

牢骚过甚，怨气十足，不仅对问题的解决毫无帮助，反会给我们带来很多的害处。①过多的埋怨只会浪费时间，徒耗精力。命运是不容谈判的，也是不会妥协的，既然米已成饭，木已成舟，既成的事实也就绝不会因为你的埋怨而重新更改，因此你的埋怨也就不可能起丝毫的作用，而只能是白白的浪费时间，徒耗精力而已。②过多的埋怨只会使你形象有损，声誉尽失。因为如果满腹怨气，不吐不快，你说话时就势必用语欠斟酌，行动时就一定举措少得当，而且往往会因为过分的冲动而显得缺乏教养，缺少修养，其结果也就必然会使你的形象和声誉都受到很大的损伤。③过多的埋怨将会导致消极心理和消极行为的产生。若是一味地吐露心中的怨怒之气，你就会在不知不觉间把负面的念头输入潜意识中，形成一种消极的心态，这样就将只看到生活中污浊的一面，而看不到生活中美丽的一面，就会像一句谚语所说的那样：“如果你经常流泪，你就看不见星光。”而消极的心态，又必然会导致消极的行为，诸如破口大骂，恶语伤人，甚至铤而走险，做出一些错误的行为。④过多的埋怨会使事情越弄越糟糕。这有两方面的原因：就自身来说，过多的埋怨会使自己越来越悲观，越来越消极，越来越不可能采取积极的行动，事情也就绝不可能发生丝毫的转机，而只会越来越向不利的方向发展；对他人来说，过多的埋怨就好比那一把邪火，会把他人激怒，从而在他人的心中播下怨恨的种子，将原本良好的人际关系破坏殆尽，最终也就会使一切美好的东西都化为泡影。

由此可见，遇上了倒霉的事情之后，埋怨断然不是我们应取的态度。那么，究竟应该怎么办才好呢？看一看一个名叫桑德斯的人所讲的以下这段经历，相信我们一定会有茅塞顿开的感觉。桑德斯十几岁时老是会为很多事情发愁：稍有错失，他就常常会为自己犯过的错误自怨自艾；交完考试卷以后，他就常常会半夜里睡不着，害怕没有考及格；他还总是会莫名地想那些做过的事，希望当初没有这样做；他还总是回想那些说过的话，后悔当初用语不当，没有将话说得更好一些。有一天早上，他们全班同学来到科学实验室。老师保罗·布兰德威尔博士把一瓶牛奶放在桌子边上。大家都坐下来，望着那瓶牛奶，不知道那跟他所教的生理卫生课有什么关系。不一会儿，忽见保罗·布兰德威尔博士突然站了起来，一掌把那瓶牛奶打碎在了水槽里，并大声说道："不要为打翻的牛奶而哭泣。"接着，他又叫所有的人都到水槽周围，看一看那瓶打碎的牛奶。"好好地看一看，"他告诉大家，"因为我要你们这一辈子都记住这一课，这瓶牛奶已经没有了，你们可以看到已都漏光了，无论你怎么着急，怎么抱怨，都没有办法再救回一滴。只要先用一点思想，先加以预防，那瓶牛奶就可以保住，可是现在已经太迟了。我们现在所能做到的，就是把它忘掉，丢开这件事情，去注意下一件事。"

"不要为打翻了的牛奶而哭泣"，这乍看是一句很普通的话语，可它却包含了深刻的哲理，凝聚了人类的智慧和经验。我们所遇到的那些意外的难以接受的倒霉事，不就正好是那打翻了的牛奶么？一旦遇上了它，着急有用么？抱怨有用么？哭泣有用么？哀伤有用么？不，通通都没有用。因为如果那样的话，我们就会忧虑、紧张、焦躁，就会神经质，甚至会退缩到一个我们自己所造成的梦幻世界里，变得精神错乱起来。

曾任美国第三十四任总统的艾森豪威尔年轻时的一段经历，也同样能说明这个问题。那时候，艾森豪威尔经常和家人一起玩纸牌游戏。一天晚饭后，他像往常一样和家人打牌。这一次，他的运气特别不好，每次抓到的都是很差的牌。开始时他只是有些抱怨，后来，他实在是忍无可忍了，便发起了少爷脾气。一旁的母亲看不下去了，正色道："既然要打牌，你就必须用手中的牌打下去，不管牌是好是坏。好运气是不可能都让你碰上的！"艾森豪威尔听不进去，依然愤愤不平。母亲于是又说："人生就和这打牌一样，发牌的是上帝。不管你手中的牌是好是坏，你都必须拿着，你都必须面对。你能做的，就是让浮躁的心情平静下来，然后认真对待，把自己的牌打好，力争达到最好的效果。这样打牌，这样对待人生，才有意义！”艾森豪威尔听后顿有所悟，此后他一直牢记母亲的这些话语，即使运气不好，遇上了倒霉的事情，他都不再抱怨，不再忍受不住，不再乱发脾气，而是始终以积极乐观的心态认真对待。就这样，他一步一个脚印地向前迈进，成为中校、盟军统帅，最后登上了美国总统之位。

既然遇上了倒霉的事情，怨天尤人不管用，哭丧着脸不管用，乱发脾气不管用，以泪洗脸更是不管用，那么什么才是管用的办法呢？下面，我们就给大家介绍几种真正管用的方法。

一是坦然地承受它，很快地忘掉它，努力去做好以后的事。美国著名诗人惠特曼曾写下这样的诗句：“要像树和动物一样，去面对黑暗、暴风雨、饥饿、愚弄、意外和挫折。”这话说得确有道理。试想，有哪一条母牛会因为草地缺水干枯、天气太冷而大为火光呢？正因为动物都能平静地面对夜晚、暴风雨和饥饿，所以它们从来不会精神崩溃，从来不会发疯。我们人乃是万物之灵长，难道我们在这方面的智慧和能力反倒不如动物么？应该懂得，那些意外的让人难以接受的倒霉事本身，并不能使我们快乐或悲伤，只有我们对它的反应，才能决定我们究竟是悲还是欢。我们内在的力量实在是大得惊人，只要我们肯充分加以利用，就能帮助我们正确去面对那不测之事和飞来横祸，就能使我们节省下许多精力，去创造新的生活。耶稣的使徒保罗说：“忘记背后，努力面前。”这可以说是疗伤止痛的最有效的药方。坦然地承受意外发生的难以接受的倒霉事，并很快地将它忘却掉，把自己的悲伤藏在微笑底下继续前行，这实际上就是迈开了克服不幸的第一步，因为这等于是在向自己也是向世人宣告：我已经把那些苦毒都埋葬了，它再也不能捆绑我的心灵，给我以任何的伤害；在这个缤纷多彩的世界里，我也和别人一样，拥有一片属于自己的蓝天。

二是要学会心存坦然、宽容，意寄旷达、宁静，情系深沉、真挚，对所遇的倒霉事作冷静的思考，寻找到正确的解决办法。在这一方面，新加坡作家高林的做法就很值得我们效法。有一次，高林的上司误解了他，不但当众将他狠狠地批评了一通，而且还要他为本不属于他过错的事情负完全的责任。这本是一桩让人极为窝火的倒霉事，要是一般人遇上了，那肯定会大为恼火，大发雷霆，并一定会急于想办法去表白自己，洗刷自己，可高林却没有这样去做，他默默地注视着窗外，整理着自己纷乱的思绪，最后竟写出了这样一篇非常优美的短文——《树》。

在遭受极大委屈、极易雷霆震怒的时刻，高林能够如此坦然自若地提起笔来，写出这样一篇歌颂树的“静”的绝妙文章，这应该说是达到了一种很高的境界。他以静制怒，以静制动，以冷静的态度化解了吊人心火的倒霉事，以深刻的思辨找到了解决问题的好方法。高林的这种境界也许不是一般人一下子能够达到的，但他的这种精神和这种做法却值得我们去学习。因为这样去做了，我们的心境中就会洞开一扇智慧之门，就会不管遇上什么事，都觉得天宽海阔，超然物外。

三是不要总以为人家的成功是因为得到了某种巧头，不要总以为自己的倒霉是因为老天的不公，不要总觉得自己两手空空难成大业，不要总想等世上所有的条件都完美后才开始行动，与其心怀不平地去怨这怨那，不如立即行动起来去开创一片属于自己的天地。在这一方面，新加坡前总统李光耀的做法就可以使我们大开眼界：1972 年，作为新加坡总统的李光耀倡议发展旅游业。不久，旅游局长给总统打来了一份报告，大意是说：我们新加坡不像埃及有金字塔，不像中国有长城，不像日本有富士山；我们除了一年四季直射的阳光，什么名胜古迹都没有，要发展旅游业，实在是巧妇难为无米之炊。李光耀看过报告，非常气愤，在报告上批了这样一行字：“你想上帝给我们多少东西？阳光，有阳光就足够了！”后来，新加坡就是利用那一年四季直射的阳光，种花植草，在很短的时间里，就发展成世界上著名的“花园城市”，连续多少年，旅游收入在亚洲一直名列前茅。这就可见，办法是人想出来的，事情是人做出来的，不管我们遇上了多大的麻烦，只要我们不在埋怨中空耗时日，而是以积极的心态立即行动起来，去寻求解决问题的办法，那么我们也就同样可以冲破厄运，创造奇迹，我们也就同样可以成为令人艳羡不已的幸运儿。

最后，还有一点必须引起我们特别的注意，那就是在看待倒霉的事情时，眼睛不能只盯着它对我们不利的一面，而也应该同时看到它对我们有利的一面。事实上，只要我们加强修养，摆正心态，辩证施治，得当处置，倒霉的事情至少可以给我们带来以下一些好处。

一是可以变不利为有利。美国有个农民，听了土地中介商的鼓吹，花毕生的积蓄买下了一块土地，可那块土地不仅太过贫瘠，根本不能种植，而且遍布一地的灌木中还有不少响尾蛇，十分危险。起始他怨怒异常，心情沮丧，可这除了更添伤痛之外，又能有什么用处呢？于是他便从怨怒中解脱，从痛苦中奋起，另谋经营策略，开始大量饲养响尾蛇，并专门生产蛇毒血清。这么一来，农庄变为了毒蛇村，居然成为一个著名的观光景点，每年吸引了成千上万的游客，连当地的邮局都有了响尾蛇村的戳记。花毕生的积蓄买下了根本不能种植的土地，该够倒霉了吧，可他在不幸面前挺直了腰杆，并由此觅到了新的生财之道，这不就是将不利化为了有利么？

二是可以化危机为良机。美国新墨西哥州高原地区的杨格种植的苹果，味道好，无污染，颇受欢迎。有一年他已预订出了9000吨苹果，却突然遭到冰雹的袭击，所种的苹果都被打得遍体鳞伤。他不甘心被这样的倒霉事压倒，在仔细察看了受伤的苹果之后，立刻想出了对策，拟定了这样一段广告词：“本果园生产的高原苹果清香爽口，具有妙不可言的独特风味；请注意苹果上被冰雹打出的疤痕，这是高原苹果的特有标记。请认清疤痕，谨防假冒！”结果，这批受伤的苹果反成了畅销产品，乃至后来经销商专门请他提供带疤痕的苹果。所种苹果突遭冰雹袭击，一年辛苦眼看就要泡汤，可杨格凭着他的勇气和智慧，终于转危为安，使收益不减反增。试想，这岂不是化危机为良机了么？

三是可以从倒霉中引出新的发现。一天，丹麦物理学家雅各布·博尔不小心打碎了一个心爱的花瓶，但他并没有一味地自怨自艾，悲伤叹息，而是俯下身子将满地的碎片收集起来，并精心地将它们按大小分类称出了重量，结果发现：10～100 克的最少；1～10 克的稍多；0.1～1 克的和 0.1 以下的最多。更为有趣的是，这些碎片的重量之间有着严整的倍数关系，即较大块的重量是次大块重量的 16 倍，次大块的重量是小块重量的 16 倍，小块的重量是小碎块重量的 16 倍。随后，他又将这个“碎花瓶理论”用于考古学和天体研究，用来恢复文物、陨石等的原貌，取得了意想不到的新收获。心爱的花瓶打碎了，这无疑是件令人伤心的事，可他的思想却并没有被打碎，他反倒通过奇思妙想，由此得到了一个极有使用价值的“碎花瓶理论”，这岂不是从倒霉事中引出了新的发现么？

砂糖是甜的，精盐是咸的，它们是味道的两极，互为正反。如果想要使食物尝起来是甜的，通常的做法就是给它加点糖，然而实际上，如果我们在加糖的同时再加上些盐，反而更能增强砂糖的甜度与味道。这是因为调和了互为正反的两种味道，便产生了一种新鲜滋味，而这正是造物主绝妙的安排。只要我们明白了这样的道理，那么日后即使遇到了倒霉的事情，我们也就绝不会郁郁不欢，痛苦异常，更不会耿耿于怀，挥之不去了。

习总书记曾说：“车尔尼雪夫斯基曾经写到：‘历史的道路不是涅瓦大街上的人行道，它完全是在田野中前进的，有时穿过尘埃，有时穿过泥泞，有时横渡沼泽，有时行经丛林。’人类社会发展的历史证明，无论遇到什么样的曲折，历史都总是按照自己的规律向前发展，没有任何力量能够阻挡历史前进的车轮。”习总书记还说：“历史告诉我们，95 年来，中国走过的历程，中国人民和中华民族走过的历程，是中国共产党和中国人民用鲜血、汗水、泪水写就的，充满着苦难和辉煌、曲折和胜利、付出和收获……”

习总书记站在历史的高度，深刻阐明了长路漫漫的革命征程，绝不可能一马平川，而总是有曲折，有崎岖，甚至有岔口，因此也就不免有苦难，有汗水，有泪水，甚至有血水的道理。不过，这也并没有什么可怕，因为只要我们有对道路的深度认同，有对道路选择的执着坚持，我们就一定能不管遇到什么样的麻烦和阻力，都能扛得住困难，耐得住寂寞，经得住考验，不断激发拓路前进的内在动力，义无反顾地勇往直前，而绝不会错怪老天的不公，哀叹命途的多舛，以致在灰心失意中，迷失前进的方向，偏离正确的航道。当今时代，不同思想体系激烈交锋，多元价值相互并存，因此我们就尤其需要从习总书记的系列重要讲话中吸取智慧，着力增强道路意识，坚定理想信念，努力做到在无论怎样复杂的环境中，都保持应有的政治定力，始终用道路自信夯实理想信仰之基，练就金刚不坏之身。只要我们心中的信念没有萎缩，即使大雪纷飞，人生之旅也不会为之中断。所以，就算遭遇了看似难以挣脱的困境，我们也必须挺起胸，昂起头，忘记背后，努力面前。

机不可失，时不再来

机遇，这是人们在日常生活中经常触及的一个话题，所以在习总书记的讲话中，就曾从国家发展的高度出发，多次提到要“紧抓机遇”的问题。他说：“紧紧抓住机遇，勇于改革创新，果敢应对挑战，善于攻坚克难。”他又说：“即将出现的新一轮科技革命和产业变革与我国加快转变经济发展方式形成历史性交汇，为我们实施创新驱动发展战略提供了难得的重大机遇。机会稍纵即逝，抓住了就是机遇，抓不住就是挑战。”他还说：“要善于抓住机遇、用好机遇。务实求变，务实求新，务实求进，用宽广的眼光、改革的思路、发展的办法解决前进中的问题。”所有这些，都足见习总书记对“紧抓机遇”问题的极度重视。

所谓机遇，就是在一定时间、地点、环境下出现的一种有利于发展的可能性。只要紧紧抓住这种可能性，充分利用这种可能性，就有可能取得超常规的发展，甚至是跨越式的飞速跃进。如果看不到这种可能性，或者是虽然看到了却不能充分加以利用，那就都将会坐失良机。机遇稍纵即逝，它只青睐那些有准备的头脑，颟顸者、怠惰者、怯懦者，都将与它无缘无分。这就正像习近平总书记在中共十八届五中全会第二次全体会议上引用的一句名言所说：“知其事而不度其时则败。”（《旧唐书·陆贽传》）

紧抓机遇，对于一个国家、一个地区乃至一个单位的发展，确实都能起到至为重要的作用，对于一个人来说，那就更是往往能决定他的发展走向，乃至他一生的前途命运。刘向《说苑·谈丛》说："天与不取，反受其咎；时至不迎，反受其殃。"此话的意思是说，上天赐予的东西你若不争取，反而会受到惩罚；时机到了你却不迎接它，反而会遭受灾祸。所以，我们必须懂得顺应天道，善于把握机会，力求将老天赐予自己的东西争取到手，千万别让大好的机会轻易丢失。

人才学上讲，机遇有两层含义：一是讲某人在某些方面有着潜在的才能，只是尚未充分显露，甚至他自己也未完全觉察，但因为某种偶然的机会，使他得以崭露头角，施展才华，从此走上成功之路；二是指在学习和研究的过程中，在进行观察和实验的时候，人们往往会由于某个偶然和意外的事件、现象和机会，导致了新的发现，实现了新的突破。而不管是哪种意义上的机遇，它们都决不是靠的上苍的恩赐，而主要是得靠人们自己去努力争取。所谓机遇，实际上就意味着在众人都陷入泥淖中时，你却能找出一条通往成功的途径；意味着在那看似一片死寂、毫无动向的情况下，你却发现了能"送我上青云"的一阵好风；意味着面对众人都投来怀疑的目光时，你依然能冷静地思考怎么去办好你所要办的事情；意味着你能不受紧张、冲突和非议等诸多压力的羁绊，始终特立独行地走自己认准了的路；意味着你能接纳自己的一切，求得内心的宁静，并充分享受因为发现和用好了机遇所带来的无比愉悦。总之一句话，只要善抓机遇，就会给我们带来这样那样令我们意想不到的好处。

每一样事物都具有区别于其他事物的特点，机遇也不例外，它就具有客观性、偶然性、意外性、时效性和不可再生性等特点。机遇既不是神灵所赐，也不是人们主观臆想的产物，而且它既不因人而设，也不以人的好恶而改变，这就是机遇的客观性。世上许多事件的发生，一般都有规律可循，有端倪可窥，可机遇的出现，却往往难以观测，难以推断，难以预料，这就是机遇的偶然性。机遇通常都是在人们有意识、有目的活动之外突然出现的，明显具有不可预知、事出意外的特点，这就是机遇的意外性。机遇本身的含义，就是指的行事的特定时机，这就决定了机遇具有一定的时效性，这也就是说，如果能及时发现并抓住机遇，其价值就能得到充分发挥，就能起到非同小可的作用，反之，其价值就会大为减弱，甚至完全不起作用，这就是机遇的时效性。机遇还有一个不可再生性的特点。有些机遇对一个人来说可能是唯一的，一旦失去，就永远不会再来，所谓“好景不常在”，所谓“机不可失，时不再来”，就都是说的机遇具有不可再生性这一特点。如果对机遇的这些属性细加琢磨，我们应该能从中悟出这样一些道理：机遇是客观存在，所以心中必须永远留有机遇的位置；机遇大多在人们意想不到的时候前来拜访，所以必须随时做好迎接它的充分准备；机遇往往稍纵即逝，唯能者方能紧紧抓住；机遇作用非常巨大，唯强者方能使它发挥应有的作用，我们必须力争做这样的强者。人们常说：“君子适时而动，英雄应运而生；快跑的未必能赢，力战的未必得胜。”这可以说就是人们对有关机遇问题的经验总结，值得我们深思和铭记。机遇当真就像一根有力的杠杆，抓住了它，我们就能借助它轻巧地担起事业的沉重负荷；失去了它，我们或许就将在繁重的工作面前干瞪眼了。唐代诗人李商隐在《筹笔驿》一诗中曾这样写道：“时来天地皆同力，运去英雄不自由。”就机遇的作用而言，应该说这决不是什么夸张失实之言。

天地悠悠，过客匆匆，红尘滚滚，人海茫茫，可以说每一个人都有“好风凭借力，送我上青云”的强烈愿望。那么什么是好风呢？机遇就是好风。然而，有些人却偏偏经常抱怨机遇跟他作梗，说机遇老是对他冷眼相待，不愿眷顾。而实际上呢，机遇对任何人都是公正的，没有任何的偏袒，倒是这些人自己，因为缺少慧眼，缺少能力，每当机遇降临时，他们竟然视而不见，浑然不觉，以致与机遇失之交臂。如何才能避免这种情况的发生呢？这就必须在苦干实干中丰富自己的知识，提高自己的识力、魄力和能力，使自己具有一个知识丰富的头脑，有一双机敏睿智的慧眼，从而在机遇来到我们身边的时候，能够激发出拼搏和应战的勇气，毅然决然地去迎接机遇的到来。如果真能做到这一步，那我们就完全有可能在苦苦跋涉的征途中，迎来一次转折性的飞跃，并随之看到成功女神向我们投来的令人心醉的微笑。

机遇蕴含挑战，必须主动用好。机遇和挑战往往相辅相成，相互转化，抓不住机遇，就可能变为挑战，挑战应对得好，就可以转化为机遇。现实生活中，一心坐等机会来临的大有人在，但机遇变幻莫测，难以识别，机遇神出鬼没，不易捕捉，你即使坐等上一辈子，也都不可能等来机遇的光临。只有具有一双敏锐的眼睛，具有一个智慧的头脑，具有一身货真价实的本领，具有一颗不畏一切艰难险阻雄心的人，才能及时发现并牢牢地抓住机遇。凡怯懦者、愚钝者、怠惰者，都永远与机遇无缘。看一看下面这则故事，我们就必能更明白这个道理：

有一位智者，立志要抓住机遇，完成自己的大业，懦夫、愚人和懒汉也同样向往着成功，于是便跟随智者一同去捕捉机遇。四人在茫茫雾海中上下求索，苦苦探寻。突然，机遇化作一只硕大的鹏鸟从天而降，它拍打着强劲的双翅向懦夫扑来，懦夫被吓破了胆，口吐黄绿色的苦水，瘫倒在地，再也没有起来。智者说："那正是千载难逢的机遇啊，只要勇敢地抓住它，便会走向成功的巅峰。真可惜，他不仅失去了机遇，还赔上了一条老命！"智者、愚人与懒汉继续去寻找机遇。一会儿，机遇化作一团闪光的火球，晃晃悠悠地向愚人飘来。智者大声喊道："注意啦，那正是机遇，看准时机抓住它！"愚人一听，便迫不及待地跳了起来，伸手胡乱猛抓，可机遇还没有到位，等愚人双脚落地时，机遇才刚刚从头顶飘飞过去。愚人急得直跺脚，埋怨智者捉弄他，智者说："要想抓住机遇，必须要看准时机，过早过迟的行动都将丢失机遇啊！"愚人不理解，赌气回去了。智者只好与懒汉继续上路。又过了一会儿，太阳驱散了迷雾，大地一片光明。机遇幻化成和煦的春风暖洋洋地吹来，懒汉陶醉在春风里，伸了个懒腰便迷迷糊糊地睡着了，智者怎么推也推不醒他。智者只好独自撑开绿伞，任春风将他轻轻托起，在春天的旋律中自由翱翔。当然，智者此时也并没有闲着，他立即把成功的种子撒向高山、撒向平原、撒向江河……当懒汉从甜梦中醒来时，见智者已在收获成功的硕果了。懒汉生气了，责备智者不该独吞机遇，可智者却说：“别埋怨了，机遇只属于有智慧的人，懦夫、愚人和懒汉，都是永远与机遇无缘的！”这虽然只是一则寓言故事，但它却雄辩有力地说明，胆小如鼠的懦夫，不动脑筋的愚人，什么都不愿好好干的懒汉，都是永远与机遇没有缘分的，只有集勇敢大胆、善于思考和勤奋刻苦诸多优点于一身的充满智慧的人，才能得到机遇的垂爱。

法国著名的微生物学家巴斯德曾说过：“机遇只偏爱那些有准备的头脑。”此话确有深刻见地。机遇常常是在人们意料之外的时间和场合突然出现的，同时还往往混杂和隐藏于众多的寻常现象之中，因此大多较为隐蔽，看上去往往不是似是而非，就是似非而是，让人很难辨识，而且出现的时间大多不长，往往只是昙花一现。所以，如果没有一双“火眼金睛”，那确实是很难及时发现和抓住的，这就正像唐代名相房玄龄所说：“时来易失，赴机者速。”有一句格言也说得同样有道理：“幸运之神会光顾世界上的每一个人。但如果她发现这个人并没有准备好要迎接她时，她就会从大门里走进来，然后从窗子里飞出去。”对一般的人来说，发现机遇不易，可对那些“有准备的头脑”来说，情况就不同了，他们硬是能以他们充分的准备和过人的能耐，及时发现并抓住来到他们身边的机遇。法国著名的哲学家、数学家笛卡尔，患病期间躺在床上休息，无意中看到天花板上的蜘蛛网，他便灵光一现，琢磨起其中的奥秘来，并由此创立了新的数学分支——解析几何。意大利物理学家伽利略，一天看着被微风吹拂而轻轻摇摆的吊灯，即神思飞越，异想天开，发现了灯摆的定时定律，并由此制成了钟表。由此看来，能不能发现机遇，关键当真就在于一个人是否有一个“有准备的头脑”。

那么，如何才能使自己的头脑成为一个有准备的头脑呢？有人曾将机遇比作一匹飞奔而至的马，我们觉得这个比喻挺有意思，如果对它细加剖析，我们就可以从中找到如何才能成为一个有准备的头脑的极佳答案。奔马非常凶猛，极具冲击力，怎样才能抓住它，获得它的帮助呢？这就需要我们从以下三个方面做好充分的准备：一是必须识马。就是要认识什么是马，知道它有什么特点，了解它与其他动物的区别，并懂得什么是良马，什么是劣马。有了这样的认识和了解，就不至于眼中无“马”，视“驴”为马，甚至指“鹿”为马，就不至于驽马和千里马都辨识不清。二是必须培养跃身上马的勇气和魄力。大凡奔马，都是不易驯服，十分凶猛的，它虽可以带着你快马加鞭奔向远方，但也可能在你跃上马去的那一刻，就将你一下踩在脚下。所以，要想飞身上马，就必须培养腾跃上马的勇气和魄力，培养承受落马受踩的勇气和忍耐力，以及飞身跃马的各种必备技术；就不能只是害怕飞身跃马潜藏的风险，而要多想想腾跃上马能使你快速奔向目标，能使你把同行者远远地甩在后边的好处，从而使自己倍增飞身跃马的勇气和信心。三是必须学习和提高驾驭奔马的本领。奔马只对善于驭马的人驯服，而对不善驭马者却极为凶狠，它会想出各种法子将你掀翻落地。这就告诉我们，你要想潇洒自如地驭好马，就必须具备这样几个条件：有驭好马的决心，有驭好马的本领，如果你原先不会驭马，那就一定要下决心以最快的速度掌握驭马的技巧。综合起来说，一匹飞奔的马就是一次机遇，要抓住这一机遇，必须具备能识马、能跃马和能驭马这三个要素。识马要靠识见，跃马要靠勇气，驭马要靠能力，而识见、勇气和能力，均须经过不断地学习、探索和积累才能获得。只有在长期的实践中，锻造了这几方面的过硬功夫，你才能借助这匹奔马机遇，快速到达你所向往的目标。举一可以反三，由此可以及彼，既然知道了抓住奔马这一机遇必须作的准备，那么在遇到其他的机遇时，相信你也就一定能触类旁通，左右逢源，知道应该如何去应对了。机遇的种类虽说各有不同，但应对它们的基本方法，和我们事先应作的准备，从总体上看，从本质上讲，应该说还是有很多共同之处的，只要根据不同的具体情况稍加变通，问题就必将可以迎刃而解。

要抓住机遇，不能急于求成，必须付出长期的艰辛努力。即使是一个头脑很精明的人，也必须在长期实践中作细心观察，详细研究，反复追寻，方能捕捉到自己所渴求的机会。英国细菌学家弗莱明发现青霉素的经历，就很能说明这个问题。童年时，弗莱明就爱好探问事情的究竟，一次他跟母亲去医院探望一位病人，遇到医生就问了一连串的问题，医生见他聪明伶俐，不仅回答了他提出的问题，而且最后还跟他说："孩子，人们还没有详细研究过的病症多得很呢！"这句话给弗莱明留下了深刻印象，他暗暗下定决心，长大了要当医学家，专门对付那些没有研究过的病症。弗莱明长大以后，果然专攻医学，1928 年，他开始研究导致人体发热的葡萄球菌。一天，他在实验室查看培养的细菌时，意外地发现培养葡萄球菌的琼脂里长出一小团绿色霉菌。他用显微镜细加观察，发现培养细菌的溶液变清澈了，霉菌周围的葡萄球菌全部被杀死了，弗莱明将这种霉菌称为青霉素。接着，他又设法培养这种霉菌，经过多次实验，证明青霉素可以在几个小时将葡萄球菌杀死。此后，他又发现青霉素还可以抑制链球菌和白喉杆菌等细菌的生长。不过，尽管弗莱明发现了青霉素，但它的提纯却是个难题，所以当时青霉素并没有能得到广泛应用。1935 年，英国病理学家弗洛里和德国化学家钱恩合作，解决了青霉素的提纯和浓缩问题，终于使青霉素得以被大量生产和应用。青霉素的发现，是人类抗菌素历史上的一个里程碑，乍看起来，弗莱明的这一发现纯属偶然和意外，而实际上呢，此事虽看似偶然却并不意外，因为这正是他长期潜心观察和研究的结果。这也就是说，这一机遇虽看似倏忽而至，其实却并非偶然得到，而是弗莱明从决定去做那件事情的那一刻起，经过了多年矢志不渝的追寻和累积，方才获得的，乃是他长期沉浸于自己所热爱的事业的必然结果。这也就是说，机遇就像是一个蒙着面纱的女人，你必须悉心去寻找她，努力去捕捉她，付出远超于常人的非凡努力，尽心去投其所好，才能俘获她的芳心，掀起她的盖头，看到她对你的灿烂微笑。

机遇稍纵即逝，真要想抓住它，不能有丝毫犹豫，必须立即行动。有一个故事这么写道：有一个人在一天晚上碰到一个神仙，这个神仙告诉他说，有大事要发生在他身上了，他会有机会得到很大的一笔财富，在社会上获得很高的地位，并且娶到一个漂亮的妻子。于是这个人终其一生，都在等待这个奇异的承诺，可等来等去，却什么事也没发生，以致在穷困中度过了一生，最后孤独地老死了。死后，他又看见了那个神仙，便对神仙说："你说过要给我财富、很高的社会地位和漂亮的妻子，我等了一辈子，却什么也没有得到，这是为什么？"神仙回答他："我没说过那种话。我只承诺过要给你机会得到财富、一个受人尊重的社会地位和一个漂亮的妻子，可是你却让这些机会从你身边溜走了。"这个人迷惑了，说："我不明白你的意思。"神仙回答道："你记得你曾经有一次想到了一个好点子，可是你没有立即行动，因为你怕失败而不敢去尝试吗？"这个人点点头。神仙继续说："因为你没有去行动，这个点子几年以后被另外一个人想到了，那个人一点也不害怕地去做了，他后来变成了全国最有钱的人。还有，你应该还记得，有一次发生了大地震，城里大半的房子都毁了，好几千人被困在倒塌的房子里。你本有机会去帮忙拯救那些存活的人，可是你怕小偷会趁你不在家的时候，到你家里去打劫偷东西，你便以这作为借口，故意忽视那些需要你帮助的人，而只是守着自己的房子。"这个人不好意思地点点头。神仙说："那是你去拯救几百个人的好机会，而那个机会可以使你在城里得到多大的尊崇和荣耀啊！""还有，"神仙继续说，"你记不记得有一个头发乌黑的漂亮女子，你曾经非常强烈地被她吸引，你从来不曾这么喜欢过一个女人，之后也没有再碰到过像她这么好的女人。可是你又想她不可能会喜欢你，更不可能会答应跟你结婚，你因为害怕被拒绝，就让她从你身旁溜走了。"这个人又点点头，这次他流下了眼泪。神仙说："我的朋友啊，就是她，本来该是你的妻子，你们会有好几个漂亮的小孩，而且跟她在一起，你的人生将会有许许多多的快乐。"听说了这些，这个人终于无言以对。这个故事看起来有点神奇，可却是现实生活的真实反映。在现实生活中，我们身边每天都会出现各种各样的机会，可是我们经常会像故事里的那个人一样，总是因为害怕而停止了脚步，结果机会就悄悄溜走了。不过，我们比故事里的那个人多了一个优势，那就是我们还活着，我们可以从现在开始去发现那些机会，并抓住那些应该属于我们的机会。机会并不是苦苦等待就会降临的，机会之门要靠我们自己去打开。机会偏爱有心人，它只留意那些有准备的头脑，只垂青那些懂得追求它的人，只喜欢有理想的实干家。倘若饱食终日，无所用心，或一处逆境就悲观失望，灰心丧气，那么，机会是断然不会自动来拜访的。所以，请一定记住："良辰佳机等不来，艰苦奋斗人胜天。"

要抓住机遇，必须有自信，有胆识，并在关键时刻尽显自己的真本领。战国时期有个毛遂，在赵国平原君门下当了三年门客，一直默默无闻，始终没有得到施展才能的机会。一次，秦国大举进攻赵国，情况危急，赵王便派平原君向楚国求救。平原君决定挑选出 20 名足智多谋的人随同前往，可是挑来选去，只有 19 人合乎条件。这时，毛遂就主动站了出来，说："我愿随平原君前往楚国。"平原君一开始不以为然："一个有才能的人在这世上，就好像锥子装在口袋里，锥尖子很快就会穿破口袋钻出来，人们很快就能发现他。而你一直未能出头露面，显示你的本事，我怎么能够带上没有本事的人同我去楚国行使如此重大的使命呢？"毛遂并不生气，他心平气和地据理力争说："我之所以没有像锥子从口袋里钻出锥尖，是因为我从来就没有像锥子一样放进您的口袋里呀。"平原君见他那特别坚定自信的样子，心想他说的也许没错，便答应毛遂作为自己的随从，连夜赶往楚国。到了楚国，平原君跟楚国的商谈很不顺利。正一筹莫展之时，毛遂站了出来，面对楚王，他慷慨陈词，对楚王晓之以理，动之以情，结果楚王被说服了，与平原君缔结了盟约，赵国终于得以解围。事后，平原君说："毛遂可真是个了不起的人啊！他的三寸不烂之舌，抵得过百万大军呀！可是以前我竟没发现他，若不是毛先生挺身而出，我可要埋没一个人才呢！"这一故事充分说明，即使你有真本领，也不能一心只想着他人的赏识，坐等他人的举荐，而是要充满自信，富有胆识，勇于在关键时刻挺身而出，将自己的聪明才智充分展现出来，成为一个"脱颖而出”的“锥子”。

要抓住机遇，特别是要抓住只出现一次的机遇，一定要勇敢相迎，并亮出能代表自己最高水平的杀手锏，倾尽全力牢牢地抓住它。法国著名的思想家、文学家罗曼·罗兰曾说：“生命很快就过去了，一个机遇不会重复出现两次。必须当机立断，不然就永远别要。”此话说得极为中肯。中唐著名诗人孟浩然的一次经历，就在这方面为我们提供了极为深刻的教训。孟浩然才华横溢，本不愿隐居，结果却偏以隐居而终老。他之所以会落得这样的结局，应该说与他缺少应有的勇气去面对机遇有很大的关系。一次，大诗人王维邀请他到内署作客。才去不久，忽听人报唐玄宗驾临。王维高兴相迎，孟浩然却吓得躲到了床底下。唐玄宗进来了，王维不敢隐瞒刚才发生的事情，据实相告。所幸唐玄宗得知后并没见怪，反而高兴地说：“我素闻其人而从未见也。”便诏命孟浩然出来相见。此时，王维又趁机将孟浩然的情况向唐玄宗作了禀报。唐玄宗听后，很感兴趣，便命孟浩然朗诵其诗作。这本是孟浩然向唐玄宗展示自己才华的极佳机会，可是孟浩然竟鬼使神差地偏偏选择了带有不满情绪的《岁暮归南山》一诗：“北阙休上书，南山归敝庐。不才明主弃，多病故人疏。白发催年老，青阳逼岁除。永怀愁不寐，松月夜窗虚。”当他诵读到“不才明主弃”一句时，唐玄宗便很不高兴地拉下了脸，说：“这是你自己不想做官，我又何曾抛弃过你，为什么要这样诬蔑我呢？”就这样，孟浩然即被放还，一生未受重用，过上了终身隐居的生活。应该说，在这一事件中，孟浩然本是大有机遇赢得唐玄宗的垂青的。首先，听报唐玄宗临幸时，如果他能落落大方地出迎，那就必能一上来就给唐玄宗留下一个上佳印象，而绝不至于出现从床底下钻出来那样的窘相。幸好唐玄宗对他钻床底的事并未十分介意，加之王维又在一旁为他说了好话，因此也就出现了唐玄宗让他诵诗这样一个新的转机。此时，孟浩然理应选择表达积极进取思想的诗作，以让唐玄宗觉得他是个乐观开朗的诗人，这样自然也就能为自己多多加分。可他似乎还未从惊魂未定中走出来，偏偏选择了《岁暮归南山》这一首明显带有不满情绪的诗，这岂不就更是太不知趣，自找苦吃么？诚然，“不才明主弃”一句，感情其实是十分复杂的，虽看似有反语的性质，却又并不尽是反语。孟浩然自幼即抱负非凡，曾有诗云：“执鞭慕夫子，捧檄怀毛公，感激遂弹冠，安能守固穷（意思是：敬慕为富贵宁愿执鞭的孔子，怀念捧檄书喜形于色的毛公，因感于挚友在位激起弹冠欲望，哪能够甘心情愿固守困穷呢）？”而且，他还自赞“词赋亦颇工”，在太学赋诗时，那就更是名动公卿，一座倾服，为之搁笔。其志如此，其才如此，确非“不才”。因此，说“不才”既是谦词，又兼含了有才不被人识、良骥未遇伯乐的感慨。而这不识“才”的不是别人，又正是眼前的这位“明主”。这也就是说，“明”也是“不明”的微词，带有埋怨的意味。不过，“明主”也同时是个谀词，明显含有对唐玄宗谀美的用意，而这又正反映了他求仕之心尚未泯灭，还希望皇上见用的心情。可见，这一句诗写得有怨悱，有自怜，有哀伤，也有恳请，感情当真是复杂得很。可在那特定的短暂时间里，作为皇帝的唐玄宗，他又怎么可能有雅兴和有耐心来细作入情入理的理解呢？而唐玄宗理解偏了，作为白丁的孟浩然，又怎么可能有权利来作应有的申辩呢？正因为如此，这也就注定了孟浩然必将由此而遭遇雪上加霜的命运。试想，孟浩然在其时其地倘若能够勇敢一点，从容一点，把脑子放聪明一点，不去朗诵那首容易引起唐玄宗错解的诗，那么，他那出众的诗才岂不也许就有可能被唐玄宗所赏识，他的理想和愿望岂不也许就有可能得以实现，他本人岂不也就不至于以隐居终老自己的一生了么？英国诗人布莱克在《结婚戒指》中曾这样说过：“如果你在时机成熟前过急行动，你将必得去擦抹悔恨的眼泪；而如果你放过一次成熟的时机，你将永远抹不干懊丧的眼泪。”此话说得可真有道理！所以，当机遇来到自己身边的时候，鼓起应有的勇气，展现真实的才情，紧紧地抓住它，努力去创造一个“大风起兮云飞扬”的美妙时刻，确实是一件特别重要的事情！

要抓住机遇，对遇到的每次机会都必须十分珍惜，十分重视，都紧紧地抓住不放。千万不能错误地认为，反正机遇有的是，错过一次两次根本没关系，就轻忽它，放松它。要知道，机遇的次数与成功的次数并不成正比，只有无比珍惜机会，努力用好每一次机会，才算得上一个真正善抓机遇的人，也才能真正获得成功。如果给甲 1 个机会，给乙 300 个机会，那么，谁更有可能把握机会呢？若是让你回答你会选择谁，你或许很可能会选乙。因为你会觉得，乙拥有比甲多得多的机会，当然也就更有可能把握机会了。可实际情况，却常常并不像你所想的那样。有个故事就很能说明这个问题：有一位射击运动员，开始时，教练每天给他 300 发子弹进行训练，因此他训练起来总是漫不经心，还没对准靶心就随意发射，结果射击成绩一直得不到提高。后来，教练对他改变了训练方法，每天仅给他一发子弹，并告诉他如果没有射准靶心，就不准离开训练场。因为只有一发子弹，只有一次发射的机会，所以训练起来他就变得格外认真，再也不敢有丝毫马虎。经过一段时间的训练，他的射击成绩便得到了突飞猛进的提高。1952 年，在第 15 届奥运会上，他获得了大口径 300 米 3×40 项目的金牌，成为前苏联第一个奥运会射击冠军。这位射击运动员，就是鲍格丹诺夫。为什么“1”会大于“300”？就是因为“1”是“唯一”，失去了这“唯一”，就什么都失去了，所以鲍格丹诺夫对这个“1”也就格外珍惜，绝不轻易出手。而如果换成了“300”，即使失去了其中一个“1”，还有许多个“1”在，所以鲍格丹诺夫对其中的一个又一个“1”，也就全都抱着漠然视之的态度。而正因为这漠然视之的态度，致使他失去了一个又一个“1”，并最终失去了全部。这就告诉我们，在生活中，一定要珍惜“1”，珍惜那唯一的机会。只有这样，我们才会在一个又一个“1”的基础上，不断提高，不断长进，拥有更多的成功，获得更多的幸福和快乐。

习总书记在庆祝香港回归祖国 20 周年大会的重要讲话中，曾引用“苏州过后无艇搭”（即过期不候或过了这村就没这店的意思）这一句俗语，来说明机遇是不可多得的战略资源，谁重视机遇，谁就有可能抓住机遇，谁抓住机遇，谁就能得到快速的发展。所以，我们一定要遵从习总书记的指示，在工作中努力珍惜机遇，抓住机遇，用好机遇，以期真正将机遇优势转化为发展优势，将现实机遇转化为发展成果。如果缺少准备而又眼力不济，总与机遇擦肩而过，那就很容易坠入“山重水复疑无路”的困境之中，甚至可能会始终觉得“鸿雁在云鱼在水，惆怅此情难寄”，最后落得抱憾终身的结果。只有那些既有充分准备且又长有一双慧眼的人，方能及时抓住机遇，使眼前呈现“柳暗花明又一村”的全新景象，并由此而“好风凭借力”“扬帆正当时”，最终摘取那成功的桂冠。机遇是“常年久旱逢甘霖”中的那阵好雨，是“长风破浪会有时”中的那股劲风，只有发现并抓住了这些渴盼已久的机遇，我们才能如虎添翼，生机焕发，让生命之树绽放绮丽的花朵，用卓异业绩为祖国增光添彩。

能者创造机遇

今日的中国，前所未有地靠近世界舞台的中心，前所未有地接近实现中华民族伟大复兴的梦想。应该说，我们现在确实是遇到了非常有利的发展机遇，形势之好前所未有。但是，我们同时也必须清醒地认识到，前进的道路并不平坦，诸多矛盾叠加、风险隐患增多的巨大挑战，也同样严酷地摆在我们的面前。所以，在这样的关键时刻，我们就必须牢记习近平总书记“必须增强忧患意识，敏锐把握世界科技创新发展趋势，紧紧抓住和用好新一轮科技革命和产业变革的机遇，不能等待、不能观望、不能懈怠”的嘱托，更好地在“紧紧抓住机遇”上大做文章，做足文章，以使中华民族伟大复兴的中国梦能够早日实现。

机遇往往是在人们意料之外的时间和场合，突然之间来到我们身边的，同时还往往混杂和隐藏在众多的寻常现象之中，因此也就有的明显，有的隐蔽，有的时间稍长，有的昙花一现，如果我们没有一双“火眼金睛”，那确实是很难发现和抓住的。发现机遇既然如此不易，我们显然就绝不能做那“守株待兔”的农夫，一味地坐等机遇的降临，而是要很好发挥我们的主观能动性，充分施展我们的聪明才智，主动去创造机遇。发现机遇不易，创造机遇无疑就更难，但不管怎么难，只要我们树雄心，立大志，勤动脑，善思索，不等待，不观望，不懈怠，竭尽全力去拼，去搏，那就还是能闯荡出新路，创造出机遇来的。事实上，世上一些真正大有作为的人物，往往都是在创造机遇中获取成功的。马其顿国王亚历山大大帝在打了一次胜仗之后，有人问他：“假如有机会，想不想把第二个城市攻占下来。”“什么？”他怒吼起来，“机会！我制造机会！”马其顿国王亚历山大大帝的所言所行，不就正是机遇是可以创造这一卓见的有力明证么？别以为只有建奇功立大业者可以创造机遇，其实，即使是平凡普通的劳动者，只要勇于标新立异，敢于出奇制胜，也同样可以创造机遇，并由此而造就令人刮目相看的光辉业绩。在中外的历史上，在现实生活中，就都有无数这样的事实可作佐证。

要创造机遇，必须勇于接受新的思想、新的观念，并以非凡的勇气，立即付诸坚决果断的行动。意大利航海家哥伦布，从小就对航海有浓厚的兴趣，20 多岁时已成为一个很有经验的水手了。一个偶然的机会，他读到了一本《东方见闻录》，从此，他就一直想着到东方去寻找财富。为了实现这个梦想，后来他便带着 87 名水手，乘着三艘帆船，开始向西远航了。在那很多人尚不知晓地球是圆的时代，不少人都觉得哥伦布的作为非常怪异，有些人更是对此表示了极大的怀疑：哥伦布真是异想天开，向西出发，怎么可能去到东方呢？可哥伦布完全置这些人的非议于不顾，硬是顶着狂风巨浪，不畏艰难险阻，义无反顾地在茫茫的大西洋海面向西航行着，因为他不迷信旧说，不被传统的错误观念所束缚，他早就请教了意大利地理学家托斯堪内里，相信地球是圆的，知道沿着大西洋一直向西航行，同样也能够到达东方。海上的生活非常单调，水天茫茫，无垠无际。过了一周又一周，水手们终于沉不住气了，吵着要返航。还有一些依旧笃信地球是一个扁圆的大盘子的人，更是认为再往前航行，就会到达地球的边缘，帆船就会掉进深渊，因此内心里充满了恐惧。但哥伦布是一个意志十分坚定的人，他决不会让自己苦心组建的船队半途而废，留下终生遗憾，当水手们恼羞成怒逼迫他返航时，他的答复只有这么一句话：“前进啊！前进啊！前进啊！”有时候，他甚至不得不拔出宝剑，强令水手们向前，向前，再向前。他们在海上整整航行了两个月零九天，终于到达了美洲巴哈马群岛的华特林岛。哥伦布把这个岛命名为“圣萨尔瓦多”，意思是“救世主”。尽管哥伦布并不承认他发现的是美洲，但是后人仍尊重他的功绩，把他誉为“发现美洲的人”。返回西班牙以后，哥伦布顿时成了英雄，受到西班牙国王和王后的隆重接待。科学家、航海家、探险家，还有一些附庸风雅的绅士，也为他举行了一次又一次的欢迎宴会。在一次宴会上，正当觥筹交错、欢乐非常的时候，忽然有人高声说道：“我看这件事不值得这样庆祝。大陆是地球上原来就有的，并非哥伦布所创造。他只不过是坐着船往西走，再往西走，碰上了这块大陆而已。其实只要坐船一直向西航行，谁都会有这项发现。”宴会席上顿时鸦雀无声，绅士们一个个面面相觑。这时，哥伦布笑着站起来说：“这位先生讲得似乎很对，可其实不然，我们不妨一试。”说着，他顺手抓起桌上放着的熟鸡蛋，接着说，“请各位试试看，谁能使熟鸡蛋的小头朝下，在桌上立起来？”气氛又活跃了起来，大家都拿起面前的熟鸡蛋，试着、滚着、笑着，但谁也没能把它立起来。刚才说话的那位绅士得意洋洋地说：“既然哥伦布提出了这个问题，那么他自己一定能办到，现在就请他把熟蛋小头朝下立在桌面上吧！”“唰”的一下，全场的眼光都朝哥伦布看过来，只见哥伦布微笑着，手握鸡蛋，小头朝下，“啪”的一声敲在桌上，手一松，那蛋就牢牢地立在了桌上。那人高叫起来：“这不能算，你把蛋壳摔破，当然可以站住。”这时，哥伦布正色说道：“对！你和我的差别就在这里，你是不敢摔，我是敢摔。你我之间就只是敢与不敢之别。世界上的一切发现和发明，在一些人看来都是再简单不过的。但是，请您记住：那总是在发明者指出应该怎么做之后。”事实确实是这样，在哥伦布之前，其实任何人都有发现新大陆的可能，可为什么终究没有一个人能发现新大陆呢？关键就在于：此前，没有一个人有勇气、有决心这样去做；哥伦布勇敢地这样做了，所以他成功了。在新大陆发现之初，有些人认为哥伦布只是一介武夫，他仅仅是凭着一股蛮劲和一些运气而发现新大陆的。可我们要说，不，此说大错特错，错得离谱！哥伦布有勇有谋，不仅有一个聪慧的头脑，而且有一身远非常人能匹敌的非凡勇气和敢于去创造机遇的无畏胆略。正是因为这些，他才成为了一个使人不得不敬佩有加的新大陆发现者。

要创造机遇，必须在机遇初露端倪的时候，就能敏锐地发现其存在的不足和问题，并充分发挥自己的聪明才智，倾力展示自己的非凡才华，设法去补足它，完善它，从而在它的基础上创造出一个真正能造就自己的好机遇。拿破仑·波拿巴，是赫赫有名的法国18世纪政治家、军事家、法兰西第一帝国和百日王朝的皇帝。可他原来只是一个小小的尉级炮兵军官，1793年，他被派往前线，参加进攻土伦的战役。这应该说是他得到的一个机遇，但当时的形势对法军明显不利，法军前线指挥官面对土伦坚固的防守，可以说一筹莫展，根本就拿不出一个合适的应对之策。这时候，拿破仑机敏地直接向特派员萨利切蒂提出了自己新的作战方案。特派员见拿破仑的方案很有新意，就立即任命拿破仑为攻城炮兵副指挥。临危受命，这无疑给了拿破仑一个更有利的机遇。但他很快就发现，法军的炮兵形同虚设，既无足够的火炮，又无充足的弹药，士兵们也没有起码的素养，没有经过认真的训练，他们既不会使用火炮，更不懂得如何修理，即使自己当了副指挥，也完全不可能带领部队赢得胜利。于是，为了改变炮兵的落后状态，他就不顾旅途的疲劳，立刻全身心地投入了紧张的工作。首先，他想方设法搜集各种火炮，还有大量的弹药。接着，他派专人搜集一切有用的军械器材，并且建立了一个有80名工人的军械工厂。拿破仑不仅是一个出色的组织者，而且是一个脚踏实地的实干家，他经常和士兵滚在一起，用自己的实际行动和表率作用影响士兵，激励他们的干劲和革命精神。用法军司令多普将军对拿破仑的评价来说，就是“他总是坚守在自己的工作岗位上，即使需要休息，也是裹着大氅，睡在地上。他从未离开过炮群。”正因为这样，拿破仑的惊人才干和废寝忘食的精神，很快在法国士兵中传开，同时也博得了上级的器重和赞赏，所以不久他就被晋升为炮兵少校。如此一来，攻克土伦的战役，才真正成了一次机遇摆在了拿破仑的面前。可仅仅如此还远远不够，于是他又在前线精心谋划，并带领士兵勇敢战斗，将自己的胆识和才智更进一步地施展了出来，这才使他得以不负重托，荣立了攻克土伦的战功，并一战成名，在24岁时便被破格提升为少将旅长。所以，我们不妨说，拿破仑的成功，并不是简单地因为他遇到了机遇，更在于他敏锐地捕捉了机遇，充分地利用了机遇，出色地拓展了机遇。概括起来一句话，就是他遇到了机遇之后，更成功地创造了机遇。而正是他这一善抓机遇和创造机遇的杰出才能，不仅使他赢得了土伦战役的胜利，而且也为他后来叱咤风云、登上权力顶峰奠定了坚实的基础。

要创造机遇，必须勇于挣脱习惯势力的羁绊，勇于冲破定向思维的牢笼，敢于开顶风船，敢于走不同于常人所走的路。应该看到，在一些特定的场合，一些特定的时刻，人们的思想往往会受习惯势力的束缚，而且还会相互影响、相互感染，形成一种相同的定向思维模式。遇到问题时，人们常常会以同一种思维模式去思考，去探究，结果就大多会钻到死胡同里出不来。这时候，就要敢于异想天开，敢于另辟蹊径，去寻找一条新的出路，去开辟一片新的天地。唯有这种创造性的追寻，方能获得意外之喜，得到机遇的格外垂青。19世纪中期，一股淘金热潮在美国西部悄然兴起。成千上万的人都涌向那里寻找金矿，幻想能一夜暴富。一个十来岁的穷孩子瓦浮基，也想去碰碰运气。因为穷，买不起船票，他只能跟着大篷车，忍饥挨饿地奔向西部。不久，他到了一个叫奥丝丁的地方，这儿金矿虽多，但是气候干燥，水源奇缺，找金子的人最痛苦的就是，拼死拼活苦干了一天，竟然连能滋润嘴唇的一滴水也得不到。抱怨缺水的声音到处弥漫，许多人甚至愿意用一块金币换一壶凉水。这些找矿人的满腹牢骚，引起了瓦浮基的思索，也触发了他的灵感。他想：自己身单力薄，干活儿根本就比不过人家，来了这么些天，虽干得疲惫不堪，却仍然一无所获，如果照这么下去，肯定是凶多吉少，倒不如去挖井找水，卖水给这些找金矿的人喝，说不定比找金子更容易赚钱呢！主意既定，说干就干，瓦浮基立马买来铁锹，开始挖井打水。水打出来了，经过一番过滤，便变成了清凉可口的饮用水，成了那些找金矿的人的抢手货。就这样，在短短的时间里，瓦浮基就赚了一笔数目相当可观的钱。后来，经过继续努力，他很快就成了在美国小有名气的企业家。瓦浮基虽说身单力薄，活儿干不过别人，但他的脑袋却灵活机敏，智慧远胜他人，所以他终于有幸找到了另一条发财致富之路。试想，如果他的脑子也是一根筋，一天到晚只是一门心思想着找金子，找金子，找金子……那他就很可能不仅一直找不到金子，弄不好反倒会丢了自己的一条小命。所幸他没有那么傻，面对那样的困境，他没有抱怨，更没有哀叹，而是在对自身条件做出客观分析的基础上，审时度势，凭他独具的慧眼，及时发现并大胆创造了一个赚钱的新机遇——挖井卖水。发现并创造这样的机遇，在事成之后的今天来看，也许根本就不是什么稀罕事，可在当时，在找金子已成为所有人的思维定势的特定环境下，要跳出那样的框框，做出这样的发现，却不能不说是一件异想天开、令人叫绝的好主意。机遇不喜欢脑子一根筋的人，而偏爱那敢于异想天开的人。因为思想角逐容易钻入死胡同，只有异想天开，方能开辟出使人眼睛一亮的新蹊径。正是这一异想天开的好主意，使处在极度困境中的他发现了一个新机遇，并由此改变了他的人生走向，使他走上了一条成功之路。这就足可以证明，用机敏的头脑发现并创造新的机遇，对于一个人的一生所起的作用，实在是非同寻常，不可小觑。

要创造机遇，必须在看似完全没有机遇的窘境中，也绝不灰心，绝不失意，而能依然不畏千难万险，竭尽常人难以想象的艰苦努力，去将机遇揽入自己的怀中。英国哲学家培根曾说：“对一个聪明人来说，他创造的机会比他碰上的机会要多得多。”著名科学家居里夫人也说：“弱者等待时机，强者创造时机。”世界顶尖的电影巨星史泰龙的成功，就完全是他为自己创造了机遇的结果。他出身不好，父亲是赌徒，母亲是酒鬼，受家庭的影响，他也成了街头的小混混。直到 20 岁时，因一件事的刺激，他才醒悟到这样下去会成为社会的垃圾和人类的渣滓，因此立志要走一条与父母迥然不同的路，活出一个人样来。做什么呢？思来想去，他决定做一个演员。可他显然不具备演员的条件，长相就很难使人对他有信心，因为根本就看不到他有什么“天赋异禀”的迹象，而且他又没有受过专业训练，因此当他去到好莱坞四处哀求时，也就理所当然地处处碰壁。可他始终没有灰心，而是把每一次遭受拒绝都当作一次学习的机会。在两年之中，他共遭受了 1000 多次拒绝，但他依然痴心不改，并想出了一个迂回前进的思路：先写剧本，待剧本被导演看中后，再要求当演员。幸好两年多的耳濡目染，他已经具备了写电影剧本的基础。一年后，剧本写出来了，他又拿着去遍访各位导演。人们认为他的剧本很好，但要让他当男主角是不可能的，他再次被拒绝了。这时他不断地对自己说：“我一定要成功，也许下一次就行，再下一次，再下一次……”在他遭到了 1300 多次拒绝后的一天，一个曾拒绝过他 20 多次的导演终于同意把他的剧本改成电视连续剧，让他当男主角先拍一集看看效果再说。机会来之不易，史泰龙自然格外珍惜，他拼尽全力，全身心地投入其中。第一集电视剧拍成后，竟然创下了全美最高收视纪录，他终于成功了！这可真是：“千红万紫安排著，只待新雷第一声。”难怪史泰龙的健身教练哥伦布医生要这样评价他：“史泰龙每做一件事都百分之百投入。他的意志、恒心与持久力都是令人惊叹的。他是一个行动家。他从来不呆坐着让事情发生，他主动地令事情发生。”如果你也想像史泰龙那样走上成功之路，那就请也像他那样付出令人难以想象的超常努力吧！

要创造机遇，必须善于从危机中找出新的契机，将不利转化为有利，从而创造出全新的机遇。苏州市吴江汾湖区红旗村，1990 年开始从事水产养殖，如今在正常情况下，每亩水面每年能产出 130 公斤左右的青虾，纯利润约 5000 元 / 亩，一户虾农年收益平均 10 万元左右。往年汾湖青虾根本不愁销售，每年春节前就有虾贩子进村收购，塘里的虾即可售出七成左右，销售高峰期仅红旗村就能卖掉两吨多。可 2020 年春节前情况猝变，新冠肺炎疫情爆发，农贸市场、宾馆、饭店，全都暂停营业，汾湖虾一时之间就都卖不出去了。而更让人揪心的是，随着气温的升高，青虾将进入脱壳期，青虾脱壳后不仅要死掉三分之一，活着的口感也会明显下降，卖不上价钱。长期靠虾贩子上门收购、别无其他营销渠道的虾农们，突然间遭遇了这当头一棒，全都像热锅上的蚂蚁，急得团团乱转，却又束手无策，一个个都傻眼了。面对这种情况，一向认为百姓的事比天大、敢以铁肩勇担当的村党总支书记金香再也坐不住了，便在坚守战“疫”的同时，反复思忖青虾滞销的解救之道。他见多识广，脑子又灵活，思着想着，终于眼前一亮，想到了客串微商的好主意。说干就干，2 月 26 日他就在微信小程序“群接龙”里发起了“香书记线上助农卖菜”活动，将青虾与地产蔬菜一起打包出售。同时他还双管齐下，与虾农们一起研究出了一个确保青虾 24 小时存活率 90% 以上的巧妙包装办法。此招还果真灵验，很快就见了起色，后再加上媒体的助力，局面就初现转机。这一切就像阵阵和煦的春风一般，将弥漫在虾农们心头的阴霾一扫而空，他们也就愈发振奋起精神，以更积极的行动使汾湖青虾的销售重又火了起来，一天就卖掉了 833 公斤。可尝到了网上直销甜头的金香书记和虾农们，并没有以此为满足，他们的目光看得更远，进而想到可以利用汾湖地处苏浙沪交界处的有利地理位置，加快 IP 建设，以便将直销网络不断铺展开去，一直铺到整个长三角，使汾湖的河虾养殖事业得到更快更大的发展。事在人为，美好的前景正在向他们招手，相信他们的努力定会得到更加丰厚的回报。

疫情的突然爆发，使汾湖的虾农们遭遇了一场前所未有的危机，开始时他们虽有些慌乱，但在村书记的带领下，他们终于迎难而上，找到了应对危机的好办法。靠着巧妙的对策，靠着合力的拼搏，他们终于变被动为主动，变不利为有利，变死棋为活棋，变危机为良机，不仅如愿渡过了难关，而且还开辟了加快养虾业发展的新天地。这就可见，即使在前进路上遇到了一些障碍、一些阻力，甚至是一些危机，也不必惊慌失措，更无需恐惧害怕，只要能无惧无畏，顶风而上，就一定能在应对危机的过程中，创造新的机遇，做到化危为机、转危为安。我们的老祖宗创造的“危机”这一词语，实在是妙不可言的人类智慧的结晶，它由“危”和“机”这两个词素构成，而这两个词素恰好是一对同生并存、可以相互转化的矛盾。至于究竟如何转化，就全在人们的把控能力和应对方法：如果心存胆怯，害怕“危”，一见“危”字就绕道走，那么“危”字就始终将是镇在头上的一柄利剑；若是心怀壮志不怕“危”，见了“危”字就勇迎斗，那么“危”字就会识相地给“机”字乖乖让位。“机”字好处多多，“机”字人见人爱，这自然无可厚非，但如果凭着“机”字就想享清福，靠着“机”字就想不作为，那就总有一天会愁眉苦脸遇上“危”。所以，我们一定要见“危”不惧怕，见“机”不窃喜，不管在什么情况下，都始终保持昂扬奋进的姿态，不断去开创事业的新局面。习总书记一直强调：“世界面临百年未有之大变局，变局中危和机同生并存，这给中华民族伟大复兴带来重大机遇”，“这是中华民族的一个重要历史机遇，我们必须牢牢抓住，决不能同这样的历史机遇失之交臂”。所以，我们一定要牢记习总书记的指示，始终紧扣重要战略机遇的新内涵，抓住用好机遇，积极应对危机，让改革之路走得更快、开放之门开得更大，从而以改革开放新突破推动社会生产力实现大跃升。

要创造机遇，必须时时怀有一个健康乐观的好心态，必须刻刻娴熟运用一分为二的辩证法。人生常常有好、坏两个机会，要想得到好机会，就必须善于去发现好机会，创造好机会。美国加州有位刚毕业的大学生，在2003年的冬季大征兵中依法被征，即将到最艰苦也是最危险的海军陆战队去服役。这位年轻人自从获悉自己被海军陆战队选中的消息后，便显得忧心忡忡，惶惶不可终日。在加州大学任教的祖父见到孙子这一副魂不守舍的模样，便开导他说：“孩子啊，这没什么好担心的。到了海军陆战队，你将会有两个机会，一个是留在内勤部门，一个是分配到外勤部门。如果你分配到了内勤部门，就完全用不着去担惊受怕了。”年轻人问爷爷：“那要是我被分配到了外勤部门呢？”爷爷说：“那同样会有两个机会，一个是留在美国本土，另一个是分配到国外的军事基地。如果你被分配在美国本土，那又有什么好担心的？”年轻人问：“那么，若是被分配到了国外的基地呢？”爷爷说：“那也还有两个机会，一个是被分配到和平而友善的国家，另一个是被分配到维和地区。如果把你分配到和平友善的国家，那也是件值得庆幸的好事。”年轻人问：“爷爷，那要是我不幸被分配到维和地区呢？”爷爷说：“那同样还有两个机会，一个是安全归来，另一个是不幸负伤。如果你能够安全归来，那担心岂不是多余么？”年轻人问：“那要是不幸负伤了呢？”爷爷说：“你同样拥有两个机会，一个是依然能够保全性命，另一个是完全救治无效。如果尚能保全性命，那还担心它干什么呢？”年轻人再问：“那要是完全救治无效怎么办呢？”爷爷说：“还是有两个机会，一个是作为敢于冲锋陷阵的国家英雄而死，一个是唯唯诺诺躲在后面却不幸遇难。你当然会选择前者，既然会成为英雄，有什么好担心的呢？”这个故事挺有意思，既颇耐人寻味，又特启人深思。我们应该由此而明白：无论人生遇到什么样的际遇，确实都会有两个机会：一个是好机会，一个是坏机会。好机会中，藏匿着坏机会；而坏机会中，又隐含着好机会。最后那机会究竟是好还是坏，关键就看我们以什么样的心态、什么样的眼光、什么样的视角去辩证地看待它。如果我们用乐观旷达、积极向上的心态去看待，那么坏机会也会成为好机会。如果我们用消极颓废、悲观沮丧的心态去对待，那么，好机会也会被看成是坏机会。所以，人生在世，千万不能信命，听命，任凭命运的摆布，乞求命运之神的施舍，而应该信自己、靠自己，重在提升自己的修养，努力摆正自己的心态，学会一分为二的思想方法，以期通过努力，不断去发现机遇，创造机遇，使好机遇永远与自己相伴相随。

要创造机遇，必须有一颗睿智的头脑，有一个正确的理念，并具有坚持不懈的追寻精神，这样才能在看似没有机遇的地方发现并创造出机遇来。有一个人经常出差，可经常买不到有座位的车票，但他又几乎每次都能在车上找到座位。此中究竟有什么奥秘呢？除了和列车员套近乎外，他更有一套自己的办法。这个办法，就是他每次一上车，就从车头走到车尾，耐心地一节一节找下去。他从实践中发现，火车上常常是一些车厢拥挤，而一些车厢则较宽松，大多数乘客上车后，看见连续几个车厢里的人都是那么多，就主观地认为后面的车厢肯定也是这种情况，便停止不前，不再继续找下去了。可他却认为，这些人的思想太过死板和僵化，他们的想法和做法都是错误的。所以，他总是反其道而行，即使发现这节车厢没有空座，还会把希望放在下节车厢，会不停地找下去，直到找到为止。而正因为这样，他也就每次都能找到坐位，每次都不失望。这就告诉我们，在生活中千万别被眼前的短暂困境蒙住了双眼，而一定要以明智的头脑，绝不停住向前的脚步，朝着一个值得努力的目标不断前进，以充分利用造物主慷慨赐予你的才华和能力，尽可能在成功的列车上找到机会的座位。这也就是说，在前行的路途上，只要有一个聪慧的头脑，始终保持心胸的开放与乐观，你就迟早会听到机会在敲门，只是不是在敲你的家门，而是在叩响你的心扉之门。在现实生活中，那些坐待幸运从前门进来的人，往往忽略了幸运从后窗进入的机会。他们误以为幸运之神当真存在，于是就总是坐待机会来敲门。可惜的是，机会从来不会自动前来敲门，不管你等待多少年，也不会听到它的敲门声。这是因为机会并非外界的生存实体，而只是存在于你的内心之中，你自己才是真正的机会。只要你像上述故事中不断寻找座位的人一样，为寻找座位充分发挥自己的能力，就完全有可能创造机会。为什么说能创造机遇呢？这是因为“聪者听于无声，明者见于未形”，这样的机遇，在一般人的眼中是本不存在的，只是由于那个善找座位者的过人智慧以及坚持精神，才终于化无为有，来到他的面前。试想，这样的情况难道还不能说是创造机遇吗？而那些上车后不愿继续去找座位的乘客，也能从反面给我们以很好的教益，那就是可以让我们更细细地去品味英国著名小说家艾略特写下的这样一段话语：“生命巨流中的黄金时刻稍纵即逝，除了沙砾之外我们别无所见；天使前来探访，我们却当面不识，失之交臂。”我们一定要牢记此话，并将那些当面不识天使，与她失之交臂的人，作为前车之鉴，绝不再去重蹈他们的覆辙。

要创造机遇，必须勤动脑，善思索，时时多想新点子，处处常出新招数，以使新机遇和新业绩在我们手中创造出来。一家生产玻璃的公司里，有一位业绩很好的推销员，每次总成绩出来，她总是稳居第一，遥遥领先于他人。老板便让她给大家说一下她的心得，她想了想说，其实她也并没有什么特别的高招，只是每次去见顾客，除了带上玻璃外，还带着一个小锤头，在介绍产品时，就用锤头砸玻璃……众人一听，全都恍然大悟，明白了她取得好业绩的诀窍所在。但是，到了第二年，她的业绩依然最为骄人，领导再让她讲心得的时候，她说：“……这回我让他们自己敲……”掌声顿时响起，大家都不由得不从心底里对她表示敬佩和信服。因为大家终于明白，这位推销员之所以能不断创造新的业绩，绝不是出于偶然，也绝不是凭靠了上苍恩赐的机遇，而是因为她充分发挥了自己的聪明才智，不时地想出了时新的点子，从而使所有的顾客都不得不相信她，悦服她，自然而然地随着她的指挥棒滴溜滴溜转。这位推销员的经验告诉我们：善于开动天君，不时推出新招，机遇将会不请自来，优秀必然就此铸就。

要创造机遇，必须在机遇刚出现在自己的眼前时，就以创新的精神使出浑身解数，把自己的能力发挥到最大值，以便把飘忽不定的机遇变成完全可以把控的机遇，并最终牢牢地将它握在自己的手中。在很多情况下，得到某一机遇的，除了你之外，往往还有其他人，而且其中有一些人还具备出众的条件，因而竞争往往非常激烈。这时候，如果你发挥一般，那机遇最后就一定并不属于你；只有你将自己的能力发挥到了最大值，你才有可能把眼前的机遇真正握在自己的手中。杨澜如今可算是一个响当当的人物了，而她人生中最大的转折点就是应聘中央电视台《正大综艺》节目的主持人。当时，正大集团和中央电视台合办一个节目，打算招聘一个女大学生做主持人，杨澜获得了前去应聘的机会。据当时的导演透露，招聘组的人是想选一个漂亮一点的，而杨澜并不是一个理想的人选。要是换了旁人，见对手比自己漂亮得多，而招聘组的人又要漂亮的，那自己肯定是没戏了。可杨澜并没有打退堂鼓，她见难而上，倾尽全力，巧妙地驾驭了这次难得的机遇。到了正式评判的关键时刻，杨澜侃侃而谈，一开始就说：“我认为主持人的首要标准不应当是容貌，而是要看她是不是有强烈的与观众沟通的愿望……”她一口气讲了半个小时，语言流畅，富有思想性和说服力，令人不得不对她刮目相看，因此她也就赢得了招聘组的赏识，使他们不再关注她是否漂亮，而是为她出众的口才和气质所倾倒。就这样，杨澜被中央电视台录用了。杨澜何以能突破招聘组的录用标准，脱颖而出？关键就是因为她不失时机地把自己的能力发挥到了最大值，充分展示了自己的才华，将原本几乎无法把握的机遇，转化成了真正属于自己的千载难逢的机遇，并从而很好把握了自己的命运。

机遇是一个既美丽诱人而又吝啬古怪的天使，如果我们不刻苦努力，作好迎接她的充分准备，她是绝不肯轻易光临的，即便她有时突发雅兴，乔妆改扮来到了我们的身边，也会因为我们缺少眼光，浑然不觉，对她不予理会，她就会旋即杳无声息地翩然而去。如果因此而失去了机遇，无疑是令人非常痛心的事情，但我们也完全不必就此而陷入痛苦和失望之中，就此而一蹶不振，相反倒是应该痛定思痛，自省自察，以“悟已往之不谏，知来者之可追”的古训来激励自己，力图东山再起，奋力创造新的机遇。别以为失去了一次机遇就失去了所有的机遇，要坚信前面还会有机遇，人生依然能大放光彩。梅花错过了百花盛开的夏季，却因扑鼻冷香和不屈傲骨为人赞叹；昙花错过了白天的明媚阳光，却因夜晚中的甘于寂寞而更显娇艳绝伦；劲松错过了秋季的落叶时节，却因在严寒中的傲然挺立而令人赞美有加。可见，错过一次机遇并不注定一生就是悲剧命运，而要努力创造新的机遇，使生命揭开新的篇章。机遇就隐藏在前方不远的拐角处，正等待着我们去发现和创造。良机莫失，时不我待，让我们迅即昂起头，挺起胸，信心满满地阔步前行！

不找借口找方法

在现实生活中，我们常常会见到这样一些情况：上班迟到了，有人就会说："今天家里发生了一些意外的事情"，或者是"路上的车子堵得实在太厉害了"；工作没有如期完成，有人就会说："任务太重了，压得人连气都喘不过来"，或者是"要求过高了，天大的本领也难完成"；比赛时失败了，有人会说："今天我的运气太差了，三局中竟给对手打了三个擦边球"，或是说"今天我身体不舒服，想要使劲也使不出来"；重大的活动搞砸了，有人就会说："我早就说过，时机还不成熟嘛"，或是说"有人隔岸观火，有人袖手旁观，我们再怎么出力也无济于事呀"……虽说这些人所遇的情况和做出的表现有着种种不同，但就其实质来看，他们存在的问题却都如出一辙，那就是：当工作中出现了一些问题，或是犯了一些错误的时候，他们都不能勇敢地去面对失误，不能主动地去承担责任，而总是想方设法，去罗织各种各样的理由，去寻找这样那样的借口。他们这样做的目的，说到底就是为自己推卸责任，为自己开脱过失，以免遭同事的冷眼，免受上司的指责。一句话，他们所考虑的，都只是个人的名声和面子，而绝不是自己应有的责任和担当，国家的事业和集体的利益，都被他们置放在了脑袋的后面。他们这么做，有时候也许表面上能使他们的心愿得到一些满足，而实际上给他们带来的危害却十分巨大，因为爱找借口的做法，会在不经意间蚕食他们的诚实和自信，消蚀他们的热情和积极性，磨灭他们的责任感和危机意识，使他们在不知不觉间日渐变成一个见难即退、不愿担当的平庸之人。

为自己的失误或过错找借口，这其实并非是今人的创造，而是古已有之的事情。秦朝末年，在汉楚争霸的激烈争夺中，项羽垓下兵败之后，率八百余人突围至东城时，仅剩二十八骑，而汉骑追兵却有数千人。项羽自度无法逃脱，便对他的部下说："吾起兵至今八岁矣，身七十余战，所当者破，所击者服，未尝败北，遂霸有天下。然今卒困于此，此天之亡我，非战之罪也……"后逃至乌江边时，乌江亭长已把船停靠在岸边等候，并劝项羽速速过江，可项羽却又说道："天之亡我，我何渡为！"根本不愿领受乌江亭长的一番好意，结果终于不得不自刎而亡。项羽的骁勇善战，确乎鲜有人可以比肩，可最后他竟落得个自刎而死的结局，这里面显然有许多原因值得深刻地检讨，其中包括项羽本人的一些致命弱点以及他所犯下的一些严重错误，可即使是在死到临头的时候，项羽对所有这些却都没有丝毫的省察，而是一再宣扬"天亡我也"的论调，将所有的责任一股脑儿都归到了老天爷的头上。可这样做却半点儿用处都没有，因为借口其实只是个自欺欺人的玩意儿，在关键时刻它绝对帮不了找借口者半点儿忙，所以项羽一味地为自己的失败"找借口"，最后落得个可悲可叹的身首异处的下场，也就完全不足为怪了。试想，要是在溃败之后，项羽能够不找借口，而多作自我反省，深刻地从自己身上寻找失败的原因，下决心改弦更张，重振雄风，并听从乌江亭长之劝，渡过乌江，以图东山再起，那么凭借项羽之威武雄才，以及他原先打下的基础，说不定还真有反败为胜，重新书写历史的可能呢！

一些人为什么总喜欢寻找借口，却不愿提自己所犯的过错和应该承担的责任呢？一般来说，主要是为掩饰弱点、推卸责任，以达到敷衍别人、原谅自己的目的。这一些喜欢找借口的人，往往都具有拖延、懒惰、特要面子、怕受指责、缺乏自信、没有责任心等性格或习惯上的缺点。正是这些缺点，滋生并助长了他们爱找借口的毛病。刚开始找借口的时候，这些人或许还能自知他的借口含有一点撒谎的成分，内心里多少还有些不安，但是随着不断的重复使用，时间一长，他就会越来越相信这些借口完全是真的，相信这就是他失误或失败的真正原因，于是也就开始心安理得起来。这就可见，愈找借口，就愈会使他们的缺点得到固化和放大，就愈会使他们的缺点时时处处都成为影响和羁绊他们前进的绊脚石。结果，他们就会愈发变得消极怠惰、畏难退缩，愈发变得丧失创新精神和执行能力，他们内心里原本还有的一点儿想拼要赢的动力，也就会一天天地荡然无存，直至彻底地化为乌有。这也就是说，随着时间的推移，他们也就会渐渐地成为一个地道的失败者和窝囊废。

有些人爱找借口，还因为在他们的眼中，找借口还有这么一个好处，那就是可以让他们的心灵得到暂时的安慰。殊不知恰恰就是这样的所谓安慰，实际上会给他们带来极大的危害，甚至会导致他们日后更多更大的失误乃至失败。因为这暂时的安慰，不仅会使他们对现实的状况无动于衷，并且会给他们这样的一种心理暗示：眼下的现状完全是因为难以战胜的外部困难造成的，自己付出的努力已经足够巨大了，根本就没有什么可以指责的理由。有了这样一种心理暗示，惰性就会在无形中得到名正言顺的纵容，他们也就会始终处在一种心安理得的状态之中，懒得再去思考如何克服困难、如何完成任务的方法和途径了。而如此一来，他们也就有意无意地禁锢了自己去获取成功的脚步，使自己永远只能徘徊在成功的大门之外了。这就可见，“借口”不仅是逃避责任的托词，而且还是滋生不作为思想的温床，不管是其现实的危害，还是其潜藏的祸害，都绝不可以等闲视之。所以，一个人如果真要想有所作为，真要想获取成功，都绝不能被一时的所谓心灵安慰蒙住了眼睛，而必须勇敢地战胜内心懦弱、拖延、懒惰等诸多弱点，奋力地挣脱爱找借口的桎梏，在勇担责任中增强信心，在战胜困难中激发勇气，以便以昂首挺胸的雄姿阔步向前，去叩开成功殿堂的大门。

爱找借口，这是一种消极的态度，会带来诸多的负面能量。一件本来可以如期完成的工作，到了喜欢找借口的人手上，往往就会变得遥遥无期，甚至会变成“烂尾工程”；一件本来只需一个小时就可以完成的工作，到了喜欢找借口的人手上，往往就要拖上两三个小时才能“搞定”；一件本来一天就可以做完的事情，到了喜欢找借口的人手上，往往就要拖上两天、甚至三天才能做好，有时甚至就因为他那么一拖，大好的机遇就此完全丧失，其造成的损失就再也无法弥补。这就可见，喜欢找借口，于工作、于事业，都有着很大的危害。尽管那些喜欢找借口的人自以为只要找到了一个巧妙的借口，就既可以在同事面前不失面子，又可以在上司面前有所交代，实不失为一个两全其美的好方法，可其实呢，不管他们的借口听起来多么冠冕堂皇，却都掩盖不了他们工作任务没有完成的客观事实，因此也就绝不可能从根本上取得他们所预想的效果。即使他们精心编造的借口看似既合乎情理，又符合逻辑，有时候或许可能会得到同事的同情和上司的谅解，但也仅只是一回两回能够奏效，如果次数一多，恐怕就连“傻瓜”也都能戳穿他们所玩的花招。总之一句话，借口永远只是借口，再美丽的借口也不过是被风一吹即会破灭的肥皂泡，谁也别想一记起它，就可以获得同事的信任，赢得上司的垂爱。再说，爱找借口其实不仅于工作不利、于事业不利，对自己实际上也同样有着极大的危害。从表面来看，爱找借口能掩饰自己的过错，使自己得以暂时蒙混过关，并使心灵得到一时的慰藉，似乎还是有些小利可图的。但从长远来看，从根本上说，爱找借口对于自身智力的提升、潜能的发挥、本领的增强，以及思想品德的提高，都是有百弊而无一利的坏事。因为一旦喜欢上了找借口，遇事就不肯多动脑思考，就不想多激发自身的潜能，就失去了与困难作斗争的信心和勇气，就会养成懒懒散散、不思进取的恶习，时间一长，就必然会变成一个一身懒骨、根本不想作为的人。所以，只要你不是当真自认平庸，自甘堕落，那就一定得坚决与爱找借口拱手作别，永远不要沾它的边。

放眼那些成功人士，就没有一个是喜欢找借口的。譬如美国著名的大企业家洛克菲勒，一生获得了他人难以企及的成就：他创办了美孚石油公司；创建了美国第一家工业托拉斯；他的个人资产更是多得惊人，《福布斯》杂志于 2007 年评估其资产是 3053 亿美元，排名世界第一。洛克菲勒的成就，使他得以成为名人中的名人，连比尔·盖茨都把他视为自己唯一的崇拜对象。那么，洛克菲勒何以会取得如此巨大的成就呢？其中至为重要的一条经验就是：不管遇到什么不利的情况，他都绝不找借口。他对爱找借口的人颇有微词，曾一针见血地指出："借口把绝大多数的人挡在了成功的大门之外，99% 的失败都是因为人们惯于找寻借口。"他还毫不留情地说："我鄙视那些善找借口的人，因为那是懦弱者的行为；我也同情那些善找借口的人，因为借口是制造失败的根源。"而对从不为自己的失败找借口的人，他却总是非常欣赏。洛克菲勒闲暇时常与朋友斯科菲尔德船长一起搞些娱乐活动，有一次打高尔夫球时，斯科菲尔德船长又输给了洛克菲勒，他一怒之下竟把自己那根漂亮的高尔夫球杆扔上了天。然而，洛克菲勒并没有因此而生气，反而还准备买根新球杆送给他。为什么呢？洛克菲勒给出了这样的解释："事实上，他可以以年龄太大、体力欠佳来解释他输球的理由，为自己讨回颜面，但他从来不这样做。"对爱找借口者鄙夷不屑，对不找借口者青睐有加，这是洛克菲勒一贯的作风，所以他也向自己的子女提出了这样的劝诫："在我看来，找借口是一种思想病，而染有这种严重病症的人，无一例外的都是失败者，当然一般人也有一些轻微的症状。但是，一个人越是成功，越不会找借口，处处亨通的人，与那些没有什么作为的人之间最大的差异，就在于借口。"这就可见，不找借口，在洛克菲勒的心目中占据着何等重要的位置。而正是因为这样，他方能在事业上取得举世瞩目的巨大成就。

在美国的西点军校里，不找借口更是形成了一个优良的传统——学员遇到军官问话时，只能有四种回答："报告长官，是。""报告长官，不是。""报告长官，不知道。""报告长官，没有任何借口。"除此以外，不能多说一个字。初闻此事者，或许会产生这样的疑虑：西点军校的这个传统不免太机械了吧？是否会把学员训练成太过机械的“傻瓜”呢？可事实却充分说明，这样的疑虑完全是多余的。因为“没有任何借口”所表达的内涵，其实远比字面意思要宽泛得多，深刻得多，它体现的是一种服从、诚实的态度，一种负责、敬业的精神，一种完美的执行能力。正因为“没有任何借口”有着如此丰富的涵意，其产生的作用自然也就特别巨大，所以西点军校的毕业生大多在各自的领域中获得了非凡的成就。200 年来，西点军校的毕业生中，就有 3 位当上了总统，5 位当上了五星上将，3700 位当上了将军，在世界 500 强里面，也有 1000 多位当上了董事长、2000 多位当上了副董事长、5000 多位当上了总经理和董事。事实胜于雄辩，这大量的事实，难道还不足以说明“没有任何借口”作用的巨大和影响的深远么？“如果你有自己系鞋带的能力，你就有上天摘星的机会！让我们改变对借口的态度，把寻找借口的时间和精力用到努力工作中来。因为工作中没有借口，人生中没有借口，失败没有借口，成功也不属于那些寻找借口的人！”美国成功学家格兰特纳所说的这段话，可以说是从理论上对“没有任何借口”的理念所作的精要阐发，值得我们每一个人细细体味，铭刻于心。“没有任何借口”，虽说是西点军校对其学员提出的一个口号，但其实它有着极为普遍的适用性，它应该同时也成为我们每一个人一生必须奉行的一个重要思想理念和行为准则。

不找借口，嘴上说说似乎比较容易，可真要做起来却很不简单，往往需要持续不断地付出一个又一个超乎想象的艰辛努力。看一看下面这则故事，我们对此就会有更深切的感受。

美国有一位退伍军人，他在战场上负过伤，带点残疾，退伍时年龄又比较大，所以找工作非常不容易，很多单位都拒绝了他，但每一次他都迈着坚定的步伐，继续寻找可能的机会。这一次，他来到美国最大的一家木材公司求职，被招聘人员挡在了门外，一口回绝说不会聘用他。但他硬是通过几道关卡，找到了这个公司的副总裁，非常坚定地对副总裁说：“副总裁，我作为一名退伍军人，郑重地向您承诺，我会完成您交给我的任何任务，请您给我一次机会。”副总裁一看他这副坚定自信的样子，真的就给了他一份工作。可那是一份什么样的工作呢？是让他去负责这个公司在美国中部的一个难以收拾的烂摊子。在此之前，公司派了很多优秀的经理人，都没能把这个工作做好，因为在这里有恶劣的客户关系，公司的欠款长期不能收回，公司的形象在那里受到了损坏。副总裁心想：比你优秀的经理人去了都不能完成这个任务，我不如就卖一个人情，也让你自己证明你不是那块料。这位退伍军人并不了解此中的内情，所以依然十分坚定地说：“我保证完成任务！”第二天，他就奔赴那个市场。几个月之后，他在美国中部挽回了公司在那里的形象，捋顺了客户的关系，并且清欠了几乎所有的债款。在一个周末的下午，总裁把这个退伍军人叫到自己的办公室，跟他说：“我这个周末要出去办一点事情，我的妹妹在犹他州结婚，我要去参加她的婚礼。麻烦你帮我买一件礼物——一个礼品店里非常漂亮的橱窗里面的一只蓝色的花瓶，然后送到我乘坐火车的车厢里。”在作了一番详细的描述之后，他就把写有火车车厢和坐位的卡片交给了这位退伍军人。退伍军人接受任务后，郑重地向他的老板承诺：“我保证完成任务！”随后，退伍军人立即行动，他走了很长时间才找到了总裁说的那个地址，可那个地址上面根本就没有老板描述的那家商店，也没有那个漂亮的橱窗，更没有那只蓝色的花瓶。这时，他马上给老板打电话确认，但是老板的电话已经打不通了，因为在北美周末的时候，老板是不允许别人打扰他的。怎么办？时间一分一秒地过去，这位退伍军人灵机一动，便用结合地图通过扫街的方法继续寻找，终于在距离总裁说的那个地址五条街的地方，看到了老板所描述的那家商店。远远望去，店里确实有一个漂亮的橱窗，而且里面果然有一只蓝色的花瓶。他非常欣喜地立马飞奔过去，但近前一看，门已经上锁，这家商店提前关门了。怎么办？这位军人又结合黄页和地址，找到了这家商店经理的电话。可当他打过去电话，说要买那只蓝色的花瓶时，对方却说：“我在度假，不营业。”说完就把电话筒撂下了。这时，这位退伍军人想，即使砸破橱窗，付出惨重的代价，我也要拿到那只蓝色的花瓶。岂料等他好不容易找到砸橱窗的工具回来时，正好来了一位全副武装的警察，一动不动地站在橱窗面前。这位退伍军人只得静心地等待，可等了好久，那个警察竟丝毫没有走的意思。无奈之下，这位退伍军人只得再一次拨通该店经理的电话，他第一句话就说："我以自己的性命和一个军人的名誉担保，我一定要拿到那只蓝色的花瓶，因为我承诺过，这关系到一个军人的荣誉和性命，请您帮帮我。"那个人没有再挂他的电话，一直在听他讲。他讲述了在战场上因为承诺战友，一定要挽救战友的生命，把战友背出战场，自己才身负重伤、留下了残疾的经历。那个经理被他的述说感动了，终于决定愿意派一个人给他打开商店的门，把那个蓝色的花瓶卖给了他。退伍军人拿到了那只蓝色的花瓶，别提有多开心了，但一看时间，老板的火车已经开了。怎么办？他只得给他过去的战友打电话，说他想租用一架私人飞机，驾着飞机去追赶老板乘坐的火车。在战友的帮助下，他终于驾乘着飞机赶了过去。当他气喘吁吁跑进火车的下一个车站时，老板乘坐的火车正好缓缓地驶进站台。他按照老板告诉他的车厢号，走进了老板的车厢，看到老板正安静地坐在那里。他把蓝色的花瓶小心翼翼地放到桌子上，跟老板说："总裁，这就是您要的蓝色的花瓶，给您妹妹带好，祝您旅途愉快。"说完，他就转身下车了。新的一周开始了，上班的第一天，老板就把这位退伍军人叫到了自己的办公室，跟他说："谢谢你帮我买的礼物，我妹妹非常喜欢。你完成了任务，我向你表示感谢！"直至这时，这位老板才推心置腹地将这一次让他去买蓝色花瓶的内幕和盘托了出来："其实，公司这几年，一直在选一位经理人，想把他选派到远东地区担任总裁，这是公司最重要的一个部门，但之前我们在挑选经理人的过程当中，始终没能找到理想的人选。后来，顾问公司给我们出了一个用蓝色花瓶来测试选择经理人的主意。可在具体的测试过程中，大多数人都没能完成任务，因为不仅我们给的地址是假的，而且我们还特意让店经理提前关门，并指定他只能够接两次电话。这故意制造的种种麻烦，使许多人压根儿就找不到解决难题的办法。其中虽然也有一个人完成了任务，但他是把橱窗的玻璃砸碎了拿到那只蓝色花瓶的，我们觉得这跟我们公司的道德规范不符，所以也没有录用他。鉴于此，在后来的测试中，我们就专门雇了一位全副武装的警察守在那里，使受测试的人不再会犯那样的错误。但是，我们所设置的这重重障碍，都没有能阻碍你完成任务的决心，你以非凡的智慧和勇气，出色地完成了任务，真的是太不容易了！现在，我代表董事会，正式任命你为本公司远东地区的总裁。"

故事中的这位退伍军人，可真是个好样的！他在践行诺言和执行任务的过程中，遭遇了一个又一个几乎是无法解决的难题，可他从没有寻找任何借口，畏难退缩，而是始终顶风向前，迎难而上。在他的面前，难题不仅接踵而至，而且难度愈来愈大，可他没有皱过一下眉，叹过一声气，而总是以"可上九天揽月，可下五洋捉鳖"的满腔豪情，以"手挥五弦，目送归鸿"的从容气度，巧妙运用他非凡的智慧，出色发挥他超常的潜能，采用各种极为巧妙，甚至是令人拍案叫绝的方法，去迎接挑战，去解决难题，去完成自己应该完成的任务。这就可见，不折不扣地践行自己的承诺，出色圆满地完成上级交付的任务，而绝不找任何借口推诿搪塞，体现的是一种负责敬业的精神，是一种忠诚老实的态度，是一种完美的不打丝毫折扣的执行能力。一个人，只有具有了这种精神、这种态度、这种能力，才能成为一个勇于担当重责、堪以赋予重任、确能被人重用的人。

找借口，看似巧法，而实为拙招，所以绝不是我们的应取之策。既然找借口绝不可取，那该怎么办才好呢？回答是：最好的办法就是面对难题找方法。

詹妮芙帕克小姐虽说是美国一位颇有名声的女律师，然而，她也曾被自己的同行——一位老资格律师马格雷愚弄过一次。但是，恰恰是这次被愚弄的经历，使詹妮芙小姐更是名声大震，驰誉美国。事情的经过是这样的：一位名叫康妮的小姐被美国"全国汽车公司"制造的一辆卡车撞倒，司机踩了刹车，但是卡车依旧把康妮小姐卷入车下，导致康妮小姐被迫截去了四肢，骨盆也被碾碎。问题本是明摆着的，可关键是康妮小姐说不清楚究竟是自己在冰上滑倒掉入车下，还是被卡车卷入车下的。于是，“全国汽车公司”的代表律师马格雷先生巧妙地利用了各种证据，推翻了当时几名目击者的证词，使康妮小姐因此而败诉。处于绝望中的康妮小姐，只得向詹妮芙帕克小姐求援。詹妮芙接手之后，认真调查了该汽车公司的产品近 5 年来 15 次车祸的发生情况，发现原因完全相同，该卡车的制动系统有问题，急刹车时，车子后部会打转，把受害者卷入车底。情况在握之后，詹妮芙便对马格雷说：“卡车制动装置有问题，你隐瞒了它。我希望汽车公司拿出 200 万美元来给那位姑娘，否则，我们将会提出控告。”老奸巨猾的马格雷回答道：“好吧，不过，我明天要去伦敦，一个星期后回来，届时我们再具体研究一下，做出适当安排。”一个星期后，马格雷却没有露面。詹妮芙感到自己是上当了，但一时又不知道为什么上当。不经意间，詹妮芙的目光扫到了日历上，她终于福至心灵，恍然大悟：诉讼时效已经到期了。詹妮芙怒气冲冲地给马格雷打了个电话，马格雷竟在电话中得意洋洋地放声大笑：“小姐，诉讼时效今天过期了，谁也控告不了我们了，希望你下一次变得聪明些！”詹妮芙几乎要给气疯了，她真恨不得一口将马格雷吞了。尽管已震怒到了极点，但她并没有失控和泄气，也没有想找什么借口去应付康妮小姐，而是异常镇定地提醒自己：怨恨丝毫不顶用，借口也绝不能找，唯一可行的办法就只有找出解决问题的方法。于是，她随即向秘书询问：“准备好这份案卷要多少时间？”秘书回答：“需要三四个小时。现在是下午一点钟，即使我们用最快的速度草拟好文件，再找到一家律师事务所，由他们草拟出一份新文件，交到法院，那也来不及了。”“时间？该死的时间！”詹妮芙小姐这一回可真是急了，但她并没有慌乱。突然，一道灵光在她的脑海中闪现：“全国汽车公司在美国各地都有分公司，为什么不把起诉地点往西移呢？隔一个时区就差一个小时啊！”位于太平洋上的夏威夷在西十区，不就与纽约时间差整整 5 个小时嘛！对，就在夏威夷起诉！就这样，詹妮芙赢得了至关重要的几个小时！

此招果然灵验，结果她以雄辩的事实，催人泪下的诉说，使陪审团的男、女成员们都大为感动。最终，陪审团一致裁决：詹妮芙小姐胜诉，“全国汽车公司”赔偿康妮小姐600万美元损失费！

詹妮芙小姐何以能峰回路转，绝处逢生，赢得最后的胜诉？关键就在于她头脑清醒冷静，始终不找借口，只找方法。虽说寻找解决问题的方法并非容易，但詹妮芙小姐的经历告诉我们：办法总比困难多，只要动足脑筋，潜心思考，堵死一切退路，方法总是可以找到的。所以，如果我们在工作中遇到了难题，一定要坚持这样的原则：必须千方百计去找方法，而绝不能一心想着去找借口。

工作，绝不是每天按时打卡、准时出现在工作岗位上的同义语，更不是纯粹的为了赚钱养家糊口混日子，而是要把它视作为国家为民众效力的一种神圣使命，所以在关键时刻，一定要勇于负责，敢于担当，真正把事情做得圆圆满满、漂漂亮亮。而这就要求我们，必须始终如一地以一种积极主动、自发自主的精神，乐意付出远超常人的智慧、热情、想象力和创造力，创造一个个使人眼睛为之一亮的全新局面，以赢得工作给予自己的更为丰厚的奖赏，以使自己的生命闪现出前所未有的耀眼光彩。山东德州市公安局德城分局东地派出所的民警王立新，在这方面就有相当出色的表现。一次，几户居民向他反映晚上休息不好，让他必须尽快帮忙解决。原来有一个70多岁的孤寡老太太，养了一只宠物狗陪伴她，一到晚上，那狗就叫个不停。尽管大家都有不满，但又谁都觉得要自己出面去解决这事太难了，因此就决定去请王立新出山。王立新也知道这事难办，但他没有找任何借口推诿，而是一口应承了。要怎样才能既让老太太的宠物狗不影响其他居民的休息，又不伤害寡老太太的感情呢？王立新的脑子里像风车似的转了好一阵儿，终于想出了一个两全其美的妙策。他先到老太太的家里，晓之以理，动之以情，做了一番耐心细致的说服工作，终于使通情达理的老太太恋恋不舍地把宠物狗送走了。工作做到这个地步，一般人都觉得已经相当不错了，因为他们都认为以老太太一个人的寂寞换来了周围邻居的安宁，可以说是相当值了。然而，王立新的工作却并没有到此为止，第二天，他竟然又抱着一只小京巴去到了老太太家。原来，那天他让老太太送走了那条扰民的狗以后，就开始在筹划安抚老太太那颗寂寞的心的事情了。翌日清晨，他就自掏腰包，去集市上买了只小京巴给老太太送去了，并亲亲热热地对老太太说道："小京巴叫声小，又通人性，既不会影响周围居民的休息，又能给您作个伴，让您开心，相信您一定会喜欢吧！"他这一说，老太太那布满皱纹的脸，也笑得像绽开了一朵花一样的美丽。此事一经传开，王立新也就很快成了最得群众赞誉、最受群众欢迎的好警察。

王立新全身心为民办好事的故事，更雄辩地说明了这样一个道理：只要心中装着百姓，只要始终以事业为重，那就不管遇到多大的难事，都用不着一筹莫展地去找什么借口，因为办法总比困难多，办法总比借口管用。这也就是说，人生在世，要想活得积极而有意义，就必须在急难中勇敢地挑起重大的责任，向高难度的工作挑战，在咀嚼工作的辛苦中去品尝生活的甘甜。唯有这样，我们的人生价值才能噌噌地不断向上跃升，抵达一个又一个新的高度。曾任美国总统的林肯曾说："每个人应该有这样的信心：人所能负的责任，我必能负；人所不能负的责任，我亦能负。"我国著名学者梁启超则说："人生须知负责任的苦处，才能知道尽责任的乐趣。"所以，在前行的路途上，不管遇到什么样的困难，我们都必须承担起自己理应承担的责任，而绝不该去寻找任何借口，因为"工作是没有任何借口的，失败是没有任何借口的，人生也是没有任何借口的"。

不管遇到什么困难，都不找任何借口，这固然需要负责敬业的精神，忠诚老实的态度，以及完美的执行能力，但归根到底，最关键的还是必须有一颗热爱祖国、为国担责的心。看一看下面这则故事，相信大家就必能有更深的领悟。

在一个漆黑而凉爽的夜晚，在墨西哥城，坦桑尼亚的奥运马拉松选手艾克瓦里吃力地跑进了奥运体育场，他是最后一名抵达终点的选手。这时，这场比赛的优胜者早就领了奖杯，庆祝胜利的典礼也早已结束，因此艾克瓦里一个人孤零零地抵达体育场时，整个体育场已经几乎空无一人。艾克瓦里的双腿沾满血污，绑着绷带，他努力地绕完体育场一圈，终于跑到了终点。在体育场的一个角落，享誉国际的纪录片制作人格林斯潘远远地看到了这一切。在好奇心地驱使下，格林斯潘便走了过去，问艾克瓦里为什么要这么吃力地跑至终点。这位来自坦桑尼亚的年轻人轻声地回答说："我的国家从两万多公里之外送我来这里，不是叫我在这场比赛中弃跑的，而是派我来完成这场比赛的。"虽然已经跑得精疲力竭，虽然双腿严重受伤，甚至沾满血污，可艾克瓦里还是成了远远落后于他人的最后一名抵达终点的选手。此时的他，情状虽说极为狼狈，可面对那空空荡荡的奥运体育场，面对那格林斯潘稍有不解的问话，艾克瓦里所作的轻声而平静的回答，却蕴藏着极为深长的意味，并饱含着一种石破天惊般的巨大冲击力，足以强烈地震撼每一个人的心灵。何以会产生这样惊人的效果呢？就是因为在他朴实的话语里，没有任何抱怨，没有任何借口，有的只是一种良好的心态，有的只是一颗恪尽职守、一心为祖国效力的赤诚之心。这也就是说，艾克瓦里之所以能在那样极端困难的境况下跑完全程，不仅是凭靠了他踏实的敬业精神，坚定的人生信念，更是凭靠了他无比忠诚的爱国情怀。由此可见，困境中要做到不找借口，最为重要的还是得有一颗热爱祖国的心。

爱找借口的人，等待他的定将是挫折和失败，只有喜欢找方法而绝不找借口的人，成功才会对他永远以笑脸相迎。所以，如果你真想要获得成功，那就必须始终拒绝找任何借口，那就必须永远将找方法作为你最有力的法宝。有些人为什么总爱找借口？说到底，就是因为这些人缺少担当精神。因为大事难事看担当，能否敢于担当、勇于负责，最能看出一个人的思想和作风。所以，敢于担当一直是习总书记对党员干部的明确要求，他曾反复强调："担使命，就是要牢记我们党肩负的实现中华民族伟大复兴的历史使命，勇于担当负责，积极主动作为，保持斗争精神，敢于直面风险挑战，以坚忍不拔的意志和无私无畏的勇气战胜前进道路上的一切艰难险阻。”他还明确指出：“今天，我们回顾历史，不是为了从成功中寻求慰藉，更不是为了躺在功劳簿上、为回避今天面临的困难和问题找借口，而是为了总结历史经验、把握历史规律，增强开拓前进的勇气和力量。”为此，我们一定要从对党忠诚的高度，在大事要事难事中牢固树立不甘人后的强烈意愿，坚定披荆斩棘的决心信心，确立舍我其谁的使命担当，坚决杜绝一切懒政惰政的借口，带头履职尽责，带头担当作为，和众人一起汇聚成干事创业的磅礴力量。

勤学明辨，别信伪命题

在告别了不得温饱的时代，进入了吃穿不愁的小康社会之后，随着物质生活不断改善，许多家长都越来越注重对孩子的早期教育。为了所谓的“别让孩子输在起跑线上”，一个个都想方设法，竭尽所能，让小小年纪的孩子们一窝蜂似的去学这习那，有的家长甚至让孩子 1 岁学认字，2 岁学数数，3 岁练钢琴，5 岁学画画，有一位家长更是为 4 岁的孩子安排了四五种艺术类项目，让孩子成天就好像忙碌异常的小蚂蚁一样不停地在搬家，又仿佛是忙于走穴而在不停赶场的演员，满脸的行色匆匆，疲态尽现，即便是到了晚上，也还要让孩子直练得在琴架上缠上瞌睡虫。一句话，这些家长都恨不得孩子能一口吃成个大胖子，一晚上成为个小“神童”。这些父母望子成龙、盼女成凤的心情固然可以理解，但他们的这些做法却实在让人不敢恭维。因为客观地说，他们教育孩子的理念本身就存在着严重的问题，他们对孩子成才的规律又没有清醒的认识，所以他们的设想和做法也就都不过是没有顾及孩子具体情况的一厢情愿，不仅基本上没有实现的可能，而且还往往会带来适得其反的不良后果。有个叫川子的青年所写下的一段对他儿时生活的回忆，就很能说明这样的问题。

记得那时我每天早上 5 点就被父亲揪起来，开始跟他读两个小时的外语，然后才是跟其他孩子一样，背起书包开始一天的学校生活。如果说外语、书法仅仅算是“加码”的话，所谓的业余爱好——小提琴，对我来说则不啻于一场噩梦。之所以这么说，是因为它根本就不是我的爱好，而完全是父亲自己的爱好。和很多家长一样，他们把自己的爱好与梦想强加给孩子，夺走了我童年的欢乐。从小学三年级的暑假开始，我的生活中就多了一项重要的内容——练琴，教师当然也是他自己。条件所限，那时的我甚至没有一把适合自己的儿童琴，直接用成年人的琴练，这对我的臂力以及下颌是个严峻的考验。记得那年暑假，我每天要练 8 小时的琴，开学后也是同样，挤掉了我几乎全部的课余时间。在父亲看来，若是看到我放学后不做点儿什么就是浪费时间。那时，父亲天天挂在嘴边的就是“不能荒废了时间”。随后是参加各种各样的演出，获得这样那样的荣誉，父亲的虚荣心得到了极大的满足，对拉琴的要求当然更是变本加厉，只要我稍有懈怠，随之而来的就是拳脚暴力。与别的孩子相反，那时的我最害怕放学和寒暑假，至少在学校里，我还可以轻松应对，但回到了家，我却要为那个不属于我的“业余爱好”付出我的汗水和眼泪。这种状况一直持续了 6 年，直到我进了高中，住了校，才暂时摆脱了家庭的束缚。牺牲了我宝贵的童年，收获的又是什么呢？上大学以后，我再也没有碰过小提琴，因为一看到它就会让我回忆起那段痛苦不堪的日子。也正是因为这样，我与父亲之间的亲情日益淡漠，大学时放假回到家，发现想找点话题都很难。平常给家里打电话，也成了一种责任和义务，而不是亲情的需要。最为糟糕的是，长久的暴力和反抗，甚至改变了我的性格，让我在大学以及工作中都遇到了不少的困难。

儿时的这一经历，不仅在川子的脑海里留下了深深的印记，同时也引发了他强烈的感慨，请再听他说：其实我这样的情况在中国绝不是个案，每当看到寒暑假里父母带着孩子背着电子琴、小提琴等赶场的时候，我的心里就感到深深的悲哀。很多人说父母之爱是无私的，我想冒天下之大不韪，提出点不同看法：有多少孩子学这学那是因为自己真正的爱好呢？又有多少父母真正了解孩子的兴趣所在呢？我想对天下的父母说，孩子不是你们的私有物，让孩子做他们自己想做的事情！

应该说，川子的发问切中要害，川子的忠告发自肺腑，值得每一个做父母的深深思索和牢牢记取。

情况既然这样明摆着，许多家长为什么还要把“别让孩子输在起跑线上”奉为圭臬呢？细加剖析，主要恐怕有这样几方面的原因。

一是许多家长对家庭教育的核心价值或者说是对成功指标的认识，大多存在着较为严重的偏差。在他们的眼中，家庭教育的核心价值或者说是成功指标，就是“成王败寇”，就是“人在人上”。早就有人这样指出：“我们身上的鬼”，就是“人在人上”。细观许多父母的内心，就大多有“鬼”存在——望子成龙，望女成凤，盼子成才，盼女成器，一个个都早早获得成功。只盼着自己的子女成兽（龙）成鸟（凤），成木头（材）成东西（器），却偏偏忘却了教育的最根本目的，乃是培育子女成为有情有义、健康活泼的正常人。你说，这鬼呀不鬼，这怪呀不怪？就通常的情况来说，渴望孩子成功，这本也是情理中的事情，可现在的问题是，这些家长头脑中有关成功的定义，却出现了极大的偏差：许多家长都认为，所谓成功，就是得高分，上名校，就是谋高职，获高薪，就是出人头地，“人在人上”。正是因为有这样一种思想在头脑里作祟，所以在当今的许多家庭之中，家长们关注的就只是考试和分数，就只是技艺和专长，就只是所谓的“哈佛女孩”和“耶鲁男孩”。于是，许多父母也就在有意无意之间，成为了应试教育的有力帮凶，他们意欲制造天才的艰辛努力，也就事与愿违地异化成了对孩子的严酷摧残。这样，在许多家长太多太多的照顾、担心和捆绑之下，年轻的一代也就失去了节假日，失去了自由活动的空间，失去了真正属于他们的美好童年。这样，孩子们离“哈佛女孩”“耶鲁男孩”也许渐渐近了，可实际上呢，他们却为此付出了丧失童年欢乐的惨重代价，成天生活在那了无生趣的莫大痛苦之中。为了子女的成功，这些家长可以说是殚精竭虑，费尽了心血，可结果呢，却是好心并无好报，所得甚是寥寥，即便偶或侥幸能育出个让人不胜艳羡的“神童”，也不过是昙花一现，让人仅得须臾的惊喜，随着时间地慢慢推移，很快就会如一缕清风一般，消失得无影无踪，令人不由得不扼腕长叹。说到底，是因为这些家长并不懂得家庭教育的真谛，并不明白对孩子教育的关键是必须以德为先。对此，习总书记就有极为剀切的指示：“家庭是人生的第一个课堂，父母是孩子的第一任老师。孩子们从牙牙学语起就开始接受家教，有什么样的家教，就有什么样的人。家庭教育涉及很多方面，但最重要的是品德教育，是如何做人的教育。青少年是家庭的未来和希望，更是国家的未来和希望。古人都知道，养不教，父之过。家长应该担负起教育后代的责任。家长特别是父母对子女的影响很大，往往可以影响一个人的一生。”

二是许多家长不懂得孩子的成长是有科学规律的，为了“别让孩子输在起跑线上”，他们就急功近利地把不适当的超前教育当作先进理念欣然接受，全力推广。孩子的成长乃是有科学规律可循的，比如 3 岁是直觉思维期，5 岁才有形象思维，大班的孩子才开始出现逻辑思维的萌芽，8 ~ 12 岁方是记忆力最好的时期。若是为了“别让孩子输在起跑线上”，就胡乱地让孩子提前学这个习那个，所带来的就不仅是竞争中快和慢的问题，而是跑偏方向甚至是跑反方向的问题。孩子童年时，让他们晚一点接触知识，这才有利于想象力在孩子的大脑里安营扎寨，孩子 6 岁前，玩耍应该是他们获取知识的主要途径，过早地让孩子学习某种知识或技能，其实是一种蠢笨的抢跑行为。可我们的许多家长和学校，现在就普遍在做着这种让孩子抢跑的蠢事：学前期学幼儿园的东西，幼儿园学小学的东西，小学上中学的课程，而到了大学里，反而要倒过来补幼儿园该学的东西，诸如行为习惯和人格培养等。试想，这岂不是完全乱了套了么？这样让孩子一开始就通过抢跑进入快跑通道，应该说是极不人道和极具危害的，因为它不仅完全忽视了孩子阶段性成熟的内在要求，根本无法让孩子感受到学习的乐趣，而且让孩子从小就这么一直拼命地快跑下去，要跑过 3 年的幼儿园，跑过 12 年的中小学，待跑到大学时，他们也就必然都觉得精疲力竭，想歇歇脚和喘喘气了——而这，正是我国许多大学生一跨进大学的校门，就陷入刀枪入库、马放南山的一副疲惫之态的重要原因。由此可见，忽视教育规律，视超前教育为至宝，不仅使幼儿、少儿想象力的空间被固化的知识填满了，而且使许多大学生的发展后劲明显不足，其对孩子们的伤害岂不实在是太大了么?

三是许多家长对孩子缺少应有的尊重，不太了解孩子的天性需求和个性特点，在教育和要求孩子时体现得更多的往往是社会意志和成人意志，而忽略了孩子内心的自然需求和心理感受。现代脑科学和认知心理学的发展已经证明，人的大脑是存在差异的，人们吸收信息的主渠道都有所不同，因而就形成了语言、逻辑、数学、音乐等8种不同的智能方向，形成了思维方式、学习方式、沟通方式的不尽一致。而且，每个孩子在不同领域的能力也是不一样的，每一种能力也还有类型的差别，如有的人属于视觉型，即视觉识记效果较好；有的人属于听觉型，即听觉识记效果较好；有的人则属于运动型，即有动作参加时识记效果较好，等等。即便是在同一种类型中，能力也还有强、中、弱的区分。所有这一切，都决定了每个孩子都存在明显的个体差异，诸如发展速度的差异，思维类型的差异，兴趣爱好的差异，等等。而这样的差异，也就使有些孩子可能对音乐敏感，有些孩子可能对图形敏感，而有些孩子则对言语敏感；有些孩子听力很好，有些孩子记忆力特佳，而有些孩子则观察力超强。一把钥匙只能开一把锁，所以父母就必须对自己孩子的特点心中有谱，据此去设计适合孩子兴趣爱好的发展方案，千万不可为了“别让孩子输在起跑线上”，而一任相互攀比的心理作祟，一窝蜂地让孩子去跟他人学习相同的东西，并强行要求孩子达成跟他人相同的某一目标。可这样做，就如同让野猪、熊猫、青蛙、小鸟、蝴蝶等动物去跟猴子比赛爬树一样，其结果必将会极为荒谬。因为那样的比赛完全没有客观的评价标准，根本无法形成所有参赛者对自己优势和劣势的全面客观评价，也就不可能对他们参赛的兴趣和热情有丝毫的激发，也就不可能对他们的进步和成长产生一丁点的好处。

综上可见，“别让孩子输在起跑线上”的提出和盛行，并非出于偶然，而是在错误的家庭教育价值观念的诱惑下，以违反科学规律的超前教育内容对孩子强行灌输，并用完全无视孩子天性需求及个性特点的错误教育方法，对孩子们刻意揠苗助长的必然结果。既然孕育它的前提条件都存在严重的缺陷，所以它带来诸多的弊病和危害也就自然在情理之中了。

一些头脑清醒、目光敏锐的智者，一眼就看出了这一口号存在的问题，所以他们在教育孩子时就完全没有受它的干扰，而是在正确的家庭教育观念的指导下，不急不躁，循序渐进，在有的放矢、因材施教等方面进行了积极的探索和大胆的创造，并由此而取得了很大的成功。譬如黑龙江省的崔丽超夫妇，就是其中突出的代表。

崔丽超夫妇起始都是知青，后在他们插队的山乡小镇当了教师，并安上了家。儿子出生后，他们在搞好本职工作的同时，就开始了对孩子的悉心教育。此后不久，就遇上知青返城潮，崔丽超的丈夫因此获得了调到城市工作的机会，可崔丽超却依然安之若素，她坚信“彩虹出自青山里”，决心让儿子在纯朴淳厚的乡风中自然地成长，让他从幼小时便懂得人生真正的起点，做一个“有根有底”的人。这样，她儿子虽然在幼小时吃了些苦，但却真正得到了生活的洗礼，在山清水秀、民风古朴的环境中，陶冶了自己的美好心灵，萌发了独立于天地之间的人文精神。

后来，崔丽超终于去城里与丈夫团聚了，儿子也进了一家条件挺不错的幼儿园，可夫妻俩依旧抱着“珍惜天真就是珍惜未来”的理念，让孩子继续保持内心世界的延续性和完整性，不让他的童真受到丝毫的伤害。在幼儿园里，别的孩子练歌的练歌，练舞的练舞，崔丽超的儿子因小时候没有受过这方面的训练，没法与其他孩子一起同唱共舞，便被安排在一个角落里剥豆。可由于崔丽超夫妇的得法引导，文艺和体育等专长项目的落差丝毫没有影响儿子的情绪，他没有因此而落落寡合，抑郁寡欢，而是依然平平和和、高高兴兴地做这做那，跟同学们在一起和谐相处，而在一些智力项目上，他则常常囊锥露颖，有独到的表现。大约也就在这个时期，不但社会上五花八门的“特长班”一浪高过一浪，连家庭中也兴起了“小提琴热”“电子琴热”“钢琴热”。可崔丽超夫妇没有去赶潮流，追时髦，因为一看到许多五六岁的孩子早晚背着高过头顶的琴盒、画夹，在父母的挟持下，仿佛一个刑期无限的小囚犯，满脸疲惫、目光凝滞地匆匆来去的情景，他们就觉得孩子们实在是太可怜了。同时，他们认为，对于一个没有内在艺术天赋的儿童，五六岁就经受特殊技能的严酷训练，无疑是一场灾难。特别是将早期训练与日后职业、赚钱、出人头地等功利目的直接关联起来，本质上就更是在残酷扼杀儿童的天性，无情剥夺儿童的天真。所以，他们决心不理会世俗的偏见，留给孩子一个自由自在、无忧无虑、完完全全、纯纯正正的童年。崔丽超的丈夫此时更是用心弥补相别四年荒疏的父子之情，每天都要给儿子讲一个他自己临时创作的小小故事或者美丽童话。这些故事在他口中汩汩而出，仿佛深山里不尽的清泉，又仿佛风雨后流连天际的云彩，使孩子听得如痴如醉。儿子的童年时代，就这样在良好的文化氛围和独有的创造性心灵教育中愉快地度过了。待到幼儿园毕业时，他不但在种种方面与早先进园的孩子相比毫不逊色，甚至在某些方面更显出了他真正的才具与秉赋。

孩子上小学了，有人主张高位切入，高起高走，一开始就要求孩子在学习上争头名，排榜首，以为这样才能保证今后步步登高，考上好大学，谋得好职业。可崔丽超夫妇却觉得，文化知识的学习不像体育比赛那样具有排他性，学校里班级上按各科总分所排的名次，并不能说明一个孩子全面的知识素养，逼着孩子在小学低年级就为争高分、排头名而拼命，结果将窒息孩子内在的广泛求知欲望，即便真在考试中连拔头筹，也很难保证在各科知识全面加深难度时会有真正的优势。相反，低幼时期广泛吸收各种知识，积累思维材料，充实丰富头脑，拓展想象能力，虽然未必能在一时的考试中一马领先，却具备了较为发达的大脑和较高的智商，当课程进入高难阶段时，就往往会悠然显露出雄厚的实力，占据不可逆转的优势。正因为他们在教育孩子时秉持了这一“幼学毋须拔头筹”的理念，所以他们的儿子快快乐乐地当了几年“土墙里的小博士”，虽在排名榜上并未显山露水，但他们都对他有十足的信心，相信他不久就会有所表现。

儿子上初中了，开始时是进的崔丽超所在的普通学校，尽管儿子在这里的成绩一直稳居前列，但崔丽超夫妇意识到孩子一生的竞争业已开始，必须使儿子具有一个更合适的竞争圈子，才能保证他有绝对的获胜把握，于是他们便设法让儿子转到了一所教学质量较高的学校。进入那所学校后，儿子的成绩几经震荡，直到初中二年级结束时，才在全年级领先了。这一次的领先与原先不同，他身前身后围绕着一群时有先后、各有所长的伙伴，努努力或可以占先，稍微松点儿劲，就会有人抢上前去。这是一种互动互激的学习局面，充满了上进争先的热烈气氛。他们的儿子终于找到了一片属于他的天地，并由此而深切地感受到，人生的竞争，犹如一条时宽时窄、时急时缓的小河，只有找到真正可以同伍的勇敢者，一起置身扁舟，搏击浅滩风浪，才能一览人生竞争的绝妙风景。

上高中时，在要不要报考哈尔滨高中的“最好学府”哈尔滨市第三中学的问题上，夫妇俩又就究竟是冒险争先还是求安后发的选择上作了反复研究，并认真地听取了儿子的意见。儿子说：“你们分析的一切都有道理。可是，我觉得，这是我第一次独立迎接考验，如果第一次就退缩，今后考验更多更大，哪里会有勇气呢！让我试一试吧！”孩子的诚恳和执着深深地感动了父母，他们都禁不住激动地脱口说道：“儿子，你行！你一定能行！”结果，儿子以哈三中所取考生前十名的优异成绩，一举中标。一道人生最狭窄的风浪险隘，就这样闯过来了。儿子进入高中以后，其父更是不惜将自己也视为一名应试的高中生，跟儿子一起去经历一切，体验一切，在与儿子共同切磋和一起同行的路途中，不时为儿子保驾护航，当好参谋。其用心之苦，其用力之大，确实让人不胜钦佩。

崔丽超夫妇一直没有理会“别让孩子输在起跑线上”那一套，而是始终耐心地在因材施教和循循善诱上苦下功夫，其成效究竟如何呢？回答是：在崔丽超夫妇的帮助下，儿子在读完高中后，以“懂得放弃才能真正拥有”的独特思维，放弃令人神往的一切热门捷径，走一条更长但也更切实的路——进入北京外国语大学攻读法语专业。大学毕业后，儿子又决心放弃眼前的浮华，放弃许多诱人的就业机会，准备走长路、走险路、走难路，平静而达观、乐天而宽厚地开始了读研的艰苦生活。后来他又凭借着精熟的法语、广博的学识和深厚的中文修养，成为北京外国语大学法语系十余年来第一位也是仅有的一位公派留法攻读博士学位的人，真正实现了一家人“抓住机遇创造辉煌”的美好愿望：在儿子选定的学术领域里，拿出令国人、令世界瞩目的成果，为我们的中国创造出一份辉煌。同时，用自己的学术、用自己的创造、用自己的心灵，构筑一座犹如天上彩虹般的文化桥梁，永远沟通着中国与整个世界。在崔丽超夫妇的精心培育下，他们的儿子有如此高远的目光，有如此阔大的胸襟，其日后的广阔发展前景，不也就完全可以想见么？

这就可见，真正的爱孩子，绝不是要随大流，跟风走，拼命在“别让孩子输在起跑线上”做文章，而应该对教育观念，对教育理论，对孩子的成才规律，对孩子所独具的特点，都有十分深刻的认识和精准的把握，并将所有这些有机地融合起来，在不同的时段里做出最适合自己孩子成长发展的恰当安排，以使孩子的潜能得到充分地挖掘和尽情地发挥。唯有这样，孩子的成长道路才能较为平稳顺畅，不出现大的波折，才有可能“跃上葱茏四百旋”，登上人生的一个又一个高点。

在崔丽超夫妇的育子经验中，还有一点尤其得引起我们的关注，那就是他们在育子的过程中，并不是只盯着孩子的分数，只注重孩子智商的提高，而是更注重培养孩子的情商，即注重孩子社会情绪能力的培养。所谓社会情绪能力，包括正确地评价自己、调节自己的情绪、激励自己、能了解别人的情感和善于处理人际关系等五个方面。社会情绪能力是一种至关重要的能力，一个人人格的养成，一个人过得快不快乐，将来能不能取得成就等，就都取决于这种能力。这也就是说，社会情绪能力，是决定人一生幸福和成就的关键。正因为此，培养孩子，最重要的并不在于让他考多少个 100 分，而在于像崔丽超夫妇那样，把孩子培养成一个身心健康的完整的人，一个热爱祖国、挚爱家乡、敬爱父母和友爱同学的普通真实的人。这样注重对孩子人格品性的培养，确实是十分重要，因为众多的经验无不告诉我们，预测一个孩子成年以后是否有潜力，并不仅仅是看他的学习成绩，看他乖与不乖，而是要看他能不能和其他的同学合得来，是不是有交往能力，有组织能力，是不是有威信，有号召力。美国曾公布过历届总统的学习档案，这些档案都明白不过地告诉我们，大多数总统读书时并不是优秀学生，绝大部分都不过是学业中等，有一些甚至还是较为偏下的。但是，他们都有一个特点，那就是热衷于参加各种社会活动，具有领导才能，具有人气，从小就是孩子王。这一点十分重要，如果一个孩子从小就郁郁寡欢，小肚鸡肠，跟这个不要好，跟那个合不来，那将来就肯定没有什么戏，那就必然不可能走得很远。而所有这一些，恰恰正是当今中国许多家长不以为意、十分轻忽的方面。如果你已身为人父，身为人母，而又当真想让自己的孩子真能有所作为，有所成就，那就请在这一方面予以格外的重视。

“别让孩子输在起跑线上”，乍看似乎很有迷惑性，颇具鼓动力，所以不少家长都被这块“浮云”遮住了望眼。然而，只要我们细加琢磨，认真深思，我们即会发现这其实不过是一个经不起推敲的伪命题。所谓“起跑线”，这是借用的体育比赛中短跑和中长跑所常用的一个专用名词，如果借来后仅仅把它定位在人生的幼儿时期，这显然并不准确和贴切，因为尽管幼儿时期是一个很重要的人生阶段，但事实上踏过起跑线后的途中跑、加速跑和最后冲刺，这才更为重要。况且，人生并不是短跑，也不是中长跑，而是一场路程漫漫的马拉松比赛。试想，在马拉松比赛时，哪有成千上万的人都在同一条起跑线上出发的？这也就是说，在人生的马拉松比赛中，其实根本就不存在“输在起跑线上”的问题。即便你在起跑时稍稍落后了一些，那也绝不等于你就此输掉了整场比赛。只要在未来的生命征程和人生磨砺中，能找到属于你自己的现实和梦想、精神和追求的最佳匹酝，一往无前，奋力追赶，你和领先者的差距就会变得越来越小，你就迟早能追上甚至超越那些领先者，而成为最后的赢家。从 2009 年开始，以中国发展研究基金会副理事长卢迈为首的一些研究工作者，对 8705 个贫困农村孩子进行了跟踪调查，刚开始时，这些贫困农村孩子各方面都低于同一地区的城市同龄人：语言认知水平大致相当于后者的 60%，记忆水平是后者的 20%；而 3 年过后的测试显示，“他们在追赶”，追到了 80%；到了 2019 年 12 月，他们在学习能力、认知发展、社会情感等方面，都已与城市同龄人相差无几了。应该说，从所谓“起跑线”来看，这些农村孩子都明显处于极为不利的条件中，除了物质匮乏之外，他们之中还有 54.47% 是留守儿童，18.9% 来自单亲家庭，比例都超过城市对照组孩子的 3 倍。如果从这一角度来细作分析，那么他们的追赶效应就更为明显了。试想，在这一跟踪调查的铁的事实面前，所谓“不要输在起跑线上”的论调，还能有立足之地么？

我国实力派演员濮存昕的经历，也同样能说明“不要输在起跑线上”完全是个站不住脚的伪命题。濮存昕两岁时曾得过小儿麻痹，留下了脚跟不着地的后遗症。9 岁那年，通过整形，脚跟虽能着地了，但跑得很慢，因此在学校里常遭同学嫌弃。面对这样的境况，他很不甘心，发誓要成为一个“健健康康的、别人行我也行”的人，于是就开始了特别刻苦的锻炼。可“文革”期间，他又作为知识青年赴黑龙江参加生产建设兵团，直到“文革”结束回到北京，才考入空政话剧团，开始从事他所喜爱的演艺工作。1987 年正式调入北京人民艺术剧院后，他的眼前才展现出了一片更为广阔的艺术天地。而从艺之初，濮存昕一点都不被人看好，喜欢说真话的宋丹丹就曾说过：“小濮，我们从来就没有看好过他。”可这并没有浇灭濮存昕“别人行我也行”这颗熊熊燃烧的心，他硬是以异乎寻常的努力，为实践自己的誓言而不屈地奋斗着。应该说，在从事演艺的道路上，濮存昕的起步是很晚的，而且有较长一段时间还一直是掉在后面的，可是他并没有因此就输掉比赛，而是以辛劳的血汗换来了巨大的成功，成为了一名享誉全国的响当当的著名演员，并于 2015 年被推选为中国戏剧家协会主席，以至于连先前并没有看好过他的宋丹丹，都不得不这么夸奖他：“没想到这会儿他演得挺好。”这样的曲折经历，让濮存昕感触良多，他不禁说了这么一段颇具深意的话语：“我不太喜欢那句话，‘绝对不能输在第一起跑线’。不可能！谁敢说自己在第一起跑线，永远是一个赢者。”有位成功人士曾这么说过：“哪怕你是一只蜗牛，只要能够爬到山顶，和雄鹰所看到的景色是一样的。”这就启示我们，每一个作父母的在教育孩子的时候，千万别将“别让孩子输在起跑线上”作为信条误导孩子，而是要让孩子们坚信：起跑时迟缓了不必着急，起跑后落伍了莫要惊慌，人生的道路长着呢，有的是使劲出力的机会；只要胸怀目标，坚忍不拔，永不停歇地向前跑，往上攀，那就总有一天能尽情地享受那“会当凌绝顶，一览众山小”的无限快乐。

那么，究竟怎样的教育才是对孩子最合适的教育呢？习近平总书记就明确指出：“青少年阶段是人生的‘拔节孕穗期’，最需要精心引导和栽培。”并说要帮孩子“扣好第一粒扣子”，因为“如果第一粒扣子扣错了，剩余的扣子都会扣错”。不仅如此，他还精要地指明了教育孩子的具体内容：“家庭是人生的第一个课堂，父母是孩子的第一任老师。孩子们从牙牙学语起就开始接受家教，有什么样的家教，就有什么样的人。家庭教育涉及很多方面，但最重要的是品德教育，是如何做人的教育。也就是古人说的‘爱子，教之以义方’，‘爱之不以道，适所以害之也’。青少年是家庭的未来和希望，更是国家的未来和希望。古人都知道，养不教，父之过。家长应该担负起教育后代的责任。家长特别是父母对子女的影响很大，往往可以影响一个人的一生。”并说：“要从小学习做人。世界上最难的事情，就是怎样做人、怎样做一个好人。要做一个好人，就要有品德、有知识、有责任，要坚持品德为先。你们现在都是小树苗，品德的养成需要丰富的营养、肥沃的土壤，这样才能茁壮成长。现在把自己的品德培育得越好，将来人就能做得越好。要学会做人的准则，就要学习和传承中华民族传统美德，学习和弘扬社会主义新风尚，热爱生活，懂得感恩，与人为善，明礼诚信，争当学习和实践社会主义核心价值观的小模范。”只要我们铭记习总书记的教导，始终遵循他的指示去教育自己的孩子，那就一定能“莫让浮云遮望眼，我心依然如明镜”，不管在什么情况下，都能保持清醒的头脑，不会为那一两片浮云就动摇了我们的心旌，从而将自己的孩子都培养成新时代出色的接班人。

梁启超在《少年中国说》中曾说：“……少年强则国强，少年进步则国家进步。”习总书记更是特别强调：“新陈代谢是不可抗拒的历史规律，未来总是由今天的少年儿童开创的。”所以，我们一定要勤学明辨，提高自己的鉴别能力，不信那似是而非的伪命题，以正确的理念，用得当的方法，加强对自己子女的教育，以使他们能真正成为国家的栋梁之才。

跋

写书固然难，改稿亦不易。

2019 年 12 月中旬的一天，北京华龄出版社的高志红编辑忽然来电，询问我新作《学习头等事》的写作进度。我如实向她作了禀报，说初稿业已写成，不过仅只是个毛坯，还有待作进一步的打磨。听我这么一说，她便告诉我出版社的选题会将于近日举行，让我从速将电子稿发给她，并说修改工作我尽可照常进行。见有如此巧合的机缘，我立马将电子稿发给了她。没想到才过了三天，她就来电喜滋滋地告诉我："社里已同意出版您的新作！"我听说后心里虽也一乐，但并没有喜形于色，因为我深深知道，艰苦的修改工作正在前面等着我，现在还远不是高兴的时候。修改工作的难度还当真不小，由于自身习惯性思维的作祟，原稿中的差错往往很难捕捉，至于其中潜藏的问题，要发现那就更是难上加难。然而事情再怎么难，只要一念及有待修改的是一本宣传习近平新时代中国特色社会主义思想的书稿，只要一想到有待加工的是一份奉献给中国共产党建党一百周年的礼物，我就顿时浑身来劲，什么困难都不在话下。为使书稿的修改更为顺利，我还特意邀请了中集圣达因公司的施明伟同志，让他帮我做校对和挑刺的工作。

施明伟的校对和挑刺工作做得还真是出色，仅仅四五天工夫，他就林林总总为我挑出了三四十条“刺”。他的认真精神，令我十分感佩，他对文字的敏感，更使我对他刮目相看。我不禁由此而遐想联翩，脑子里浮现出了这样一个念头：要是有更多一些同志能加入到这一行列中来，那该多好啊……不过，我同时又感到颇为踌躇：一是怕一时很难物色到合适的人选，二是怕即使物色到了，人家也未必能像施明伟这样尽心着力。

我正迟疑不决时，高志红编辑又给我传来了一个消息：出版社今年拟推出五本重点图书，我的《学习头等事》亦忝列其中。这对我来说是喜讯，但更是压力，因为这无疑将使我的修改工作更显繁重。不过，也正因为这一外因的推动，我终于坚定了将网撒开一些，请更多人来助我一臂之力的决心。跟人联系的事情开始了，当我说起这是请他们帮助我修改一本宣传习近平新时代中国特色社会主义思想的著作时，他们便个个都来了精神，欣欣然表示愿意倾心投入。在随后的一段时间里，他们便先后将所挑之“刺”发到了我的邮箱里。打开邮件细细一看，我不由得大喜过望，乐不可支，因为张家港图书馆李建华副馆长、金和电气厂丁春雷副总经理、沙洲中学原教务处主任刘炜老师、南沙中学王晓东老师、梁丰中学曹大炜老师等，他们所挑的“刺”不仅均多达四十余条，而且全部目光敏锐，挑得精准。其中虽有相重之处，但都是他们各处一地精心挑拣出来的上等干货，其心之诚，其情之真，尽皆苍天可鉴，非笔墨所能形容。

中国聚氨酯工业协会副理事长－奥斯佳材料科技股份有限公司董事长张浩明、张家港市南沙中学卢清校长、江阴市澄江中心小学校长时敏特级教师、常青藤中学郐建芳副校长、张家港人民广播电台单炜炜主任、张家港市作家协会施向军和周成新副主席、张家港保税区（金港镇）史志办邱亚锋主任、张家港市新华书店孙珏副总经理、南京博西华电器有限公司部门经理陈磊、张家港图书馆原馆长缪建新、张家港市退教协会原会长过介初、张家港市审计事务所吴顺兴会计师、保税区（金港镇）史志办季诵华编辑等所提的意见，也全都是真知灼见，真情流露，同样使我心生暖意，不胜感动。

挑刺工作进入了后阶段，经张家港市委宣传部社科联有关领导的推荐，张家港地区一些理论界的顶尖人士也加入到了帮我挑刺的行列之中，他们是：中共张家港市委党校魏欣副校长、张家港市党史地方志办公室陆文琰副主任、复旦大学历史学博士－江苏科技大学副教授王兴亮、江苏科技大学苏州理工学院公共教育学院马克思主义教研室主任潘青博士、沙洲职业工学院基础教育系主任杨健博士、沙洲职业工学院基础教育系原主任李忠华副教授。这一些人，都与我素昧平生，从未交集，可在接了我的一个电话，听我作了一番说明后，他们竟然都慨然伸出援手，不吝乐赐高见。《苏州日报》驻张家港首席记者杨溢，也以超乎我想象的神速，为我发送来了我改稿时亟需用的时新资料。所有这些我意想不到的大好事，突然间一起降临到了我的头上，我既觉得心头阵阵暖意，更感到肩上压力沉重，心想唯有激发自身的所有潜能，使出自己的浑身解数，将书稿改得好一点，更好一点，方庶几能不负他们的深深情意和殷殷厚望。

以上所有这些人所提的意见，有些是从宏观的角度着眼的，包括观点是否正确、阐述是否充分、论据是否贴切、结构是否合理等，这些意见都大大拓展了我的视野和思路，使我得以从大局方面进行更深入地思考，从而对原作动了较大的手术。他们所提的意见，有些是从微观的角度考虑的，诸如用字是否正确，用词是否恰当，语句是否畅达，标点的使用是否合适等，这些意见都使我对文稿的细部静心地精研细琢，以竭尽全力剔除其中的瑕疵，使文字更为精准，使语句更显流畅，使书稿更臻完善。总之一句话，在这些热心人的大力帮助下，经过一番认真地修改，不管是从大局来考量，抑或是从局部来检点，《学习头等事》的电子稿当真给人带来了耳目一新的感觉。

而更为重要的是，此举不仅使我书稿的质量得到了提升，而且还使我的思想受到了极大的触动：一是我由此而更看到了人心之善，人心之美，内心里感到特别得暖意融融。说实话，先前因常有一些社会上的负面现象闯入我的视野，我脑子里便在不经意间产生了世风日下、善心难觅的感觉。可这次目睹了这么多同志如此真心实意帮我修改书稿的义举，我终于明白了问题的症结所在——当今社会其实并没有世风日下，而是我自己被偏狭的思想蒙住了双眼。所以，我必须即刻改弦更张，努力加强自身的思想修养，以紧紧跟上时代前进的步伐。二是我由此看到了自己文字功夫的火候并没有到家，还大有长进的余地。先前，我总以为自己长期浸淫在文字之中，功底应该没有多大问题了，可这次众人对我新作的初稿提出了这么多意见，就足见我对自己的评估有失准头。所以，今后我必须活到老、学到老，用更谦卑的态度，付出更踏实、更刻苦的努力，以使自己的文字功力真能更上一层楼。这也就是说，此次请人帮助我给电子稿挑刺一事，不仅使我书稿的质量有了大幅提升，同时也使我的思想认识有了很大改观。

人们历来都认为，写书是非常私密的个人行为，可通过这次请人挑刺的尝试，我发现写书其实也是一件可以多人参与的工作，而且只要在习近平新时代中国特色社会主义思想的引领下，大家齐心合力，那就定能收获许多令我们意想不到的好处：一是不同见解的激烈碰撞，可以迸发出耀眼的智慧火花；二是合力围歼一些疑难问题，可以使彼此的水平都跃上一个新的台阶；三是互切互磋的友好氛围，可以使彼此的情感得到更好交流，使双方的关系变得更为融洽。

攻坚克难，一往无前，历时整整两个月，进行了二十余次上百字、上千字乃至二三千字的大改，以及二百多次的小改和微调，终于纠错补漏，弥补了许多不足，剔除了不少毛病，终于拓展延伸，培育了一些增长点，凸现了一些闪光点，使《学习头等事》初稿的修改工作得以圆满收官。回望来路，此书在我所写的十九本书中，确实是用心最苦、花力最多的一本，但与此同时，它也是我收获最多、受益最大的一本。所以此时此刻，我也就格外心潮起伏，感慨良多，于五味杂陈之中，感到有一股股浓浓的欣喜之情，不断地从我的心底汩汩涌出。

“嘤其鸣矣，求其友声。”在邀约多位同志帮我修改《学习头等事》初稿的过程中，《诗经》中的这两句诗，就深深地镌刻在了我的心灵深处；在以后的日子里，这两句诗也必将在我的脑中久久萦回，在我的口中时时吟诵。这是因为，这本即将面世的新书《学习头等事》，虽说倾注了我的全部心血，但同时也凝聚着帮我改稿的诸多同志的深长情意。

最后需要特别一提的是，84 岁高龄的国家教委原副主任、总督学柳斌，他老人家在仔细阅看了《学习头等事》的电子稿及有关我个人的一些资料后，竟老骥奋蹄，欣然命笔，撰写了一篇颇为此书增光添彩的序言，这无疑更使我五内俱感，敬谢之情难以言表。河南省教育学会语文教育专业委员会执行理事长吴伟老师，近期一直在柳老和我之间穿针引线，北连南缀，终使请柳老作序这桩美事得以玉成，也同样是情真意切，功不可没。谨借此机会，在这里向他们两位深致谢忱。